国家社科基金重点集体项目
"当代外国文学纪事"
丛书编委会

主　任：刘意青

副主任：程朝翔　王　建

编委（按姓氏笔画排序）：

于荣胜　王军　李昌珂　刘建华　张世耘

杨国政　林丰民　赵白生　赵桂莲　秦海鹰　魏丽明

A COMPANION TO
CONTEMPORARY
AMERICAN LITERATURE

当代外国文学纪事

（美国卷）

刘建华◎主编

图书在版编目（CIP）数据

当代外国文学纪事. 美国卷 / 刘建华主编. — 北京：北京大学出版社，2020.10

ISBN 978-7-301-31651-1

Ⅰ.①当… Ⅱ.①刘… Ⅲ.①文学研究–美国–现代 Ⅳ.①I106

中国版本图书馆 CIP 数据核字 (2020) 第 183020 号

书　　　名	当代外国文学纪事（美国卷） DANGDAI WAIGUO WENXUE JISHI (MEIGUO JUAN)
著作责任者	刘建华　主编
责任编辑	张　冰　吴宇森
标准书号	ISBN 978-7-301-31651-1
出版发行	北京大学出版社
地　　　址	北京市海淀区成府路 205 号　100871
网　　　址	http://www.pup.cn　新浪微博：@北京大学出版社
电子信箱	wuyusen@pup.cn
电　　　话	邮购部 010-62752015　发行部 010-62750672 编辑部 010-62759634
印　刷　者	涿州市星河印刷有限公司
经　销　者	新华书店
	720 毫米 × 1020 毫米　16 开本　23.75 印张　367 千字 2020 年 10 月第 1 版　2020 年 10 月第 1 次印刷
定　　　价	99.00 元

未经许可，不得以任何方式复制或抄袭本书之部分或全部内容。
版权所有，侵权必究
举报电话：010-62752024　电子信箱：fd@pup.pku.edu.cn
图书如有印装质量问题，请与出版部联系，电话：010-62756370

编写人员名单

主　编：刘建华

撰写人员名单（按姓氏笔画排序）：

孔丽霞　刘建华　李玄珠　李　菊　陈礼珍
张世耘　时晓英　吴燕翔　金海娜　祝　茵
黄文英　黄重凤　程朝翔

统稿人：刘建华

序　言

本书是由刘意青教授主持、北京大学外国语学院承担的国家社科基金重点集体项目"当代外国文学纪事"（项目编号：06AWW002）子项目"当代美国文学纪事"的纸版成果。在线版/光盘版"当代外国文学纪事"已于2013年以优秀成绩通过结项评审，本成果是在在线版/光盘版"当代美国文学纪事"基础上修订增补而成。

本书主要由136个词条构成，其中作家词条66个、作品词条70个。66个作家词条中有小说家词条45个、剧作家词条11个、诗人词条10个。70个作品词条中有小说词条48个、戏剧词条11个、诗歌词条11个。作品词条所介绍的作品全都发表于1950年之后，其中86%的作品发表于1980年之后。本书的末尾有附录，介绍美国文学的主要奖项以及获奖作家作品的名单。

按照"当代外国文学纪事"项目的编纂原则，本书以纪事方式介绍当代美国作家作品。所谓文学纪事，就是记述所选文学对象的基本事实，而不是像文学史或文学批评那样再对它进行研究，所以本项目要求撰稿人尽量用事实说话，避免发表评论，尽管事实的甄别和挑选也难免带有主观色彩。

任何项目都不可能包罗万象,本项目也不得不对为数众多的当代美国作家进行选择。选择依据了获奖情况、国内外重要书刊上的评价以及我们自己的阅读经验,但无论怎么选,总会有重要作家落选。由于本项目起初的目标不是出书,而是建立在线数据库,这个数据库可以随时更新,漏选的作家可以随时补上,所以当初选择作家时并没有做太多权衡,而是有意识地向国内介绍较少的作家做了倾斜。这次为了出书,我们在有限的时间内做了力所能及的增补。

本书词条按作家英文姓氏的首字母顺序排序。每一个作家词条之后是作品词条,介绍该作家新近发表的一至两部重要作品。作家词条的内容一般包括作家的家庭、教育等有关背景、工作简况、主要作品梗概以及其他重要作品的名称。作品词条的内容一般包括作品的创作出版背景、作品内容、思想和艺术特点及成就。

比较而言,作品词条写起来难度要远大于作家词条,尤其是那些介绍20世纪80年代之后面世的新作品的词条。这些发表于80年代之后的后期后现代作品与之前的前期后现代作品的主要区别之一,就是具有更大的综合性。前期后现代作品侧重于形式试验,较为关注自指性、元小说和文本性等形式方面的问题,而后期后现代作品则试图把它们对新时代话题(包括沟通不同性别、种族、阶级和性倾向的多元文化、突破国界的全球化、渗透生活的高新科技和穿越虚实的虚拟空间等)的发掘探讨与前期后现代作品的形式试验结合起来,因而具有比前期后现代作品更大的丰富性和复杂性,更加难以概括和介绍,连作家自己也力不从心。对于自己长达1232页的《留到那一日》(*Against the Day*, 2006),托马斯·品钦曾做过归纳,但该归纳在网上露面不久又被他撤下,可能就是因为他不甚满意,担心它会误导读者。就此类形制庞杂、资料匮乏的作品编写词条,对于我们这个以年轻学者为主体的编写团队来说,难度是不言而喻的。尽管大家不遗余力,但疏漏和差错在所难免,请读者发现后不吝赐教,以便再版时补正。

本书在编写过程中得到了多方面的帮助。作为"当代外国文学纪事"

序 言

的项目主持人,刘意青老师从项目论证立项到具体实施的各个阶段,自始至终亲力亲为指导我们的工作,督促并帮助我们顺利完成项目。负责项目英美文学部分的张世耘老师辛勤协调解决我们遇到的困难,并编写了本书的附录。外国语言学及应用语言学研究所的苏祺老师在项目的技术处理方面提供了帮助。本书的出版得到北京大学外国语学院出版经费的支持,北京大学出版社的张冰老师参与规划并一直支持本项目的出版事宜,北京大学出版社的张冰和吴宇森老师担任本书的责任编辑,在此一并致谢。

刘建华

2020年2月

目 录

凯西·阿克（Kathy Acker） ··· 1

爱德华·阿尔比（Edward Albee） ································· 6

阿奇·阿蒙斯（Archie Ammons） ································· 11

约翰·阿什伯里（John Ashbery） ································· 16

保罗·奥斯特（Paul Auster） ······································ 21

拉塞尔·班克斯（Russell Banks） ································· 26

唐纳德·巴塞尔姆（Donald Barthelme） ··························· 30

弗雷德里克·巴塞尔姆（Frederick Barthelme） ····················· 35

安·贝蒂（Ann Beattie） ·· 40

索尔·贝娄（Saul Bellow） ··· 45

理查德·布劳蒂根（Richard Brautigan） ··························· 50

罗伯特·克里利（Robert Creeley） ································ 55

迈克尔·坎宁安（Michael Cunningham） ·························· 60

唐·德里罗（Don DeLillo） ··· 64

詹姆斯·迪基（James Dickey）	75
琼·迪迪昂（Joan Didion）	80
E. L. 多克托罗（E. L. Doctorow）	86
卡罗琳·富谢（Carolyn Forché）	96
威廉·H. 加斯（William H. Gass）	101
艾伦·金斯伯格（Allen Ginsberg）	107
芭芭拉·盖斯特（Barbara Guest）	113
约翰·霍克斯（John Hawkes）	116
贝思·汉利（Beth Henley）	123
肯·凯西（Ken Kesey）	128
杰西·科辛斯基（Jerzy Kosinski）	133
托尼·库什纳（Tony Kushner）	138
吉汉珀·拉希里（Jhumpa Lahiri）	145
诺曼·梅勒（Norman Mailer）	150
伯纳德·马拉默德（Bernard Malamud）	154
戴维·马梅特（David Mamet）	160
埃米莉·曼（Emily Mann）	165
鲍比·梅森（Bobbie Mason）	169
科马克·麦卡锡（Cormac McCarthy）	174
拉里·麦克默特里（Larry McMurtry）	183
威廉·默温（William Merwin）	186
托尼·莫里森（Toni Morrison）	190
格罗里亚·内勒（Gloria Naylor）	197
玛莎·诺曼（Marsha Norman）	203
乔伊斯·欧茨（Joyce Oates）	208
蒂姆·奥布赖恩（Tim O'Brien）	212
辛西娅·奥齐克（Cynthia Ozick）	218

沃克·珀西（Walker Percy）	224
玛吉·皮尔西（Marge Piercy）	230
斯坦利·普拉姆利（Stanley Plumly）	236
理查德·鲍尔斯（Richard Powers）	240
安妮·普鲁（Annie Proulx）	245
托马斯·品钦（Thomas Pynchon）	249
伊希梅尔·里德（Ishmael Reed）	255
玛里琳·鲁宾逊（Marilynne Robinson）	261
菲利普·罗斯（Philip Roth）	265
杰罗姆·罗森堡（Jerome Rothenberg）	272
山姆·谢泼德（Sam Shepard）	276
尼尔·西蒙（Neil Simon）	283
罗伯特·斯通（Robert Stone）	289
彼得·泰勒（Peter Taylor）	295
约翰·图尔（John Toole）	298
安妮·泰勒（Anne Tyler）	302
约翰·厄普代克（John Updike）	307
库尔特·冯内古特（小）（Kurt Vonnegut，Jr.）	313
艾丽斯·沃克（Alice Walker）	318
温迪·瓦瑟斯坦（Wendy Wasserstein）	323
詹姆斯·韦尔奇（James Welch）	329
约翰·怀德曼（John Wideman）	335
奥古斯特·威尔逊（August Wilson）	340
兰福德·威尔逊（Lanford Wilson）	346
汤姆·沃尔夫（Tom Wolfe）	351
附录	355

凯西·阿克（Kathy Acker）

作家简介

凯西·阿克（1948—1997），小说家，作品富有实验性、批判性和挑战性。

生于纽约，由母亲和继父带大。生父在她出世前抛弃了家庭；母亲在她13岁时自杀身亡。曾就读于布兰代斯大学，1986年获加利福尼亚大学圣迭戈分校学士学位，后进入纽约大学和纽约州立大学进修。18岁时与罗伯特·阿克（Robert Acker）结婚；与罗伯特·阿克离婚后于1976年与作曲家彼得·葛顿（Peter Gordon）结婚，后又离异。她做文身，镶金牙，尝试双性恋；当过脱衣舞女，拍过色情电影，也做过档案员、秘书、旧金山艺术学院讲师等。1997年因乳腺癌去世。

阿克的处女作《政治》（*Politics*，1972）是一本诗歌散文集。文集出版不久后以"黑狼蛛"为笔名发表了小说《黑狼蛛的烂漫生活：几个女凶手的故事》(*The Childlike Life of the Black Tarantula: Some Lives of Murderesses*, 1973),后又把它扩展为《黑狼蛛所述的黑狼蛛的烂漫生活》(*The Childlike Life of the Black Tarantula by the Black Tarantula*, 1975)。故事里,一个16岁的女孩告诉读者,其养父因为怀疑她与男朋友上床便强奸了她。养父把阳具用作进行控制的工具,象征着西方文化中的父权传统。

在《我梦见我是色情狂:想象》(*I Dreamt I Was A Nymphomaniac: Imagining*, 1980)中,阿克表现了写作的冲动与如何在现实生活中保持这种冲动的矛盾。作品从性幻觉和白日梦开始写想象的革命,最后以摘录记载美国监狱黑幕的历史档案结束。

《亨利·图卢兹·洛特雷克所述的图卢兹·洛特雷克的成人生活》(*The Adult Life of Toulouse Lautrec by Henri Toulouse Lautrec*, 1978)是一部碎片式小说。阿克将侦探故事、神话传说、匪帮小说,甚至学生论文等各种体裁混在一起,制造出结构上的张力。故事写一个法国画家讲述他的弟弟凡·高与阿加莎·克里斯蒂笔下的侦探赫丘里·波洛在巴黎大街上试图破解一桩谋杀案之谜。同时发生的还有凡·高的女儿珍妮斯·乔普林(20世纪60年代的摇滚乐和布鲁斯乐流行歌手)与浮世浪子詹姆斯·迪恩(50年代的杰出男演员之一)的恋爱。

《凯西去海地》(*Kathy Goes to Haiti*, 1978)以对话形式讲述了一个叫凯西的女孩只身到海地旅行以及在那里所经历的艳遇。

上述六部作品出版后在美国反应平平,但在英国却引起了不小的震动,使得阿克被看作"最古怪的美国艺术家"。

阿克旅居英国期间发表的小说《远大前程》(*Great Expectations*, 1982)是其第一部引起美国评论界广泛关注的重要作品。小说利用狄更斯的同名小说的基本框架,通过戏仿、拼贴、语境重置等手法重写了狄更斯的名著。故事场景从19世纪的伦敦搬到了20世纪的纽约。故事的主人公皮普改名为彼特,长大后成为一个艺术家和同性恋者,爱上一个名叫凯西的女人。在重写狄更斯作品的过程中，阿克还戏仿了普鲁斯特、福楼拜、瑞吉·霍尔特、济慈、普罗佩提乌斯、拉法耶特夫人等人的作品，并加入了她自己作为一个朋克的生活经历，将自己想当艺术家的愿望与追求变成皮普的愿望与追求。

《泣血高中》（*Blood and Guts in High School*，1984）背弃中学生故事的传统写法，讲述了一个难以置信的故事。女主人公珍妮是一个有着施虐受虐、偏执等倾向的女生。因为担心父亲会扔下自己不管，她长期与他保持乱伦关系。在发现父亲打算和女友萨丽同居后，便开始自暴自弃，任人糟蹋与虐待自己。

《彼埃尔·保罗·帕索里尼所述的我的死亡我的生平》（*My Death My Life by Pier Paolo Pasolini*，1984）表面上是意大利已故导演和诗人帕索里尼的自传，实际上只有第一部分"我的死亡"是作者自述被人谋杀的过程和警察办案的结果，其余部分由其他不同文本穿插而成，其中既有阿克的自传，也有政论文、小说、戏剧、书信等。帕索里尼与阿克一样，也是社会叛逆分子。他的小说和电影内容淫秽，叙述/拍摄手段大胆，多次遭到查禁、攻击，甚至指控，使他成为意大利乃至全球最有争议的导演和小说家之一。这部作品给人以侦探小说的印象。在第一部分末尾，帕索里尼宣称，他将用反因果关系的唯名论方法查清自己之所以被谋杀的真相。实际上此后的内容与破案无关。此书先后套用了莎剧《哈姆雷特》《罗密欧与朱丽叶》《第十二夜》《威尼斯商人》《麦克白》《亨利四世（上）》等作品，杜撰了勃朗特姐妹的书信，改写了《呼啸山庄》。在游戏式抄袭、套用、改写过程中，阿克穿梭来往于各个时代，古代和当代同时出现在一个叙述平面上，中心场景则是作为20世纪西方文化中心的纽约。叙述中，阿克掺入了自己在加利福尼亚州圣迭戈的生活与创作经历，论及里根、尼克松、老布什等政客，马克思、尼采、罗素等哲学家，麦当娜、猫王等演艺人士，甚至妓女、男妓、皮条客等社会渣滓。在套用经典的过程中，阿克以嘲弄、颠覆的方式探讨语言与意义、政治与社会、战争与爱情、艺术与生活、同性恋与异性恋、爱尔兰共和军与恐怖主义等诸多关系，通过非逻辑的碎片表达自己对上述主题的看法。此外她还肆意篡改、杜撰、添加作品内容、剧情、人物。

阿克的另一部重要作品是《堂吉诃德》（*Don Quixote*，1986）。如同《远大前程》的做法，《堂吉诃德》戏仿了塞万提斯的代表作和许多政治历史书籍，并对这些作品随心所欲地进行改造。经过阿克的改造后，堂吉诃德变成了一个66岁的老女人，她的随从桑丘·潘沙变成了一条会说话的狗，名为圣西蒙。

《无意义帝国》（*Empire of the Senselessness*，1988）由自称为海盗的男主人公塔瓦和他的女朋友以及半机器人黑人阿布对往事颠三倒四、含糊不清的回忆所构成。它所针对与颠覆的目标就是美国这个虚伪、欺骗、专制与贪婪的"无意义帝国"，同时还有美国人洋洋自得的心态和对待政府欺骗和压迫行为麻木不仁的态度。

阿克还发表过《怀念身份》（*In Memoriam to Identity*，1990）、《海盗之王》（*Pussy, King of the Pirates*，1996）等作品。

（黄文英）

作品简介

《堂吉诃德》（*Don Quixote*）

《堂吉诃德》是凯西·阿克最著名的长篇小说之一。

故事由三个部分组成。第一部分"夜晚的开始"讲述女骑士如何离家云游，却闯入一个由两个"权利贩子"（一个叫马基雅维里，另一个叫耶稣基督）控制的世界。故事开头，堂吉诃德面临的首要问题是她必须马上做人工流产。在名为"其他文本"的第二部分中，堂吉诃德已经"死去"，说不出话，只能被动地阅读由四位男性作家创作的文本——俄国作家拜里的小说《彼得堡》、意大利作家郎派杜莎的小说《美洲豹》、德国剧作家魏德金德的歌剧《露露》、一位匿名作家的科幻作品。这些文本的共同之处是编造了一个标准的却十分有害的女性样板,譬如当男人说"没有任何男人会爱上你"时,女人就会把割腕选作出路。堂吉诃德认识到,在这个以男性为中心的世界里,女性的唯一出路是做一个半男半女的阴阳人。于是她宣称自己是一个"阴阳夜晚骑士"(female-male night-knight)。在第三部分"夜晚的结束"中,堂吉诃德走出文学,回到现实,大战尼克松、基辛格、里根、《时代文学增刊》的编辑们以及纽约市的大小房东,为的是使美国免遭这些"邪恶巫师"的荼毒。她意识到,在现代世界里,经济和政治的战争已经转入语言和神话的领域。

《堂吉诃德》是一部涉及内容广泛的作品,不仅讨论了妇女地位、男女关系、传统文本中的女性形象、现代经济和政治对社会和文学的影响,还讨论了现代符号学,以及德里达、德鲁兹、福柯等人的语言与批评理论,并运用这些后现代理论肆意嘲弄和颠覆以男性为中心的传统文学、现代政治等。主导的文学批评话语也被阿克改造成一种女性话语。作品结尾,上帝对堂吉诃德说,已经没有新的故事和线索,也不再有回忆,只有她这个骑士了。于是这个被堂吉诃德称为"主人"的"作者—上帝"将这位骑士从梦境中解放出来,让她回到一个没有作者、角色和意义的世界。

(黄文英)

爱德华·阿尔比（Edward Albee）

作家简介

爱德华·阿尔比（1928—2016），剧作家。幼年被富裕的养父母收养，养父为美国极有影响力的歌舞杂耍剧团老板之子，养母个性极强，试图将他塑造成上流社会的体面人物。但阿尔比交往的大多是离经叛道的艺术家和知识界人士，他本人又有同性恋倾向，因此难免与养母发生冲突，与养父母的关系都趋于紧张。18岁时，他由于同性恋倾向而被养母赶出家门并被剥夺继承权。由于他的经历，他最成功的剧作也大多是描写家庭关系的。

阿尔比在纽约及附近的西切斯特县长大，中学时曾多次转学，后上过一年大学。20岁时，他来到艺术家集聚的纽约格林威治村，在那里干了多种零活，并受到当时的反文化和先锋派运动的熏陶。他早年写过诗歌和一部未发表的长篇小说，20世纪50年代后期开始进行戏剧创作，

爱德华·阿尔比（Edward Albee）

1959年因第一部剧作《动物园的故事》（*The Zoo Story*，1958）上演而一举成名。阿尔比早期的独幕剧还包括《贝茜·史密斯之死》（*The Death of Bessie Smith*，1959）、《沙盒》（*The Sandbox*，1959）、《美国梦》（*The American Dream*，1960）等，精辟地批评了所谓美国的价值观，奠定了他作为重要剧作家的地位，同时也为美国的荒诞派戏剧开了先河。他的第一部多幕剧《谁害怕弗吉尼亚·伍尔夫？》（*Who's Afraid of Virginia Woolf?*，1962；电影，1966）是他的重要作品之一。

他之后的剧作包括《伤心咖啡馆之歌》（*The Ballad of the Sad Café*，1963；电影，1991；改编自卡森·麦卡勒斯的长篇小说）、《小爱丽斯》（*Tiny Alice*，1964）、《微妙的平衡》（*A Delicate Balance*，1966；电影，1973）、《盒子》与《毛泽东主席语录》（*Box and Quotations from Chairman Mao Tse-tung*，1968；两部互相关联的剧作）、《海景》（*Seascape*，1974）、《杜布克来的女人》（*The Lady from Dubuque*，1980）、《三臂男人》（*The Man Who Had Three Arms*，1981）、《三位高个儿女人》（*Three Tall Women*，1990）、《一部关于婴儿的剧》（*The Play about the Baby*，1996）、《山羊，或谁是西尔维亚？》（*The Goat, or Who is Sylvia?*，2000）、《占领者》（*Occupant*，2001）等。

阿尔比的剧作大多具有荒诞戏剧的典型特征，剧中人物无法或不愿意与他人交流；他们内心孤独，得不到同情也不同情他人。阿尔比是一位严肃、博学的主流剧作家，与尤金·奥尼尔、田纳西·威廉斯、阿瑟·米勒一起跻身美国一流的主流剧作家之列。但是，他也是一位具有高度反叛精神的剧作家，不断颠覆现行的社会价值观念。在2002年的剧作《山羊，或谁是西尔维亚？》中，他描写了建筑师马丁生活中的两天。马丁的事业如日中天，与妻子斯蒂薇情投意合，他们得体地接受了儿子是同性恋的消息。后来，事情却急转直下：原来马丁一直在与一只他称为西尔维亚的山羊恋爱和做爱。剧终时，斯蒂薇拖着被她杀戮、鲜血淋漓的山羊走上了舞台。像他以往的多部剧作一样，该剧也描写了家庭生活，但该剧对人兽恋的宽容似乎预示着同性恋之类的关系已成为常态，对山羊的杀戮也似乎成为祭礼。在古希腊，悲剧的原意是"山羊歌"，这种联系似能点明该剧的当代悲剧意义。阿尔比认为，他的作品旨在审视美国，抨击美国社会中以虚假价值取代真实价值的状况，谴责人类的自满、残忍、衰弱、空虚，抵制一切掩盖和美化社会堕落的神话。

在阿尔比的写作生涯中，他不断变换写作风格和内容。《动物园的故事》以存在主义手法刻画了人类的异化与幻灭；《贝茜·史密斯之死》涉及种族问题；《微妙的平衡》是一部家庭剧；《小爱丽斯》是一部探讨现实与梦幻的"梦戏剧"，也是对宗教信仰的思考；《海景》通过一对度假的退休夫妇在海滩上与一对海蜥蜴相遇的故事来评论社会；以死神为女主人公的《杜布克来的女人》是一个关于死亡的寓言故事；《占领者》则是为纪念他的雕刻家朋友路易斯·奈乌尔逊而作。阿尔比在当代的影响持久不衰，他的重要剧目被不断重演。他的最新剧作《动物园如家》（*At Home at the Zoo*，2004）也受到评论界的重视。这部剧作是46年前的《动物园的故事》的前传，描写彼得在到动物园的前一天与妻子安妮之间的故事。这部剧作也许是对阿尔比所有"家庭生活"戏剧的回归和总结。

作品简介

《三位高个儿女人》（*Three Tall Women*）

《三位高个儿女人》是爱德华·阿尔比在沉寂近30年后创作的一部重要剧作。该剧于1991年在维也纳首演，1992年在纽约上演，1994年在伦敦皇家剧院上演。该剧1993年在外百老汇（Off Broadway）演出时，在四百座的剧场里连续演了582场，场数仅次于阿尔比先前的《谁害怕弗吉尼亚·伍尔夫？》。1994年，《三位高个儿女人》为阿尔比赢得五个重要奖项，包括他的第三个普利策奖。阿尔比深厚的艺术功力在此剧中得到了几近完美的呈现，他向剧中注入了深刻的生命体悟，激情、哲思与智识激荡其中。

《三位高个儿女人》具有高度的自传性，阿尔比以自己的养母为原型塑造了一个处于耄耋之年的老妇人的形象。但他超越了对养母的个人恩怨，把《三位高个儿女人》写成一部有关生命意识的剧作，变化和当下构成该剧存在主义主题的核心要素，由老妇人A领衔倾情演绎。剧名中的三位高个儿女人既指第一幕中的老妇人A（92岁）、护工B（52岁）和律师C（26岁），也指第二幕中老妇人A在92岁、52岁和26岁时的自己。阿尔比以字母命名人物，赋予由三位高个儿女人演绎出的变化与当下这一生命意识以普遍意义：人生处于变化之中，要生活在当下。

阿尔比以敏锐的洞察力描画出一位女性从青年到中年再到老年的生命历程，其中的各种变化都是人类所必须面对的。阿尔比笔下的老妇人年老体迈，身体机能退化，像婴孩般时哭时笑，行动需要依赖护工。她连日子也搞不清楚，然而在她如游丝般时断时续的记忆里，依然存储着她难以忘却的内容。她对生命中的荣辱成败、是非曲直、悲欢离合仍记忆犹新；那些顽强的记忆片段串联起来勾勒出她韧性十足的苦乐人生。她靠回忆迸发出生命的力量，她对现实的失控似乎在对记忆的掌控中找到些许慰藉。她的精明丝毫未减，她依然霸气十足，动辄就想摆平周遭的人与事。老妇人贪慕虚荣、精明强势、嬉笑怒骂、机敏坚毅，所有这些与她超越世事浮华、修行者般的顿悟结合在一起，使她在舞台上大放异彩。

《三位高个儿女人》是阿尔比在形式上最具实验性的剧作，体现出他高超的戏剧表现技巧。他运用变化的戏剧手法来表现变化的人生。该剧共有两幕，它们风格各异：第一幕用了现实主义手法，第二幕用的则是超现实主义或荒诞派手法。在第一幕中，阿尔比从外部或他人的视角刻画出一个专横、自负、身体虚弱的耄耋老妇的形象。在第二幕中，他则通过老妇人意识中老、中、青三个不同时期的生存状态，探讨了她为什么会变成一个如此怨愤的女人。这种变化的手法和风格使老妇人的形象更具复杂性，超越了现实主义戏剧的时空局限，传递出丰富的生命哲思。

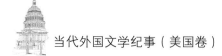

《三位高个儿女人》是一部美丽哀婉、异常冷峻而又非常风趣的戏剧,讲述了一个充满坚忍和苦涩的感人至深的故事。它具有一种来自生活沉淀的苦乐交织、悲欣交集的力量,令人在笑声中开始思考,在困顿中放声大笑。悲苦中的欢笑正是该剧的魅力所在。这一魅力源自超越世事纷争的阿尔比对生命自身的尊重;老妇人的形象传递出他深切的人文关怀。怎样才能不变成将来那个痛苦与挣扎的自己?怎样才能有不失去理想和获取幸福的能力?什么才是最幸福的时光?这些就是三位高个儿女人提出、思考和试图回答的主要问题。

(时晓英)

阿奇·阿蒙斯（Archie Ammons）

作家简介

阿奇·阿蒙斯（1926—2001）是美国浪漫主义诗歌传统最重要的代表。大多数当代诗人都放弃了浪漫主义的宏大主题，去探寻那些较狭窄的领域，比如个人的实验、流行文化、荣格的神秘主义和身份政治等，而阿蒙斯却继续关注宏大话题，那些在爱默生、惠特曼、狄金森和斯蒂文森等先辈们的作品中常见的话题。当然，阿蒙斯非常清楚这一传统喜好讨论灵感和抽象事物、脱离当下现实、推崇神秘的超验主义主张等倾向。阿蒙斯的最大贡献在于将爱默生的传统带入充满怀疑主义的当代，设计了一套正式、典型的修辞手法来保持其基本姿态，同时又深深扎根于理性的准确意象。他的长诗《垃圾》（*Garbage*，1993）就反映出他在努力将生活中的浮渣尽可能地融进诗歌，同时为超验主义留出空间。

阿蒙斯出生于北卡罗来纳州的一个小烟草农场。他的父母曾生育三个女儿，其中一个刚满两周就夭亡了，他的两个弟弟也没能存活下来。这些孩子的夭亡对诗人的影响十分深远。第二次世界大战期间，阿蒙斯曾在美国海军服役，战后进入韦克弗罗斯特大学学习生物，后又在加利福尼亚大学伯克利分校获英语硕士学位。1964年，他成为康奈尔大学的教员，最终当上英语和诗歌戈尔德温·史密斯席教授，1998年退休。在长达50年的写作生涯中，阿蒙斯荣获多种奖项，包括两个全国图书奖[《诗歌集：1951—1971》（*Collected Poems: 1951—1971*，1973），《垃圾》]、美国诗人学会颁发的华莱士·斯蒂文斯奖（1998）、1981年刚设立的奖金高达50万美元的麦克阿瑟天才奖。此外，阿蒙斯的《树的海岸》（*A Coast of Trees*，1981）获1981年度全国书评家协会奖；《垃圾》获1993年度国会图书馆丽贝卡·约翰逊·博比特全国奖；《球体：运动的形式》（*Sphere: The Form of a Motion*，1974）获1971年度博林根奖。阿蒙斯还获得过美国诗歌协会的罗伯特·弗罗斯特奖章、鲁丝·莉莉奖，等等。

阿蒙斯在创作时常用两行或三行诗节。他的无韵三行诗节与雪莱《西风颂》中的三行诗节非常相似。另外，他还喜欢使用连行手法。他的作品有些非常短，只有一两行，其余的往往包含几百行，《球体：运动的形式》的篇幅甚至达到了一本书。获全国图书奖的《垃圾》只包含一个单句，分为18个部分，用对句的形式写成。他使用标点符号的方式非常独特。在有些诗歌结尾，他不用句号，而用省略号，或不用任何标点符号。冒号是阿蒙斯的标志性符号，似乎可以用于任何场合。

阿蒙斯的语言特点包括：（一）受过良好教育者日常使用的标准英语，包括一些日常使用中罕见但文学中常见的词汇。（二）大众词汇，包括他所熟悉的北卡罗来纳州的民间口语，还有在严肃诗歌中见不到却在民间流行的饶舌词汇。（三）源自希腊语和拉丁语的自然科学词汇，尤其是地质学、物理学和神经工程学等学科的词汇。阿蒙斯诗歌语言的混杂性非常独特，在其诗歌之外很难见到。

阿蒙斯的其他主要作品有《复眼及颂歌》（*Ommateum, with Doxology*，1955）、《海平面的表达》（*Expressions of Sea Level*，1964）、《科森斯小湾》（*Corsons Inlet*，1965）、《年终的卡带》（*Tape for the Turn of the Year*，1965）、《诺斯菲尔德诗集》（*Northfield Poems*，1966）、《诗选》（*Selected Poems*，1968）、《丘阜》（*Uplands*，1970）、《简报：短小而轻松的诗》（*Briefings: Poems Small and Easy*，1971）、《多样化》（*Diversifications*，1975）、《诗歌集：1951—1977》（*Collected Poems：1951—1977*，1977）、《海格特路》（*Highgate Road*，1977）、《雪诗》（*The Snow Poems*，1977）、《长诗选集》（*Selected Longer Poems*，1977）、《世俗的希望》（*Worldly Hopes*，1982）、《湖泊效应国》（*Lake Effect Country*，1983）、《诗选：扩展版》（*The Selected Poems: Expanded Edition*，1986）、《苏美尔回想》（*Sumerian Vistas*，1987）、《真正的短诗》（*The Really Short Poems*，1991）、《北卡罗来纳诗集》（*The North Carolina Poems*，1994）、《布林克路》（*Brink Road*，1996）、《怒视》（*Glare*，1997）、《胡说八道》（*Bosh and Flapdoodle*，2005）、《诗选》（*Selected Poems*，2006）。

（祝茵）

作品简介

《垃圾》（*Garbage*）

《垃圾》为诗人阿奇·阿蒙斯赢得了全国图书奖。此诗用史诗般的结构传达了两个主要观点：（一）任何生命，无论是人类的生命还是其他物种的生命，都是终极现实的一部分；（二）永恒即是此时此地。这些观点涉及广泛的科学领域以及我们身边的事物。此诗的语言时而激昂，时而风趣。1993年度诗歌类全国图书奖的颁奖词称：就其思想深度和语言魅力而言，此诗可与惠特曼的《自我之歌》相媲美。此诗是阿蒙斯的第四部长诗，是诗人的《球体：运动的形式》之后最重要的作品。作品试图回归人类景象中最俗丽的部分，用不同的神话取代柏拉图的那个呈现了一个单纯抽象世界的神话。

在诗中，佛罗里达州的一个脏乱不堪、臭气熏天的巨大垃圾场活灵活现地跃然纸上。仿佛是要挑战自己，诗人将最令人生厌的人造奇景想象为秩序的象征，并逐渐在垃圾山顶发现了一幅壮丽的图画："能量的纺锤"正持续不断地"化重为轻"，将事物转化为精神。不难看出，《垃圾》的确出自一位超过65岁的老人之手，因为诗在开始部分谈到如何靠吃煮大豆维系生命、依赖社会保险存活等问题。阿蒙斯说过，老化的肉体属于垃圾堆所代表的物质领域。尽管充满幽默，此诗是阿蒙斯最深刻、最伤感的作品。诗中充满了对死亡的暗示，尽管这种暗示的表达采用了华兹华斯的"智慧的消极"方式。

全诗分为18个部分，每个部分有数页的长度。诗歌主要采用两行诗节，偶尔穿插三行诗节，比起阿蒙斯早期诗歌中的三行或四行诗节显得轻灵自如，是阿蒙斯最具可读性的长诗。诗人感兴趣的终结和死亡等话题在诗里随处可见。渴望、悲伤、荒诞和痛苦等感觉在其中得到谨慎的平衡。具有标志性的冒号在诗中仍有大量运用，但诗人的语调顺畅平稳，读者能毫不费力地跟随前行。如同诗人的其他长诗，此诗也讲究语言的流动性，使它变得像行云流水而不是固定不变，同时也成功地在过程与实质之间达到平衡，既保持了动态的形式，又提供了想象的内容。阿蒙斯深谙语言的音乐性，他的作品有时如同赋格曲。

此诗用自由诗体讨论了死亡、自然和人类的命运。在诗的开头，阿蒙斯宣称"这是一首科学的诗歌"，但他所指的是我们生活于其中的现实，它与我们的工作以及自然界的关系是协调的、可推测的，但又是神秘的，就如同他眼中的科学。垃圾只是他冥想的缘起和归宿,尽管他有时也会对自己的任务、目标和存在不太确定。在这个多数诗人都为丧失而哀叹的年代里,阿蒙斯在社会的垃圾场边徘徊,用善良的眼睛探寻价值,用可信的语调尝试解释。

(祝茵)

约翰·阿什伯里（John Ashbery）

> 作家简介

约翰·阿什伯里（1927—2017），纽约派诗人的核心人物。生于纽约州西部的罗切斯特市，在安大略湖边的一个农场上长大。在迪尔菲尔德学院学习期间，他饱览了W. H. 奥登（W. H. Auden）、迪伦·托马斯（Dylan Thomas）和华莱士·斯蒂文斯（Wallace Stevens）的作品，开始诗歌创作，在校报上发表了一些诗作和一篇短篇小说。他也想当画家，11岁到15岁期间曾在罗切斯特博物馆学习绘画。

阿什伯里1949年在哈佛大学获文学学士学位。大学期间曾任学校文学杂志编委，写过关于W. H. 奥登诗歌的论文。毕业后在纽约大学短暂学习过，1951年在哥伦比亚大学获文学硕士学位。20世纪50年代中期获富布莱特奖学金后去了法国，一直住到1965年。曾任《纽约先驱论坛报》艺术编辑，负责报纸的欧洲版，同时也翻译过一些当代法国文学作品。当时，

约翰·阿什伯里（John Ashbery）

他与法国诗人皮埃尔·马赫多里（Pierre Martory）住在一起。回国后，他继续从事艺术评论，为《新闻周刊》和《艺术新闻》等刊物工作。1976—1980年，任《党派评论》编辑。20世纪70年代早期，在布鲁克林学院任教，80年代去巴德学院担任语言文学教授。荣获2001—2003年纽约州桂冠诗人称号。

阿什伯里早在1956年就因其第一部诗集《一些树》（Some Trees）而获耶鲁青年诗人丛书奖。其早期作品受奥登、斯蒂文斯、帕斯捷尔纳克以及法国超现实主义诗人的影响较大。50年代后期，诗风前卫的阿什伯里与肯尼思·柯克（Kenneth Koch）、弗兰克·奥哈拉（Frank O'Hara）、詹姆斯·斯凯勒（James Schuyler）、芭芭拉·盖斯特（Barbara Guest）、肯沃德·艾尔姆斯利（Kenward Elmslie）等诗人组成了著名的纽约派。阿什伯里后来去了法国，在那里写了两本诗集，即充满争议的《网球场誓言》（The Tennis Court Oath，1962）和《河流与山脉》（Rivers and Mountains，1966）。返回纽约后，他创作了《春天里的一双梦》（The Double Dream of Spring，1970）。70年代开始，阿什伯里从晦涩难懂的前卫诗人变为美国最重要的诗人之一，尽管其诗歌还存在很大的争议。《三首诗》（Three Poems）于1973年面世。两年后，《凸透镜中的自画像》（Self-Portrait in a Convex Mirror，1975）囊括了三项美国诗歌大奖——普利策奖、全国图书奖和全国书评家协会奖。《游艇岁月》（Houseboat Days，1977）和《如我们所知》（As We Know，1979）进一步提高了他的声望。《如我们所知》收录了双行长诗《连祷》（"Litany"）。八九十年代，阿什伯里已成为美国乃至英语诗歌界的中心人物，出现了不少模仿者。这一时期也有人批评其诗歌陈旧，但1985年的《一朵浪花》（A Wave）和1994年的《星星正闪烁》（And the Stars Were Shining）中的长诗却毫无疑问地显示出这位大诗人的独特魅力。

阿什伯里诗歌的自由流动性很强，常用分离句式，语言技巧多种多样，含有大量诙谐和幽默的表达，有时会用散文体和令人松弛的平淡语气或打油诗语调。人的大脑游戏是阿什伯里许多诗歌的主题。他曾说其目标是"创作出一首评论家完全无法谈论的诗歌"。虽然其早期诗歌受传统诗歌技巧的影响很大，但他在《网球场誓言》里进行了形式上的大胆实验。在《春天里的一双梦》中，他又重新回归比较传统的路线。《三首诗》中有长段的散文体。句式和语义的实验性、语言书写的突然转换和显著的幽默气质仍然是他的作品中的常见元素。

除了上述诗作，其他主要作品有《图兰朵和其他诗歌》（*Turandot and Other Poems*，1953）、《佛蒙特州笔记》（*The Vermont Notebook*，1975）、《影子火车》（*Shadow Train*，1981）、《四月的帆船》（*April Galleons*，1987）、《冰暴》（*The Ice Storm*，1987）、《流程图》（*Flow Chart*，1991）、《拉特雷阿芒旅馆》（*Hotel Lartréamont*，1992）、《你能听到吗，鸟？》（*Can You Hear, Bird?*，1995）、《不眠》（*Wakefulness*，1998）、《逃跑的女孩子》（*Girls on the Run*，1999）、《你的名字在这里》（*Your Name Here*，2000）、《100道多项选择题》（*100 Multiple-Choice Questions*，2000）、《其他的传统》（*Other Traditions*，2000）、《如同雨伞跟随雨》（*As Umbrellas Follow Rain*，2001）、《中国耳语》（*Chinese Whispers*，2002）、《散文选1953—2003》（*Selected Prose 1953—2003*，2005）、《我去何处游》（*Where Shall I Wander*，2005）、《世俗之国》（*A Worldly Country*，2007）。

（祝茵）

作品简介

《流程图》（*Flow Chart*）

《流程图》是约翰·阿什伯里用了六个月创作的一首长诗。全诗有六个部分，每个部分由展开的日常思绪所构成。此诗表现了阿什伯里的一个极其大胆的想法，即记录"意识的存在"。虽然他这一次所记录的自我意识近似纯粹的紧张和沮丧，但他总能让读者意识到，很多时候，话语之所以会无法言说，是因为"内心话语"被"咆哮和虚张声势"夺走了"真实家园"。

　　此诗的新颖之处在于阿什伯里表达了语言停顿可以向人们展现的一种全新关系。诗歌的第一部分介绍了诗人想要表现的主题：如果没有真正的家园，"我"如何能向无言以对的"你"提出难以平息的诉求？"我"与"你"持续的紧张关系不断出现，似乎令诗人自己都感到惊讶。他发出"这是我吗？"的疑问，赋予语言以弹性和活力。爱默生曾经认为，诗人若能走出我们寄居其中的修辞手法并能对它加以清晰的描绘，就能产生"不朽的灵液"。阿什伯里也使用了这一说法。为了掌控语言，他艰难地拓展其疆界，试图找到自由并绘出语言"流动"的"图画"。在《流程图》中，阿什伯里承认并进入了他与语言的紧张关系，允许其诗句游移。读者进入他的诗歌世界，会发现其局限性和在表达方面的困境，但同时又清楚诗歌将继续，自由自在地接受质疑，自由自在地呼吸。语言一旦摆脱了走向某一终点的责任，就有了自动向前的可能，它的权威也被"代理"，并在无穷无尽的探索中消散。

　　此诗的第二部分很像阿什伯里的抒情诗合集，重复着同一个主题，只是改换了"频道"或"频率"。需要注意的是，重复这一主题的目的只是为了保持"我"和"你"之间的紧张关系，保持其共有领域的弹性和丰富性。读者会发现，此诗的真正旨趣在于探索语言问题所引起的种种反应，而不是问题本身。

　　第三部分提出，人们处于具有活力的缝隙里。读者仿佛看见自己正处于此类缝隙里，成为墙上的延伸部分。诗歌的中间部分不断出现这样一种模式：向前的运动消失了，比如故事线索消失、风向转了、搬运工出错、写作中止，只留下一个紧张的人，手握语言，在风中以不同形式显现，其动机和条件都发生扭曲。

让读者了解了上述情形后,阿什伯里在第四部分里试图说明我们是如何建立一个其实并不真实的家的。他想要指出,置身语言之中与利用和掌控它是两回事。人们通过利用和掌控语言所建立的家是那样的熟悉,但也令人感到奇怪和不安。其实它是在人们非常熟悉的那种紧张感中建起来的,不是出于语言自身的内驱力,而是由于东西已经在那儿,易于把握和利用。阿什伯里想要指出,对于语言的天真的无动机态度就是诗。这也许是他借此诗发表的最重要宣言。

《流程图》的最后两个部分是总结部分。在文字归于沉寂之后,诗人又回过头去观看它们,聆听它们。这种回归,这种对于语言的带着纠结的放手,为内心提供的并不是一个真正的家,而是一种丰富的认知和记录。"我"邀请"你"去家里造访,却明知没有直接的路径通向那里。希望遭受困扰,语言在不断延伸,被努力记录下来。一种"外在"形成了,滑动并缠绕着进入视线,使语言载体变得异常丰富。

(祝茵)

保罗·奥斯特（Paul Auster）

作家简介

保罗·奥斯特（1947—　　）集小说家、诗人、剧作家、翻译家、评论家、电影导演等多重身份于一身，其作品被译成二十多种文字。

奥斯特出生于新泽西州纽瓦克市的一个犹太裔中产阶级家庭，15岁时对写作产生了浓厚兴趣。1969年，他获得哥伦比亚大学英语和比较文学专业学士学位，接着又主修文艺复兴时期文学，于1970年获得硕士学位。毕业后，奥斯特前往法国追寻他的作家梦。四年的侨居生活使他接触到欧洲大陆的流行理论，他的创作开始受到存在主义哲学的影响。

1974年回到美国后，奥斯特发表了自己的诗集，并翻译了许多法国著名诗人的作品，比如斯特凡·马拉美（Stéphane Mallarmé，1842—1898）、约瑟夫·儒贝尔（Joseph Joubert，1754—1824）等。1982年，他翻译并编辑出版了《蓝登书屋20世纪法国诗歌选集》（*Random House*

Anthology of Twentieth-century French Poetry），同时开始为《纽约书评》《评论》《哈珀杂志》等刊物撰写评论文章。也是在这一年，奥斯特的回忆录《创造孤独》（The Invention of Solitude，1982）发表，这部汇集了作者对父亲、家庭历史的回顾和自我身份思考的传记很快就引起了读者和评论界的广泛关注。1987年，中篇小说集《纽约三部曲》（The New York Trilogy，1985—1987）的出版立即为他赢得了国际声望。不仅普通读者对这部新型的侦探小说大加赞赏，就连向来将侦探小说视为通俗读物的严肃评论家们也对它赞不绝口。

奥斯特是一个多产的作家，迄今共发表了20部小说、7部诗集、5个电影剧本、9部文集，还有一些译著和编著。他的小说有《施加压力》（Squeeze Play，1984）、《纽约三部曲》——《玻璃城》（City of Glass，1985)、《幽灵》（Ghosts，1986)和《锁闭的房间》（The Locked Room，1987)、《末世之城》（In the Country of Last Things，1987）、《月宫》（Moon Palace，1989）、《机缘乐章》（The Music of Chance，1990）、《海怪》（Leviathan，1992）、《韦尔提格先生》（Mr. Vertigo，1994）、《提姆布克图》（Timbuktu，1999）、《幻想之书》（The Book of Illusions，2002）、《打字机的故事》（The Story of My Typewriter，2002）、《神谕之夜》（Oracle Night，2004）、《布鲁克林的荒唐事》（The Brooklyn Follies，2005）、《写字间里的旅行》（Travels in the Scriptorium，2006）、《黑暗中的人》（Man in the Dark，2008）、《不可见》（Invisible，2009）、《日落公园》（Sunset Park，2010）、《日/夜》（Day/Night，2013）、《4321》（4321，2017）。

奥斯特的传记作品有《创造孤独》（The Invention of Solitude，1982）、《红色笔记本》（The Red Notebook，1985）、《饥渴的艺术》（The Art of Hunger，1992)、《谋生》（Hand to Mouth，1997）、《我以为父亲是上帝》（I Thought My Father Was God，2001）。

奥斯特的作品在20世纪90年代频频获奖，有些还被搬上银幕。《机缘乐章》1991年获笔会/福克纳小说奖提名，引起电影界人士的兴趣，被改编成电影剧本并于1993年搬上银幕。1992年，奥斯特获法国最佳外国小说奖。1993年，他的《海怪》获法国麦迪西文学大奖。1996年，奥斯特获美国约翰·克林顿文学杰出贡献奖。《纽约三部曲》中的第一部《玻璃城》获2001年埃德加最佳神秘小说奖提名。《幻想之书》2002年被《纽约时报》评为最佳小说，并获该年度的原创小说奖。

此外，奥斯特还编写了《烟》（Smoke，1995）、《面有忧色》（Blue in the Face，1995）、《桥上的露露》（Lulu on the Bridge，1998）、《马丁·弗罗斯特的内心生活》（The Inner Life of Martin Frost，2006）等电影剧本。《烟》在1996年获得柏林电影节银熊奖和最佳编剧奖。由于奥斯特在艺术和文学创作方面的突出成就，美国艺术文学学会把1990年度莫顿·多温·扎贝尔奖颁发给他。

奥斯特的文学创作融合了欧洲文化的深邃质地和美式风格的不羁想象，故事中看似荒诞不经的事件和情境往往对读者产生强烈的吸引力。奥斯特具有高超的驾驭故事的能力，能为一连串无法预测的离谱事件写下完美的收尾。他的作品以简洁的文字、冷峻的思索、扣人心弦的悬念和隐晦复杂的含义而见长。对身份的追寻和对生存意义的探索几乎贯穿了他的所有作品。他笔下的主人公常常在某个突发事件之后改变了自己原来的身份和生活方式，为了弄清事情真相而独自踏上追寻和探索之旅。旅途中，真相在不断地变化和消解，并且衍生出无穷无尽的可能性。主人公在认识到身份脆弱易变的本质之后，陷入更深的迷惘之中。奥斯特笔下的许多主人公既是追寻者又是作家，他们以回忆的方式写作，既为修复破碎的自我意识，也试图为他们的生存寻找合理的解释。最终让这些烦躁不安的追寻者平静下来的通常是他们对友谊、忍耐、宽容等人类崇高品质的理解和把握。

（孔丽霞）

作品简介

《纽约三部曲》（*The New York Trilogy*）

《纽约三部曲》（*The New York Trilogy*，1985—1987）是保罗·奥斯特的代表作，由《玻璃城》《幽灵》和《锁闭的房间》三部作品组成。

《玻璃城》的主人公奎恩是一个侦探小说家，他受一个不断打错的电话的吸引，改变自己的身份，开始调查一个似乎比他笔下的侦探小说更为扑朔迷离的案件，结果却发现所谓的受害者竟是他本人，而受害的原因正是他改变了自己的身份。在这部作品中，奥斯特用自己的真实姓名刻画了一个名叫保罗·奥斯特的侦探。贯穿全书的红色笔记本成为《玻璃城》中的核心隐喻；它也是作家本人创作生涯的重要标识。

《幽灵》讲述的是一个名叫布鲁（蓝色）的私人侦探接受一个名叫怀特（白色）的客户的委托，跟踪一个名叫布莱克（黑色）的人。在漫长无聊的跟踪之后，布鲁才明白布莱克和怀特其实是同一个人。由于他的一举一动始终和布鲁保持一致，因此布鲁本人既是跟踪者，也是被跟踪者。作者有意识地用蓝、白、黑三种冷色调来命名三位主要人物，使得《幽灵》的叙事风格更加深沉神秘。

《锁闭的房间》讲述的是一个名叫范肖的人突然失踪，留下年轻的妻子和嗷嗷待哺的女儿。他在失踪前曾指定故事的叙述者（他儿时的好友，一位小有名气的评论家）代管他的小说手稿。范肖的小说出版后大获成功，叙述者因此受出版商之托为范肖写传记。可是在写传记的过程中，叙述者发现范肖尚在人世，而他自己却正像范肖所期待的那样一步一步地逐渐变成范肖的化身。

《纽约三部曲》是一部混合了黑色幽默、希区柯克式悬念和卡夫卡式生存思考等多种元素的小说。它既没有传统侦探小说中骇人听闻的凶杀现场、血腥残忍的暴力冲突，也没有敏锐冷静、才智过人的英雄侦探，甚至也没有真正意义上的罪犯。小说的主题不是正义与邪恶的较量，而是对自我和身份的探索、对语言本质的思考。在整个关于纽约的叙述中，奥斯特用的都是冷色调，这也许正是其寓意所在。他以冷峻的色调勾勒出纽约的城市生活，描绘出现代都市人的异化和迷失自我的痛苦，继而在精神与现实的错位中探讨人的生存状况。小说营造的哥特式恐怖气氛，设置的一个又一个的谜障和悬念，都强烈地吸引读者去和作者一起踏上探寻身份和生命意义的心灵之旅，在没有答案的结局中重新审视人类自身和社会现实。

（孔丽霞）

拉塞尔·班克斯(Russell Banks)

作家简介

拉塞尔·班克斯(1940—   ),小说家和诗人。生于马萨诸塞州牛顿市。1967年毕业于北卡罗来纳大学,先后在爱默生学院、新罕布什尔大学、新英格兰学院、哥伦比亚大学、萨拉劳伦斯学院、纽约大学和普林斯顿大学任教。他是美国艺术文学学会会员,曾担任美国国际作家协会主席。他的作品被译成二十多种文字,并多次获得国际奖项。在五十多年的创作生涯里,他出版了5部短篇小说集、十多部长篇小说和4部诗集。他被誉为现代美国文学中工人阶级的代言人,擅长刻画人物的内心生活,关注的主要问题包括经济窘迫、家庭矛盾、吸毒和种族歧视等。

班克斯的主要长篇小说作品有《家庭生活》(*Family Life*,1975)、《牙买加之书》(*The Book of Jamaica*,1980)、《我的狱中经历》(*The Relation of My Imprisonment*,1984)、《大陆漂移》(*Continental*

拉塞尔·班克斯（Russell Banks）

Drift，1985）、《汉密尔顿·斯塔克》（*Hamilton Stark*，1986）、《苦难》（*Affliction*，1989）、《甜蜜未来》（*The Sweet Hereafter*，1991）、《铁骨统治》（*Rule of the Bone*，1995）、《分云者》（*Cloudsplitter*，1998）、《亲爱的》（*The Darling*，2004）。其中，《甜蜜未来》从四个视角讲述了发生在一个小镇上的一起校车事故，1997年被拍成电影；《铁骨统治》写的是一个来自破碎家庭的小男孩查普曼沦落为罪犯的冒险经历；《分云者》讲述了惨遭杀害的废奴主义勇士约翰·布朗的故事，获普利策奖；《亲爱的》是一部政治历史恐怖小说，探讨了利比里亚革命的根源以及美国20世纪六七十年代的反战运动。

班克斯的短篇小说集有《搜寻幸存者》（*Searching for Survivors*，1975）、《新世界》（*The New World*，1978）、《停车场》（*Trailerpark*，1981）、《成功故事》（*Success Stories*，1986）、《屋顶上的天使：拉塞尔·班克斯故事集》（*The Angel on the Roof: The Stories of Russell Banks*，2000）。他的短篇小说也受到评论界的广泛关注，曾获圣劳伦斯奖、欧·亨利最佳短篇小说奖、美国艺术文学学会文学奖等诸多奖项。

班克斯的诗集主要有《等待冰冻》（*Waiting to Freeze*，1969）和《雪：一个谨慎男人的冬日沉思》（*Snow: Meditations of a Cautious Man in Winter*，1974）。

（孔丽霞）

作品简介

《甜蜜未来》（*The Sweet Hereafter*）

《甜蜜未来》是拉塞尔·班克斯的著名小说。根据此书拍摄的电影曾在1997年戛纳国际电影节上获得评审团大奖和天主教人道精神奖。

《甜蜜未来》讲述的是由新罕布什尔州山姆邓特镇的一起车祸所引发

的故事。那是寒冬时节,在公路的危险地段,行驶中的校车失去控制,猛地冲向结冰的路堤,落入路边的沙坑。车上除了司机外,14个孩子全部遇难。随后,一位纽约的狡猾律师史蒂芬来到小镇调查此案。他的目的是说服遇难者父母集体上诉,煽动人们控告政府,以获取巨额赔偿。然而整个小镇没有分裂,也没有采取律师所期待的任何行动,镇民们的高尚品德得到了充分展现。

小说通过插叙让叙事在三个不同的时间和空间自由结合交叉,将车祸前后镇中不同的人和事交错呈现,还不时插进律师史蒂芬对自己与女儿关系的回忆。这样的结构安排暗合了回忆时的那种无序的意识流动。读者通过不同人的叙述和回忆渐渐看清了整个事件的来龙去脉,同时也了解了镇里不同人物的情感、命运和相互关系。

(孔丽霞)

《亲爱的》(*The Darling*)

在小说《亲爱的》中,故事的主人公汉娜·马斯格雷夫现年59岁,居住在纽约州北部;她也是故事的叙述者。汉娜年轻时是激进分子,参加过地下组织。她以虚假身份离开美国来到非洲,最后在利比里亚定居下来。随后和一位利比里亚政府官员结婚,生育了三个儿子,还花时间照看黑猩猩。利比里亚革命爆发时,她的丈夫和儿子卷入其中,她再次被迫逃离,最后回到祖国。多年以后,她重返非洲,试图寻找家人。

与班克斯的其他小说相比,《亲爱的》显得比较凄凉。汉娜虽然明白自己的境况,却不能理解她所爱的人,或去表达自己的爱。由于缺乏理解,同情就不能在灵魂深处扎根。政治动乱也疏远了汉娜和父母的关系。她能够满足母亲的物质需要,却很少从心里关心母亲。比较而言,似乎只有黑猩猩才真正受到汉娜的无条件关爱。

该小说以利比里亚25年的政治斗争和内战为背景,反映了战争、邪恶、贫困以及来自不同社会阶层和不同文化背景的人们之间的隔阂与冲突。《亲爱的》里的悲剧意味就在于汉娜虽然明白自己的境况，却不能理解所爱的人，也不去表达自己的爱，只是把自己的情感寄托在黑猩猩身上。

（孔丽霞）

唐纳德·巴塞尔姆（Donald Barthelme）

作家简介

唐纳德·巴塞尔姆（1931—1989），小说家，主要以挑战传统写法、超现实主义色彩浓重的短篇小说而闻名。生于费城，在休斯敦长大。父亲是著名建筑师，设计风格十分现代，对儿子的创作风格不无影响。巴塞尔姆爱好文学，在休斯敦大学上学期间参与编辑校刊，20岁时又成为《休斯敦邮报》艺术与娱乐版的编辑。大学期间对哲学，尤其是存在主义哲学深感兴趣，细读过萨特和加缪的著作。也喜欢读现代诗、现代主义文学理论以及形式主义批评理论。巴塞尔姆是黑色幽默作家的代表之一，一生写了大量短篇小说，也曾从事新闻记者、杂志编辑等工作，并在波士顿大学、纽约城市大学等高校任教。1989年7月23日死于癌症，享年58岁。他在临终之际完成了他最后的作品《国王》（*The King*，1990）。

巴塞尔姆一生著有一百多篇短篇小说和四部中长篇小说。他早期的

唐纳德·巴塞尔姆（Donald Barthelme）

短篇小说被收在《回来吧，卡利加里博士》（*Come Back, Dr. Caligari*，1964）、《恶劣的习惯，怪僻的行为》（*Unspeakable Practices, Unnatural Acts*，1968）、《城市生活》（*City Life*，1970）、《悲伤》（*Sadness*，1972）等集子里，后期的作品大多收入《短篇小说六十篇》（*Sixty Stories*，1981）和《短篇小说四十篇》（*Forty Stories*，1987）。他的四部中长篇小说是《白雪公主》（*Snow White*，1967）、《亡父》（*The Dead Father*，1975）、《天堂》（*Paradise*，1986）和《国王》。

此外，巴塞尔姆著有一些非小说作品，如《内疚的快乐》（*Guilty Pleasures*，1974）、《未知：唐纳德·巴塞尔姆散文与访谈录》（*Not-Knowing: The Essays and Interviews of Donald Barthelme*，1997）。他还与女儿合写了儿童文学作品《不同寻常的消防车》（*The Slightly Irregular Fire Engine*，1971），获1972年度全国图书奖。

巴塞尔姆是最有影响力的美国后现代作家之一，也是美国试验小说的杰出代表，一向以幽默和杂乱的风格而著称。他在艺术上有创新意识，从各个侧面讽刺当代西方社会，运用戏仿、反讽、拼贴等手段在形式上大胆试验。他的许多短篇小说在反映当代美国社会的同时还涉及人对自我认识的追求，故事叙述者或主要人物的生活由一系列不连贯的碎片组成，像是一幅幅文字拼贴画，例如他的短篇小说《玻璃山》（"The Glass Mountain"）拼贴了100个片段，每个片段自成一段，并刻意用数字按1到100的顺序对段落进行标记。这些拼贴画中的人物想把他们的生活碎片拼合起来，以便真正认识自己，但他们的生活被时代变化弄得七零八落，他们意欲认识自己的梦想永远无法实现。还有一些作品背离小说的传统表现形式，采用了大量非文字手段，例如插入让读者难以捉摸的图片或者单调的色块等。巴塞尔姆还喜欢将文字奇异地组合在一起，创造出令人诧异的词语，并将它们融入陈词滥调。他笔下的人物既是这种怪诞组合的创造者，又是这种怪诞组合的本身，即使他们讨论诸如时间和道德这样古老的话题，也显得十分怪诞。人们对巴塞尔姆的作品褒贬不一。褒者认为它们思维奇特、观点独到；贬者认为它们难以理解、意义不大。

巴塞尔姆的长篇小说擅长戏仿经典童话故事。极具想象力的情景、创造性的语言、各种奇特事物或者对话的并置以及对当代西方社会普遍存在的荒诞事件的夸张表现，都是他作品的典型特色。他的第一部长篇小说《白雪公主》为我们了解后现代作家的文化态度和表达技艺提供了很好的范本。他把格林童话中的白雪公主和七个小矮人变成了现代社会中的普通人。白雪公主变成受过三流大学的人文专业教育、沉溺于性快乐、受到当代女权主义思潮的影响、渴望改变现状、实现自我价值但又无所作为的普通现代女性。她希望有一天能够找到王子或被王子找到，但希望最终破灭。她与七个小矮人同住在一个大都市里，组成一个现代"家庭"，日复一日地过着一成不变的生活，每天为他们操持家务，成了地道的家庭"煮"妇。整部小说与原来的童话文本形成强烈的反差，充满调侃和嘲讽。

第二部长篇小说《亡父》则是对俄狄浦斯的故事、艾略特的《荒原》、乔伊斯的《尤利西斯》的戏仿。它叙述了一位名存实亡、死而不僵的"亡父"的长子汤玛斯和女儿裘利以及另一对儿女爱德蒙和爱玛，带领19个义工，为了不让"亡父"达到复活的目的，用电缆拖着"亡父"庞大无比的尸体长途跋涉，穿越母系社会的异国疆界，最终到达墓地，用推土机把"亡父"埋入墓穴。小说的结构和人物关系都模仿了俄狄浦斯发现自己杀父乱伦的罪行之后的故事。

第三部长篇小说《天堂》里，现代城市生活中的人们对婚姻、性、职业、金钱的满足感表现出难以捉摸的关注，然而他们对于幸福的追寻往往以失败而告终。巴塞尔姆的最后一部长篇小说《国王》在他逝世后出版，也包含很多戏仿。

（孔丽霞）

唐纳德·巴塞尔姆（Donald Barthelme）

作品简介

《国王》（*The King*）

《国王》是唐纳德·巴塞尔姆的遗作，小说将亚瑟王编织进第二次世界大战。作者通过改写托马斯·马洛礼（Thomas Malory）的经典传奇故事《亚瑟王之死》（*Le Morte d'Arthur*）来讽刺当代社会。

《国王》是对《亚瑟王之死》的戏仿，将亚瑟王和他的骑士们放入核战争威胁下的当代世界中。书中人物的姓名均采用《亚瑟王之死》的人物原名和第二次世界大战时期真实人物的姓名，例如亚瑟王、兰斯洛特（Lancelot）、桂妮维尔（Guinevere）、莫德雷德（Mordred）、埃兹拉·庞德（Ezra Pound）、温斯顿·丘吉尔（Winston Churchill）、富兰克林·罗斯福（Franklin Roosevelt）等。小说情节和人物语言极具喜剧色彩和黑色幽默的成分。此外，小说还运用隐喻的手法，比如借用但丁《神曲》中的"充满错误的黑树林"（the Dark Wood of Error）来表示人生旅途充满迷惑。

《亚瑟王之死》的情节大致如下：亚瑟是尤瑟国王（King Uther）和伊格赖因（Igraine）之子，出生后由墨林（Merlin）交给埃克特（Ector）爵士秘密养大。尤瑟死后，英国就失去了统治全境的国王。墨林将一把剑插入石中，声称拔出此剑者将成为国王。亚瑟拔出了石中剑，墨林就帮他加冕。亚瑟与桂妮维尔结婚，桂妮维尔的父亲交给亚瑟一张圆桌作为女儿的嫁妆。此圆桌成为避免骑士争执的物件，亚瑟神奇的统治就此开始。在抵抗罗马人的战斗中，亚瑟战胜了路修斯（Lucius）皇帝，并取而代之成为帝王。但是，他麾下的第一骑士兰斯洛特却爱上了王后桂妮维尔。在探寻圣杯（Holy Grail）之旅中，兰斯洛特和王后的私情败露，兰斯洛特逃脱，桂妮维尔则被判处死刑。随后，兰斯洛特将她救出，把她带到自己的领地，由此爆发亚瑟与其前骑士的战争。离开了不列颠的亚瑟将帝国交给了莫德雷德，而莫德雷德不久却背叛了他，于是亚瑟返回英国与他作战。

在索尔兹伯里平原，双方展开激战，莫德雷德战死，亚瑟也遭重创。之后，亚瑟被带上航船，驶往阿瓦隆（Avalon）。

巴塞尔姆将《亚瑟王之死》中英勇的圆桌骑士们置于残酷的第二次世界大战的背景之下。敦刻尔克（Dunkirk）沦陷了，英国人被迫撤退，纳粹德国的空军进而对伦敦实行闪电战袭击，整个欧洲处在崩溃的边缘。与此同时，美国诗人埃兹拉·庞德和英国的嚎嚎大人（Lord Haw-Haw）利用无线电进行反动宣传：庞德在意大利发表反犹言论；嚎嚎大人播送德国的假军事情报。莫德雷德逃到了德国那边，亚瑟王和他的骑士们陷入战争的泥淖。当他们求助的圣杯以原子弹的形式现身时，亚瑟王和骑士们犹豫了。他们必须做出选择：是遵守骑士的道义，还是采取现代化的残忍手段。在此，巴塞尔姆精彩而又滑稽地模仿了时代的错误，嘲讽了人类的荒谬和残忍。在决定不使用圣杯的魔力时，亚瑟也宣布他不愿意再打下去，认为他们感召圣灵的实质是正确的，但这个假圣杯不是骑士应该使用的武器。

（孔丽霞）

弗雷德里克·巴塞尔姆（Frederick Barthelme）

作家简介

弗雷德里克·巴塞尔姆（1943—   ），小说家。生于休斯敦，父亲是建筑师，母亲是教师，哥哥唐纳德·巴塞尔姆和弟弟斯蒂文·巴塞尔姆都是作家。巴塞尔姆先后就读于杜兰大学和休斯敦大学，本想当画家，1965年至1966年曾在休斯敦美术博物馆学习过一年。毕业后做过建筑绘图师、展览装备师、纽约市科恩布里艺术长廊主任助理，还曾在休斯敦数家广告公司担任创意主任和高级作家。他的艺术作品颇具特色，曾在休斯敦、纽约等地的多家艺术馆展出。艺术创作上，他刻意追求突破和创新，喜欢把日常物品收集起来重新进行组合与设计。后来，因为不想一生都"在纽约大街上背着大块木头乱跑"，他就开始改变自己的职业道路。

1977年，巴塞尔姆从约翰斯·霍普金斯大学拿到硕士学位，在南密西西比大学获得教授职位。他一直在那里教书，同时负责编辑《密西西比评论》。1976年至1977年间，巴塞尔姆的短篇小说《讲故事的人》（"Story-teller"）获约翰斯·霍普金斯大学艾略特·科尔曼小说奖。他还于1979年至1980年间获国家艺术基金会奖。巴塞尔姆是简约派重要作家，其小说背景多为新南方的商场、霓虹灯、可口可乐和麦当劳。他对情节并不特别感兴趣，更关注小说中的场面，表现一些常见问题，比如亲密恐惧症、孤独、敌意、现代病等。孤独和疏离以及对它们的恐惧是巴塞尔姆小说的常见主题。由于其小说背景随意并强调疏离，他被称为"与世隔绝的郊区游吟诗人"。巴塞尔姆曾在访谈中说自己喜欢写那些通过行动、选择和闪烁其词来表达想法和感觉的人。由于这些人对自己所言所感之间的距离有所意识，对语言的作用有所怀疑，他们通常不会谈论相同的思想和感觉。

迄今，巴塞尔姆已发表11部长篇小说、5部短篇小说集等作品。他的头两部长篇小说《战争与战争》（*War and War*，1971）和《再婚》（*Second Marriage*，1984）是包含照片、图画、真实信件和虚构内容的自传。《再婚》和1985年出版的小说《追踪者》（*Tracer*，1985）被改编为戏剧。其后期作品继续以新奇的方式表现日常生活，句式比较简单，故事常发生在郊区。其简约风格与20世纪70年代至80年代晚期的雷蒙德·卡佛（Raymond Carver）和安·贝蒂（Ann Beattie）等著名简约派作家相似。巴塞尔姆关注无处不在的媒体对美国人心理的影响以及流行文化和大众娱乐等方面的话题，常有人把他与品钦和德里罗等后现代的作家做比较。

巴塞尔姆的短篇小说集《皎洁月亮》（*Moon Deluxe*，1983）描写中年男人在两性关系结束后和婚姻解体过程中的挣扎。男主人公迷茫孤独，不时碰到一些另类年轻女子。故事里的女主人公通常比男主人公刚强、积极，更有活力和趣味。长篇小说《两对一》（*Two Against One*，1988）也

弗雷德里克·巴塞尔姆（Frederick Barthelme）

写了男主人公与妻子分手后开始了新的生活，对人物内心的描述更加深入。《自然选择》（*Natural Selection*，1990）同样聚焦于破碎的婚姻，但基调比之前的作品更加晦暗无望。《兄弟》（*The Brothers*，1993）讲述了男主人公德尔在婚姻结束后开始新生活的故事。他先与弟媳偷情，后与年轻活泼的珍坠入爱河。

在这些小说里，人物们都是在混乱的境况中寻找秩序和意义。许多人物出现在不同作品里，比如《兄弟》里的主人公德尔和珍还出现在《彩绘沙漠》（*Painted Desert*，1995）里。在这两部小说里，他们都被许多东西所吸引，比如通信、网络、路边废弃物、灾难、谋杀和媒体上的奇闻等。在《彩绘沙漠》里，德尔和珍横穿全国去洛杉矶看O. J. 辛普森（O. J. Simpson）案件的发生地，每天从大量真假难辨的报道中寻找解脱。在《赌徒鲍勃》（*Bob the Gambler*，1997）里，巴塞尔姆的笔触从网络转向赌场，从描写充满灾难的媒体转向为逃避现实而去玩"大赢家"的人。雷和朱厄尔这对生活无聊的夫妇开始对新开张的赌场产生兴趣。颇具讽刺意味的是，这个赌场名叫"天堂"，与赌博的灾难性后果形成鲜明对照。在这个故事里，巴塞尔姆不只是写了美国梦的破灭，还表达了这样一种观点：即使失去了你所拥有的一切，你也不必感到遗憾。另外，巴塞尔姆再次向我们展现了当代美国的垃圾化趋势以及这种趋势对美国人心理的作用，但他像欣赏其他流行文化一样只是欣赏这一切，不加评论。

巴塞尔姆的短篇小说集《仰光》（*Rangoon*，1970）、《色度》（*Chroma*，1987）和《平均律：新短篇小说选》（*The Law of Average: New & Selected Stories*，2000）也很有影响。他还与其兄合著了一本关于赌博的著作《双输：对赌博与损失的思考》（*Double Down: Reflections on Gambling and Loss*，1999）。

（黄文英）

作品简介

《赌徒鲍勃》（*Bob the Gambler*）

《赌徒鲍勃》，长篇小说，弗雷德里克·巴塞尔姆著，写的是密西西比州拜洛希市的一对厌世夫妇雷和朱厄尔痴迷赌博的故事。

雷和妻子朱厄尔以及朱厄尔与前夫的女儿RV在拜洛希过着平静的生活。拜洛希是一座位于墨西哥湾的民风淳朴、生活舒适的小城。身为建筑师的雷对其工作失去兴趣，而且也不想再找别的工作。承担养家重任的朱厄尔是一位咨询师。她14岁的女儿RV终日抱怨连天、酗酒、吸大麻、在停车场与朋友鬼混，是时下青少年的典型代表。雷的母亲莱欧娜性情古怪，独自住在圣路易斯湾；他的父亲不苟言笑，退休后住在休斯敦。雷成功过，但这个被认为"杰出却难以相处"的建筑师也确信自己的成功不会长久。在没有应邀参加一些公益和慈善活动之后，他的生意开始走下坡路，最后公司倒闭。

一个星期天的晚上，全国足球协会的季前比赛已经结束，雷和朱厄尔无事可做，便驱车来到数街区之外、霓虹灯闪烁的"天堂"赌场。他们是第一次来这里，毫无赌博经验，不想离开时竟赢了一千美元。单调无聊的日常生活与这一富有刺激性的游戏简直无法比较，因此他们立即就迷恋上赌博，很快就从老虎机旁挪到了21点扑克牌赌桌前。在接下来的几周里，他们时输时赢，输多赢少，逐渐输掉了他们的所有财产，包括支票、存款、退休储蓄、RV的大学教育基金、预支的三万五千美元现金，还输掉了两辆福特牌越野车、家具、电器、房子，等等。唯一没有输掉的是他俩的婚姻。但是如果可以拿婚姻做赌注的话，他们也会把它押上。

在此期间，RV陷入叛逆少年的堕落生活，开始乱交男友，滥用药物，而她父母整夜泡在"天堂"赌场里，不能给她及时的指导和帮助。这时，雷的父亲去世了，使雷陷入更深的中年危机。他认为自己再也不是一个正常的男人，而是一个全职赌徒。尽管他对赌博并不在行，但伴随赌

弗雷德里克·巴塞尔姆（Frederick Barthelme）

博的"损失、激动、盼望、绝望、兴奋"让雷对它如醉如痴。后来，雷和朱厄尔变卖了家产，搬到路易斯湾与雷的母亲同住。在那个荒芜凌乱的地方，他们开始了简朴的新生活。这个陷入困境的家庭最终发现，幸福并非来自中产阶级的稳定生活，也不是来自在人造"天堂"里赌博的快感，而是来自伊甸园式的简朴生活。

《赌徒鲍勃》是一个有关救赎的故事。名为"天堂"的赌场也可以被看作真正意义上的天堂。在第七章里，雷想到，大输比小赢更让人兴奋，因为输了你就会继续赌，一心想赢，而赢了你就没有继续赌的太大动力了。按照巴塞尔姆的独特逻辑，输不只是赌博的后果，也是赌博的真正意义。像雷那样输得精光、债台高筑，就是赌徒的终极目标。赌博的最终回报就是使稳定的旧我死亡。大输之后的雷在第十三章里承认，他曾经是个手握大把现金收据和手提电话的赌徒，是一个拥有妻子、孩子、狗、房子和福特越野车的中产阶级建筑师、丈夫和正常人，如今他却在漫无目的地徘徊，他的过去已一去不复返。

雷的绝望之时也是他的解脱之日。他和朱厄尔变卖了一切，搬去和母亲住在了一起。雷不断做一些低级工作，也试图和RV沟通。但这种新生活没有完全脱离过去，雷和朱厄尔偶尔还会去"天堂"赌上一把，尽管他们的赌注不比从前。最后，雷自己也弄不懂为什么人们总想使事情变得可预测，而实际情况却是未来永远都神秘莫测。这里他似乎是在表达爱默生的一个观点，即人们只有在不安定的状态中才会有期待。

（黄文英）

安·贝蒂（Ann Beattie）

作家简介

安·贝蒂（1947—   ），小说家。生于华盛顿特区，在马里兰州切维蔡斯镇长大，是家里的独生女，性格较为内向。小时候，父母送她进一所要求严格的学校上学。她把此校称作"文明集中营"，开始对自己采取放任自流的态度，险些酿成后来无法进大学的恶果。在父亲的帮助下，她进入美利坚大学，1969年获得学士学位，接着又在康涅狄格大学获得英语文学硕士学位。贝蒂29岁开始写小说，那时仅把创作视作兴趣爱好。教贝蒂写作的J. D. 奥哈拉（J. D. O'Hara）教授对她极为赏识，鼓励她向《纽约客》投稿，还经常就她的稿子提修改意见。

20世纪70年代中期，她的短篇小说开始出现在《纽约客》上。1976年，她的两本书几乎同时问世，一本是她的第一部长篇小说《冬季寒景》（*Chilly Scenes of Winter*，1976），另一本是短篇小说集《扭曲》

(*Distortions*，1976）。媒体对这两部作品评价甚高，认为它们展现了贝蒂独特的创作手法和视野，堪称是60年代以来美国文坛的大事。

贝蒂早期作品的主题比较单一，写的都是她周围的人和物，尤其是她同龄人充满迷茫和无奈的生活。作品里的人物大多是20世纪60年代长大成人，属于中产阶级。他们受过教育，曾热衷于反传统的生活方式和道德观念，但到了70年代，却有了一种被世道所欺骗的感觉，对什么都不抱希望，不愿参与，也不关心。他们青春时的梦想和野心似乎在办公室、购物中心和汽车里消磨殆尽。贝蒂敏锐地把握住这个特定群体的发展脉络，以冷峻的笔调充当起他们的代言人。《冬季寒景》里的主人公查尔斯便是这个群体的代表人物之一。他在虚伪、物化的社会里感到无所适从。这种无能为力感在与60年代的对照中被细腻地表现出来。评论界常把此书与J. D. 塞林格（J. D. Salinger）的《麦田里的守望者》（*The Catcher in the Rye*，1951）相提并论。《冬季寒景》后来被改编成电影。

《冬季寒景》表现了贝蒂作品中常见的三角恋，刻画了两种类型的人物——不幸的恋人和被忽视的孩子。他们既是将爱情付诸实现的支点，又在这一三角中显得格格不入。通常他们都接受不了牵涉三人的爱情，都寻求所谓的二人组合。于是，这两类人物最终合并成一类——得不到爱的第三者。他们要么忍受这种窘况，要么设法逃避它。前者往往是孩子的命运，后者则是成年人的选择。

贝蒂的第二部短篇小说集《秘密与惊奇》（*Secrets and Surprises*，1978）再次展现了贝蒂的早期艺术成就。这个集子侧重探讨浪漫的友情和烦人的性之间的关系。在表现方法上，贝蒂注重展开矛盾冲突，但避免提出解决方案。她说，她只想描写人物生活的表面特点，对复杂的道德心理不感兴趣。正是她的那些含有大量分析的描写才使得人物的空虚、琐碎和疯狂更加具体生动。《秘密与惊奇》与两年后发表的长篇小说《各得其所》（*Falling in Place*，1980）确立了贝蒂在当代美国文坛的地位。之后，贝蒂又发表了《照明》（*Jacklighting*，1981）和短篇小说集《燃烧的房屋》（*The Burning House*，1982）。

进入20世纪80年代，贝蒂的创作更加成熟，主要表现在叙述手法更加灵活、材料组织更加凝练、作品视角更加丰富。《各得其所》便是她这一时期的代表作。她用幽默但不乏讽刺的基调揭示普通美国人的孤独、失望和焦虑等心态。这一时期，她对爱的主题也有了新的解释。在其早期作品里，较为冷漠和中性化的人物给爱情蒙上了一层只有竞争内涵的灰暗色调，而在《你能找到我的地方》（*Where You'll Find Me*，1986）这个集子里，爱已不再是完全排斥性的，而是有了一种积极、温暖的色彩。这一时期，贝蒂还完成了长篇小说《永远的爱》（*Love Always*，1985）。

《什么是我的》（*What Was Mine*，1991）是贝蒂的第九部作品。其书名似乎在暗示贝蒂要总结她在近二十年的创作生涯中所取得的成就。此书收录了贝蒂颇具代表性的十二篇短篇小说。它们曾分别刊登在《哈珀杂志》《纽约客》等著名刊物上。在这些作品中，贝蒂对爱的定义又有了新的变化，写了一个不再忌妒和压抑爱，而是能给予和享受爱的女人的故事。这是一部充满感情、闪烁着奇光异彩的作品，最成功之处是作者对现实生活的洞察力以及她鞭辟入里地展现这种生活的层层剖面的控制力。

贝蒂与雷蒙德·卡佛同被视为简约派作家的代表人物，其风格主要体现为叙述语言简洁、细节累积自然。故事情节在日常生活细节的叙述中自然展开，却又出人意料。有时，这种细节的积累和呈现似乎达到了绘画的效果：一双敏锐的眼睛轻盈地扫过背景音乐的曲名、女招待工作服上印的别号、凌乱堆放在厨房长桌上的每一件物品，然后用生动简约的笔触使它们跃然纸上。著名作家厄普代克非常赞赏这种风格。

20世纪90年代以来，贝蒂相继发表了《给威尔拍照》（*Picturing Will*，1990）、《另一个你》（*Another You*，1995）、《公园城市》（*Park City*，1998）、《完美的回忆》（*Perfect Recall*，2001）和《医生的房屋》（*The Doctor's House*，2002）、《愚行》（*Follies*，2005）等作品。

安·贝蒂（Ann Beattie）

贝蒂1993入选美国艺术文学学会，1998到1999年担任该会文学副主席，曾获得2000年度笔会/马拉默德短篇小说奖等奖项。

（黄重凤）

作品简介

《各得其所》（*Falling in Place*）

《各得其所》是安·贝蒂的第二部长篇小说。

主人公约翰·纳普与妻子路易丝结婚已有18年，但婚姻生活并不幸福。夫妻俩的一大共同点就是经常尖刻地讽刺和挖苦对方。他们有一个10岁的胖儿子约翰·乔尔和一个15岁的女儿玛丽。乔尔讨厌姐姐，与喜欢恶作剧的12岁坏男孩派克是好朋友。玛丽因为英语考试不及格而迫不得已上了暑期学校。她的英语老师辛西娅是耶鲁大学毕业生，其恋人彼得常做原子弹爆炸的噩梦，醒来的唯一目的就是疯狂挥霍一笔数量巨大的遗产。小说行文一半时达到高潮：受派克蛊惑，乔尔将一把原以为没有子弹的手枪指向玛丽，结果射出了一颗子弹，险些击中玛丽。虽然玛丽与死神擦肩而过，但全家都受到惊吓，乔尔不得不在精神病医生的陪伴下度过余生。

这一突发事件对这个家庭的生活产生了巨大影响。父母的婚姻雪上加霜。纳普在纽约有一个情人——25岁的受过高等教育的尼娜。纳普与尼娜相互爱慕，虽然尼娜有一个年老的男友。纳普无力在妻子和情人之间做选择，他们的生活在表面上似乎没有发生剧烈变化，但在这些已被侵蚀的心灵里，道德上的冷漠已完全取代了真挚的感情。生活似将复原，不会有改变的可能和救赎的希望。无意的枪击这一偶然事件在文中占据重要地位，在很大程度上揭示了小说的主题，也响应了小说的书名。

小说书名在作品中出现了六次，暗示了W. H. 奥登在诗歌《美术馆》（"Musée des Beaux Arts"）里所表现的如同伊卡罗斯（Icarus）坠海那样的名利场社会的没落，以及1979年夏天美国空间实验室的坠落。"各得其所"指的是回归社会规定的位置，就像在自己的有限范围内活动一样，所有的活动都注定没有进步，也无法解脱。有评论说该小说的最后40页写得不够理想，没有使戏剧冲突达到某种结局，尤其是让迷失的姐弟俩游离在焦点之外。但比起贝蒂之前的创作，《各得其所》还是更加成熟，叙述手法更加灵活简练，作品的视角也更加丰富。在内容上，贝蒂重点描写了人际关系的脆弱，尤其是家庭的分裂及其给父母和孩子所造成的内疚感。人物大多感到人生陈腐乏味，对生活和学习失去兴趣，没有好奇心，沉溺于流行歌曲和垃圾食品。总之，他们如同婴儿，在生活中所追求的只是物质和安逸。

贝蒂被看作她那个时代的代言人，用"一面毫不留情的镜子"反映了那个社会的现实和瑕疵。

（黄重凤）

索尔·贝娄（Saul Bellow）

作家简介

索尔·贝娄（1915—2005），小说家，与辛格和马拉默德等作家一起使犹太小说成为美国当代文学的主流现象之一。贝娄在小说、戏剧和短篇故事领域均有建树，尤其是在小说领域。他是迄今唯一一个三次获得全国图书奖（1953、1964、1970）的作家；他还得过普利策奖（1976）、法国政府颁发的"文学艺术骑士勋章"（1968）、美国艺术文学会金质奖章（1977）、国家图书基金会终身成就奖（1990）等。贝娄的个人声誉随着他1976年获得诺贝尔文学奖而达到顶峰；评委会高度评价了其作品对当代文化的人性理解和精妙分析。

贝娄原名为所罗门·贝娄（Solomon Bellow），出生于加拿大魁北克省蒙特利尔市郊的一个工人家庭，在四个孩子中排行老四，父母都是来自俄罗斯的犹太移民。贝娄在贫穷中度过了自己的童年，在特殊的家庭背景以及蒙特利尔多元文化的环境中学习和掌握了英语、法语、希伯来语和意第绪语。1924年，贝娄举家迁至美国芝加哥。1933年，他考入芝加哥大学，两年后转入西北大学，获社会学和人类学学士学位。同年，赴威斯康星大学攻读硕士学位，中途辍学回到芝加哥。1938—1942年间，贝娄在芝加哥的一所师范学院任教，1943—1944年间在《大英百科全书》编辑部工作。第二次世界大战期间（1944—1945），他在海上商船队里短期服役过，战后继续从事教育和写作，先后在明尼苏达大学、纽约大学、普林斯顿大学和芝加哥大学等高校任教。1989年，他与第五任妻子贾尼斯·弗里德曼（Janis Freedman）结婚，1993年离开芝加哥，安家波士顿，在波士顿大学任教。2005年4月5日，贝娄在马萨诸塞州的家中去世，各国报纸和杂志纷纷刊载文章哀悼和纪念这位文学大师。

贝娄是高产作家，一共创作了19部作品，包括13部长篇小说。1941年，贝娄在《党派评论》上发表了短篇小说《两个早晨的独白》（"Two Morning Monologue"），由此开始了长达60年的写作生涯。贝娄一方面继承了巴尔扎克、狄更斯和陀思妥耶夫斯基的社会和心理现实主义文学传统；另一方面，他深受卡夫卡等人的影响，运用融入了现实主义精华的现代主义技巧刻画人在当代社会的异化与沉沦。

贝娄多采用第一人称视角讲述故事，营造亲切与真实的故事氛围。他学识渊博，在作品中展开各种思辨性探索，行文风格多变，情节层层向外延展。贝娄深受犹太教文化、法国文化、俄国文化和美国本土文化的多重影响，在作品中多描写城市知识分子阶层和犹太人在当代社会的生存困惑和生活遭遇。他以细腻的笔触捕捉当代人心灵的震颤，创作了一系列身处孤独与痛苦中的知识分子形象：他们备感失落与彷徨却又没有出路，不满现实却又无法超脱，努力奋斗却又难免平凡。贝娄传神地刻画了中产阶级知识分子在当今社会真实的生存方式。他的独特文风、生动语言、反讽与喜剧手法和极富人文主义关怀的基调备受各国读者的喜爱。不过他的作品也因充满思辨、哲理、终极关怀以及探讨知识分子处境等沉重话题而往往让普通读者望而却步。

贝娄创作早期受到存在主义的影响，中期转向更具深度和广度的哲思和对社会精神状态的全景描写，在20世纪五六十年代达到了写作的黄金期，个人声誉在70年代中期达到顶峰。进入80年代后，贝娄仍然笔耕不辍，以旺盛的精力创作了多部作品，致力于批评西方文化的式微和都市生活的失落。

贝娄的长篇小说有《晃来晃去的人》（*Dangling Man*，1944）、《受害者》（*The Victim*，1947）、《奥吉·玛琪历险记》（*The Adventures of Augie March*，1953）、《雨王汉德逊》（*Henderson, the Rain King*，1959）、《赫索格》（*Herzog*，1964）、《赛姆勒先生的行星》（*Mr. Sammler's Planet*，1970）、《洪堡的礼物》（*Humboldt's Gift*，1975）、《院长的十二月》（*The Dean's December*，1982）、《更多的人死于心碎》（*More Die of Heartbreak*，1987）、《真情》（*The Actual*，1997）、《拉维尔斯坦》（*Ravelstein*，2000）。

贝娄的中短篇小说（集）有《勿失良辰》（或《只争朝夕》）（*Seize the Day*，1956）、《莫斯比的回忆》（*Mosby's Memoirs*，1968）、《口无遮拦的人及其他短篇小说》（或《失言者及其他短篇小说》）（*Him with His Foot in His Mouth and Other Stories*，1984）、《偷窃》（*A Theft*，1989）、《贝拉罗萨连接》（或《比拉罗萨内线》）（*The Bellarosa Connection*，1989）、《遗我以回忆》（或《藉此记住我》）（*Something to Remember Me By*，1992）、《故事选编》（*Collected Stories*，2001）。

贝娄的其他类型的作品有戏剧《最后的分析》（*The Last Analysis*，1965）、游记《耶路撒冷去来》（*To Jerusalem and Back*，1976）、散文集《集腋成裘》（*It All Adds Up*，1994）。

（陈礼珍）

作品简介

《拉维尔斯坦》（*Ravelstein*）

《拉维尔斯坦》是索尔·贝娄于85岁高龄发表的第十三部长篇小说，面世仅一个月就登上《纽约时报书评》畅销书排行榜。《时代周刊评论》《观察家》《华盛顿邮报》《卫报》等报刊发表了专栏文章与评论赞扬与推崇它。由于涉及纳粹历史、个人隐私、同性恋和种族等问题，该书也在美国学术界和舆论界引起不小的波澜。虽然贝娄在扉页上强调此书是想象的产物、如与真人真事雷同纯属巧合，但是评论家通过各种考证、比较与推测，认为《拉维尔斯坦》是以他已故的朋友——《走向封闭的美国精神》（The Closing of The American Mind，1987）一书的作者、芝加哥大学教授、著名新保守主义社会哲学家艾伦·布卢姆（Allan Bloom）为原型。《拉维尔斯坦》是一部回忆录性质的长篇小说，书中几乎所有的人物和事件都可以在贝娄的真实生活中找到对应者。该书没有明晰的情节，而是以人物为中心，杂用意识流及其他现代主义技巧表现了主人公拉维尔斯坦生命中的最后几年。

故事大多发生在餐厅、宾馆、街道和医院等场所，以大段对话和穿插跳跃的回忆为主要呈现方式。它讲述了两个犹太裔美国知识分子之间的深沉却又微妙的情感与友谊。艾比·拉维尔斯坦是中西部一所大学的著名教授，学识渊博、贯通古今，信奉柏拉图、亚里士多德和尼采的哲学，同时又无法摆脱血液中流淌的犹太教和希伯来文化无处不在的影响。在好友齐克的建议下，他将自己关于道德和政治哲学的观点扩充为一本书出版了。没想到它居然成了畅销全球的热门书，使得拉维尔斯坦一举成名，名利双收，成了富翁。后来，拉维尔斯坦感染了艾滋病，请齐克为他写传记。拉维尔斯坦去世后，齐克和妻子决定离开西部去波士顿。齐克在加勒比海上度假时误食了含有剧毒的海鱼，几乎丧生。齐克追忆和思考了拉维尔斯坦的一生以及他们之间的微妙感情，开始为好友写传记，中间经历了很多艰辛、思索与困惑。几年后,齐克终于完成了对朋友的许诺。

拉维尔斯坦是个复杂的矛盾体:他是严肃正统的道德哲学教授,却又喜欢通俗文化;他是精神上的理想主义者,却又极度爱慕虚荣,沉湎于奢华的物质生活享受;他是提倡传统价值观的保守派,而在私生活观念方面却又十分开放和混乱;他强调修养与文明,而在生活中却举止粗俗;他主张容忍与克制,而在现实中却恣意放纵、毫无自律与节制。拉维尔斯坦自己也深刻地意识到理想世界与生活现实之间的巨大鸿沟,看到了生活本身的讽刺意味和喜剧性。在《拉维尔斯坦》这本回忆录性质的小说里,真实与虚构的疆界很难界定,二者保持了微妙的关系。贝娄在书中用内省的笔调和厚重的人文关怀探讨了爱情、友情、生命、死亡、历史和家园等重要话题。贝娄用毫不避讳的写作手法直接逼视拉维尔斯坦的外在行为和内心世界。在拉维尔斯坦这个玩世不恭的犹太裔知识分子形象上,贝娄充分表达了当代知识分子存在与生活的复杂性、多重性和流动性。

(陈礼珍)

理查德·布劳蒂根（Richard Brautigan）

作家简介

理查德·布劳蒂根（1935—1984），小说家和诗人。一生发表了11部小说、10部诗集、2部短篇小说集、6部非小说文集等作品。这些作品的风格独特而又自然，充满了想象和对奇特细节的观察，妙想、幽默和讽刺水乳交融。布劳蒂根最著名的作品包括小说《美国钓鲑记》（*Trout Fishing in America*, 1967）、《西瓜糖中》（*In Watermelon Sugar*, 1968）、短篇小说集《草地的报复》（*Revenge of the Lawn*, 1971）和诗集《避孕药与斯普林希尔矿难》（*The Pill Versus the Springhill Mine Disaster*, 1969）。

布劳蒂根出生在华盛顿州塔科马，在美国西北部长大。他对于自己的家庭向来讳莫如深，有时说他没有家庭，有时通过想象将它融入自己的作品之中，但从未具体清晰地描述过它。人们所知的几个事实包括他与父亲联系很少、有过几个继父、童年生活穷困、成年后去旧金山时就和家庭断

理查德·布劳蒂根（Richard Brautigan）

绝了关系、自己结过两次婚、育有一女。1956年，布劳蒂根定居加利福尼亚州旧金山，开始努力学习文学创作。他常在街角朗诵自己的诗作，也经常参加"长舌者之夜"（Blabbermouth Night）活动。他的处女作是诗歌《河流的回归》（"The Return of the Rivers"，1957），随后又出了两本诗集《加利利的搭便车旅行者》（The Galilee Hitch-Hiker，1958）和《摆上大理石茶》（Lay the Marble Tea，1959）。尽管他与"垮掉的一代"的成员很熟，但布劳蒂根坚持说自己不属于"垮掉的一代"。批评界基本认同这一观点。

布劳蒂根的三部早期小说《来自大瑟尔的南部联邦将军》（A Confederate General from Big Sur，1964）、《美国钓鲑记》和《西瓜糖中》为他赢得了国际声誉，使他成为20世纪60年代最受欢迎的美国作家之一。在60年代，布劳蒂根还出版了四部诗集：《章鱼边境》（The Octopus Frontier，1960）、《恩典机所照管的一切》（All Watched Over by Machines of Loving Grace，1967）、《请种此书》（Please Plant This Book，1968）、《避孕药与斯普林希尔矿难》。70年代，他试用不同的创作手法创作了一些小说：《堕胎：1966年浪漫史》（The Abortion: An Historical Romance 1966，1971）、《霍克莱恩怪物：西部哥特小说》（The Hawkline Monster: A Gothic Western，1974）、《威拉德和他的保龄球奖杯：怪异神秘小说》（Willard and His Bowling Trophies: A Perverse Mystery，1975）、《阔边帽状原子坠尘：日本小说》（Sombrero Fallout: A Japanese Novel，1976）、《梦见巴比伦：侦探小说》（Dreaming of Babylon: A Detective Novel，1977）。

此阶段的作品还有诗集《罗梅尔驾车深入埃及》（Rommel Drives on Deep into Egypt，1970）、《用干草叉装水银》（Loading Mercury with a Pitchfork，1976）和《6月30日，6月30日》（June 30th, June 30th，1978）以及两部短篇小说集《草地的报复》和《东京—蒙大拿快车》（The Tokyo-Montana Express，1979）。

80年代，大多数批评家不再关注布劳蒂根，他的声望江河日下，这与他早年作品的受关注程度形成鲜明对比。这一期间出版的小说《风不会把它全吹走》（*So the Wind Won't Blow It All Away*，1982）没有得到好评。但他在日本很受欢迎，也访问过日本。1984年布劳蒂根自杀身亡时，外界对他的关注很少，也没有肯定他对美国文学的贡献。

布劳蒂根的小说风格很有特点，包括分离式匿名第一人称叙事角度、自传体、片段式叙事结构、生动的非传统信息、奇想和隐喻，其奇特性曾被人广为称道。据他自己所说，这是来自他的诗歌创作能力。

（金海娜）

作品简介

《西瓜糖中》（*In Watermelon Sugar*）

《西瓜糖中》是理查德·布劳蒂根的早期小说，与《来自大瑟尔的南部联邦将军》和《美国钓鲑记》一起使得布劳蒂根成为20世纪60年代最受欢迎的作家之一。

《西瓜糖中》是一部超现实主义作品，描写了一个叫作艾戴斯（iDEATH）的地方。这里的风景每天都在变化，每天都会出现一个不同颜色的太阳，西瓜也是每天都有不同颜色。蓝西瓜的种子在蓝色的那天（星期六）收集，再在蓝色的那天种植，就会长出蓝色的西瓜。在这个地方，所有的东西都是用西瓜糖做的，天气总是和煦的，小溪与河流很多，有的只有几英寸宽。房屋内外景观融合为一，蔬菜雕塑被用来装饰社区。人死后被装进玻璃棺材放在河底。玻璃棺材在夜间闪闪发光。

小说的主要人物有主人公（没有姓名的叙述者）、玛格丽特（主人公的前任女友）、鲍琳（主人公的现任女友）、英豹（艾戴斯的领袖的弟弟）。尽管小说叙述者一直强调艾戴斯是个完美的居住地，居民温和宽容，

理查德·布劳蒂根（Richard Brautigan）

但那里也发生了很多充满痛苦和暴力的事情，与温和的人们同在的也有吃人的老虎和焚尸的暴行。

小说的主要矛盾是玛格丽特和英豹造成的。玛格丽特是主人公的前女友，最后自杀。英豹曾住在艾戴斯，后来去了遗忘工场。他和一群同伙回来，给艾戴斯带来了暴力和灾难。小说里的人物都快乐地劳动，在河边散步，满意地居住在山上的小屋中。鲍琳就是一个健康快乐的少女，高高兴兴地为社区的工人做饭。但是英豹坚持说老虎才是艾戴斯的真正意义之所在。他和他的同伙要展示真正的艾戴斯，当着艾戴斯居民的面将自己砍成碎块。在他们的尸体被送回遗忘工场火化之后，许多人都放下心来，只有玛格丽特开始对遗忘工场产生兴趣。可是艾戴斯的居民对她的发现并不认同，反而疏远了她，她最后自杀身亡。在她的葬礼之后，艾戴斯的全体居民聚在一起和着音乐跳起舞来。

故事结束了，但问题仍然存在，完美的社会中没有感情。这个社会可被看作现代人对理想社会的一种想象，一个不同于机械化的、寻求物质利益的社会。但是这个貌似完美的社会却充满空虚，缺乏感情。在艾戴斯这个社会里，人们都以集体生活方式为荣。这种方式单一、静止，排斥一切异己的东西，也无法接受玛格丽特在遗忘工场里发现的美好事物。

作品中，叙述者的名字始终都没有出现。作者用了两页的篇幅来写叙述者的名字，写叙述者反复说"这就是我的名字"，总共说了12次，让读者感觉到他的空虚，也暗示了在艾戴斯这个社会中个人不重要，成员的自我意识不强。在有关数学那章里，叙述者冷漠地看着父母被老虎吃掉，然后向老虎问数学问题，并用其余的篇幅介绍老虎多么乐于助人。作者用了凌乱的描述手法，通过跳跃和重复强调了书里的失落感、感情贫乏和百无聊赖感。尽管有乌托邦的氛围，但是艾戴斯在感情上和物质上都没有进步。布劳蒂根将天堂与地狱糅合起来，艾戴斯既可以表示创造（idea），又可以表示死亡（death）；故事里的生活并非只有被动或暴力，生与死也不是截然对立。总之，在作者的描写中，两极并存，正反同现，时空融为一体,过去和现在紧密相连,从而使《西瓜糖中》达到了超现实作品的高峰。

《西瓜糖中》没有常见的直线式叙述,也没有符合时间先后顺序的情节。作者以凌乱的时序主要描述了三次死亡,表现了叙述者及其所处的社会对负面事件的态度。小说里的时间可以分为四种:遥远的过去、叙述者28年的生活、作者第29年的生活、小说中的现在时(3天时间)。遥远的过去就是遗忘工场所代表的年代,没有人知道它有多久远。新社会艾戴斯拒绝旧社会;遗忘工场就是旧社会的残留物。有评论认为此书描绘了世界灾难之后的新伊甸园:旧世界以遗忘工场为代表;叙述者是新天堂中的新亚当。也有评论认为此书写的是20世纪60年代的公社实验。还有评论认为此书写的是自然与科技的交织,是20世纪对过去的回望。

(金海娜)

罗伯特·克里利（Robert Creeley）

作家简介

罗伯特·克里利（1926—2005），诗人，黑山派诗歌运动的发起人之一。生于马萨诸塞州阿灵林顿镇，两岁时在一次交通事故中失去左眼。1943年进入哈佛大学学习，一年后离开哈佛，去了第二次世界大战中的印度和缅甸战场，担任救护车司机。1948年，他到新罕布什尔州经营农场，两年后又试办杂志，未能成功。为了过简朴的生活，他和妻子于1951年前往法国，后又定居地中海上的西属马略卡岛，在岛上成立了代弗斯出版社。1955年，他在黑山学院获学士学位，应黑山派诗人的领袖查尔斯·奥尔森（Charles Olson）的邀请留校任教，创办并编辑《黑山评论》。1956年黑山学院关闭后，他来到旧金山，认识了杰克·凯鲁亚克（Jack Kerouac）和艾伦·金斯伯格（Allen Ginsberg）。1960年，他获新墨西哥大学硕士学位，开始在多所大学教授诗歌，包括纽约州立大学布法罗分校（1967—2003）和布朗大学（2003—2005）。2005年，他在得克萨斯州敖德萨市去世。

早在旅居欧洲时期，克里利的最初三本诗集《狂人》（*Le Fou*，1952）、《不道德的提议》（*Immoral Proposition*，1953）和《那种的行动》（*The Kind of Act Of*，1953）先后发表。回到美国后，他又连续发表了《人的所有可爱之处》（*All That is Lovely in Men*，1955）和《如果你》（*If You*，1956）。克里利的诗歌总是围绕爱与情感问题，对其创作影响颇深的有诗人威廉·卡洛斯·威廉斯（William Carlos Williams）和金斯伯格，还有爵士音乐。《1950—1960诗集》（*Poems 1950—1965*，1966）中的早期诗歌着眼于细腻的感情分析，显得晦涩难懂，风格上比较自由，诗行和诗节比较短，句子也短小精炼。《言辞》（*Words*，1965）、《片断》（*Pieces*，1968）和《日记簿》（*A Day Book*，1972）表现出一种新的失落和思索。在《后来：诗一首》（*Later: A Poem*，1978）和《回声》（*Echoes*，1982）里，爱情已不再显得过于崇高。

在文学和诗歌动荡的20世纪50年代，克里利独辟蹊径，集中表现一种意象和情感，句子通常是非逻辑的、省略的或含混的。总体上说，他的诗歌语言受威廉斯影响最大，但又与他不同。他的诗歌风格非常简约，在别的诗人慷慨陈词的地方，他往往少言寡语。他的诗不重视描述或事件，更喜欢表现紧张的情绪和动荡的激情，诗歌主题很少涉及他人或外部世界，而是集中表现孤独、怀疑、不安和踌躇等情感。他爱好并行的简短诗行和语句，灵活处理辞藻和音韵，巧妙运用隐喻，创造出一种精致的诗风，引起了读者的共鸣。很多评论家认为克里利写的是自由体诗歌，但也应该承认，克里利对于诗歌的独特格律还是有着强烈的追求，时常会为寻求一种独特的韵律而绞尽脑汁。在运用意象方面，克里利总能在感性的层面上显

罗伯特·克里利（Robert Creeley）

现趣味和奇效。他的作品流露出越来越多的破碎感，几乎从未表现有关理性或社会规律等方面的主题。

克里利曾获1999年度博林根奖等奖项。1989年至1991年，他被誉为纽约的桂冠诗人。晚年的克里利成为许多年轻诗人的导师和支持者，不遗余力地帮助他人，对普通大众充满同情。

除上面提到的作品，他的其他重要作品有《掘金者》（*The Gold Diggers*，1954）、《圣诞诗歌编成的吼叫花冠》（*A Snarling Garland of Xmas Verses*，1954）、《一种女人》（*A Form of Women*，1959）、《为了爱：1950—1960诗集》（*For Love: Poems 1950—1960*，1962）、《岛屿》（*The Island*，1963）（克里利唯一的一部小说）、《掘金者及其他短篇小说》（*The Gold Diggers and Other Stories*，1965）、《1950—1960诗集》（*Poems 1950—1965*，1966）、《魅力：早期的和未收录的诗》（*The Charm: Early and Uncollected Poems*，1967）、《景观》（*A Sight*，1967）、《分界线和其他早期诗歌》（*Divisions and Other Early Poems*，1968）、《数字》（*Numbers*，1968）、《马萨特兰：海》（*Mazatlan: Sea*，1969）、《手指：1966—1969诗集》（*The Finger: Poems 1966—1969*，1970）、《在伦敦》（*In London*，1970）、《1234567890》（*1234567890*，1971）、《圣马丁的》（*St. Martin's*，1971）、《鞭子》（*The Whip*，1972）、《三十件事》（*Thirty Things*，1974）、《母亲的声音》（*Mother's Voice*，1981）、《记忆的花园》（*Memory Gardens*，1986）、《箴言诗》（*Gnomic Verses*，1991）、《昔日》（*The Old Days*，1991）、《生与死》（*Life & Death*，1993）、《一位虚拟诗人的日记》（*Daybook of a Virtual Poet*，1999）、《在土地上：最后的诗歌和一篇散文》（*On Earth: Last Poems and an Essay*，2006）。

（祝茵）

作品简介

《生与死》（*Life & Death*）

诗集《生与死》是罗伯特·克里利晚年的重要作品之一。在这部作品中，诗人的构思似乎经常受到音韵和文辞游戏的制约。诗歌《信我》就是这样，其中克里利运用了一系列以"我相信"开始的断言来强调和说明其信念。克里利的诗歌总是相互联系得很紧密，似乎都属于一个终其一生的庞大计划。

《生与死》里的作品再次强调了与克里利的早期诗作以及与当代或其他时期诗人的作品之间的联系。在这些新创作的诗歌里，我们可以看到很多旧时的记忆以及与许多他人作品的呼应。在《佛罗里达的故事》里，我们就可以看到威廉斯的《致艾尔西》的影子，也可以寻到克里利自己20世纪50年代的诗歌《我认识一个人》的踪迹。这些呼应可以是主题上的，也可以是意象或句式上的。克里利似乎在重新审视早年的情感，抑或从生死的角度再次面对人生。这部诗集里的诗歌也不只是随岁月的增长而变得沉重和阴郁。也许诗人能够感觉到肉体的衰颓，但他同时也能够发现历经沧桑之后的幸福。在《信我》一诗里，诗人就表现出明显的温柔和满足，这是他的早期诗歌《一种女人》里所没有的。也许这种满足感正好能够说明为什么这部诗集里有不少令人意外的较为传统的句式和韵律，比如《如今》这首诗几乎全由四步扬抑格和押尾韵的诗句组成，而克里利之前的诗歌在音韵上总是比较激进的。

《奥克兰的狗》是这部诗集中的一首较长的组诗，其场景被设置为赴新西兰的旅程，诗歌在诗人记忆中的过去与现在之间来回穿梭。"狗"是克里利很多诗集里的常见意象，这些狗被禁锢在动物的躯体里，虽然生活在人群中，却无法言语。在这首诗里，"狗"成为克里利表达挣脱枷锁、与他人深度融合的愿望的重要象征。诗集还突出表现了不断变化的情境。诗人时而身处自己的家中，时而处于自己的脑中，时而又处于死亡的国

罗伯特·克里利（Robert Creeley）

度。诗歌延续了早期作品里的激战：内心与外部世界的激战，被社会和家庭尊崇的个体与萦绕在混乱头脑中的诗人之间的激战。孤独感引诱又威胁着他，诗人始终受制于双重冲动——既渴望成为整体的一个部分，又渴望从整体中分离出去。通过娴熟的技巧和生动的浓缩，克里利把过去和现在有机地结合起来，达到了打动读者的目的。《生与死》试图向我们展示生活的全部意义，堪称一部杰作。

（祝茵）

迈克尔·坎宁安（Michael Cunningham）

作家简介

迈克尔·坎宁安（1952—　　），小说家。生于俄亥俄州辛辛那提市，在加利福尼亚州帕萨迪纳市长大。大学时在斯坦福大学主修英国文学，毕业后拿到米切纳奖学金，进艾奥瓦州立大学攻读美术硕士学位。读研期间曾在《大西洋月刊》和《巴黎评论》等刊物上发表过文章。小说《末世之家》（*A Home at the End of the World*，1990）的出版使他受到更广泛的关注。

短篇小说《白色天使》（"The White Angel"）为他赢得1989年美国最佳短篇小说奖。该小说讲述了20世纪70年代发生在两个儿时伙伴乔纳森和鲍比之间的故事。他们后来发展为同性恋关系，但鲍比与克莱尔相爱且生下一个孩子。之后，两位"父亲"和一位母亲搬到一座小房子里共同抚养"他们"的孩子。但最后这个家庭关系破裂，克莱尔带着孩子开始了新的生活。小说以乔纳森和鲍比共同照顾乔纳森以前的情人——病危的埃里克，并象征性为其洗礼而结束。作品试图表达，若要建立一个末世之家，

迈克尔·坎宁安（Michael Cunningham）

就必须打破家的传统观念。

1995年，坎宁安的小说《血与肉》（*Flesh and Blood*）出版。1999年，坎宁安的小说《时时刻刻》（又译《岁月如歌》）（*The Hours*, 1998）为他赢得普利策小说奖和笔会/福克纳小说奖。根据《时时刻刻》改编的电影获得奥斯卡奖和金球奖的多项提名和奖项。

《时时刻刻》由三个平行的故事构成。三个故事里的女主人公分别是已故英国女作家弗吉尼亚·伍尔夫、住在纽约格林威治村的女编辑克拉丽莎·沃恩和住在洛杉矶郊区的家庭主妇劳拉·布朗。这三位生活在不同时代和地点的女性的故事通过伍尔夫的小说《黛洛维夫人》（*Mrs. Dalloway*, 1925）而在形式和内容的多个方面紧密联系到一起。《时时刻刻》从当代人的视角进一步考察了伍尔夫在《黛洛维夫人》里探讨过的问题，包括日复一日的倦怠、令人困惑的性别关系和神秘难解的时间。

坎宁安的大多数人物都会觉得自己所过的生活并不是自己想要的那种，自己扮演的角色忽视了自我的存在，因此怀有强烈的逃避生活的愿望，而实现这一愿望的办法就是自杀、创造性地生活或打破传统家庭观念的限制和束缚。总之，坎宁安在作品中探究了现实生活与期待或创造性之间的差距。作为个体，《时时刻刻》里的男女人物正是生活在失败的阴影与想象中的完美生活之间。

坎宁安1993年获古根海姆奖，1995年获怀廷作家奖，1998年获国家艺术基金会奖。2004年，坎宁安的小说《末世之家》被拍成电影。2005年，他的小说《试验年代》（*Specimen Days*）面世。坎宁安被广泛视为20世纪八九十年代艾滋病猖獗时代美国同性恋生活和经历的代言人之一。虽然身为同性恋者，但他不希望人们认为他只是一个同性恋作家，因为同性恋身份并不影响他的作品及其特色。坎宁安现住在纽约市，执教于普林斯顿艺术中心和布鲁克林学院。

（黄重凤）

作品简介

《时时刻刻》（*The Hours*）

《时时刻刻》是迈克尔·坎宁安的小说，用了三条平行的叙述线讲述了三个不同却又相关的故事。

小说主线围绕住在纽约格林威治村的图书编辑克拉丽莎·沃恩展开。她在计划为朋友、自己的前任情人——因患艾滋病而生命垂危的同性恋诗人理查德·布朗举办一个晚会。第二条线讲述了一位住在洛杉矶郊区的家庭主妇劳拉·布朗1949年某一天的生活。为了改变单调的生活，她决定阅读伍尔夫的小说，包括《黛洛维夫人》。第三条线关注伍尔夫1923年创作的、后来让坎宁安从中获得灵感的《黛洛维夫人》，虚构了伍尔夫1941年之所以自杀的原因，即伍尔夫爱上了一位女性朋友，而对方却出于传统观念拒绝了她，使她精神崩溃。这样，生活在不同时空里的三个女人通过"黛洛维夫人"这个名字联系到一起。她们的故事相互交融，前后呼应，充满巧合。在每一个时空里，女人都受压抑，都在爱与传承、期待与绝望的冲突中奋力挣扎，渴求找到更有意义的生活。坎宁安巧妙地运用了平行的三条叙述线来讲述三个女人的故事，即克拉丽莎举办晚会、劳拉制作生日蛋糕以及伍尔夫创作小说。人物都是他作品中比较常见的，都是性格孤僻、遭受限制、以自杀为超脱的途径。小说的开头很有创意，描述了伍尔夫的自杀以及她的那本带有死亡气息的小说。在伍尔夫看来，死亡是最后的结论，因而她在作品中安排主人公离开人世。伴随着伍尔夫的自杀，劳拉在考虑和试图自杀，理查德则自杀成功。

通过创造性地运用伍尔夫的生平经历和作品，坎宁安大胆地想象了伍尔夫的内心世界，将体现了这一世界的《黛洛维夫人》巧妙地运用到劳拉和克拉丽莎的身上，产生了双重效果：一是使读者渴望对伍尔夫有更多了解；二是对文学的这种深度探究能帮助读者回答如何生活以及应从生活中获取什么等问题。就艺术手法而言，虽然坎宁安在小说中讲述了三个女人

迈克尔·坎宁安（Michael Cunningham）

在不同时空的故事，但这三个女人和黛洛维夫人的联系在小说结尾里由于劳拉和现代的黛洛维相遇而避免了断绝，从而使小说获得了叙述上的完整性，达到了形式和思想上的双重统一。就主题而言，现代美国人的生存状态，尤其是对同性恋和艾滋病等20世纪末的问题的探讨，在《时时刻刻》中得到较为全面的表现。此外，由斯蒂芬·达尔德里（Stephen Daldry）和大卫·黑尔（David Hare）担任导演和编剧，由妮可·基德曼（Nicole Kidman）、朱丽安·摩尔（Julianne Moore）、梅丽尔·斯特里普（Meryl Streep）等主演的电影《时时刻刻》取得巨大成功，获得奥斯卡奖九项提名和最佳女演员奖，还获得金球奖七项提名、最佳电影奖和最佳女演员奖。

（黄重凤）

唐·德里罗（Don DeLillo）

作家简介

唐·德里罗（1936—   ），小说家、剧作家和散文家，美国艺术文学学会会员。1936年11月20日生于纽约市布朗克斯区一个信奉天主教的意大利移民家庭。早年对现代派文学艺术、爵士乐、战后电影有浓厚兴趣。1958年毕业于纽约的福德姆大学，获交流艺术学学士学位。大学毕业后就职于一家广告公司，业余从事文学创作。他的第一篇短篇小说《约旦河》（"The River Jordan"）1960年发表在康奈尔大学的文学刊物《纪元》上。

发表了几篇短篇小说后，他用4年完成了他的第一部长篇小说《美国志》（*Americana*，1971）。故事的叙述者和主人公贝尔是一个28岁的男青年，在纽约从事时尚行业的电视网管理，但他却厌倦了这一工作，在故事开头已经将自己放逐到一个荒凉小岛上。小说里，贝尔所做的就是讲述他之所以自我放逐的原因。其中的一个主要原因就是他在工作和生活中认识到，在电视时代，一切都在变成形象，失去自己的实质和个性。他发现，他的自我就是由电视等媒体上具有男性特点的那些形象构成的，整个美国也变成一个按照形象和形象的相似物制作的形象。他来荒岛就是为了摆脱媒体及其有害影响。

《美国志》顺利出版后，德里罗便辞去工作，潜心创作，不出一年就完成了《球门区》（*End Zone*，1972）。此书的结构比上一部作品更加严谨和连贯，把对于意义的探索由路上转到橄榄球场上。叙述者兼主人公加里是西得克萨斯逻各斯学院橄榄球队的队员，痴迷于各种能使秩序和意义成为可能的有序暴力，包括体育比赛。故事里，加里正与队友们积极训练，为一场大赛做准备，空闲时他们也讨论加里感兴趣的哲学问题。不料他们在比赛中大败，球队在羞辱中解散。可以说，小说书名"球门区"象征着最终的失败，小说的主题是：人类依靠逻各斯或理性强加给世界的秩序都会不可避免地走向崩溃。此书得到了比《美国志》更多的关注和好评。有评论赞扬德里罗"突出的语言天才"，但也有评论指出他的简单化问题。

次年出版的《大琼斯街》（*Great Jones Street*，1973）关注的是摇滚明星和毒品文化。此书的主人公和叙述者是摇滚明星巴基。巴基厌倦了被人包装利用、追名逐利的明星生活，在一次巡演途中退出了乐队自我流放，隐居到纽约市大琼斯街上的一间狭小简陋的公寓房内，想在这里找到安静和自我。由于公寓楼属于为他出唱片的那家几乎无所不有的大公司，他不久就被人找到，先后要他隐藏人们正在寻找的麻醉药和录音带。他不久就发现，自己就像这些麻醉药和录音带，已经变成紧俏品，而且越是藏匿，价值就越高，因为他的形象没有消失，崇拜者们想要的就是可以脱离他真人的形象。此书的主题包括文化的商业化和形象对现实的取代。评论界对此书的评价不太高，说它情节陈旧、人物呆板。

德里罗的第四部小说《拉特纳之星》（*Ratner's Star*，1976）采用科幻小说形式讲述了14岁的数学天才比利破译来自拉特纳星系的信号的故事。由于研究无用数成就卓越，比利获得了诺贝尔奖。他的导师便推荐他去一家研究所破译他们收到的来自拉特纳星系的神秘脉冲信号。之前曾有一位著名数学家尝试过，结果失败了，精神也失常了。比利推论出，那些信号用了地球上的六十进制，表达的是52137，但他不知此数的意味。后来有人类学家发现，远古时期地球上曾有过类似于现代人的生命。还有物理学家发现，数百万年前，曾有一条无线电讯息由地球进入太空。根据这些发现，比利意识到，研究所收到的那个信号也许是拉特纳星系反射回来的地球信号，那个数字也许是指某天下午的2点8分57秒。他注意到，墙上的挂钟这时恰好到了这一时刻，身边的广播里正在宣布即将发生日全食。小说从不同方面嘲弄了直线进步的历史观和纯科学至上的科学观。评论界称赞此书的创造性、思想性、抒情性和趣味性，也指出细节过多所导致的结构松散、力度减弱、篇幅过长等问题。

随后的《玩家》（*Players*，1977）篇幅较短，仍然探讨现代人的空虚和媒体的异化作用，但关注恐怖主义，体裁也换成间谍惊险小说。故事的主人公是纽约的一对夫妇莱尔和帕米，分别从事证券交易和心理咨询，但都对生存厌烦至极。同事塞德鲍尔在证券交易所里被杀后，莱尔恋上了新来的女秘书罗斯玛丽，在她家发现了她和塞德鲍尔及其凶手的合影，得知塞德鲍尔曾加入企图炸毁证券交易所的恐怖组织。莱尔很感兴趣，也加入了，在该组织里见到恐怖分子和联邦调查局的密探。莱尔当起了两面人，既参加恐怖组织的活动，又向密探提供情报。与此同时，帕米与男同事伊桑及其同性恋情人杰克去了缅因州的乡下，试图用不同于莱尔的方式摆脱空虚。无聊中，帕米恋上了杰克，但杰克后来学电视里抗议美军入侵的越南和尚自焚身亡。小说结尾，帕米返回纽约，莱尔与罗斯玛丽住在多伦多的一家旅馆里，每个人都空虚如初。评论界对此书肯定较多，说它机智、典雅、简洁。也有评论认为其人物形象不够丰满和真实。

德里罗的下一部小说《走狗》（*Running Dog*，1978）也是一部间谍惊险小说，探讨的也是形象、商品化和人类组织的力量等问题。故事里，《走狗》杂志的记者莫尔为写色情的商业价值方面的文章参观了色情艺术商莱特博恩的画廊，得知他正在与电影商拉德克谈判，希望得到希特勒在苏军围攻柏林期间拍摄的一部记录纵欲聚会的影片。不幸的是拉德克神秘遇害。莫尔在莱特博恩的画廊里还认识了他的老顾客塞尔维。塞尔维是两面人，既负责参议员帕西瓦尔的色情艺术品采购，又向一个害怕帕西瓦尔查办他们的组织提供信息。该组织的头目马杰像莱特博恩、色情画画王和黑手党等个人和组织一样，也想得到希特勒的那部影片。是他雇人杀了拉德克，也是他杀了谋求拉德克遗孀手里的那部影片的塞尔维。最终，莱特博恩得到了这部影片，秘密地为莫尔和一个色情艺术商放映了，结果发现它表现的只是一个业余水平、无伤大雅的有关妇女儿童的故事，或许有某种历史价值，但不是色情艺术品。放映结束时，马杰的走狗们破门而入，把影片拿走了。有评论说此书准确反映了当代人的心态，但多数评论认为它还没达到德里罗的最高水平。

德里罗的第七部小说《名字》（*The Names*，1982）关注的还是美国的现状，但把人物和焦点移入国际场景，探讨了美国人和外国人的态度和关系，尤其是决定了他们的观念差异的语言。叙述者兼主人公詹姆斯是一家为跨国公司提供反恐保险的美国公司派驻雅典的风险分析员。他的妻子凯思琳正带着他们9岁的儿子塔普在一个希腊海岛上参加考古发掘。在看望他们期间，他了解到一个神秘的邪教组织（名为"名字"）可能与一起杀人案有关，便开始与考古队领队欧文分头寻找该组织，想弄清他们的杀人动机。詹姆斯和一位拍电影的朋友弗兰克在伯罗奔尼撒半岛上遇到该组织的一个背弃者。此人证实了詹姆斯的猜测，即该组织杀的是那些名字首字母与当地地名首字母相同的人。欧文在印度北部的沙漠里发现了该邪教的另一个小组。后来，詹姆斯目睹了一位侨民朋友被枪杀，而这次暗杀有可能是希腊民族主义者针对詹姆斯而组织的。小说结尾，塔普根据欧文的自传体小说里的一个场景，写了在信仰复兴运动的一次聚会上，欧文与其他人不同，不能用任何语言进行表达。《名字》表现了美国人和邪教组织的语言中的控制欲以及少年塔普和欧文的语言中的开放性。该书得到了较高评价，被广泛看作德里罗的创作由幻想到现实主义的成功转折。

德里罗1985年发表的《白噪音》（White Noise）被广泛看作后现代文学经典，获1985年度全国图书奖。此书以美国中西部一个小镇以及位于该镇的山上学院为故事发生地，描写了该院希特勒研究系主任杰克的家庭生活、山上学院的校园生活、小镇居民的日常生活以及大家在一次灾难性事件中的种种表现。德里罗认为，文学最应该写的是"对于死亡的思索"。《白噪音》就是这种思索的一个结果。故事的主人公兼叙述者杰克及其第四位妻子巴比特和他们与前配偶生的四个孩子住在一起，生活似乎很充实，但杰克一开始就承认他和巴比特正被谁会先死的问题所困扰。这时，生活中接连出现危害生存的事件：杰克去机场接女儿时听说了一起险些发生的空难；巴比特因服用某种药物而出现精神问题。不久，附近发生了有毒化学物泄露事件，所有镇民被迫疏散，就像在模仿电视里的灾难场面。在去避难所的路上，杰克停车加油，接触到媒体所说的毒气，被告知情况危急，就信以为真。得知巴比特服用的药能消除死亡恐惧而且是她用肉体从明克那里换来的，还听同事说像希特勒那样杀人有助于征服死亡，他就去找明克要药，并像电视里常演的那样朝他开了枪，后又出于同情把他送进医院。小说结尾，这个家庭又恢复平静，但这种状态已难以持久。

德里罗一直认为，无论对于现代美国社会还是他自己的人生和创作，肯尼迪总统遇刺都是一个影响深远的事件。这个德里罗一直想写的事件终于在它发生25年后出现在他的《天秤星座》（Libra，1988）里。此书通过事实与虚构的有机结合，生动再现了肯尼迪1963年11月22日在得克萨斯州达拉斯市遇刺的全过程。这一再现质疑了那种认为奥斯瓦尔德行刺只是他的个人行为的流行观点，揭示了他背后的一个由肯尼迪的对手和黑社会组成的小圈子及其阴谋。德里罗的目的并非提供一部新历史，而是如他在"作者后记"里所言，要提供一种新的"思维方法"。为此，他对有关史实做了再创造,并把叙述分成三条相互交织的线索。第一条线索是奥斯瓦尔德的故事,包括他在新奥尔良和纽约布朗克斯的孩提时代、在海军陆战队里的服役经历、逃亡苏联、带苏联新娘回美国、在达拉斯暗杀右翼将军沃克失败、与反卡斯特罗的阴谋者以及政府特工的交往、对肯尼迪行刺等。第二条线索叙述的是奥斯瓦尔德的指使者们密谋暗杀总统的故事。由于对肯尼迪支持猪湾入侵力度不大以及对卡斯特罗的亲善态度深为不满,这些前中央情报局(以下简称中情局)特工和失败的猪湾入侵参加者就决定制造一个亲卡斯特罗的势力想要谋杀肯尼迪的假象,以改变肯尼迪对卡斯特罗的态度,使他同意派兵入侵古巴、推翻卡斯特罗。没料到这一阴谋后来失控,弄假成真,使肯尼迪死在古巴流亡者和奥斯瓦尔德的交叉火力之下。第三条线索讲述的是被中情局聘来记录那场暗杀的布兰奇的故事,写了他面对浩如烟海的资料和信息不知如何理解、找不到头绪和线索的困境。此书出版后成了畅销书,获全国图书奖提名和《爱尔兰时报》国际小说奖,得到批评界的广泛肯定,有评论称德里罗为表达不可表达之事的大师。

德里罗的第十部小说《毛二世》(*Mao II*,1991)是一部写小说家及其创作等活动的元小说,围绕个人与大众的关系进一步探讨了前期作品涉及的媒体、形象、大众文化、恐怖主义等当代话题。小说里,著名小说家比尔隐居在纽约州北部潜心创作一部新作,却因担心其个性在大众阅读中丧失而迟迟不愿发表。通过出版社派来给他拍照的布里塔,比尔了解到一位瑞士诗人被恐怖组织扣押在贝鲁特。应出版社编辑的邀请,比尔前往伦敦参加解救这位诗人的造势活动,认为扣押艺术家就是压抑个性。在造势活动被恐怖组织的炸弹中止后,比尔又决定单枪匹马去贝鲁特与该组织头目谈判。然而,他途经塞浦路斯时遭遇交通事故受伤,最后死在去贝鲁特的船上。小说结尾,布里塔来到贝鲁特,开始为恐怖分子这些大众意识塑造者拍照。该书面世后广受好评,被看作德里罗思考当代作家社会地位及影响力问题最为深刻的作品,获1992年度笔会/福克纳小说奖。小说书名借自美国流行艺术运动领袖安迪·沃霍尔（Andy Warhol）的毛泽东系列画《毛》（*Mao*，1972—1974），书里还介绍了毛泽东的为人民群众服务、为人民利益而死重于泰山等观点，反映了毛泽东的大众观对于这部围绕一位追求个性、脱离大众的作家的命运探讨个人与大众关系的小说的影响。

德里罗用了6年完成的长达八百多页的《地下世界》（*Underworld*，1997）出版后获1998年度全国图书奖。此书对20世纪后半叶的美国社会做了百科全书式的描绘，被称作"冷战史诗"。小说以1951年10月3日同时发生的两件事（一是鲍比·汤普森完成了有着"响彻世界的一击"的本垒打；二是苏联成功进行了第二次核试验）开头，然后就在50年代和90年代之间来回跳跃，在此过程中多角度地反映了冷战，包括50年代学童们在防核攻击演习中练习钻课桌、1962年10月的古巴导弹危机、70年代核大国对世界的划分、80年代的废料储存地建设、90年代冷战后俄国用核爆炸处理核废料的做法。该书也是一个有关人物离合的故事，涉及的人物包括谢伊家兄弟尼克（废料管理公司经理）和马特（核武器设计师）、克拉腊（废料艺术家，谢伊家以前在布鲁克林区的邻居）、艾伯特（克拉腊的前夫，马特的国际象棋教师）、艾德加修女（生活在纽约贫民区，曾是谢伊家兄弟的教师）。此书还讲述了汤普森的本垒打所打出的球如何不断易主的故事。此球是非裔男孩科特在比赛现场抢到的，后被其父曼克斯偷偷拿去换了酒钱，由此开始了它的转手故事。现代生活的地下世界反复出现在此书里，包括未被提起的那个失踪的父亲、修女们在被遗忘的内城里所做的慈善工作、联邦调查局局长胡佛的内心生活、废旧的B—52轰炸机变成大型艺术品的过程、美国日益增多的垃圾的填埋过程、五十多年的核库存所造成的废料。如同德里罗的前期作品，此书所表现的世界也是充满无法克服的矛盾，但它揭示了由文明的被遗忘垃圾所构成的地下世界以及人们的生活得以维持的基础。

20世纪最后25年通常被看作德里罗文学生涯的黄金期；他的四部代表作《白噪音》《天秤星座》《毛二世》和《地下世界》均出版于这一

时期。进入21世纪，他迄今共出版了五部小说——《身体艺术家》（*The Body Artist*，2001）、《大都市》（*Cosmopolis*，2003）、《坠落的人》（*Falling Man*，2007）、《欧米伽点》（*Point Omega*，2010）、《绝对零度》（*Zero K*，2016），但得到的评价都没有超过他的黄金期作品。

《身体艺术家》写的是一位年轻的身体艺术家劳伦在其年长的丈夫自杀后的悲伤生活。故事里，劳伦在丈夫死后在楼上房间里发现了一个神秘男人。此人能模仿她丈夫和她的声音，还能重复她丈夫和她以前谈话的片段。劳伦便设法使他不断重复，但他在重复完她丈夫自杀前所说的话后就消失了。再次陷入孤独的劳伦试图解释他和自己的人生，并开始用身体艺术表演她与他的奇遇。

《大都市》里的主人公埃里克是个28岁的亿万富翁，自营 家大型金融公司。小说写的是他2000年4月里的一天在纽约市开着豪华轿车去理发的故事。理发之所以需要一天时间，是因为交通不畅，还发生了一些别的事情，包括与遇到的公司有关部门负责人谈话、与新婚的妻子吃了三顿饭、得知国际资金部主任遇刺、让遇到的医生为自己做体检、见到一位艺术家的送葬队伍、遇到反资本主义的抗议者、遇袭后杀死保镖、出了理发店遇到公司的前雇员本诺扬言要杀他。埃里克曾跟妻子说过，他的公司面临破产，他的生命受到威胁，但他反而感到自由。小说以埃里克敦促本诺杀他而结束。

《坠落的人》写的是"9·11"事件的影响。小说里，39岁的主人公凯斯是律师，在世贸中心上班。"9·11"事件中，他伤势不重，幸运地逃出了大楼。无意识中，他来到与他分居的妻子利安和儿子贾斯廷的家，但他们却难以和好如初。发现自己逃生时拿错了手提箱，凯斯就开始寻找其主人，最后找到了弗洛伦斯，并与她同病相怜产生恋情。忙于照顾母亲和阿尔兹海默症患者的利安顾不上凯斯。与弗洛伦斯分手后的凯斯忘不了在"9·11"事件中遇难的牌友同事，经常外出参加牌赛。贾斯廷和小伙伴们不时用望远镜查看天上有无恐怖分子的飞机。一个被称为"坠落的人"

的演员在纽约各地表演"9·11"事件中世贸中心大楼上的那些跳楼者的动作。

《欧米伽点》的叙述者吉姆是纪录片制作者,离婚后在纽约闲荡了几天后开始为下一部片子寻找素材。了解到反恐战争军事顾问理查德退休的情况后,他很感兴趣,便来到他在沙漠里的隐居处。理查德想在这里享受远离尘嚣的安静生活,而吉姆却想劝他做自己的拍摄对象。两个人靠谈论哲学和政治等方面的问题打发时光,直到理查德的女儿洁茜出现。洁茜的母亲因为不喜欢她新交的男朋友而把她打发到这里。洁茜的过人智力和见识使得他们的隐居和谈话所积累的所有意义都成为问题,产生了某种莫名的魅力。她突然消失后,两个男人陷入混乱,不得不面对他们企图躲避的现实。书名借自法国哲学家和神学家德日进(Pierre Teilhard de Chardin)的宇宙进化论,原意指以无机界为起点的宇宙进化将会达到的终点——融合一切物质与精神的神圣统一,但理查德用它指返回无机界。

《绝对零度》写的是年逾花甲的亿万富翁罗斯因年轻的第二任妻子阿蒂斯得了绝症,自己又不想独自生活在这个险恶的世界里,便决定利用他所投资的人体低温贮藏项目将他俩的身体冷冻起来贮藏,等到医学足够发达、世界足够太平了再化冻复活同享余生。叙述者杰弗里是罗斯的儿子。罗斯叫他来是想把自己的决定告诉他,并要他继承家业。杰弗里主张直面艰辛活在当下,因而反对罗斯跟继母一起冷冻,但罗斯坚定不移,最终使自己的决定得到实施。小说探讨了死亡这一主题,将现实世界的阴暗面和光明面做了比较。

除了中长篇小说,德里罗的其他主要作品有短篇小说集《天使埃斯梅拉达:九篇短篇小说》(*The Angel Esmeralda: Nine Stories*,2011)和剧本《月光工程师》(*The Engineer of Moonlight*,1979)、《娱乐室》(*The Day Room*,1986年首演)、《瓦尔帕莱索》(*Valparaiso*,1999年首演)、《爱情—谎言—流血》(*Love—Lies—Bleeding*,2005年首演)、《雪的说法》(*The Word for Snow*,2007年首演)。

唐·德里罗（Don DeLillo）

德里罗的文学成就受到高度肯定，近年来获得2013年度国会图书馆美国小说奖、2014年度诺曼·梅勒终身成就奖、2015年度全国图书奖美国文学杰出贡献奖章等荣誉。

（刘建华）

作品简介

《地下世界》（*Underworld*）

《地下世界》是唐·德里罗的第十一部小说，被看作他最好的也是最难的作品。此书八百多页长，对20世纪后半叶的美国社会做了百科全书式的描绘，有"冷战史诗"之称，1998年获全国图书奖。

至于此书的书名，德里罗说是来自他所想到的深埋地下的核废料和冥王普鲁托。在书里，历史的废料和副产品不断得到分析讨论，不断从美国人的地下世界或潜意识里重现，尽管他们努力想把它们埋起来忘掉。

故事始于1951年10月3日。那天，非裔男孩科特逃学溜进棒球场观看纽约巨人队与布鲁克林躲闪者队的比赛。巨人队的汤普森在比赛中打了一个极为精彩的本垒打。他打出的球最后被科特抢到。科特带着这一珍贵的纪念物回了家，但其父曼克斯为了酒钱而偷偷地将它卖给了那天也去看球查尔斯。同样是在那天，苏联成功进行了一次核试验。

接着，叙述者讲了尼克和马利安这两个布朗克斯居民的故事。尼克的父亲是彩票赌博兜揽人，有一天出门后再也没有回来。尼克是个好孩子，曾因失手杀人而进过青少年拘留所。一天，他遇到克拉腊，与她一见钟情。可当他再来找克拉腊时，她却中止了这一关系，两个人各奔东西。克拉腊追求的是独立，而尼克想做的则是告别自己的过去。

贯穿整个故事的是那场影响了所有人的生活、使每一个人都提心吊胆的冷战。这种多疑症的症状在喜剧演员伦尼的夜总会表演中得到表现。同时，社会也在发生变化，出现了毒品文化、民权运动和性解放。历史上的一些真实人物出现在故事里，比如联邦调查局局长胡佛，他掌握着所有人的档案，包括那些富翁和名流。

小说结尾，尼克和马利安仍然是夫妻，尽管他们都曾背叛过对方。尼克认为他们的关系好于过去，决定向马利安坦白自己的过去。

（刘建华）

詹姆斯·迪基（James Dickey）

作家简介

詹姆斯·迪基（1923—1997），诗人和小说家。生于佐治亚州亚特兰大市，父亲是律师。迪基于1942年进入南卡罗来纳州的克莱姆森农学院（1964年更名为克莱姆森大学）学习，一学期后又离开学校，参军成为战斗机和轰炸机飞行员，在第二次世界大战期间美国的太平洋战区执行了多次飞行任务，这一经历为他后来的诗歌和两部小说提供了素材。战后，他进入范德比尔特大学学习英语和哲学并辅修了天文学，先后于1949年和1950年获学士和硕士学位。1950—1954年，他执教于赖斯大学，教新生写作。在此期间，他又回到空军，在朝鲜战场上服役了两年。1956—1960年，他离开讲台进入广告业，业余从事诗歌创作。

1960年，迪基的第一部诗集《钻入石头及其他诗歌》(Into the Stone and Other Poems)出版。1961—1962年，他获得古根海姆奖后去欧洲旅行，在那里创作了《与他人一起淹溺》（*Drowning with Others*，1962）。他的《头盔》（*Helmets*）1964年面世。随后发表的《独舞者的选择》（*Buckdancer's Choice*，1965）为他赢得1966年度全国图书奖，进一步确立了他在美国诗坛的重要地位。

迪基是一位冥想诗人，力求自我实现和转变的最大化。因为有过几次与死神擦肩而过的经历，他能够生动地描述恢复知觉和回归生活所引发的那种亢奋。同时，他认识到死亡和死者与他时刻相伴，试图通过与死亡保持联系在生死之间找到一种平衡。在诗歌创作过程中，他试图通过交换身份来超越人的视点。在与他人或动物，甚至非生物交换身份的过程中，他可以了解他者，获得新的更宽广的视角。在迪基长达35年的诗人生涯中，这一主题一直都是他创作的主要内容。此类主题使他的想象越来越复杂，诗歌技巧也得到了不断的提升，作品的形式从第一部诗集中注重雕琢的"封闭"形式（通常包含一个叙事动机）演变为后期作品中松弛的、合作性的、开放的形式（主要是抒情的诗风）。

迪基的前三部诗集《钻入石头及其他诗歌》《与他人一起淹溺》和《头盔》以其叙事力度和精巧的音律结构著称。为了强调诗中突出的戏剧冲突元素，迪基经常使用抑抑扬格、扬抑格和抑扬格这三种韵律交替出现的诗行，希望创作出能够流传的诗行和诗节。在这些诗集中，迪基使用了易于辨认的诗节形式，有时还会使用叠句来加强作品的统一性。后来，诗人使用了新的形式，以反映更为深刻的想象。1967年，迪基发表了他担任国会图书馆诗歌顾问之后的第一部诗歌选集《诗集1957—1967》（*Poems 1957—1967*），收录了有可能是他最为优秀的作品。之后，他又接受了南卡罗来纳大学哥伦比亚分校的英语与写作课教授职位。在卡特总统1977年的就职演说上，迪基受邀朗读了他的诗作《田野的力量》（"The Strength of Fields"）。

迪基的其他主要诗歌作品有《空气之诗两首》（*Two Poems of the Air*，1964）、《詹姆斯·迪基的成就：诗歌合集》（*The Achievement of*

James Dickey: A Comprehensive Selection of His Poems，1968）、《袭眼者、血液、胜利、疯狂、鹿头和怜悯》（*The Eye-Beaters, Blood, Victory, Madness, Buckhead and Mercy*，1970）、《交换》（*Exchanges*，1971）、《黄道长诗》（*The Zodiac*，1976）、《老兵出身：牛虻诗集1947—1949》（*Veteran Birth: The Gadfly Poems 1947—1949*，1978）、《坠落、国际劳动节训诫和其他诗歌集》（*Falling, May Day Sermon, and Other Poems*，1981）、《早期运动》（*The Early Motion*，1981）、《女孩》（*Puella*，1982）、《错误的青春：四季》（*False Youth: Four Seasons*，1983）、《为了一个时期和地点》（*For a Time and Place*，1983）、《交织的想象》（*Intervisions*，1983）、《中期运动：诗集1968—1979》（*The Central Motion: Poems 1968—1979*，1983）、《布朗文、叉子和变形者：一首分为四个部分的诗》（*Bronwen, The Traw, and the Shape-Shifter: A Poem in Four Parts*，1986）、《鹰的翱翔》（*The Eagle's Mile*，1990）、《完整运动：诗集1949—1992》（*The Whole Motion: Collected Poems 1949—1992*，1992）。

迪基发表的三部小说是《解脱》（*Deliverance*，1970）、《参宿二》（*Alnilam*，1987）和《去白海》（*To the White Sea*，1993）。其中较有影响力的是《解脱》，写了一个中年城市居民周末划独木舟出游遭遇暴力的故事，1972年被拍成电影。另外，迪基还发表过《诗中的可疑者》（*The Suspect in Poetry*，1964）、《从巴别到拜占庭》（*Babel to Byzantium*，1968）、《自问自答》（*Self-Interviews*，1970）和《出击》（*Sorties*，1974）等论文集。

（祝茵）

作品简介

《鹰的翱翔》（*The Eagle's Mile*）

《鹰的翱翔》是詹姆斯·迪基晚年创作的一部诗集，其中运用了古代哲学中的土、水和风等元素来表现叙述者想象的转变。这些元素成为非常重要的表现人类状态的象征，也成为人类努力试图超越的对象。

诗集中，地球有着相对的双重性：一方面，叙述者通过与地球的联系认识到自身是一个生物体；另一方面，地球上也有他最终的牢狱——坟墓。在《不朽》的第一部分《地球》中，诗人写了地球总是将人禁锢在某一个地方，人没有任何选择，还写到叙述者驾飞机升空后渴望挣脱地球的束缚，尽情享受空中的自由，最后却只能不情愿地回到地上的家园或坟墓的所在地。

在《绝对地球》中，诗人把地球比作地狱，一个人们深陷其中、充满战争和死亡的地方。与静止不动的大陆相比，海洋总是处于一种流动状态。

在《辽阔的地域》中，被土地限制住的叙述者在海边漫步，望着海洋中柔软的被切割而成的道路，心中涌起一种喜悦，因为海洋可以给人有限的摆脱土地及其烦恼的感觉，可以提供一个更大的自由场所。而且海洋，尤其是夜里的海洋，是一个黑暗的流动场所，可以让人在其中想象自己飞出或飞进死亡的白色世界。

迪基诗中最受赞扬的元素是风，这是他在第二次世界大战中存活下来并亲身经历过的元素。在《与他人一起淹溺》里的《战后的富士山风光》一诗中，迪基曾描述一种在风中获得的被救的、颤动的生命。在《鹰的翱翔》里，《不朽》的第二部分为《风》，其中作者说风比海更伟大、更基本、更人道，包含着具有更高透明度的纯洁。比较而言，地球只能接纳人至死亡，而无法阻挡又无须牵挂的风则能点亮整个外部世界，让人一直身处其中。对那些被地球限制住的人们来说，风那真实的承受生命的能力，

詹姆斯·迪基（James Dickey）

意味着它能够成为自由的更大符号。对迪基来说，风总有一种逃离的倾向，能向被地球和死亡所困扰的生物体提供自由的可能。

在这本诗集中，诗人对自然元素进行了思索，迫使我们进入不确定的未来。这是一部有着很大难度和启蒙性的诗集，能把读者带到意识的边缘做一次充满冒险的翱翔和俯冲，让读者产生无穷的遐想。

（祝茵）

琼·迪迪昂（Joan Didion）

作家简介

琼·迪迪昂（1934—   ），小说家、新闻记者、时事评论家。其文学代表作为长篇小说《顺其自然》（*Play It As It Lays*，1970）；其非虚构类作品的代表作为《奇想之年》（*The Year of Magical Thinking*，2005）。

迪迪昂出生在加利福尼亚州首府萨克拉门托市。因为父亲供职于美国空军，全家随父亲调动而搬迁到科罗拉多州和密歇根州等地，直到第二次世界大战后期才回到家乡定居下来。生活和学习环境的不断变化对迪迪昂的习性不无影响；她比较内向，以书为伴，很早就萌发了写作兴趣。1952年，她考入加利福尼亚大学伯克利分校英语系。四年级时，《时尚》杂志在学校举行了一次写作竞赛，迪迪昂一举夺魁，获得进入《时尚》纽约总部工作的机会。从1956年到1963年，迪迪昂在《时尚》工作了8年，从广告文编写员升迁到专栏副编辑。在此期间，她也为其他杂志撰写时尚评论、书评和影评等方面的文章，并正式开始文学创作。

1963年，迪迪昂的第一部小说《大河奔流》（Run, River）面世。故事背景是她熟悉的加利福尼亚州萨克拉门托河流域。她以敏锐的视角、优雅的文风和怀旧的情调讲述了加利福尼亚州早期拓荒者后代的故事，慨叹早期拓荒精神和美好时代的消失。《大河奔流》颇有福克纳南方世家小说的气势，准确地捕捉到加利福尼亚州的风土人情。它是迪迪昂初涉文坛的试笔之作，出版不太顺利，出版后销售量令人失望，批评界的反响也不积极。1964年1月，迪迪昂与小说家和编剧约翰·邓恩（John Dunne）结婚。邓恩曾在《时代》杂志编辑部工作，帮迪迪昂编辑、校对过她的《大河奔流》。婚后，他们搬到了洛杉矶，收养了一个女婴。从那时起，迪迪昂开始了职业作家的生活。

迪迪昂的盛名始于她和汤姆·沃尔夫（Tom Wolfe）、诺曼·梅勒（Norman Mailer）、亨特·S. 汤普森（Hunter S. Thompson）以及杜鲁门·卡波特（Truman Capote）等人在20世纪六七十年代共同推动的将文学叙事手法和个人情感引入新闻报道的"新新闻主义"（New Journalism）运动。迪迪昂在60年代广泛报道了当时的嬉皮士运动、美国共产党分裂风波以及其他非主流文化运动。1968年出版的《懒散地走向伯利恒》（Slouching Towards Bethlehem）收集了她60年代在报纸杂志上发表的20篇系列文章。书名源于叶芝诗歌《基督重临》（"The Second Coming"）的最后一行。此书是迪迪昂在旧金山的见闻随想录，当时那里是风头正劲的嬉皮士运动的发源地和反主流文化运动的中心。它出版后得到很高的评价，书里对嬉皮士生活细节的翔实描写、虚构与纪实结合的写作方法、独到的评论视角、深切的道德关怀都为人所称道，被誉为抓住了时代脉搏的新新闻主义代表作之一。

1970年，迪迪昂出版了她的第二部小说《顺其自然》，受到广泛关注，获当年全国图书奖提名。故事主要讲述女主人公玛丽亚充满叛逆却又不无辛酸的人生经历。玛丽亚出生于内华达州的一个小镇上，高中毕业后来到纽约追求梦想。不久她当上模特和演员，还交了个无赖男友，逐渐迷失在大都市的灯红酒绿之中。父母的相继暴亡给她很大的打击，于是她决定与过去决裂，来到好莱坞，和导演卡特结婚，开始了新的生活。婚后她们育有一女，卡特的电影生涯蒸蒸日上，而玛丽亚的演艺生涯却毫无起色，他们的关系日益疏远。玛丽亚在百无聊赖中打发日子，混迹于舞会和派对之中，私生活越来越混乱，和多名男子发生婚外情，并有了身孕。在卡特的坚持下，玛丽亚堕了胎，却因刺激过大而精神恍惚，总是梦见孩子的魂魄回来纠缠她。她感到空虚，对生活失去兴趣，变得叛逆和愤世嫉俗。为了掩饰空虚和寻求个人自由空间，她开车沿着高速公路漫无目的地游荡，在路边旅馆和酒吧里放纵自己，堕落于酗酒、滥交和毒品之中。后来，她最情投意合的朋友BZ（玛丽亚好友的丈夫，同性恋者）服用安眠药过量死在她身边，她彻底崩溃，被送进了精神病医院。《顺其自然》具有后现代主义和宿命论色彩，生动反映了后现代生活的虚幻与无奈，一面世就成为畅销书，1972年被拍成同名电影，获金球奖提名，2005年又入选《时代》杂志评出的1923年以来英语小说百佳榜。

从70年代初开始，迪迪昂和丈夫邓恩开始合作编写电影剧本，1971年创作了《毒海鸳鸯》（*The Panic in Needle Park*），1972年将她自己的《顺其自然》改编成剧本，此后还编写了其他一些电影剧本。在开拓电影剧本领域的同时，迪迪昂并没有放下她的杂文和小说创作。她1977年出版了小说《公祷书》（*A Book of Common Prayer*），通过描写一个虚构的中美洲国家动荡的社会政治对人物个人生活的损害，强调了人际互爱的救赎作用。1979年出版了《白色专辑》（*The White Album*），书名源于披头士乐队的同名专辑，写了反文化运动给美国社会造成的负面影响。此后，她还发表了类似题材的其他作品，如文集《萨尔瓦多》（*Salvador*，1983）和小说《民主》（*Democracy*，1984），都很受欢迎。

迪迪昂在90年代发表的作品不多，基本上延续了80年代的风格。2001年，她发表了《政治小说集》（*Political Fictions*），收集了1998—2000年间发表的政论，对90年代美国政坛的一些热点事件，如克林顿与莱温斯基的绯闻、小布什与戈尔的选战等，做了鞭辟入里的分析。2003年面世的《我从那里来》（*Where I Was From*）是关于她童年和家乡的回忆随想录。2005年，迪迪昂出版了《奇想之年》（*The Year of Magical Thinking*）。这是一部回忆录，记述了她对亡夫的思念和对病重的养女的担忧，叙述情真意切，语言细腻感人，出版后广受好评，使她的声誉达到新的高度。

迪迪昂的写作跨越了横亘在新闻报道和文学创作之间的鸿沟，在杂文和小说之间左右逢源，使它们的优势互为补充、相得益彰。在长期的写作生涯中，迪迪昂形成了极具个性的写作风格。她的写作才能全面，收放自如，擅长用精准锐利和冷峻坚硬的手术刀式语言来表达思想，分析问题思路周全而切中肯綮，多刻画充满焦虑苦闷和空虚无聊的世界，尤其体现在其早期作品里。她屡屡获奖，近年来收获的有2002年度圣路易斯文学奖、2005年度全国图书奖和2007年度国家图书基金会杰出贡献奖章等。

除上面提及的作品，迪迪昂其他主要作品有小说《他最不想要的东西》（*The Last Thing He Wanted*，1996），文集《迈阿密》（*Miami*，1987）、《亨利之后》（*After Henry*，1992）、《慰藉平生》（*We Tell Ourselves Stories in Order to Live*，2006），电影剧本《一个明星的诞生》（*A Star is Born*，1976）、《打不开的锁》（*True Confessions*，1981）、《因为你爱过我》（*Up Close & Personal*，1996）。

（陈礼珍）

作品简介

《奇想之年》（*The Year of Magical Thinking*）

《奇想之年》是琼·迪迪昂的回忆录，记录了她在丈夫去世以后一年中的所思所想，追忆了她与丈夫和女儿40年的幸福生活。

迪迪昂与作家、编辑和评论家邓恩在纽约相识,1964年1月30日结婚。夫妻二人感情笃厚,事业上志同道合、互相促进,曾在20世纪七八十年代合作编写了好几部电影剧本。迪迪昂夫妇未曾生育,1966年收养了一个女婴,取名金塔纳·罗奥(Quintana Roo)。迪迪昂和丈夫事业一帆风顺,生活也一直安稳。然而2003年最后几天里接连发生的事情改变了一切。圣诞节那天,金塔纳因急性肺炎入院治疗,不久即出现深度昏迷。五天后,邓恩在家中突发心脏病,不幸去世。这突如其来的双重打击让迪迪昂陷入巨大的悲痛。她一边忍受着丧夫之痛,一边照顾和安慰病重的女儿。2004年10月初,她重新开始写作,以此缅怀丈夫和记录这段哀痛的记忆,在邓恩去世一周年之际的12月31日正式完成书稿。就在《奇想之年》2005年10月面世之前不久的2005年8月26日,金塔纳逝世,让迪迪昂又遭受了丧女之痛。

在《奇想之年》,迪迪昂用细腻的情感和柔美的笔触描写了一些不合实际却感人肺腑的奇想,不愿接受丈夫已经离世的事实,痴痴地为自己编织各种美丽的谎言,幻想着他还会回来。书里记录了迪迪昂夫妇40年婚姻生活中的很多感人细节。迪迪昂很少直接抒发悲情哀思,更多的是用精准而又优雅的语言捕捉哀痛所带来的思绪和印象,这种委婉含蓄的笔法越发让人感到其中真切的悲恸。《奇想之年》的精彩之处不仅在于细节真实感人,更重要的是迪迪昂用她一贯睿智和锐利的思维锋芒直接切入感觉内部,将哀悼亲人的个体行动升华为人类共同的情感体验,不断追问何为悲伤、何为幸福、何为生命、何为死亡等根本问题。

《奇想之年》富有节奏感和诗性美,行文多用短句表达作者思维的跳跃和起伏,但语言风格与迪迪昂以前的作品略有不同:此前的作品比较讲究语言的精雕细琢和尽善尽美,而《奇想之年》里则存在一些粗粝之处。它们是迪迪昂写作时逻辑和理性思维跟不上情感的奔涌所致,而这种语义和逻辑上的断裂或许正是迪迪昂所想要的。如其书名所示,《奇想之年》不是一本用冷静思考写成的书,相反,它是一本表现情感如何驱使虚幻念想的作品。

  《奇想之年》出版不久就登上《纽约时报》的畅销书榜。在评论界，它也获得广泛认可，次月就获得非小说类作品的全国图书奖，还获得全国书评家协会奖和普利策传记文学奖提名。迪迪昂亲自将《奇想之年》改编成戏剧，于2007年3月成功上演。2007年，《奇想之年》的中文译本出版，受到国内读者的好评，被比作美国版的《我们仨》（杨绛著，2003年）。

（陈礼珍）

E. L. 多克托罗（E. L. Doctorow）

作家简介

E. L. 多克托罗（1931—2015），小说家。生于纽约市布朗克斯区的一个思想激进的第二代俄国犹太移民家庭。出生时正值经济大萧条爆发，父亲的收音机、唱片和音乐器材商店倒闭，给他起的名字Edgar借自艾德加·爱伦·坡（Edgar Allan Poe），对他寄托了很大希望。从布朗克斯理科高中毕业后，多克托罗进了凯尼恩学院，师从重农学派和新批评派核心人物约翰·兰瑟姆（John Ransom），主修哲学。1952年获文学学士学位后，进入哥伦比亚大学研究生院读了一年的英国戏剧。1953年至1955年服役于驻德美军。1954年与他的哥伦比亚大学同学海伦·塞泽尔（Helen Setzer）结婚。回国后曾为电影公司审稿。1959年被新美洲图书馆聘为副编辑。1964年被戴尔出版公司聘为主编，后来又成为公司副总裁。1969年离开戴尔出版公司后，先后在加利福尼亚大学厄湾分校（1969—1970）、

E. L. 多克托罗（E. L. Doctorow）

萨拉劳伦斯学院（1971—1978）、耶鲁戏剧学院（1974—1975）、犹他大学（1975）和普林斯顿大学（1980—1981）担任驻校作家或教授。1982年之后任纽约大学教授。多克托罗一生共出版12部小说、3部短篇小说集、1部剧本、6部文集等作品；曾多次获奖，包括3次全国书评家协会奖、全国图书奖、两次笔会/福克纳小说奖、国会图书馆美国小说奖、美国文学艺术研究院小说金奖等。

多克托罗的第一部小说《欢迎来艰难时世》（*Welcome to Hard Times*，1960）源自他在电影公司的审稿经历。由于对所审的那些西部故事不满意，他就决定自己写一个，表现他心目中的西部。小说出版后评价很好，1967年被好莱坞改编成电影。这是一个关于19世纪达科他州的一个名叫艰难时世的虚构小镇两建两毁的故事。叙述者布鲁是镇长，一个软弱文人。故事开头，面对恶棍特纳的疯狂破坏，布鲁不敢反击，只是观望、忍受和自嘲。他承诺要重建小镇，但大多数镇民离开了。投机商扎尔带着一马车妓女来到这里，与布鲁重建了小镇。但之前没得到布鲁保护的莫利怀恨在心，尽管布鲁说了特纳再来时情况将大不一样。特纳不久又来了，又把小镇夷为平地。与传统的西部故事和美国神话不同，此书呈现了一个可怕的美国，这里邪恶猖獗、没有英雄。

多克托罗的第二部小说《大如真实》（*Big As Life*，1966）用了科幻小说的形式。故事里，两个来自外层空间的数千米高的裸体巨人出现在未来的纽约，引起一片恐慌。反应过度的政府派军队包围了纽约，反而加剧了危机。其实，这两个巨人虽然体格比地球人大数千倍，他们的行动也比地球人慢数千倍，因而对地球上的生命并不构成威胁。此书改造了科幻小说，用这一通俗的形式探讨了一个严肃的话题，即人类面临世界末日时的反应。如同《欢迎来艰难时世》里的布鲁，此书里的历史学家克赖顿也是一个记录者。他的冷静与政府的紧张形成对比。

多克托罗的第三部小说《丹尼尔之书》（*The Book of Daniel*，1971）用了历史小说的形式。故事背景是20世纪50年代初发生在美国的一桩间谍案。美国共产党员朱利叶斯·罗森堡和埃塞尔·罗森堡夫妇（Julius and Ethel Rosenberg）被指控向苏联泄露核机密，于1953年被处以电刑。与传统历史小说不同，此书在很大程度上并不依赖史实。小说里，罗森堡夫妇的姓名变成保罗·艾萨克逊和罗谢尔·艾萨克逊夫妇（Paul and Rochelle Isaacson）。它的着眼点不是罗森堡夫妇是否有罪，而是主人公丹尼尔的心理以及他如何应对父母死亡所造成的创伤。小说似乎想表明，历史不仅是外在的，也内在于经历者和写作者的头脑中。故事开始时，艾萨克逊夫妇的儿子丹尼尔已在领养他的莱温律师家长大成人，成为哥伦比亚大学历史学专业的博士生。作为叙述者，他试图通过写他的亲生父母来理解他们以及他与他们的关系。如书名所示，此书主要是丹尼尔的故事。书里有不少政治批判和政治文化，因而它也是政治小说。

随后的《拉格泰姆》（Ragtime，1975）进一步戏仿了传统历史小说，对历史和虚构的处理更为自由。书里写了哈里·霍迪尼（Harry Houdini）、亨利·福特（Henry Ford）、J. P. 摩根（J. P. Morgan）、艾玛·戈尔德曼（Emma Goldman）等多位真实人物，但读者却难以考证他们的思想言行和相互关系。小说将虚构的一个中上层白人家庭、一个贫穷移民家庭和一个黑人拉格泰姆乐音乐家家庭的生活与这些历史人物交织在一起，深度模糊了小说与历史的界线，大大扩展了历史小说的范围。小说以史诗般的宽阔视野表现了1902年至1917年间的美国，尤其是掩盖在淳朴、平等外表下的种族矛盾。故事里的主要事件是彬彬有礼的黑人拉格泰姆乐钢琴家科尔豪斯在车毁妻亡之后对歧视黑人的美国社会所做的激烈报复。此书是历史、漫画、政治寓言和童话的综合体，语气尖锐而文雅，文字简单而客观，仿佛在刻意戏仿美国历史课本。此书获1975年度全国书评家协会奖。

多克托罗的《潜鸟湖》（Loon Lake，1980）在风格和结构上都有大胆的创新。此书集三书于一身：有关大萧条时期的教育小说、笔法冷峻的爱情恐怖小说、抨击资本主义与犯罪合作的讽刺小说。通过表现乔大约四十

E. L. 多克托罗（E. L. Doctorow）

年的流浪生活，小说广泛反映了美国社会。在结构方面，此书类似科幻小说，其时空及事件很大程度上贴近当代的多变性。故事始于20世纪30年代的大萧条时期，小混混乔离家出走，想成为一个不同的自己。流浪途中，他接触了不同的人，包括流动工人和散漫堕落的游艺团等。一天夜里，他瞥见火车车窗里有位美女正在试衣，被深深迷住，便沿着铁轨追赶，最终来到故事的主要发生地——一个名叫潜鸟湖、占地三万英亩的庄园。该庄园的主人是百万富翁本尼特，身边有他所收养的诗人沃伦、暴徒汤米以及那位试衣美女克拉拉。在这里，乔找到了其自我之谜的答案。潜鸟湖可以象征再生。潜鸟要潜到黑暗的深处才返回水面；人若想再生，也应该潜入生活之湖的黑暗深处去认识和体验。

1985年，多克托罗的《世界博览会》（*World's Fair*）出版后连续三个多月出现在《纽约时报》的畅销书榜上，获1986年度全国图书奖。小说主要以主人公艾德加的第一人称视角回顾了他20世纪三四十年代，尤其是1939—1940年纽约世博会期间的孩提生活，从他在婴儿床里睡觉尿床写到他9岁时去了两次纽约世博会。与作家的其他作品相比，此书较直截了当，如同遵从时序的传记。还由于主人公与作家同名，出生的时间地点以及家庭情况也都与作家相似，所以人们常认为此书参照了作家自己的经历和家庭。这也再次反映了作家对虚构与事实如何在有趣的结合碰撞中推动小说发展这一问题的兴趣。此书里，世博会可被看作比喻，表示男孩的成长和国家的成熟。作家不只是批判美国物质主义及其所产生的扼杀灵魂和艺术想象的堕落文化，他也称赞了美国人对于发明创造和机械设备的兴趣。家庭和社会、文学和历史等其他不同的成分也在书里得到富有创意和韵味的结合。

多克托罗的下一部小说《比利·巴思盖特》（*Billy Bathgate*，1989）也是以20世纪30年代大萧条中的纽约为背景，但批评界认为其成就更大。此书将教育小说、犯罪小说、成功小说等文类加以综合和改造，讲述了被看作城市版汤姆·索耶的15岁少年比利·贝汉（后来他在登记加入黑帮时把自己的姓换成自家所在街道的街名"巴思盖特"）加入黑帮、由赤贫走向暴富的故事。比利的成功靠的不是一般成功小说里的勤奋和正直，而是追随臭名昭著、实有其人的黑帮老大达奇·舒尔兹（Dutch Schultz）。在该黑帮的会计贝尔曼看来，勤奋和正直都是空话，只有一加一等于二的数学语言才是准确和实际的。但在与达奇的接触中，比利领悟到许多超出这种语言的道理。他发现，达奇当初之所以能够开创一个自己的世界，靠的主要是暴力和效忠等手段，而这些封建手段早已过时，最终成为其世界土崩瓦解的主要原因。达奇遇害后，比利得到他的财产并去常春藤名校接受了教育，第二次世界大战中当上军官，战后又成为企业家。经历不同世界后，比利发现自己再也无法回到从前。不仅在他所叙述的行为上，也在他的叙述语言中，他不断超越自己。他使用的是一种混合了通俗和复杂词汇的语言，使他得以准确再现那个成为小说叙述者的少年和成人。此书获1989年度全国书评家协会奖。

在《供水设施》（*The Waterworks*，1994）里，多克托罗回到了19世纪70年代的纽约，写了因美国南北战争而繁荣的纽约社会中的腐败。故事的叙述者是报纸编辑麦基尔维恩。他所喜欢的聪明可靠的年轻记者马丁被其富豪父亲奥古斯塔斯剥夺了继承权。奥古斯塔斯的几百万财产来自在南北战争中向南方军销售劣质物资和向古巴偷运将被解放的黑奴。对此不正当所得，马丁一直持嘲笑和拒绝的态度。奥古斯塔斯明明已经去世入土，但马丁却偶然看到他坐在一辆马车里。经查，麦基尔维恩发现奥古斯塔斯和他的一些富豪老友正在前军医沙多里斯的指导下做着摆脱时间和死亡的试验。沙多里斯给他们注射生命液，让他们活在位于一处供水设施之下的秘密实验室里。这种生命液由他残忍地取自纽约街头的流浪儿。这一关于老朽富豪靠牺牲弃儿来延续生命的故事，在一定程度上能够反映19世纪70年代那个资本主义在包括弃儿在内的广大下层人的血汗之上肆意扩展的时代。

多克托罗的《上帝之城》（*City of God*，2000）被看作他最重要、最难懂的作品。此书的叙述者艾弗瑞特是一位兴趣广泛的作家，正准备写一

E. L. 多克托罗（E. L. Doctorow）

部新作品。《上帝之城》被写成他为这部新作所积累的材料，包含一百多个似无明显联系的片段，不连贯地采用了日记、书信、访谈、侦探小说、回忆录、史诗、歌词、学术论文、电影剧本、会议发言等体裁，内容涉及文学、艺术、宗教、科学、哲学、历史等领域。艾弗瑞特的主要人物彭（托马斯·彭伯顿）是牧师，正在经历信仰危机。面对着20世纪发生的两次世界大战、纳粹对犹太人的大屠杀、越战等巨大灾难，他难以继续相信基督教及其上帝。这时，他认识了帮他找到被盗十字架的约书亚和萨拉这对进化派犹太教的拉比夫妇。萨拉的父亲布卢门塔尔第二次世界大战期间曾在立陶宛的科夫诺犹太人隔离区生活过，在父母遇害后担任过犹太人自治会的小交通员，传递过许多记录纳粹罪行的日记。在寻找这些日记的过程中，约书亚不幸遇害，彭就接替他继续找，最终找到了它们。同时，他也透过进化派犹太教的信仰进一步审视了自己的信仰，发现了一个有助于人类改造自己、避免灾难的新上帝。他退出了基督教，加入了进化派犹太教，与萨拉结为伉俪，携手为建立和平幸福的上帝之城而努力。

《大进军》（*The March*，2005）取材于美国南北战争期间（1861—1865）的一个重大事件，即1864年末至1865年初威廉·谢尔曼（William Sherman）将军率六万北方军所做的一次有效终止了战争的大进军。这部小说将历史人物与虚构人物结合到一起，生动具体地表现了这一从佐治亚州经南卡罗来纳州到北卡罗来纳州、沿途烧杀掠夺、裹挟大量获释黑奴和白人难民、对种族关系产生深远影响的军事行动。此书人物众多，核心也许可以说是被称为"活有机体"的北方军。作者似乎在刻意回避核心人物和直线叙述，以制造插曲式或蒙太奇式的逼真效果。有的人物在书里只出现一两次，但同样有助于表现战争及其意义。叙述视角被分配给不同人物，读者可以同时跟随这些人物的叙述。其中较为主要的有谢尔曼将军及其心腹、前混血女奴珀尔及其爱恋的年轻士兵史蒂芬、威尔和阿利这两个靠不断变换身份以求活命的南方小丑、严谨冷漠的军医沙多里斯和试图要他知道人的某些方面无法用手术刀切割的南方美女艾米丽。作者同情的显然是北方，但也没有将道德问题简单化。讨论奴隶制时，人物们用的都是当时的语言。对于这场战争的意义，谢尔曼及其士兵也有各自的理解，其中既有对其价值的肯定，也有为其无谓的残酷而感到的悲哀。此书的突出成就得到高度肯定，曾获2005年度全国书评家协会奖和2006年度笔会/福克纳小说奖。

多克托罗的《霍默与兰利》（*Homer & Langley*，2009）里的两位主人公都实有其人，他们是家住纽约、相依为命的两兄弟霍默·科利尔（Homer Collyer，1881—1947）和兰利·科利尔（Langley Collyer，1885—1947），以性情古怪、痴迷收藏而闻名。1947年他们先后因窒息和饥饿在家去世时，人们从他们家清理出一百四十多吨杂物。作家对他们做了许多虚构，包括颠倒了他们的兄弟身份、把他们的寿命延长了约三十年、想象了他们的内心生活以及他们接触过的用人、名流、歹徒、嬉皮士、银行从业者等，使他们的故事成为20世纪历史的一面镜子。在这面镜子里，世界总体上是沉闷、可怕和好斗的。这部现代史诗的叙述者是盲人哥哥霍默。他先描述了镀金时代的纽约，当时家境不错，父母常去欧洲旅行，给他和兰利买纪念品。不久，灾难接踵而至：霍默十几岁时双目失明；兰利在第一次世界大战中受毒气侵害身心俱伤；父母在1918年爆发的流感中突然离世。这些灾难使得兄弟俩越来越内向；兰利开始形成收藏的习惯。兰利搞收藏的目的是想为变幻莫测的世界找到一种终极表达或意义。然而现实却使他的理想不断受挫。满屋的收藏物表明，每个年代都有自己的特点，收藏者成了时代变化的一种无意识指标。在黑暗中用盲文打字机写作的霍默最后表达了这样的观点，即人们都会淡出我们的生活，我们所能记得的只是他们的人性，他们的人性跟我们自己的人性一样，也是一种断断续续、没有主权的可怜物。

多克托罗的最后一部小说《安德鲁的大脑》（*Andrew's Brain*，2014）将读者带入主人公、自称为认知学家的安德鲁的大脑活动。作为叙述者，安德鲁出于不确定的原因、在不确定的地点、向不确定的对话者（他偶尔称他为医生）边说边想，讲述他的生活、爱情等带他走到此地此刻的悲剧性事件。这些事件主要涉及他已故的妻子、夭折的女儿、被遗弃的另一个孩子、为躲避雪橇里的他而急转弯让车撞上路边灯杆的司机、在他束手无措中遭受红尾鹰袭击的小狗等。安德鲁常在第一人称和第三人称叙述者之间切换，以拉开自己与那些痛苦记忆的距离。随着他一层层剥开其奇异故事的伪装，读者也会进一步思考真相与记忆、大脑与智力、个性与命运、人际关系与人类自身等方面的问题。这个通常将其悲剧归咎于自己的安德鲁说自己也很关注有关背景，在其妻子的死亡中看到了更大的政治上的责任人。作品结尾，这个以痛失爱人开头的故事又带上政治色彩，变成对后"9·11"美国的一种评论。

除了小说，多克托罗的其他主要作品有短篇小说集《诗人的生活：六篇短篇小说和一部中篇小说》（*Lives of the Poets: Six Stories and a Novella*，1984)、《幸福国的故事》（*Sweet Land Stories*，2004）、剧本《餐前酒》（*Drinks Before Dinner*，1978）、文集《杰克·伦敦、海明威与宪法》（*Jack London, Hemingway and the Constitution*，1993）等。

（刘建华）

作品简介

《大进军》（*The March*）

《大进军》是E. L. 多克托罗的第十一部小说，曾获2005年度全国书评家协会奖和2006年度笔会/福克纳小说奖。

小说以美国南北战争末期北方军向南方大进军这一重大历史事件为依据，用虚实结合的写法再现了1864年末至1865年初六万北方军在谢尔曼将军的率领下穿过南方心脏地区，沿途在六十英里宽的范围内进行破坏并最终结束了内战的军事行动。此类历史事件的道德意味很容易被过分强调，而多克托罗对于奴隶制这一话题的处理则非常客观，其人物对于自由、宿命和种族等问题的看法始终契合他们所处的时代，为读者提供了广阔的理解和想象的空间。

此书最值得关注的是作者支配大量人物的非凡能力。他放弃直线叙述和主人公主导的写法，追求插曲式的蒙太奇效果。许多人物仅在一两个场合里出现，但这么写却有益于展现宏大的战争场面及其意义。书里没有明确的主要人物，而是通过大量被卷入战争的不同人物（白人和黑人、富人和穷人、北方人和南方人）的个人生活复述了南北战争的历史。作为整体的北方军常被说成一种有生命的有机物，也许可被看作中心人物。但小说的视角却被分配给其成员，因此读者必须同时追随多种叙述，包括谢尔曼将军及其随从的叙述、前混血奴隶珀尔以及与她相恋的北方军士兵史蒂芬的叙述、威尔和阿利这两个南方小丑的叙述、严肃的沙多里斯军医和试图要他知道人的复杂性的南方美女艾米丽的叙述。

谢尔曼将军是一个不太稳定的战略天才。他渴望战争中的冒险感觉，不喜欢战后将会出现的官僚机构。他具有人格魅力，却不大合群，被他的随从和为了美好未来而追随他的那些获释奴隶所偶像化。珀尔是一个年轻貌美的前奴隶，对于自己的未来并不确定。她必须决定是遵从其他获释奴隶的建议，还是追寻她所期待的战后机会。沙多里斯军医医术高超，但他对战争毫无恐惧感，像他用于手术的钢锯那样麻木。他在德国接受医学训练，总爱在他的伤员身上试用新技术，而且工作起来十分投入，没有时间感知懊悔、爱情和痛苦。艾米丽失去了南方贵族地位之后，变成了沙多里斯军医的助手和暗恋者。威尔和阿利这两个南方军士兵就像莎士比亚戏剧中的小丑，不断地提供乐趣或洞见。他们荒诞不经的行为包括逃往北方、冒充他人、为了嫖娼而进教堂抢劫。

小说结尾，林肯在战争结束后遇刺，反映了让获释的奴隶和获胜的北方军无法过度乐观的现实。作家最后写了从林子里飘散出来的火药味以及一个倒在泥土里的士兵的靴子和破碎军服。虽然战争结束了，人物们对未

E. L. 多克托罗（E. L. Doctorow）

来不无希望，但战争也给人们的身心造成了严重创伤，人们不太知道下一步该做什么。

作家同情的显然是北方军，但并没有做简单的道德判断，即使对这场战争的正当性也没有直白地道出。在试图解释北方军最高统帅尤利西斯·格兰特（Ulysses Grant）为什么会对北方军的最终胜利如此严肃时，谢尔曼猜想也许是他知道这个无意义、不人道的星球还将需要战争给它以价值，知道南北战争只是古往今来无数战争中的一场。

（刘建华）

卡罗琳·富谢(Carolyn Forché)

作家简介

卡罗琳·富谢(1950—   ),诗人、记者和国际活动家,其诗歌以关注社会问题、呼唤公平正义而著称。生于密歇根州底特律市的一个工人家庭,父亲是制作工具和模具的工人,母亲是家庭妇女。从小受来自斯洛伐克的祖母的影响,对外国文化有浓厚兴趣。本科阶段在密歇根州立大学学习国际关系和创意写作,1972年获文学学士学位。研究生阶段在俄亥俄州的鲍灵格林州立大学学习创意写作,1975年获艺术硕士学位。之后开始在高校教书,包括密歇根州立大学、圣迭戈州立大学、弗吉尼亚大学、纽约大学、哥伦比亚大学、乔治梅森大学和斯基德莫尔学院等。

富谢的第一本诗集《集合部落》(*Gathering the Tribes*,1976)源自她对个人、家族和印第安人历史的探索,表达了对共同体的向往和恢复失去的声音的愿望。书稿获1975年度耶鲁青年诗人丛书奖,1976年由

卡罗琳·富谢（Carolyn Forché）

耶鲁大学出版社出版发行。在圣迭戈州立大学任教期间，富谢认识了萨尔瓦多流放诗人克拉丽贝尔·阿莱格里亚（Claribel Alegria）的女儿马亚·格罗斯（Maya Gross），通过她接触到并喜欢上阿莱格里亚的作品。1977年，她去西班牙见旅居那里的阿莱格里亚，开始翻译她的诗歌。回国后，她获古根海姆奖，去了萨尔瓦多，继续翻译阿莱格里亚的作品，同时观察这个国家的现实，看到许多政治和社会暴行，从而开始积极倡导人权，公开谴责各种压迫。她根据这些经历创作的第二本诗集《我们之间的国家》（The Country Between Us）于1981年面世，获美国诗歌协会的爱丽丝·菲·迪·卡斯特诺拉奖，入选美国诗人学会的《拉蒙特诗选》（Lamont Poetry Selection）。一年后，她出版了所译的阿莱格里亚的诗集《火山之花》（Flowers from the Volcano, 1982），然后以大赦国际记者的身份又去了萨尔瓦多，开展人权方面的报道和宣传工作。她撰写了许多文章，发表在《纽约时报》《华盛顿邮报》《民族》《时尚先生》《琼斯妈妈》等报刊上。她在人权方面的工作也成了她诗歌创作的重要话题；她在许多诗里描写了战争给孩子造成的深重灾难和创伤。1993年，她主编的诗集《反对忘却：20世纪见证诗》（Against Forgetting: Twentieth-century Poetry of Witness）出版，集录了全球145位诗人见证了20世纪重要时刻、关注人权问题的诗歌。她的第三本诗集《历史的天使》（The Angel of History, 1994）获得《洛杉矶时报》诗歌图书奖。

富谢常被认为是政治性很强的诗人，但她更喜欢"诗人见证人"这一称号。她的《我们之间的国家》给她带来了荣誉，也使她受到批评。她说自己只是把在萨尔瓦多内战中的亲身经历描述出来而已，所用的主要手法是描述，包含一点神秘主义的东西，但绝不是意识形态输出或煽动和宣传。政治压迫给人造成的精神创伤以及对诗人的语言的影响是富谢特别感兴趣的。她主编的《反对忘却：20世纪见证诗》里的作品就表现了20世纪的政治动荡和暴行及其有害影响。富谢认为与他人分享痛苦经历非常重要。她深受其斯洛伐克家庭背景和从小接受的罗马天主教的影响，宗教主题经常出现在作品中。

富谢的见证诗寻求人类的共同心理,颠覆了第二次世界大战之后以个性化为主的美国诗歌,再次引发了对一些根本性问题的热烈讨论,比如文学作品的艺术性与政治性应有什么样的关系、什么样的话题才是适合诗歌表现的主题等。尽管富谢认为所有的语言都是政治性的、意象总是意识形态的载体,她还是经常被列为普通意义上的政治诗人。与其他一些诗人一起,她坚持关注政治,在诗里探讨人权、对外政策、战争、贫困等方面的话题,不断为增进人类的相互理解和友爱而努力。

除了上面提到的作品,富谢的主要作品还有诗集《忧郁时刻》(*Blue Hour*,2003)和《在世界的迟延中》(*In the Lateness of the World*,2010)、回忆录《我们阳台上的马》(*The Horse on Our Balcony*,2010)和《你的所闻是真的:对于见证和抵抗的回忆》(*What You Have Heard is True: A Memoir of Witness and Resistance*,2019)。

2013年,富谢因在诗歌领域里的突出成就而获美国诗人学会奖。2017年,她成为首次获温德姆—坎贝尔奖的两位诗人之一。

(祝茵)

作品简介

《历史的天使》(*The Angel of History*)

诗集《历史的天使》进一步扩大了卡罗琳·富谢在《我们之间的国家》出版后获得的国际声誉,荣获1994年《洛杉矶时报》诗歌图书奖。诗集的一个重要主题是20世纪战争对人类的蹂躏,内容主要聚焦于大屠杀和广岛事件,也涉及苏联1968年对捷克斯洛伐克的武装干涉、切尔诺贝利核电厂事故以及萨尔瓦多的种族灭绝事件。另一个重要主题是语言在记录此类事件时的无能。诗集名称和题词都来自瓦尔特·本雅明(Walter Benjamin)的《论

卡罗琳·富谢（Carolyn Forché）

历史哲学》（*Theses on the Philosophy of History*，1940）。

《历史的天使》是一部内涵丰富、实验性很强的诗集，没有结尾，分五个部分，每一个部分都是从中间开始，包含以挽歌体片段为形式的冥想。叙述者在诗集中飘荡，像一个天使或鬼魂，读者能够很清晰地感觉到那种回声，那种沉重的、令人警醒的存在，来自20世纪灾难事件的受害者。"如同死者在观看一样"——这句话在诗中反复出现，如同叠句。三首长诗《历史的天使》《惊人的笔记》和《记录天使》组成了相互交织的第一、第二和第三部分。

在《历史的天使》的附录中，富谢说她早期作品中的第一人称、自由诗体和抒情叙事诗已经让位于一种多音部的、破碎的、带有纠结感和幻灭感的自动向前的文体。除了本雅明，诗歌还大量引用了其他作家。富谢曾表示，她自己对诗中的一些声音也不太确定，说它们也许是诗歌本身的声音，并不是人的声音。这种能让人联想到艾略特的《荒原》的多声调、多引文形式强化了第一次世界大战后西方现代文化的碎片感。富谢和诗歌叙述者处于一种可以互换、超越个体的状态，表达了一种共有的人性，分担了20世纪暴行受害者的身份。整部作品中，富谢质疑了所谓健全的、独立存在的个人主义的神话，也质疑了诗人和诗歌可以超越历史的恐怖、单独存活在艺术象牙塔里的神话。

《惊人的笔记》（第二部分）如其标题所示有点像日记。其中有二十八个部分，从不同角度和侧面记录了与出生于捷克的美国诗人萨姆寇在东欧的旅程。在捷克共和国，富谢找到了祖母的侄女安娜，二人陪同萨姆寇到一个阁楼里取他留在那儿的东西。那是苏联对捷克斯洛伐克进行武装干涉时，他在匆忙逃离中遗留在那里的。

《记录天使》（第三部分）在前三个部分中是最难读的，也许是因为采用了超现实主义的手法和鬼怪意象。与诗集的其他部分不同，这一部分里的可以辨认的历史事件为数很少。诗中，像空气一般轻盈的叙述者在空中飞过几个世纪中最可怕的地方。

诗集的第四部分由三首挽歌组成。第一首是为特蕾莎·德斯·普雷斯所作。第二首是为广岛的一个重建的花园而作，其中有一位女性幸存者讲述原子弹爆炸时的真实情况。第三首是为广岛而作。

第五部分是诗集的最后一部分，分为密码书一、二和三。在这三首短小的、没有多少标点的诗里，富谢对语言记录历史事件的能力提出质疑，虽然她知道读者除了看别人的记录之外没有别的办法。密码书二（关于大屠杀）和密码书三（关于广岛）以平行形式和同样长度的诗节写成。

（祝茵）

威廉·H. 加斯（William H. Gass）

作家简介

威廉·H. 加斯（1924—2017），小说家、评论家、语言哲学家。主要因元小说（metafiction）和文学评论而闻名。批评界普遍认为"元小说"这一概念就是他1970年在《哲学与小说形式》（"Philosophy and the Form of Fiction"）一文中最先提出的。加斯一直坚持元小说写作，是此领域最知名的作家之一，曾被评论誉为"元小说界的缪斯"。

加斯出生在北达科他州法戈市，童年在俄亥俄州沃伦市度过。1943年进入卫斯理大学，不久就辍学入伍，服役于美国海军。1946年退役后，他进肯尼恩学院学习哲学，1947年毕业后进康奈尔大学学习语言哲学，1954年获哲学博士学位。此后，他在普渡大学、华盛顿大学等多所高校任教，并被多所大学授予名誉博士学位。1990年他在华盛顿大学创建国际作家中心。1999年他从华盛顿大学退休，被授予荣休教授头衔。

加斯从1959年开始发表短篇小说，但在真正意义上开启他文学生涯大门的作品则是他的第一部长篇小说《欧门赛特的运气》（*Omensetter's Luck*，1966）。此书讲述了一个19世纪末期发生在俄亥俄州吉连镇的故事。一个名叫布拉克特·欧门赛特（Bracket Omensetter）的人携家人搬到了吉连镇，他似乎运气特别好，天灾人祸都躲着他走，他还有许多不可思议的非凡能力。一时间，欧门赛特被乡邻视若天人，他自己也自视甚高，甚至都不去教堂做礼拜。很多人因此而忌妒和怨恨他，弗伯牧师就是其中之一。弗伯虽身为牧师，却早已失去信仰，整天为自己低微的职位愤愤不平，怨天尤人。他对欧门赛特的行为非常不满，鼓动大家将他赶走。欧门赛特的房东品伯离奇死亡，他自然就成了众人怀疑的对象。无奈之下，他只能离开吉连镇。弗伯却被欧门赛特带来的系列因缘际遇所感化，重新找回早已丢失的宗教信仰和热情。《欧门赛特的运气》有相当大篇幅由弗伯以独白的形式来叙述，他语言雄辩而且辞藻浮华。相反，欧门赛特不善言辞，基本上是以行动表达自己。《欧门赛特的运气》受福克纳的影响很深，大量使用意识流手法，使用多重叙述视角，语义飘忽不定。它出版后批评界对它褒贬不一，但对加斯在其中所展示出的高超语言驾驭能力大都给予了肯定。

1968年在加斯的文学生涯中有重要意义。当年他接连发表了《在中部地区深处》（或译《乡村中心的中心》）（*In The Heart of the Heart of the Country*）和《威利·马斯特的寂寞妻子》（*Willie Master's Lonesome Wife*）。这两部作品标志着加斯写作风格朝元小说和后现代派的转向。《在中部地区深处》由一个篇幅很长的导言和五个中短篇小说组成。它们分别是《在中部地区深处》《佩德森家的小孩》（"The Pedersen Kid"）、《米恩太太》（"Mrs. Mean"）、《冰柱》（"Icicles"）和《昆虫的秩序》（"Order of Insects"）。加斯在书中广泛运用了元小说和其他后现代手法。他将此书分为36个独立片段，彼此之间基本没有时空和因果联系。他不时强调小说的虚构性，避免出现明晰确定的情节和意

威廉·H. 加斯（William H. Gass）

义，引导读者质疑故事事件的真实性，将整部作品当成语言的游戏。《在中部地区深处》出版后在评论界引起很大反响，已经成为后现代文学中的经典。

《威利·马斯特的寂寞妻子》是一部更为彻底和典型的后现代小说。加斯通过各种文本表达形式塑造马斯特夫人的形象，表现了寂寞的她时刻在诱惑读者与她交流。整部小说就是一个巨大的文本游戏，文本似乎被赋予了生命，具有自主意识，可以言说和行动。此书打破了传统小说的线性叙事常规，除了元小说因素，还做了戏仿、拼贴、注脚、重复、字体、图片、符号游戏等方面的实验。为了制造个人印迹，加斯还在书中加入了咖啡渍和裸照。

1995年，加斯的《隧道》（*Tunnel*）面世。这部花了他二十多年才完成的小说获得了全国图书奖，被视为他的代表作。加斯最近发表的一部虚构作品是中篇小说集《笛卡尔奏鸣曲及其他中篇小说》（*Cartesian Sonata and Other Novellas*，1998）。

加斯在语言哲学和文学评论方面的造诣很高，在《纽约书评》和《哈珀杂志》等多本著名杂志上发表了很多文学评论和文史哲论文，对于引导文学文化走向、塑造作者和读者品味产生了很大影响。他曾在1985年、1996年和2002年三度获得文学评论类的全国书评家协会奖，创造了该奖设立以来个人获奖次数的最高纪录。他的《小说与生活形象》（*Fiction and the Figures of Life*，1970）、《论蓝色》（*On Being Blue*，1976）、《寻找形式》（*Finding a Form: Essays*，1997）和《文本的圣殿》（*A Temple of Texts*，2006）等文集已经成为文学和哲学领域的经典之作。

加斯在作品中关注语言的自涉性质和自足特征等哲学问题，突出语言符号本身的存在现实性，将读者的注意力吸引到语言本身。在语言哲学思想上，加斯受路德维希·维特根斯坦（Ludwig Wittgenstein）和马克斯·布莱克（Max Black）的影响很深。加斯称自己的小说为"试验性建构"（experimental constructions），因而常被称作"试验写作界的教父"。在文学写作风格上，加斯继承了劳伦斯·斯特恩（Laurence Sterne）开创的反常规叙述传统，詹姆斯·乔伊斯（James Joyce）、格特鲁德·斯坦因（Gertrude Stein）、豪尔赫·博尔赫斯（Jorge Borges）和阿兰·罗布-格里耶（Alain Robbe-Grillet）等人的创造性写作风格，以及后现代主义的文学理念。正因为具有这样驳杂而深厚的思想背景，加斯的作品与传统主流文学相比往往显得离经叛道、个性十足。它们既有很多优美抒情的诗意段落，也有不少打油诗和粗俗笑料。它们还经常故意炫耀各种文字游戏和语义迷宫，采用别出心裁的形式，如多行并列、空白、图画、涂鸦和拼贴等。这些魔幻现实主义、现代主义和后现代主义文学的特点与加斯一贯的元叙事风格结合在一起，难免使他的小说显得晦涩和枯燥，让很多读者望而却步。

除了全国书评家协会奖，加斯还于1965年和1969年分别获洛克菲勒奖和古根海姆奖；1975年和1979年获得美国艺术文学学会颁发的小说奖和小说荣誉奖章；1997年被兰南基金会授予文学终身成就奖；2000年获得笔会/纳博科夫奖；2007年被授予圣路易斯文学奖和杜鲁门·卡波特文学评论奖。《美国书评》（American Book Review）1999年第6期上选出了20世纪一百部最伟大的英语小说，加斯有三部作品（《欧门赛特的运气》《在中部地区深处》和《隧道》）入选。通过他的文学评论和小说创作，加斯大大推动了元小说和后现代文学的发展和普及，在美国当代文学史上占据了重要地位。

除了上面提到的作品，加斯其他重要作品有文集《文字中的世界》（The World Within the Word，1978）、《文字的居所》（Habitations of the Word，1984）、《阅读里尔克：翻译问题反思》（Reading Rilke: Reflections on the Problems of Translation，1999）、《时间的考验》（Tests of Time，2002）、《加斯谈话录》（Conversations With William H. Gass，2003）。

（陈礼珍）

威廉·H. 加斯（William H. Gass）

作品简介

《隧道》（*Tunnel*）

《隧道》是威廉·H. 加斯在小说创作方面沉寂了二十多年之后推出的一部鸿篇巨制。

小说里，中西部某大学的历史学家威廉·科勒计划写一部研究纳粹德国的巨著，《隧道》就是他为这部巨著写的前言。然而，科勒在《隧道》里实际写下的不仅仅是希特勒统治时期纳粹德国所犯的滔天罪恶以及它后来在史学界所受的冤屈等内容，更多的则是他对自己的生活、回忆、历史和道德等问题的坦诚记录和严肃思考。后来，由于发现此书将自己的内心世界和个人想法写得过于裸露，可能招致非议和责难，科勒就将书稿藏了起来，一边写作，一边在地下室里偷偷地挖掘隧道。《隧道》将个人生活记忆和人类历史交织在一起，描述了一个混乱、无情和充满挫折的世界。全书基调灰暗而压抑，透露出深沉的绝望感，就像其书名所暗示的那样，是一个没有出口的隧道。

加斯的前几部作品广受推崇，所以评论界和读者对他这部新作非常期待。然而，《隧道》出版后受到的评价却褒贬不一，争议很大。当时的主流媒体对它的评价分歧很大，有的把它评为A+，有的则给了它极低的F。尽管如此，《隧道》还是获得了1996年度全国图书奖，并获笔会/福克纳小说奖提名。

加斯在教学和科研之余从事创作，小说数量不多。他的小说看似随意平淡、零散破碎，却都能反映他的精心构思和艺术追求。如同加斯之前的作品，《隧道》对语言做了多种实验，使作品具有深刻的元小说印迹，语言和表达都非常别致，将加斯的写作特点展示得淋漓尽致。加斯在《隧道》的庞大篇幅里用语言建造了一个由虚构人物、文本本身以及真实读者组成的开放世界，让读者在语言中游戏、将注意力集中到语言本身，体现了加斯一贯坚持的写作理念。

《隧道》的篇幅略显冗长，内容有些庞杂，主题稍嫌沉重，基调过于压抑，再加上糅杂众多文学流派的文风，使得它很难适合普通读者的品味。《隧道》自出版以来引起不少争议，在文学史上的地位还有待进一步检验，但它是加斯的厚积薄发之作，是可以代表他写作风格的作品。1999年，拉里·麦克卡弗里（Larry McCaffery）在《美国书评》第6期上选出了20世纪最伟大的一百部英语小说，《隧道》榜上有名。

（陈礼珍）

艾伦·金斯伯格（Allen Ginsberg）

作家简介

艾伦·金斯伯格（1926—1997），诗人，被视为20世纪50年代垮掉的一代的代言人。生于新泽西州纽瓦克市的一个犹太家庭，在附近的帕特森市长大。父亲路易斯是中学教师和诗人；母亲内奥米也是教师，有多种精神疾病，经常住院。1943年，金斯伯格入蒙特克莱国立大学学习，不久获帕特森青年希伯来协会奖学金转入哥伦比亚大学，1948年毕业。在校期间，金斯伯格为《哥伦比亚评论》（*Columbia Review*）和《小丑》（*Jester*）撰稿，认识了许多后来的垮掉派作家，诸如杰克·凯鲁亚克、威廉·S. 伯勒斯（William S. Burroughs）和约翰·霍尔姆斯（John Holmes），与他们探讨过美国文坛的"新景象"。1954年，金斯伯格认识了旧金山文艺复兴运动的成员及其他诗人，这些人后来均与垮掉的一代有重要联系。

1955年10月7日,金斯伯格组织了垮掉派文化运动中最重要的一次活动——"第六厅读诗会"(The Six Gallery Reading)。这次活动使得东西两岸的垮掉派代表齐聚一堂。金斯伯格在这个夜晚首次宣读了为他带来世界声誉的《嚎叫》(Howl),将许多诗人团结在其周围。《嚎叫》于1956年出版,成为金斯伯格最重要的作品。但它在面世之初曾被指责为语言粗陋,并因有猥亵内容而一度遭禁。

垮掉的一代主要指称金斯伯格及其朋友以及他在20世纪50年代末60年代初结识的一些诗人。尽管金斯伯格本人从未称自己为这一运动的领袖,他确实看到了大家在创作倾向和主题上的一致性。他是连接50年代垮掉派运动与60年代嬉皮士运动的重要桥梁。

金斯伯格的早期诗歌多为形式传统的韵律诗,后受威廉·卡洛斯·威廉斯的指导放弃了对昔日宗师的模仿,开始用自己的声音即普通美国人的声音说话。他1955年开始全身心地投入诗歌创作,《嚎叫》的发表给他带来巨大声誉。金斯伯格的诗歌风格非常个人化,在形式内容等方面深受其朋友的影响。凯鲁亚克有关"自发性散文"的思想强调文学应由灵魂而发、不受意识束缚,对他启发颇大。威廉斯、庞德、艾略特和克莱恩等现代派诗人对金斯伯格的影响巨大。浪漫主义诗人,尤其是雪莱和济慈,也对他有影响。文化方面的影响包括爵士乐、佛教和他的犹太文化背景。他自称是布莱克与惠特曼的继承者。其诗歌所展现的力度、有关探索的主题、冗长却轻快的诗行、对于新世界的期盼均给人以强烈的震撼。金斯伯格还说自己受过卡夫卡、麦尔维尔、陀思妥耶夫斯基、爱伦·坡和埃米莉·狄金森的影响。

金斯伯格有关禁忌话题的大胆言论在20世纪五六十年代备受争议,而且这种争议一直延续至七八十年代,甚至90年代。他还在1965年的奥克兰—伯克利反越战游行示威中扮演了重要角色。他公开说自己敬重共产主义运动,曾出访多个社会主义国家。引起很大争议的还有他的同性恋倾向。他对性的描述对《猥亵法案》提出了挑战,并最终促成此法案的修改。他也经常谈论毒品的使用问题。

金斯伯格的《美国的衰落：这些州的诗》（*The Fall of America: Poems of These States*，1973）获1974年度诗歌类全国图书奖。1993年，法国文化部长授予金斯伯格"艺术勋章"。1997年4月5日，金斯伯格因患肝癌在纽约逝世，享年71岁。

金斯伯格的其他主要作品有《嚎叫及其他诗歌》（*Howl and Other Poems*，1956）、《颂祷词及其他诗歌》（*Kaddish and Other Poems*，1961）、《现实三明治》（*Reality Sandwiches*，1963）、《行星新闻》（*Planet News*，1971）、《愤怒之门：韵诗》（*The Gates of Wrath: Rhymed Poems*，1972）、《铁马》（*Iron Horse*，1972）、《第一蓝调：散拍乐、民谣及风琴歌曲1971—1974》（*First Blues: Rags, Ballads & Harmonium Songs 1971—1974*，1975）、《精神呼吸》（*Mind Breaths*，1978）、《阴间颂：诗集1977—1980》（*Plutonian Ode: Poems 1977—1980*，1982）、《白色尸布诗：1980—1985》（*White Shroud Poems: 1980—1985*，1986）、《世界性问候诗：1986—1993》（*Cosmopolitan Greetings Poems: 1986—1993*，1994）、《嚎叫及注释》（*Howl Annotated*，1995）、《诗选：1947—1995》（*Selected Poems: 1947—1995*，1996）、《死亡与荣誉：诗集1993—1997》（*Death and Fame: Poems 1993—1997*，1999）、《慎思文集1952—1995》（*Deliberate Prose 1952—1995*，2000）。

（祝茵）

作品简介

《嚎叫及其他诗歌》（*Howl and Other Poems*）

《嚎叫及其他诗歌》是艾伦·金斯伯格最重要的作品，被视为垮掉派诗歌的代表作之一。1955年10月7日，在旧金山举行的"第六厅读诗会"

上，《嚎叫》被第一次当众朗读。

《嚎叫》所涉及的金斯伯格的朋友及同时代人的故事与经历、它的杂乱迷幻的风格以及由此产生的猥亵艰涩的效果等，都引人瞩目。此诗是献给金斯伯格在精神病院里结识的好友卡尔·所罗门（Carl Solomon）的；所罗门在诗里频频出现。一些垮掉派人物也被写进诗里，如尼尔·卡萨迪（Neal Cassady）、彼得·奥尔罗夫斯基（Peter Orlovsky）、卢西恩·卡尔（Lucien Carr）、赫伯特·亨克（Herbert Huncke）等。

全诗分三个部分，末尾附有注释。第一部分是此诗最著名的部分，其中的场景、人物等均取材于诗人的个人经历，包括了他在20世纪40年代晚期和50年代早期所遇到的众多诗人、艺术家、激进分子、爵士音乐家、吸毒者和精神病人。金斯伯格认为这些人是这个时代最优秀的人，却受到了忽略和冷遇，被逼到了疯狂和悲惨的境地。金斯伯格所代表的正是这些被压抑遭抛弃者的声音。

第二部分是对于工业文明的血泪控诉。一次，金斯伯格服食了幻剂而产生了幻觉，在幻境中见到一个旅馆，其门面为一张恐怖鬼怪的脸，金斯伯格认为这就是"摩洛"（Moloch，也可拼为Molech。《圣经》中古代的火神，以人为祭品）。在这里，"摩洛"被用来指称当代西方工业文明。金斯伯格声称，第一部分中提到的那些人都成了这个魔鬼的祭品。"摩洛"也是菲兹·朗的电影《大都会》里代表工业化的那个魔鬼形象的名字。根据金斯伯格的注释，该电影对他创作《嚎叫》第二部分有很大影响。

第三部分是对所罗门说的一番话；此人是诗人1949年在一所精神病院里认识的。这里，诗人不断提到他们二人同在艰难困境里，并以此表示一种语调上的转折，即诗歌已从灰暗恐怖的"摩洛"部分走出。诗歌的结尾部分为脚注，重复使用了"神圣！"一语，强调了所有事物均神圣的观点。

此诗开篇写了当代的最杰出者理想破灭，正如饥似渴地在黑暗中四处探寻。这一常被引用和戏仿的开头为全诗设定了主题和音韵效果。诗歌的

第一部分混合了自传元素和抽象思维。金斯伯格自称作品为"长诗行"实验写作。第一部分从结构上来说就是一个长句,中间被叠句分割。

《嚎叫》显然是诗集中最著名的作品,但诗集也含有诗人的众多其他佳作,它们同样赢得评论家的注意和褒奖。《美国》("America")是诗人与其祖国的对话,诗中运用了嘲讽的语气,对美国历史做了批判。诗人自称是一位近视的精神病患者,抨击美国对变化与个性缺乏宽容,认为问题十分急迫。在他眼中,美国虽在世界各地制造变化,对国内的种种痼疾却视若无睹。在1956年的美国,谈论毒品、性、精神病等问题仍属非常激进的行为。诗中他还提到历史上重大运动中的英雄和烈士。尽管诗人对发生在美国的许多事情深感不满,但他仍以自己生为美国人而骄傲,表达了对祖国的深情厚爱。

短诗《加州一超市》("A Supermarket in California")虚构了诗人与惠特曼的一场会面,表达了诗人与自己敬仰的偶像会面与合作的热望。诗中通过对照日常生活中一成不变的购物行为,表现了惠特曼的特立独行。也许诗人想借此强调惠特曼与大众的不同。在这首诗里,诗人采用了一种与以往有别的、平静的语调。

《太阳花之经》("Sunflower Sutra")一诗描述了诗人与凯鲁亚克在一个铁路调度场里徘徊,发现一朵太阳花上布满灰尘,被煤烟熏得漆黑。诗人想让"太阳花"代表全部的人性,表达"我们并不是我们皮肤上的污垢"这一观点。此诗与诗人幻听到布莱克向他宣读"啊,太阳花"的经历有关。他曾在多篇作品中提到这一幻觉。诗歌的主题揭示出,所有时代的人性都是相通的。

《风琴乐曲释义》("Transcription of Organ Music")描述了诗人身处伯克利的新居内,木屋因主人贫困而空荡荡的。诗中反复出现表示打开或被打开的意象,比如敞开的门、睁开的眼睛、绽放的花朵和打开的子宫,最后使整个世界成为一个"敞开了等待接受"的意象。诗的结尾是一个惠特曼式的注释,坦陈了诗人期待人们见到他时向他鞠躬、称他为天才诗人并承认自己已经见到大师的愿望。此类被视为自负的表达还出现在他的其他一些诗作中。当然，这也可以说是惠特曼影响的结果；惠特曼就自称为"宇宙"，以强调一切事物的内在联系。这种自负也成为金斯伯格后期创作中不可或缺的一种风格成分。

（祝茵）

作品简介

《死亡与荣誉：诗集1993—1997》（*Death and Fame: Poems 1993—1997*）

《死亡与荣誉：诗集1993—1997》是艾伦·金斯伯格最后一部诗集，共收录了21首诗，主题包括政治文化批评、对同性恋情的赞美、对朋友和爱人的缅怀以及对疾病衰老的反思。作品基本保留了晚期金斯伯格的创作风格。

诗集中有关政治的题材稍显鲁莽，但是诗人的真诚毋庸置疑。《新民主请愿书》（"New Democracy Wish List"）是写给克林顿总统的，而且寄往了白宫。《这睿智的年代》（"This Knowing Age"）为诗集中最早涉及诗人身体状况下降的作品，是一首简单温馨的诗作，结尾处诗人平静地说出："这睿智的年代通常/保持安静。"《星期二上午》（"Tuesday Morn"）缓慢、漫不经心却又详细地描述了诗人醒来后的日常劳作，是一幅精彩的都市人生活画。《神奇圣恩新曲》（"New Stanzas for Amazing Grace"）和《骷髅的民谣》（"Ballad of the Skeletons"）二诗也收录在内，是诗人近年的佳作。《城市照亮城市》（"City Lights City"）热情赞颂了旧金山众多的文化名胜。《蜡笔画小诗》（"Pastel Sentences"）的创作灵感来自诗人观看的一本画集。金斯伯格在这首诗的创作中运用了传统的一行十七音节的写法。此诗的诗行虽然紧凑，但充满对细节的描绘。

（祝茵）

芭芭拉·盖斯特（Barbara Guest）

作家简介

芭芭拉·盖斯特（1920—2006），诗人，纽约诗派的主要成员。生于北卡罗来纳州威尔明顿市，先后就读于加利福尼亚大学的洛杉矶分校和伯克利分校，1943年毕业。早期，她主要是作为纽约派诗人的主要成员而为人们所熟悉。纽约派诗人拒绝主流的自白诗，深受现代艺术的影响，特别是超现实主义和抽象的表现主义，也受到20世纪五六十年代行动画家的影响，受杰克逊·波洛克（Jackson Pollock）和威廉·德·库宁（Willem de Kooning）的影响最大。50年代，盖斯特为《艺术新闻》杂志撰稿，作品的主要特征表现为抒情性和图解性，常利用空间来引起读者对语言的注意。但盖斯特最终摆脱了其早期诗歌受到的那些影响，她的晚期作品更加注重线性结构和词语的实际意义，而不是它们所引起的形象。

盖斯特对诗歌的兴趣始于在加利福尼亚上大学期间。在她定居纽约以后,这种兴趣发展成真正的热情。她对意象派诗歌历史的兴趣促使她撰写了《她自己的定义:诗人H. D.和她的世界》(Herself Defined: The Poet H. D. and Her World,1948),引起了H. D.诗歌研究者们的关注。

盖斯特的第一部小说《寻找空气》(Seeking Air,1978)是一部实验性很强的作品,像一幅抽象的拼贴画,用日记的形式表现了主人公摩根·弗娄尔没能把生活中的事情以及周围发生的事件置于自己的控制之下。盖斯特受多萝西·理查森(Dorothy Richardson)的《朝圣》(Pilgrimage,1938)的影响,在小说中也用了意识流手法,使得传统叙述规则被忽略、时间地点和叙述声音难以确定。这种叙述方法被称为反叙述。诗集《公正的现实主义》(Fair Realism,1989)的叙述技巧显示出盖斯特的画家气质,全书弥漫着一种古典的对历史、文学和神秘外来因素的兴趣,具有强烈的抒情性。

盖斯特一生发表了约20部诗集、1部小说、1部传记、一些剧本和短篇小说,曾获旧金山诗歌协会奖、朗伍德奖、劳伦斯·利普顿文学奖和美国诗歌协会罗伯特·弗罗斯特终身成就奖等奖项。

她的主要诗集有《诗集:事物的位置、古风、开放领空》(Poems: The Location of Things, Archaics, The Open Skies,1962)、《蓝楼梯》(The Blue Stairs,1968)、《易经:诗歌与石版画》(I Ching: Poems and Lithographs,1969)、《莫斯科大厦》(Moscow Mansions,1973)、《传记》(Biography,1980)、《棉被》(Quilts,1980)、《防御性狂喜》(Defensive Rapture,1993)、《诗选》(Selected Poems,1995)、《故事片段》(Stripped Tales,1995)、《盘中石:文学笔记》(Rocks on a Platter: Notes on Literature,2000)、《微缩画及其他诗歌》(Miniatures and Other Poems,2002)、《红色的凝视》(The Red Gaze,2005)。

(祝茵)

芭芭拉·盖斯特（Barbara Guest）

作品简介

《防御性狂喜》（*Defensive Rapture*）

在诗集《防御性狂喜》中，芭芭拉·盖斯特追求简朴，不再使用浓郁的诗风，而是朝着"空旷、稀薄和开阔的"诗风发展。她有时会用打断诗行等手法来打破浓密的感觉，有时会直接删减一些词。在《道别楼梯》里，她放弃了与诗歌有松散连接的人物碎片和暗示，诗歌显得扑朔迷离、难以理解，冷峻的抽象理念与具体的详尽说明相结合，常带有怀旧的特点，以自由和破碎的方式道出她多年一直关注的主题，包括旅行、自然界、艺术、思想和爱。诗歌的标题给了读者一种暧昧的感觉；诗里的焦点变化多端，如"泡桐""鹅血""边陲""奥特兰托""冬天的马""玻璃山"等一连串意象所示。作为起中断作用的连接符号，破折号在这几首诗里成为诗人爱用的标点。句法规则被模糊化，词组可以有秩序地进行排列，在多次出现的情形下可以被理解，但有时意义会相反。盖斯特在标题中使用的"狂喜"一词有一种超验主义的意味，推动读者进入一种语言自身有可能产生的精神和玄学语境。

《防御性狂喜》聚焦于"理解事物/理解音乐"，通过规定什么样的音乐抽象性可以被语言表达，教我们如何细听，这样我们的所见就会改变。如果我们想要理解盖斯特最后十年的作品，这是非常重要的功课。只要我们跟随她最后几本诗集中互相依赖的语言音乐性和白纸上呈现的视觉沉默，我们就能学会这门课。

多年来，盖斯特没有被看作美国最优秀的诗人，很多诗集也没有选用她的作品。但是，她却作为美国诗歌进入后现代时期之后最重要的诗人而被评论界津津乐道。她也被不少读者奉为诗人中的诗人，是纽约派诗人中最具实验派性的一位，在艺术创新方面最无所畏惧。1999年4月23日，盖斯特荣获美国诗歌协会罗伯特·弗罗斯特奖章，有幸加入斯蒂文斯、摩尔和阿什伯里等最优秀诗人的行列。

（祝茵）

约翰·霍克斯(John Hawkes)

> 作家简介

约翰·霍克斯(1925—1998),小说家。一生出版了18部小说、4部戏剧和一些诗歌。他出生于康涅狄格州斯坦福市,父亲很爱马术,霍克斯童年时家也离牧马场不远。霍克斯少年的时候曾患过哮喘病,卧床不起,耳边马的嘶鸣声不绝入耳。他一生都对此记忆犹新,马成了他小说中的典型形象,具有梦想、恐惧和性的强烈意味。

霍克斯在康涅狄格州和纽约市一直生活到1935年,之后随父母搬到阿拉斯加州朱诺市生活了5年。在1983年的一次采访当中,霍克斯说阿拉斯加是个非常荒凉的地方,他在那里的时光是其小说素材的重要来源。然而,他直到第十三部小说《阿拉斯加皮毛交易冒险记》(*Adventures in the Alaskan Skin Trade*, 1985)才直接描写了他的阿拉斯加经历,以他父母为人物原型,但采用了不同于他所熟悉的男性视角的女性视角。此书1986年获法国美第斯奖。

约翰·霍克斯（John Hawkes）

　　第二次世界大战开始之后，霍克斯随父母搬回纽约。高中期间，霍克斯写了一些诗歌，1943年高中毕业进入哈佛大学时，自费出版了诗集《菲亚斯科·霍尔》（*Fiasco Hall*）。霍克斯在哈佛成绩不好，有数门功课考试不及格，第一学期结束后被学校劝退。之后他参军入伍，因患有哮喘而被调入美军后勤部队，1944年夏到1945年夏在意大利和德国之间担任救护车司机。霍克斯的第二次世界大战经历对他后来小说里的荒凉主题有很大影响。

　　第二次世界大战结束两年之后，霍克斯重返哈佛求学。在阿尔伯特·盖拉德（Albert Guerard）执教的创意写作课上，霍克斯完成了他最早的两部小说——中篇小说《喧闹的小夜曲》（*Charivari*）和长篇小说《食人者》（*The Cannibal*）。在《喧闹的小夜曲》里，叙述者嘲讽了自己即将到来的婚姻、自己、自己的未婚妻、他们的父母以及整个婚姻制度。《食人者》表现了第二次世界大战之后德国噩梦般的现状以及邪恶纳粹东山再起的可能性。1949年，这两部作品出版，同年霍克斯获得学士学位并与索菲·塔兹韦尔（Sophie Tazewell）喜结良缘。霍克斯始终认为，与索菲结婚、遇到导师盖拉德和出版商詹姆斯·劳林（James Laughlin）是他最幸运的事情。索菲一直对霍克斯的写作有很大影响。盖拉德一直一丝不苟地就霍克斯的小说提意见，直到1964年《第二层皮》（*Second Skin*）发表。1979年，之前一直负责出版霍克斯小说的劳林鼓励他去找能够提供更优惠条件的出版商。大学毕业后，霍克斯受聘于哈佛大学出版社，担任出版助理，直到1955年。经盖拉德的推荐，霍克斯1955年被哈佛大学聘为讲师。1958年，在诗人埃德温·洪尼（Edwin Honig）的帮助下，霍克斯被布朗大学聘为副教授。

　　1949年至1961年，霍克斯出版了6部小说。除了《喧闹的小夜曲》与《食人者》，他还出版了《甲虫腿》（*The Beetle Leg*，1951)、《墓上的鹅》（*The Goose on the Grave*，1954）、《猫头鹰》（*The Owl*，1954)和《菩提树枝》（*The Lime Twig*，1961）。《甲虫腿》里的故事发生地是美国

西部的一个水坝建设工地。在建造水坝的过程中，马杰出了意外，被埋在水坝下面。他的妻子与他的弟弟卢克走到了一起，生活在水坝附近的小镇上，但她仍然很思念马杰。老三卡普的到来、摩托车党红魔的肆虐、一个男孩在水坝附近被蛇咬死等接二连三的事件使得小说的结构越来越支离破碎。荒废的景象、死去的英雄、水的神话、恶魔和蛇等形象一起营造出一个噩梦般的世界。

小说《第二层皮》以阴暗的哥特式场景和主题对世界做了更具喜剧性和荒谬感的描写，情节和语气颇具塞缪尔·贝克特（Samuel Beckett）和哈罗德·品特（Harold Pinter）的风格，出版后获当年全国图书奖提名。小说主人公是59岁的前海军军官斯吉珀，现在从事给奶牛做人工授精的工作。他父亲与女儿的自杀始终都是他的梦魇，使他一生都在似乎毫无意义的生活中做着无意识的寻觅与抗争。这部小说从第一人称叙述者的角度，在一个充满暴力、残酷和死亡的世界里构建了一个充满情感的田园世界，肯定了现实世界的胜利、性爱之神的胜利和想象力的胜利。在随后的小说中，除了《情欲艺术家》（*The Passion Artist*，1979），霍克斯用的都是第一人称叙述，不断表现艺术想象力与其自身的冲突。

后被改编成电影的《血橙》（*The Blood Oranges*，1970）延续了霍克斯早期小说的主题，包括过去对现在的影响、异化、死亡、救赎、现实的荒谬性、想象的重要性，也做了延伸，探讨了性、情感生活和婚姻等话题。这些主题在以后的小说中有所延续，如《情欲艺术家》和《弗吉尼：她的两生》（*Virginie: Her Two Lives*，1982）等作品。许多评论家都认为他的创作充满超现实元素，但霍克斯本人则认为它们更符合盖拉德提出的反现实概念。霍克斯的作品难度和晦暗视野在一定程度上影响了其作品被更多读者接受。他的语言和形式实验、令人惊奇的风格创新和将梦魇与戏剧融合于心理等特点都给读者带来全新的感受。

霍克斯第一部小说中的自我戏仿引起了他对戏仿人类的恐惧和欲望的兴趣。他之后的小说对传统的小说和作者角色、战争小说、西部小说、匪徒小说、侦探小说、田园小说、色情小说、探险小说和童话无一不做了戏仿。他的《菩提树枝》戏仿了侦探小说和惊悚神秘小说，一步一步地摧毁了它们的确定性或制造意义的机制。霍克斯花了六年多时间创作和修改的这部作品代表了他在美感和技巧上的一个高峰，出版后为他赢得更多读者，也一直是他最受评论家称道的作品之一。

霍克斯喜欢旅行；旅行成为他小说素材的一个主要来源。在《小说创作笔记》（"Notes on Writing a Novel"）一文中，霍克斯描写了他1961年夏在缅因州海边一个小岛上度过的几个星期。1962—1963年，他把所获的古根海姆奖的奖金用于在加勒比岛屿的旅行上。布朗大学允许他每教学两年可休一年的写作假。通常，他会将这一年的时间用于海外的生活与旅行，特别是在法国。

1964年，霍克斯获福特戏剧奖，在旧金山进行了一年左右的戏剧创作，完成了四部戏剧，全都收进《无辜者》（The Innocent Party，1966）。1966—1967年，他应邀去斯坦福大学教授创意写作，1967年成为布朗大学的全职教授。

1968年，霍克斯去法国和希腊旅行，为他的下一部小说找到了背景。他在法国开始创作《血橙》，以地中海沿岸为背景。《血橙》以及随后的两本小说《死亡、睡眠和旅行者》（Death, Sleep and the Traveler，1974）和《滑稽模仿》（Travesty，1976）通常被称作"性爱三部曲"，因为叙述者的关注重点是对性放任的控制。血橙这个形象包含甜蜜味道和鲜血色泽，反映了霍克斯对于包含疯狂和侵害的性欲的看法。这种自相矛盾的双重性成了霍克斯小说的主题和形式的重要标志。1974年，在法国布列塔尼地区的一处海滨小住时，霍克斯在农舍里发现了阿尔贝·加缪（Albert Camus）的一本英文版的《堕落》（The Fall）。阅读之后，霍克斯决定写一本小说对该小说进行戏仿，于是就有了《滑稽模仿》。在长达117页的独白中，作为叙述者的爸爸开着跑车，载着自己的女儿和最好的朋友驶向一座一米厚的石墙，试图解释自己存在的意义。爸爸相信他的破坏性行为相当于创造,就像他所说的是"最真实的矛盾——创造与残骸之间的统一"。有的评论家也用"创造与残骸"来评论霍克斯的戏剧性冲突。《情欲艺术家》的部分内容来自霍克斯的父亲所讲述的关于他如何帮助平息康涅狄格州一座女性监狱里的暴乱的故事。这部小说标志着霍克斯创作中又一个转折,即更加强调女性视角的重要性。

《弗吉尼:她的两生》是从一个11岁女孩的视角叙述的。女孩先后在1740年和1945年用日记记录下这两年里的事件,包括1740年赛德侯爵出生和1945年第二次世界大战结束。小说通过这种时空上的来回跳跃戏仿了霍克斯早期小说里分崩离析的混乱世界;它富有美感的文字叙述也反映出霍克斯晚期小说的特色。霍克斯的戏仿对象还扩大到18世纪和20世纪的作家。在《响外套》(*Whistlejacket*,1988)里,霍克斯又一次在18世纪和20世纪的小说之间跳跃,对艺术和艺术与世界的联系做了多层次的探讨。

霍克斯认为想象力应该揭示和创造新的世界,而不是再现旧的世界。在他20世纪90年代出版的三部小说《贴心威廉:一匹老马的回忆》(*Sweet William: A Memoir of Old Horse*,1993)、《青蛙》(*The Frog*,1996)和《爱尔兰之眼》(*An Irish Eye*,1997)里,他继续用新颖的视角和故事向读者揭示着新的世界。《贴心威廉:一匹老马的回忆》和《爱尔兰之眼》分别用了马和女孤儿的视角。《青蛙》讲的是一只在第一次世界大战前夕被一个法国男孩误吞入肚的青蛙帮助这个男孩克服痛苦、获取力量的故事。

1987年从布朗大学退休后,霍克斯和妻子一直生活在罗德岛,1998年5月15日在一次心脏手术中不幸去世。霍克斯的作品比较难读,其读者大多为大学师生。有评论认为霍克斯的风格过于艰涩,视野也过于荒谬,甚至认为他对于风格和美感的追求掩盖了其作品在思想内容上的贫乏。不过总体来说,评论界对霍克斯的作品还是赞赏的,通常把他看作优秀的后现代作家。

(金海娜)

约翰·霍克斯（John Hawkes）

作品简介

《血橙》（*Blood Orange*）

《血橙》是小说家约翰·霍克斯的重要作品。血橙原产于南欧，剖开后可见鲜红果肉，其艳如血，是为血橙。

《血橙》里的故事就发生在盛产血橙的南欧。一对中年夫妻来到地中海的一个充满神秘感的海滨小镇，栖身在一座破败的别墅里。丈夫西里尔是一个高大强壮的男子，仪表堂堂，自称为"爱神的歌者"。性情温和的妻子菲奥娜是个富有个性的女人，热情张扬、气质不凡。很显然，他们来自文明社会，与矮小猥琐，甚至有些不开化的当地人自然显得格格不入。那么他们为何要来这里呢？也许是来度假的，因为他们喜爱冒险，对蛮荒之地充满了探索的兴趣。也许他们是来避世的，因为这对夫妻对爱情和婚姻的观点颇有些离经叛道，为世俗所不容。他们曾经与无数对夫妻或情侣交换过伴侣，两人甚至互相鼓励，乐此不疲。理所当然，他们被主流社会所排斥，需要寻找一片世外乐土，以免受那些满含责难的视线的侵扰。

来到这个鲜有外人涉足的小镇，夫妻二人原本可以享受一段平静的生活。然而，一次意外打乱了这种平静。休和凯瑟琳，另一对来自文明世界的夫妻，因为这次意外而在小镇停驻。与西里尔和菲奥娜不同，休和凯瑟琳一直过着正统的家庭生活，他们有三个孩子，还带了一条狗。在漫长而沉闷的婚姻生活中，他们学会了忍耐和压抑，无从想象这次海滨之旅会给他们的生活带来怎样的冲击。西里尔和菲奥娜一向无法忍受一成不变的婚姻生活，自然而然地向另一对夫妻伸出了诱惑之手。在他们看来，生活本该如此丰富多彩，爱情也本该自由奔放，只要双方你情我愿，就无须承担道德的压力。休和凯瑟琳对这种诱惑充满了好奇和向往，也许他们的内心深处早就渴望变化，可是几十年形成的传统道德观绝非一朝一夕便可扭转的，于是他们在放纵中自责，在欢愉中痛苦，在叛逆中挣扎。对爱情的追求和对家庭的忠诚就像越拧越紧的弦，终于不可避免地绷断了。

在这场以婚姻和爱情为赌注的冒险中,与激情四溢、总是主动采取行动的妻子不同,西里尔是个沉稳、慎思的男人。他对婚姻和爱情有着独到的理解,一向以"爱神的歌者"自居。在他看来,对爱情的忠诚就是忠于内心的感觉,而不是忠于自己的配偶;婚姻是一个人的归属,但绝不应该成为禁锢。在探寻自由爱情的道路上,他经历过挫折,经历过伤害,却从不肯停止追求的脚步。西里尔只有一个知己,那就是妻子菲奥娜。他们以各自的方式真心相爱,但他们恰恰忘了思考这种方式是否适合他人,于是悲剧在快乐中酿就,他们的世界轰然崩塌。

西里尔也许没有后悔和自责,他是一个非常坚定、从不认为自己有错的人。然而,他开始经常独自陷入回忆,后来还拒绝了爱上他的乡村女孩。生活将波澜不惊地进行下去,过往的冒险经历将被埋在心底,就像那几个发霉的旅行箱,再也没有机会使用了,西里尔将会把它们妥善收藏。但是换妻之后,休上吊而死,凯瑟琳变得神志不清。菲奥娜带着凯瑟琳的三个孩子离开了小镇。西里尔在遭受这一系列打击后得了阳痿,在岛上留了下来。他希望能够找回自己昔日性爱歌者的能力,希望通过讲述他们的故事来获得凯瑟琳的爱。

1999年,美国现代图书馆评选出20世纪的一百部最佳小说,其中就有霍克斯的《血橙》。有评论认为它表现了独特的情感组合、性爱关系和人性诉求。1997年,《血橙》被改编成了电影。

(金海娜)

贝思·汉利（Beth Henley）

作家简介

贝思·汉利（1952—　　　），剧作家，以对美国南部小镇生活的喜剧化并带有同情心的描写而著称。她最有名的作品是黑人喜剧《心灵的罪恶》（*Crimes of Heart*，1978），获1981年普利策奖。在此剧和其他一些作品中，汉利把看似不可能的情节、奇怪的场景和敏感复杂的人物刻画巧妙结合起来。由于汉利善写南方生活，评论家们常把她田纳西·和威廉斯（Tennessee Williams）和弗兰纳里·奥康纳（Flannery O'Conner）等著名南方作家做比较。

汉利出生于密西西比州杰克逊市，父亲是律师，母亲是演员。由于她母亲固定在杰克逊市的新舞台剧院演出，汉利在高中阶段就参加了这里的一个表演小组。她当时打算做一名演员，于是进入得克萨斯州的南方卫理公会大学学习戏剧。大学期间，她创作了独幕剧《我忧郁吗？》（"Am

I Blue？"），1973年被搬上舞台。1974年拿到艺术学学士学位后，她在伊利诺伊大学待了一年，一边教书，一边学习研究生课程，并参加了夏季演出季。1976年，她与其担任导演兼演员的朋友斯蒂芬·托博洛斯基（Stephen Tobolowsky）搬到洛杉矶。之后不久，她就开始了剧作家的生涯。她的第一部正式的作品是1978年完成的《心灵的罪恶》（Crimes of the Heart），赢得了在路易斯维尔演员剧院举行的美国规模最大的戏剧比赛，还获得纽约戏剧批评界奖、古根海姆奖、托尼奖提名和普利策奖。

《心灵的罪恶》里的故事发生在密西西比州的一个小镇上，情节主要围绕三个性格怪异的姐妹展开。三姐妹聚集到最小的妹妹贝布的家中。贝布刚刚开枪打伤了自己的丈夫，原因用她自己的话说竟是"我不喜欢他的长相"。其他两个姐妹一个是在好莱坞失败后即将做歌手的梅格，另一个是极度孤独的30岁的单身莱尼。通过她们的对话和冲突，三姐妹关系的实质和过去的生活逐渐展现出来。

汉利还创作了许多其他作品。《爆竹小姐竞选记》（The Miss Firecracker Contest，1979）写了一位名叫卡纳尔的女子把参加地方选美大赛作为改变自己不佳名声的机会。《富足》（Abundance，1990）讲述的是19世纪60年代怀俄明准州区的两位邮购新娘梦想和生活现实之间的冲突。因为《心灵的罪恶》和《爆竹小姐竞选记》两部剧的成功，汉利名声大噪。许多评论家很欣赏她作品中机智的对话和人物在对话中的那种无动于衷的漠然态度和语气。在她的作品中，死亡、灾难和反常事件扮演了重要角色。汉利对这些主题的处理往往是幽默的。她的许多主人公对这些事件不以为怪，能够很淡定地应对它们。

结构上，汉利主要依靠讲故事的形式，尤其是女性人物向其他女性求助的故事。她通常采用一到两个女性主人公作为故事的中心，置她们于某种特殊情景中，然后加入一些阴郁的喜剧化的或者行为怪异的次要人物，使情节得到延伸。生活的残酷降临到每个人物的身上，剧作家用一种能同时制造笑声和眼泪的双重性表达把人物的悲哀生动展现出来。通常男性人

贝思·汉利（Beth Henley）

物只为满足情节的需要，很少得到全面的塑造。

汉利的其他主要剧作有《杰米·佛斯特的苏醒》(*The Wake of Jamey Foster*, 1982)、《社交新秀》(*The Debutante Ball*, 1985)、《幸运之地》(*The Lucky Spot*, 1987)、《控制怪人》(*Control Freaks*, 1992)。

汉利的电影剧本有《看月亮的人》(*The Moon Watcher*, 1983)、《真实的故事》[*True Stories*, 1986。与大卫·拜恩（David Byne）和托博洛斯基合著]、《心灵的罪恶》(*Crimes of the Heart*, 1987)、《大智若愚》(*Nobody's Fool*, 1987)、《爆竹小姐》(*Miss Firecracker*, 1990)。

（李菊）

作品简介

《心灵的罪恶》(*Crimes of the Heart*)

《心灵的罪恶》是贝思·汉利的一部悲喜剧，写的是密西西比州的一个小镇上三姐妹面临一个接一个生活危机的故事。汉利向几个地方剧院投稿，希望能够把剧本搬上舞台，但是都没有成功。在不知情的情况下，她的一位朋友为她投稿参加了路易斯维尔演员剧院举行的美国规模最大的戏剧大赛，结果与另一部作品共同赢得了这次大赛。1979年，此剧在该剧院的年度美国新剧节上演出，获得巨大成功，后来被许多地方剧院选中在1979—1981年的演出季上演。1980年12月9日，《心灵的罪恶》在外百老汇的曼哈顿剧院俱乐部首演，共连续演出了32场，每场都是观众爆满。1981年11月，该剧在百老汇演出，并荣获普利策奖。汉利是23年中第一位获普利策奖的女作家。剧本在百老汇公演之前就获得普利策奖，这在美国戏剧史上还是头一次。这部作品后来又收获了纽约戏剧批评界奖的最佳新剧奖、古根海姆奖和托尼奖提名。该剧在百老汇的演出取得了巨大成功，连续演了535场,后来又在伦敦、芝加哥、华盛顿、亚特兰大、洛杉矶、达拉斯和休斯敦等地的许多剧院上演。演出的成功,尤其是普利策奖的殊荣,确立了汉利在美国戏剧界的重要地位。

汉利的作品常被评论家拿来与尤多拉·威尔蒂(Eudora Welty)和弗兰纳里·奥康纳等其他南方作家做比较。汉利在作品中用同情的眼光看待那些生活出了问题的人们,赢得了广泛赞誉。她在人物身上堆叠了众多苦难,以此来探讨生活的痛苦。有评论认为这种做法有些过度,但是汉利用一种敏锐的黑色幽默成功处理了这个问题,这从观众对这部剧的好评中可见一斑。1986年,该剧由布鲁斯·贝里斯福德(Bruce Beresford)执导改编成电影,收获了三项奥斯卡提名,包括最佳改编剧本奖提名。

这部悲喜参半的戏剧讲述的是马格拉斯三姐妹梅格、贝布和莱尼在祖父的密西西比州黑泽尔赫斯特镇家中相聚过程中的事。三姐妹从小在一个问题家庭中长大,这个家庭好像总有陷入丑陋困境的倾向,每个成员都忍受着艰难和痛苦。当他们处理现在扰乱他们生活的事情时,过去痛苦经历的困扰不断浮出水面,致使每个人都不得不面对自己曾经犯下的"心灵的罪恶"。

贝布是三姐妹中年龄最小的。在剧情开始时,贝布刚刚开枪打伤了丈夫扎卡里,一位强壮的、有钱的、有虐待狂倾向的律师。起初,她的解释是自己不喜欢丈夫的臭样子。后来,她说出了真实原因,即扎卡里发现她和一个名叫威利的15岁黑人男孩有暧昧关系,便恼羞成怒,扬言要除掉威利,贝布忍受不了丈夫常年的残酷对待,就朝他开了枪。后来,贝布在剧中曾两次试图自杀。

莱尼,30岁,是三姐妹中的老大。莱尼的妹妹们忘记了给她过生日,加重了她的被拒感。许多年来,她一直担负着家庭的沉重责任,最近又在照顾生病的祖父。她爱两个妹妹,但也忌妒她们,尤其是梅格,认为梅格在她们的成长过程中一直享受特殊待遇。梅格在生活中一直被男人围绕,而莱尼却因为害怕被异性拒绝而变得胆怯,很害怕和异性保持亲密关系。

贝思·汉利（Beth Henley）

有个孟菲斯来的查理追求她，但莱尼不敢接受，因为她意识到自己有卵巢萎缩的问题。

梅格是三姐妹中的老二，27岁。11岁时，母亲带着家里的猫一起自杀了，事后是梅格首先发现的尸体。这个痛苦的经历使她后来不断挑战自己面对可怕事件的能力。剧情开始时，梅格刚从洛杉矶回到密西西比，她在好莱坞担任歌手的工作并不顺利。后来据透露，梅格在洛杉矶时曾经精神崩溃，在一所精神病院里住过院。

此剧中，人物之间彼此疏离，每个人都经历了梦想和希望的破灭。生活对他们来说变得荒诞可笑、毫无意义。不过，最终三姐妹在面临危机时感受到亲情的温暖，这给他们的生活带来了希望。死亡的主题在剧中随处可见：母亲的自杀令姐妹们饱受困扰；贝布向丈夫开枪，致其重伤住院；莱尼得知小时候自己的小马死于雷击；老祖父第二次中风，濒临死亡；贝布在剧中两次试图自杀。除了这些肉体上的死亡，剧中人物还经受着精神上和情感上死亡的折磨。比如，莱尼拒绝了最近几年唯一的追求者查理，因为她觉得自己没有价值，怕被拒绝；梅格在洛杉矶经历了一段时间的精神崩溃，开始防备自己爱上别人，怕变得非常脆弱。

全剧快结束时，她们身上发生了一些有意义的变化，重新找回了姐妹之间的亲密感觉。莱尼鼓起勇气给她的追求者打电话，发现对方很乐意接受她。梅格在和多克度过一夜后，惊奇地看到自己可以真正喜欢一个人。最后，贝布明白母亲当年自杀时之所以带着猫是因为怕一个人死得太孤单。这使她暂时放下了有关母亲自杀的痛苦记忆，为全剧结束时姐妹重修旧好做了铺垫。

（李菊）

肯·凯西（Ken Kesey）

作家简介

肯·凯西（1935—2001），小说家、社会活动家、反主流文化运动领袖，其文学和社会活动推动了美国文化在20世纪五六十年代由垮掉的一代（the Beat Generation）向嬉皮士运动（the Hippie Movement）转化的历史进程。在文学领域，凯西主要因代表作《飞越疯人院》（One Flew Over the Cuckoo's Nest，1962）而获得世界声誉。

凯西出生在科罗拉多州的一个奶牛农场主家庭，1946年举家迁到俄勒冈州。少年时代的凯西多次获得摔跤比赛冠军，他创造的纪录在俄勒冈州保持了很多年。在俄勒冈大学读书时期，凯西与中学时代的恋人诺尔玛·哈克斯比（Norma Haxby）私奔，后来生育了二子一女。1957年，凯西毕业于俄勒冈大学，获得新闻学学士学位。次年，他获得威尔逊总统国家奖学金，进入斯坦福大学研习写作。在斯坦福求学期间，凯西参加了由

肯·凯西（Ken Kesey）

美国中情局资助的制幻剂试验项目，体验并记录多种药物（包括毒品）对精神的迷幻作用。这段特殊的经历影响和改变了凯西的人生。他经常在家中和先锋文化界的朋友举行派对，集体吸食毒品，以求得到奇异和非常规的体验，在这种体验中进行思维和创作。他们不无自豪地套用毒品业内的行话，将这种做法称为"终极查验"（acid test）。

年轻时代的凯西因为一次行为艺术式的巴士之旅而在美国文化史上留名。1964年6月14日，他和另外13个自称为"快活的捣蛋鬼"（Merry Pranksters）的朋友开着一辆涂着艳俗色彩的旧大巴车从加利福尼亚州出发向纽约行进，一路举行狂欢派对，将制幻药品（如LSD，当时它在美国还未被列为禁药）沿途介绍和发放给人群。他们吸食制幻药品来追求新奇感觉，反对循规蹈矩，反叛传统文化的压制和束缚。凯西的巴士之旅轰动一时，助长了毒品潮流的泛滥，推广了嬉皮士文化，深刻地影响了当时的摇滚音乐、文学、绘画和社会思潮。

凯西在斯坦福求学期间开始了文学创作。1959年到1960年他先后完成了两部小说《动物园》（Zoo）和《秋之末》（End of Autumn），均未能发表。1962年他终于有机会出版另一部小说《飞越疯人院》。此书立刻成为畅销书，受到读者热捧和批评界的青睐，次年被改编成戏剧，在百老汇大获成功，1975年又被改编成同名电影，夺得五项奥斯卡奖。在加利福尼亚州一所精神康复医院当护理的亲身经历和对毒品的强大麻醉及制幻作用的深刻体验，共同构成了凯西这部小说的背景。

《飞越疯人院》的故事发生在一所精神病院里，叙述者是书中人物"酋长"布洛登，一个身材高大的印第安人。小说主人公麦克墨菲性格洒脱、无视常规，因犯殴打罪被送入劳教农场，为了躲避苦役，他故意装疯被送入精神病院。在护士长拉齐德的专制管理下，整个医院死气沉沉，病人得不到应有的尊重与尊严，他们的自由、爱好和隐私等权利被粗暴地剥夺。麦克墨菲入院后，屡次破坏医院规章，挑战护士长的权威。他拒绝服药，关心和帮助"酋长"布洛登、比利以及其他病友，教他们打牌，组织篮球赛,鼓动他们投票要求观看棒球比赛电视转播的权利,偷车带他们外出钓鱼、狂欢、酗酒,带女人进医院过夜等。护士长为了外来女性留宿事件恐吓老实巴交的比利,导致他精神崩溃、自杀身亡。护士长将责任推到麦克墨菲身上,麦克墨菲忍无可忍,与她发生冲突,差点将她勒死。为此,麦克墨菲被迫接受了脑叶切除手术,变成植物人。被送回病房后,他一动不动地躺在床上。"酋长"夜里溜到他床边用枕头闷死了这位好友,帮他用死亡来抗争,维护自己的尊严。然后,他打破窗户,逃离了精神病院,实现了麦克墨菲的心愿。

《飞越疯人院》用隐喻的方式表现了社会意识形态和各种制度对人无处不在的压制和训诫力量,质问理智与疯癫二者之间的界限。凯西用略带怪诞的题材和幽默讽刺的文风表现出生活和社会规约本身的诸多可笑性,用悲剧的氛围塑造了一个追求自由、反抗社会压制的孤胆英雄形象。《飞越疯人院》所传达的思想正好契合了20世纪六七十年代美国的社会思潮,它以深刻的精神内涵发出了时代的强音。

《有时我很想》(Sometimes a Great Notion)是凯西1964年出版的第二部小说,书名源于民歌《晚安,艾琳》("Good Night, Irene")中的歌词"有时我很想/跳河自尽"(Sometimes I get a great notion / to jump in the river an' drown)。这部小说讲述了俄勒冈州伐木工人斯坦普一家的故事。技巧上,该小说采用多重角度叙述手法,比《飞越疯人院》更有实验性。题材上,该小说通过一个家庭的冲突与纠葛,以史诗的气概再现了美国西北部林区人民生活和奋斗的历史画卷,刻画了美国西部精神中粗犷豪放、倔强坚韧和坚持自我的一面。虽然《有时我很想》不如《飞越疯人院》有名,但是不少批评家认为它才是凯西真正的文化遗产,是美国文学史上西北本土小说的最佳作品之一。凯西本人也说过这是他的最得意之作。

1964年凯西与卡罗琳·亚当斯(Carolyn Adams)相识,1966年他们生了一个女儿。1967年凯西因涉毒遭到警察追捕,远遁墨西哥,不久回国,被判服刑五个月。之后他回到俄勒冈州,当起了农场主。自60年代末期以后，除了零散的短篇小说，凯西的文学创作较少，沉寂多年，直到1989年才出版另一部小说《洞窟》(*Caverns*)。这还是他在俄勒冈大学教授写作课时和十多个学生合写的，出版后批评界褒贬不一，更多人倾向于将它看作一种有益的写作尝试，而不是成功的文学作品。此后他陆续出版了《水手之歌》(*Sailor Song*, 1992)等多部小说、文集和戏剧，反响均不如前，日益远离评论界关注的中心。除了写作、供稿和编辑工作，他还积极参加摇滚乐、表演、环保和反战等活动。晚年的凯西健康状况每况愈下，疾病缠身，于2001年11月10日走完了自己充满戏剧性的一生。

除了上述作品，凯西其他主要作品有小说《最后亮相》(*Last Go Round*, 1994, 合著)、戏剧《深入探索》(*The Further Inquiry*, 1990, 合著)，《龙卷风》(*Twister*, 1994)，文集《凯西的旧货甩卖》(*Kesey's Garage Sale*, 1973)和《凯西狱中札记》(*Kesey's Jail Journal*, 2003)。

（陈礼珍）

作品简介

《水手之歌》(*Sailor Song*)

《水手之歌》是肯·凯西在沉寂了二十多年后出版的一部长篇小说，以类似科幻小说的形式虚构了一个发生在21世纪20年代的故事。此时生态灾难已经肆虐美国，很多人迁徙到远在西北端的阿拉斯加州躲避高温。萨拉斯就是其中之一，他是环境污染问题的受害者和激进的环保主义者，此时已经隐退，安逸地居住在阿拉斯加州一个名叫奎纳克的小渔村里。奎纳克虽然有些破败，却保持着原生态的宁静与祥和，人口以原住民的后裔为主。有一天，一个好莱坞的电影摄制组乘着一艘装有高科技设备的大船"银狐号"来到这里，要拍摄一部因纽特人题材的儿童电影。从此，渔村往日的平静被打破了。摄制组的导演和负责人勒福托夫是奎纳克人,但他是个白化病患者,性格偏激,野心勃勃。他带领剧组来到家乡不仅要将奎纳克作为其电影外景的取景地,还打算将它开发成一个主题旅游公园。他以金钱和进步为名鼓动奎纳克人接受他的规划,而且确实得到很多人的支持。而萨拉斯则是原生态文化和原住民文化的捍卫者,反对过度开发奎纳克。以萨拉斯和勒福托夫二者为中心的两大对立阵营在明处和暗处展开了激烈较量。不过,最后的仲裁者是大自然。一场力量巨大的电磁暴毁坏了所有的高科技电子设备,奎纳克又回到以农耕和捕鱼为生产方式的原始时代。

《水手之歌》篇幅很长,结构芜杂,情节松散。凯西用诙谐和夸张的笔调刻画了众多人物形象,在遣词造句、语言驾驭和氛围营造等方面都有可圈可点之处。然而,由于全书结构过于散漫、人物刻画缺乏深度、情节与细节荒诞不经以及说教味太浓等原因,《水手之歌》在读者和评论界的反响始终不冷不热,与当年《飞越疯人院》所造成的持久轰动效应相去甚远。尽管如此,《水手之歌》仍然是一部具有高度历史责任感的作品,在凯西的整个创作生涯中占有举足轻重的地位。

在即将步入晚年之际,凯西逐渐摆脱了青年时代的厌世情绪、个人主义和无政府主义倾向,用更加理性和负责的态度来关注文明与自然的冲突、主流文化对原住民文化的威胁以及环保与和谐共存等主题。在《水手之歌》等作品中,我们看到的是一个日益成熟稳重和不断努力超越自我的凯西。

(陈礼珍)

杰西·科辛斯基（Jerzy Kosinski）

> 作家简介

杰西·科辛斯基（1933—1991），小说家。生于波兰中部罗兹市一个犹太家庭，原名是约瑟夫·莱文科普夫（Josef Lewin-kopf）。第二次世界大战中，为了躲避纳粹对犹太人的迫害和屠杀，莱文科普夫一家被迫背井离乡来到波兰中东部农村，开始用科辛斯基这一假姓来隐瞒犹太身份。此后他便一直沿用杰西·科辛斯基这个名字。战后，科辛斯基一家搬到了波兰西南部的耶莱尼亚古拉市。他就读于罗兹大学历史与政治学专业，1955年毕业后在波兰科学院的历史与社会学研究所工作。科辛斯基对波兰共产党当局颇为不满，1957年移民到美国。在福特基金会资助下，他进入哥伦比亚大学学习社会学。1962年，科辛斯基娶了比自己年长18岁的富家寡妇玛丽·韦尔（Mary Weir）。四年后婚姻破裂，他和来自巴伐利亚的贵族后裔凯瑟琳娜·冯·弗劳恩霍弗（Katherina von Fraunhofer）生活在一起。

1965年科辛斯基加入美国国籍。

20世纪60年代初,科辛斯基用假名发表了两部纪实作品——《同志,未来属于我们》(*The Future is Ours, Comrade*,1960)和《没有第三条路》(*No Third Path*,1962),由此开始了他的文学生涯。1965年,他发表了他的第一部也是最为人所知的小说《彩绘鸟》(*The Painted Bird*)。此书的叙述者是一个六七岁的小男孩,他讲述了自己第二次世界大战期间为了躲避纳粹屠杀在东欧农村辗转逃难和流浪的艰辛遭遇。这部小说的名字来自书中一则寓言:有一个捕鸟人,每当他心情烦闷,就将抓到的一只鸟涂上各种颜色,然后再将它放了。这只被上了色的鸟像以前一样飞回群里,但同伴们再也认不出它,就把它当作异类和入侵者群起而攻之,直至将它啄死。《彩绘鸟》深刻揭露了东欧农村的落后和阴暗,用超现实主义笔调描述了当时普遍存在的恐怖、血腥、暴力、虐待、乱伦和性犯罪等场景,通过一个儿童的叙述声音,对人性、愚昧、贫穷、战争和历史做出了震撼人心的质疑和反思。虽然小说没有正面描写纳粹分子的大屠杀活动,但它从侧面再现了那段惨绝人寰的历史。小说出版后受到美国主流批评界的好评,却立刻遭到波兰政府当局的封杀,科辛斯基被斥为"反波兰分子"。直到1989年东欧剧变、波兰政府更换之后,《彩绘鸟》才得以在波兰本土发行。

《彩绘鸟》是一部很有争议的作品,不少人将其视为科辛斯基具有半自传色彩的政治小说,极力考证其中的历史细节,而另外一些人则更倾向于把它当作虚构作品。关于《彩绘鸟》,不得不提的另一件事情是,从1982年开始,它卷入抄袭丑闻,引起了旷日持久的争论。文学界和舆论界对科辛斯基的作家职业道德提出严重质疑,指责他在包括《彩绘鸟》在内的多部作品中涉嫌抄袭、雇人写作、翻译和润色。科辛斯基为了捍卫自己的名誉不断做辩解,花费了很大精力。

《台阶》(*Steps*)发表于1968年,次年获全国图书奖。《台阶》的叙事形式较有实验性,由几十个零碎的短篇连缀而成。很大程度上,它可以被视作《彩绘鸟》的续集,也具有疑似半自传体小说的性质,也包含大量的性和暴力描写。故事的主人公此时已经长大成人,同样目睹着各种社会阴暗力量的横行霸道。它出版后备受称赞,有评论甚至认为其中的语言和思想达到了卡夫卡的高度。

1971年发表的《在场》(*Being There*)讲述的则是一个思想单纯的花匠如何被媒体炒作塑造成伟大智者的讽刺性寓言故事。1979年被拍摄成同名电影,颇受欢迎。《彩绘鸟》《台阶》和《在场》等作品先后面世的20世纪60年代中期到70年代初期是科辛斯基创作的巅峰时期。此后,由于种种原因,他的笔力日益衰微,所发表的多部作品始终无法接近那时的水平。

科辛斯基曾在卫斯理大学、普林斯顿大学和耶鲁大学等多所著名大学执教,一边教书,一边创作和修改作品。1988年,科辛斯基发表了《69号街上的隐士:诺博特·考斯基的工作文件》(以下简称《69号街上的隐士》)(*The Hermit of 69th Street: The Working Papers of Norbert Kosky*),公开为自己以前的作品辩护,回应那些指责他抄袭的言论。进入80年代,科辛斯基的健康状况很不乐观,遭受多种疾病的纠缠和折磨,抄袭丑闻也让他备受打击。在身心都饱受苦痛的境况下,1991年5月3日,科辛斯基在纽约寓所里自杀身亡。

科辛斯基屡获文学大奖,包括美国艺术文学学会金质奖章(1970),担任过两届国际笔会美国分会主席。他也是社会名流,大力倡导自由与民主,晚年积极推动美国和波兰之间的经济和文化交流。科辛斯基的生活姿态也颇为高调,经常出入于上流社会,在杂志、广播、电影和电视上频频现身。1982年,他还成为奥斯卡颁奖典礼上最佳编剧奖的颁奖嘉宾。

科辛斯基以战争反思题材小说、东欧移民犹太作家背景、对血腥暴力和性的描写、以英语为第二语言写作等特点给美国文坛带来一股冲击波,成为20世纪六七十年代美国文学界冉冉升起的希望之星。他的书被翻译成三十多种语言,生前销售量就超过七千万册。遗憾的是,中年以后他身体状况欠佳,而且深陷作品抄袭丑闻和私生活道德非议,终因压力过大而过早结束写作生涯。科辛斯基的作品和他的人生轨迹一样迷雾重重,受到各种质疑与争议。自他去世以来,他的文学声誉似乎在逐渐衰落。

除了上面提及的作品,科辛斯基的其他主要作品有《魔鬼树》(*The Devil Tree*, 1973)、《驾驶舱》(*Cockpit*, 1975)、《初次约会》(*Blind Date*, 1977)、《激情游戏》(*Passion Play*, 1979)、《弹球戏》(*Pinball*, 1982)、《路过:文选,1962—1991》(*Passing By: Selected Essays, 1962—1991*, 1992)。

(陈礼珍)

作品简介

《69号街上的隐士:诺博特·考斯基的工作文件》
(*The Hermit of 69th Street: The Working Papers of Norbert Kosky*)

《69号街上的隐士》是杰西·科辛斯基的长篇小说。它的问世有着特定的历史背景:自1982年开始,科辛斯基的《彩绘鸟》等主要作品被曝涉嫌抄袭、雇人写作、翻译和润色;一时间,文学界和舆论界对他的批判声铺天盖地。科辛斯基受到很大打击,一直在不同场合极力为自己辩护。《69号街上的隐士》就是这样一部饱含作者强烈辩解意图的作品。

作者假托此书是一个名叫诺博特·考斯基(Norbert Kosky)的已故作家遗留的手稿。主人公考斯基是来自东欧鲁塞尼亚地区的犹太人,第二次世界大战纳粹大屠杀的幸存者,年纪约为55岁。无论从名字还是身份信息来看,考斯基身上都明显带有作者科辛斯基的影子。考斯基的姓"Kosky"里没有了科辛斯基的姓里的"sin"(罪)一词,似乎在说考斯基乃至他所代表的科辛斯基是无罪的。严格说来,《69号街上的隐士》并不是小说,也不是自传,里面内容庞杂,不仅有大量注脚,还引用了很多报纸杂志上的标题和段落以及作家和评论家对科辛斯基的评语。全书混合了难以计数的真实和虚构情节，因此它往往被认为是科辛斯基自我虚构的伪自传小说，是一个关于科辛斯基身世、经历、写作和思想的大杂烩。

科辛斯基在《69号街上的隐士》中颠覆了小说和自传的写作规约，用新闻纪实的形式综合了多种叙述方法，故意在叙事过程中造成杂乱和断裂，不断在不同事件之间游移和偏离，以此来营造生活真实的印象，竭力编造一个个游离于真实边缘的谎言。科辛斯基对这部作品自诩甚高，然而批评界的反应却让他很受打击，批评和蔑视远远多于同情和赞许，销售量也很不如意。此书出版时，抄袭丑闻爆发已经有五六年了，普通民众对此事似乎已经淡忘或失去兴趣，小说本身也显得过于晦涩、芜杂和枯燥，因此没有多少人再愿意关注科辛斯基这个走下坡路的作家在书中喋喋不休的自我辩解了。

《69号街上的隐士》是科辛斯基生前发表的最后一部小说。3年后，科辛斯基在纽约的寓所里自杀身亡，用悲剧行为结束了纠缠他的所有烦恼和猜疑。不少人认为，除了健康状况和抄袭丑闻的困扰外，《69号街上的隐士》所带来的苛刻批评和在此之后创作力衰退引起的绝望感也是造成科辛斯基自杀的重要原因。

（陈礼珍）

托尼·库什纳（Tony Kushner）

作家简介

托尼·库什纳（1956—　　），剧作家。他的《天使在美国：一首有关国家主题的同性恋幻想曲》（以下简称《天使在美国》）（Angels in America: A Gay Fantasia on National Themes，1991—1993）一剧为他赢得1993年普利策奖。他和艾瑞克·罗斯（Eric Roth）合作改编的电影剧本《慕尼黑》（Munich）2005年由斯蒂芬·斯皮尔伯格（Steven Spielberg）执导，获得奥斯卡最佳改编电影剧本奖提名。

库什纳出生于纽约曼哈顿的一个犹太家庭，他很小的时候随父母搬家到路易斯安那州莱克查尔斯市。库什纳的父母都是音乐家，在新奥尔良爱乐乐团工作，他母亲还参加当地剧团的演出。他从父亲那里学会了欣赏歌剧和文学，从母亲那里继承了对戏剧的热情。库什纳的宗教观、政治观和性取向的形成可追溯到他的童年时期。他曾就读于一所希伯来学校，在

托尼·库什纳（Tony Kushner）

那里喜欢上了自己的老师，但是努力隐藏了自己的同性恋倾向。在美国南部，犹太人经常遭遇反亲犹太主义者，使库什纳产生强烈的疏离和隔绝感。1974年，库什纳离开莱克查尔斯去纽约的哥伦比亚大学就读。他信奉自由主义，强烈支持犹太复国主义，还是一个隐蔽的同性恋者。在哥伦比亚大学就读期间，库什纳沉浸于中世纪研究，新的知识氛围逐渐改变了他的视角，也影响到他后来的创作。1978年获得英语文学学士学位后，库什纳公开他的同性恋身份并以作家身份生活。后来他又进入纽约大学研究生院读导演专业，1984年毕业。

库什纳读了德国剧作家贝尔托·布莱希特（Bertolt Brecht）的作品，接触了富有政治意味的戏剧，深受影响，他曾经说过，是布莱希特的《大胆妈妈和她的孩子们》(*Mother Courage and Her Children*, 1941) 引导他走向剧作家的生涯。2003年4月，库什纳和他的同性恋伴侣、《娱乐周刊》编辑马克·哈里斯（Mark Harris）在纽约举行了婚礼。

2006年1月，一部由弗里达·莫克（Frieda Mock）执导的关于库什纳的纪录片《与天使搏斗》(*Wrestling With Angels*) 在圣丹斯电影节上演。作为一个同性恋激进主义者和热情的政治思想者，库什纳的作品充满了历史意识，常常会涉及政治方面的争论，语言融合了纵横恣肆的散文和诗歌风格。库什纳对于各种人物的语言非常敏感，他的对话常常会有诗歌的特性，有时押韵，有时相当自由。他是一个浪漫主义者，作品中经常会有死亡的阴影，然而却充满希望。库什纳第一部重要的剧作是《一间名为白昼的明亮屋子》(*A Bright Room Called Day*, 1985)，此剧描写了第二次世界大战前的一帮朋友以及他们对希特勒和纳粹主义的看法。由于评论界的严厉批评，此剧只在伦敦轮演了很短时间。库什纳接下来的作品是改编剧《幻觉》(*The Illusion*, 1988)，作品展示了作家对浪漫传奇的喜爱，充满了诗意的夸张。喜欢自夸的士兵马塔墨尔是堂吉诃德式的人物，也是这部悲喜剧的魅力之所在。对戏剧的热爱，对戏剧魔力和变化的热爱，不仅体现在这部剧中，也反映在后来的《天使在美国》中。

库什纳的《天使在美国》使他进入美国戏剧的最前列，在世界各地的舞台上为他赢得赞誉。评论家们认为这部写艾滋病的戏剧是库什纳非凡的、具有划时代意义的成就，其捕捉时代精神的能力令人惊讶。取得巨大成就后，库什纳也作为许多边缘人群的代言人出现在公众面前，不仅包括男女同性恋者，也包括黑人、犹太人、不可知论者和艺术家等，所有这些人都在他的剧里为尊严和生存而斗争。《天使在美国》的副标题是《一首有关国家主题的同性恋幻想曲》。整部剧具有史诗般的宏伟结构，包括两部完整的剧《千禧年来临》（*Millennium Approaches*，1991）和《重建》（*Perestroika*，1992），时间总跨度长达四年多，从1985年10月到1990年2月。全部演出时间长达七小时左右。故事的主线围绕两对关系濒临破裂的人物（乔和哈珀，路易斯和普莱尔）展开。故事的背景是20世纪80年代美国的艾滋病危机，也涉及美国社会的道德危机，例如人们只考虑自己而不愿帮助别人，甚至对于身边所爱的人也是如此。正是这些大背景使《天使在美国》比其他爱情故事更加宏伟壮阔。1993年，《千禧年来临》获得四项托尼奖、一项纽约剧评家协会奖和普利策戏剧奖。2003年，《天使在美国》被拍成电影，由麦克·尼科尔斯（Mike Nichols）执导，阿尔·帕西诺（Al Pacino）和梅丽尔·斯特里普等主演。

自从1992年《天使在美国》轰动戏剧界以后，库什纳继续写作和改编剧本，重要作品有《斯拉夫人！对长期存在的道德和幸福问题的思考》（*Slavs! Thinking About the Longstanding Problems of Virtue and Happiness*，1995）和他改编的意第绪语流行剧《恶灵，或两个世界之间》（*A Dybbuk, or Between Two Worlds*，1997）。库什纳还是一位高产的备受尊敬的散文作家和演讲者，经常在图书和杂志上表达对政治、种族、阶级和艺术等的看法。

库什纳的其他主要作品有《斯特拉》（*Stella*，1987，改编自歌德的戏剧）、《海德里欧他菲亚》[*Hydriotaphia*，1987，以托马斯·布朗尼爵士（Sir Thomas Browne）的生活为原型]、《寡妇》[*Widows*，1991，与阿里尔·道夫曼（Ariel Dorfman）合作，改编自道夫曼的作品]、《爱家的男人/喀布尔》（Homebody/Kabul，2001）、音乐剧《卡罗琳，或变化》（Caroline, or Change，2002）、《只有守卫神秘的我们才会不开心》（Only We Who Guard The Mystery Shall Be Unhappy，2003）。

库什纳获得的主要奖项包括艾美奖、普利策戏剧奖、托尼奖、奥比奖、纽约剧评家协会奖、美国艺术文学学会奖、怀汀作家奖、丽拉·华莱士/《读者文摘》作家奖、国家犹太人文化基金会文化成就奖。

（李菊）

作品简介

《天使在美国：一首有关国家主题的同性恋幻想曲》
（*Angels in America: A Gay Fantasia on National Themes*）

《天使在美国》是托尼·库什纳的代表作。整部剧包括两部分：《千禧年来临》和《重建》。《千禧年来临》1991年首演于旧金山，1992年在伦敦演出，1993年和第二部《重建》一起在纽约演出。《天使在美国》在纽约和伦敦都获得了巨大成功，1993年获得包括最佳剧本奖在内的四项托尼奖、纽约剧评家协会奖和普利策戏剧奖。1994年，《重建》获得托尼奖的最佳剧本奖和戏剧台杰出戏剧奖。在旧金山、伦敦和洛杉矶演出成功后，《千禧年来临》于1993年5月在百老汇开演，《重建》于10月在百老汇上演，用同样八个演员分别扮演不同角色。

故事的背景是20世纪80年代的美国，时间跨度长达四年多，从1985年10月到1990年2月。全剧两部分中共出现了三十多个人物，共有八幕、五十九场和一个收场白。这些场景或长或短，有些甚至互相重叠，同时出现在舞台上。场景的变换也非常快，从起居室、办公室到医院的病房、纽约市区的街道、南极洲，甚至天堂等。尽管场景和人物关系错综复杂，

《天使在美国》的情节却很简单。故事的主线围绕着两对关系濒临破裂的人物展开，即乔和哈珀，路易斯和普莱尔。乔和哈珀是一对面临婚姻危机的摩门教徒，乔终生都在掩饰自己的同性恋倾向，而面对婚姻问题哈珀却一味躲避在靠安定药产生的幻觉中。路易斯和普莱尔是一对同性恋伴侣，普莱尔患了艾滋病，路易斯无法面对这个事实，于是选择了离开。乔的上司科恩给了他一个升职的机会，但他并没有立即接受，因为担心已对安定药上瘾的妻子。为了照顾哈珀，乔的母亲汉娜卖掉盐湖城的房子来到纽约，后来成了普莱尔的救助者。纽约医院的护士伯立兹曾经男扮女装，做过普莱尔的情人，现在照顾患艾滋病住院的科恩。路易斯抛弃普莱尔后，一直是伯立兹照顾他。每次和路易斯见面，他们都会就政治、种族、宗教和爱的意义等问题争论不休。

如同19世纪小说，两个故事交织在一起：路易斯和乔成了情侣，哈珀和普莱尔在共同的幻觉中相遇。乔和路易斯在布鲁克林的一家法院工作。两部作品中还有一个关键人物科恩，一个极端右翼的纽约律师。他的生活原型是1951年在麦卡锡审判中迫害埃塞尔·罗森伯格、后于1986年死于艾滋病的律师。他是个隐蔽的同性恋者，不论在法庭上还是法庭之外他都不择手段地通过奉承、贿赂并威胁别人以达到自己的目的。在剧中他为自己的事业和生活而斗争，尽管他最终失去了一切。科恩身患艾滋病，但他却拒绝承认，只说自己得的是肝癌，最终死于艾滋病。当他躺在医院的病床上奄奄一息时，罗森伯格的鬼魂来找他，因为他对罗森伯格被判死刑也负有部分的责任。他死后成了天堂里上帝的律师。

《天使在美国》所要表达的一个重要主题是变化和改革。剧中的每个人物都或多或少面临某种程度的变化，有的人害怕变化，喜欢他们已经熟悉的安逸生活状态。哈珀一开始就非常害怕即将发生的变化，觉得自己正在失去丈夫和家庭，甚至逐渐丧失理智。随着剧情的发展，哈珀也的确逐渐失去她曾经很看重的一切，在这过程中她也发现了看待变化的新视角。最后，她坐上飞往旧金山的飞机，去开始新的生活。其他人物则能勇敢地

托尼·库什纳（Tony Kushner）

面对变化，甚至因变化而成熟。普莱尔和天使们在剧中展开了变化方面的最大斗争。在个人的层面上，普莱尔的生活面临着一个又一个的改变：首先，艾滋病在改变他的身体；随后，路易斯抛弃了他，从而改变了他的整个世界；最后，天使的来访让他变成先知。天使们所追求的是停滞——变化的对立面，但是普莱尔挫败了他们的计划。

《天使在美国》的另一个重要主题是寻找身份。乔是个摩门教徒，一直在否认自己真实的性取向——喜欢男性。为了改变，他违背本性和哈珀结了婚，甚至协助通过了许多否认同性恋者权利的规定。和路易斯的短暂接触使他重获自由，他终于向自己和路易斯承认了同性恋取向，但仍然不能公开面对这些，仍然在他的异性恋婚姻和在路易斯那里找到的短暂幸福生活之间痛苦挣扎。路易斯同样生活在矛盾之中，虽然爱着普莱尔，却无法面对他身染艾滋病的现状。他出生于犹太家庭，却是个怀疑论者，无法找到能接受他真实身份的宗教。政治上，他是激进的自由主义者，却被右翼共和党人乔所吸引。直到全剧结束，他仍然在寻找着自己的真实身份。

美国梦也是《天使在美国》里的一个重要主题，涉及美国的概念、社会动态变化、政治身份和不确定未来等话题。故事的背景是20世纪80年代的美国，自然少不了探讨共和党政治对国家的影响。科恩代表了右翼最丑恶的一面：政治上垄断，经济上不公，歧视和审查。路易斯抱怨在美国除了政治和权力之外什么都没有：没有神，没有鬼魂和灵魂，没有天使，没有精神传统，没有种族传统，只有政治。收场白中提到柏林墙倒塌了，俄国领导人戈尔巴乔夫所提倡的"重建"（俄语词perestroika的意思是"重建"和"激变"，《天使在美国》第二部分《重建》的题目用的就是此词）政策结束了冷战，美国以世界领导者的姿态出现。

《千禧年来临》不仅是第一部分的题目，也体现了贯穿全剧的情感。普莱尔的疾病似乎给他带来了某种天启；在第一部分结尾，一位天使穿过他卧室的房顶。在第二部分中，普莱尔进天堂后拒绝接受先知的角色，反驳天使们关于停滞的思想，要求延长在世间的生命。最后，剧中的人物聚集在中央公园的百士达喷泉旁,患病5年的普莱尔向朋友们讲述百士达喷泉的故事,说到当千禧年到来时,能治愈疾病的喷泉会再次喷水。总之,此剧最后还是暗示了希望。

《天使在美国》自问世以来一直好评如潮,评论家们认为它是一部伟大的美国问题剧,探讨的范围如此广阔而又充满诗意,所涉及的主题有:变化的本质和不可避免性、自我中心主义和团体精神、20世纪80年代里根时代的重大政治问题,如同性恋权利、冷战的结束、现代社会里宗教的地位、保守主义与自由主义的意识形态之争等,是美国文学史上一部伟大的作品,体现了一位天才作家鼎盛期的非凡创造力。

(李菊)

吉汉珀·拉希里（Jhumpa Lahiri）

作家简介

　　吉汉珀·拉希里（1967—　　），小说家。生于英国伦敦，3岁随父母移居美国，在罗德岛的南金斯敦镇长大。父母皆是印度移民，深受印度文化的熏陶。1989年，拉希里在巴纳德学院获得英国文学学士学位。随后从波士顿大学取得多个学位：英语文学硕士、创意写作硕士、比较文学硕士和文艺复兴研究方向文学博士。她的多篇小说被收入《全美最佳小说集》，曾获普利策奖、欧·亨利短篇小说奖、《纽约客》杂志年度新人奖等奖项。拉希里曾在波士顿大学和罗德岛设计学院教授创意写作课程。目前，她和丈夫以及两个孩子住在纽约。2005年开始担任国际笔会美国分会副主席。

　　在双重文化背景下长大的拉希里比一般的美国人更懂印度，又比一般的印度人更懂美国。两种文化的冲突给她提供了丰富的创作素材，因而她的作品关注的主要对象是印度移民。她的小说常以移民家庭为背景,反映文化冲突,几乎所有的小说都描述印度移民家庭在美国社会中的困惑、孤寂和隔膜,以及新旧两代人不同的价值观所引起的矛盾冲突。小说里的大多数角色都是旅居美国的印度移民或印度本土平民,通常是处于社会中下层、努力改善生活的小人物,例如研究生、小职员、看门人、家庭主妇、孤儿等。这些人物的生活里没有惊心动魄、跌宕起伏的故事,也没有催人泪下的大喜大悲,有的只是无奈的尴尬和无望的抗争。拉希里对人类生存的悲剧性有着深刻的领悟,这正是她作品的魅力所在。

拉希里的主要作品有短篇小说集《疾病解说者》(*Interpreter of Maladies*,1999)和《陌生的土地》(*Unaccustomed Earth*,2008)、长篇小说《同名人》(*The Namesake*,2003)。《疾病解说者》是拉希里的第一部短篇小说集,共收录9篇短篇小说,获得多个奖项:1999年《纽约客》杂志年度新人奖、2000年美国艺术文学学会爱迪森·麦特卡夫奖、2000年普利策小说奖。《陌生的土地》是她的第二部短篇小说集,2008年12月出版,共收录6篇短篇小说,入选《时代周刊评论》的2008年最佳图书榜前十位。她的第一部长篇小说《同名人》于2007年被改编成电影。

(孔丽霞)

作品简介

《疾病解说者》(*Interpreter of Maladies*)

《疾病解说者》是吉汉珀·拉希里的第一部短篇小说集,共收录9篇短篇小说:《临时问题》("A Temporary Matter")、《皮尔扎达先生来吃饭时》("Mr. Pirzada Came to Dine")、《疾病解说者》("Interpreter of Maladies")、《真正的守门人》("A Real Durwan")、《性感》

（"Sexy"）、《森太太一家》（"Mrs. Sen's"）、《神佑之家》（"This Blessed House"）、《比比·哈尔达的治疗》（"The Treatment of Bibi Haldar"）、《第三和最后的大陆》（"The Third and Final Continent"）。该书一出版就获得2000年度的普利策小说奖，拉希里也一夜间成为美国文学界最耀眼的新星。除了普利策奖，该小说集还获得了新英格兰笔会/海明威文学奖、《纽约客》杂志年度新人奖、美国艺术文学学会爱迪森·麦特卡夫奖。其中的《疾病解说者》还获得欧·亨利短篇小说奖，并入选美国最佳短篇小说集。此书被译为29种语言，成为全球畅销书。

小说集《疾病解说者》中的故事皆发生在美国与印度之间，文化差异和双重乡愁使沟通成了奢望，人们无奈地关上心灵之门，独自忍受心灵寂寞。小说准确描绘了诸多人物跨越国家和时代追寻爱的情感之旅。身为移民的拉希里用不羁的才情捕捉到了移民、难民和他们的后代来到文化交汇之处所面临的矛盾冲突。其中的短篇小说《疾病解说者》看似写的是年轻的达斯夫妇去印度旅游的经历，实际上是一个心灵疾病患者与导游之间发生的故事。达斯夫妇搭乘导游卡帕西先生的车去参观太阳神庙。卡帕西既是导游又兼疾病解说者，将患者经常使用的难懂方言尤其是那些描述胃痉挛、骨头疼、各种痣等症候的方言说法清楚地解说给医生。女主人公达斯夫人28岁，家庭琐事和一段婚外情使她变得日益冷漠。达斯夫人对卡帕西疾病解说者的工作颇感兴趣，为此卡帕西也受宠若惊，对她想入非非。出于好感，达斯夫人便选择这位背景文化与她迥异的陌生人来倾诉，希望他这位"疾病解说者"能够解说清楚她的病。实际上她患的是对丈夫不忠的疾病，她的儿子波比是她与丈夫的一位朋友所生。这是一种无法解说的疾病，但它具有确切的症候，影响着她的生理和心理。因为无法向医生倾诉，她便转向卡帕西，目的是想得到他的理解和宽慰，可是恰恰相反，她的故事使得卡帕西大失所望。最后，卡帕西试图帮助她，可他不理解她的意图，最后因为问了她感到的究竟是痛苦还是愧疚而冒犯了她,断送了他们互相理解的任何可能,使她绝望的心灵刚看到一丝希望就又陷入更大的失望。整篇小说正是对这种心灵疾病的解说。

(孔丽霞)

《同名人》(*The Namesake*)

《同名人》是吉汉珀·拉希里的第一部长篇小说,她在《疾病解说者》获奖后花费了三年时间精心创作而成,2007年被改编成电影。

故事讲述的是一个印度移民甘古里一家在美国居住三十多年建立新生活的历史,也是对他们在异域走过的心灵历程的描绘。拉希里以女性特有的细腻,真切描绘了这两代人在异域文化氛围中的感受。阿修克和阿希玛夫妇生长在印度,他们将自己定位为孟加拉人,认为他们的文化归宿是印度,也一直保留着印度的语言、饮食、宗教等生活方式。他们的儿子果戈理出生在美国,有着印度移民孩子的勤奋,也有着美国孩子的叛逆。父母给他起的名字借自俄国作家果戈理,不想这给他带来诸多麻烦,在他的成长过程中惹来无数嘲笑。父亲去世后,他母亲阿希玛难以接受美国文化,想要回印度久居。她把异国他乡的生活比喻为一种终生未了的妊娠,充满了永无休止的等待、无法摆脱的负担和长相伴随的郁闷。印度辉煌的古代文明构成了阿修克和阿希玛内心沉重的负累,其沉淀越是厚重,越是割舍不断,他们对美国文化便越难认同。于是他们只能漂游于印度和美国之间,成了无根之萍、真正的孤儿。为了慰藉思乡之情,他们便每隔一年举家回一趟加尔各答省亲。只有这样才能减轻他们因为自我放逐而产生的愧疚,达到内心的平和。果戈理为了成为真正的美国人,又是改名字,又是疏远父母、结交美国女友,然而他的努力最终都归于失败。妻子毛舒米背弃了他,把房子变卖,把家具送人,最后果戈理又回到小时候居住的老屋。

吉汉珀·拉希里（Jhumpa Lahiri）

　　《同名人》的风格冷静而客观，语言优雅朴实，有着浓郁的散文气息。作品既没有戏剧化的场面和离奇曲折的情节，也没有主人公命运的大起大落和大喜大悲，只是展现矛盾，不做判断。

（孔丽霞）

诺曼·梅勒（Norman Mailer）

> 作家简介

诺曼·梅勒（1923—2007），小说家，也做过记者、剧作家、电影编剧和导演。同杜鲁门·卡波特（Truman Capote）、琼·迪迪昂（Joan Didion）和汤姆·沃尔夫（Tom Wolfe）一起被看作创造性非小说（creative nonfiction）或新新闻主义（New Journalism）的代表。曾获得普利策奖（两次）和全国图书奖，2005年获国家图书基金会颁发的美国文学杰出贡献奖章。

梅勒出生于新泽西州朗布兰奇市的一个犹太家庭，在纽约市布鲁克林区长大，1939年进入哈佛大学学习航天工程。大学期间对创作产生兴趣，18岁发表第一篇短篇小说，大学毕业后1944年3月参军。退役不久，他根据自己的第二次世界大战经历创作了小说《裸者与死者》（The Naked and the Dead，1948），出版后连续11周名列《纽约时报》畅销书榜首，他也

诺曼·梅勒（Norman Mailer）

因此一举成为美国文坛新秀。《裸者与死者》至今仍为第二次世界大战题材的经典小说。接着梅勒又创作了小说《巴巴里海滨》（*Barbary Shore*，1951）和《鹿苑》（*The Deer Park*，1955）。但它们在发表前曾被出版商拒稿，发表后反响一般。之后梅勒将精力从文学转向新闻学。在他的帮助下，周刊《乡村之声》（*The Village Voice*）得以于1954年在纽约创刊。他还为其写了一段时间的每周专栏。1959年，他发表杂文选集《为自己做广告》（*Advertisements for Myself*，1959），其中收录了作者之前所写的很多关于政治、性和毒品的文章、书信、评论和短篇小说等作品。这个文集包含了梅勒的一些自传性片段，阐述了成功、金钱、酒以及文学市场给这位严肃作家所带来的压力，因而受到广泛关注。1965年和1967年，梅勒先后发表了小说《一场美国梦》（*An American Dream*）和小说《我们为什么在越南》（*Why Are We in Vietnam*），均获全国图书奖提名，此后他回归小说创作。

20世纪60年代，他发展了混合的文学文体，在《黑夜的军队》（*The Armies of the Night*，1968）和《迈阿密和芝加哥之围》（*Miami and the Siege of Chicago*，1968）中把小说和非小说叙述结合起来，前者获普利策奖和全国图书奖，为梅勒赢得广泛赞誉，后者获全国图书奖。随后的10年里，梅勒创作并发表一系列新书，有写阿波罗2号登月的《月球上的火光》（*Of a Fire on the Moon*，1971）、回应女权主义批评的自传和文学批评《性的俘虏》（*The Prisoner of Sex*，1971）、关于玛丽莲·梦露的传记小说《玛丽莲》（*Marilyn*，1973）、写穆罕默德·阿里与乔治·福尔曼在非洲扎伊尔（现为刚果民主共和国）的对决的《搏斗》（*The Fight*，1976）等。整体来看，他的作品具备宽广的视野，乐于挖掘有争议的论题，勇于尝试不同风格和文体。

1979年，梅勒发表了《刽子手之歌》（*The Executioner's Song*，1979），一部关于刽子手加里·吉尔摩（Gary Gilmore）的生平及其最终被处决的非小说。这部作品使梅勒再获普利策奖，并获全国图书奖和全国书评家协会奖提名。评论界一致认为这是梅勒作为文学大师所创作的内容殷实的一本书。1983年，梅勒发表《远古之夜》（*Ancient Evenings*, 1983），该书主题神秘，以埃及第十九和第二十个王朝为背景。

在创作小说之余，梅勒也编写、制作、执导了几部影片并在其中扮演角色。《疯狂的九零》（*Wild 90*, 1967）就是梅勒根据其小说《鹿苑》制作并导演的一部电影。尽管反响不佳，它还是在纽约里斯剧院连续上映了四个月。他的第二部影片《幽灵战警》（*Beyond the Law*, 1968）受到好评，但票房不佳。他的第三部电影《梅德斯通》（*Maidstone*, 1971）是对《黑夜的军队》的改编，评论界对它褒贬不一。之后他又将凶杀小说《硬汉不支吾》（*Tough Guys Don't Dance*, 1984）编写成同名剧本并亲自导演。该电影在1987年戛纳电影节上受到好评。梅勒还为电影版的《刽子手之歌》编写了剧本并获艾美奖最佳改编剧本奖提名。

梅勒的其他作品有写"美国世纪"关键几十年里中情局其人其事的大部头作品《哈洛特的幽灵》（*Harlot's Ghost*, 1991）、刺杀肯尼迪总统的犯罪嫌疑人奥斯瓦尔德的详细传记《奥斯瓦尔德的故事》（*Oswald's Tale*, 1995）、毕加索传记《年轻毕加索的画像：解释性传记》（*Portrait of Picasso as a Young Man: An Interpretative Biography*, 1995）、探讨基督问题的《圣子福音》（*The Gospel According to the Son*, 1997）。2007年出版的《林中之堡》（*The Castle in the Forest*, 2007）讲述了魔鬼戴厄特如何履行使命将希特勒带上毁灭之路的故事。

（吴燕翔）

作品简介

《哈洛特的幽灵》（*Harlot's Ghost*）

《哈洛特的幽灵》是诺曼·梅勒的一部虚构作品。该书长达一千三百

诺曼·梅勒（Norman Mailer）

多页，采取编年史的形式讲述了美国中情局的一群情报人员的故事。梅勒自己认为，这是他最为得意的小说之一。书中主要人物有的确有其人，有的则纯属虚构。梅勒在小说的后记中解释了这种人物安排的逻辑。《哈洛特的幽灵》成功营造了谍影重重的氛围，在讲故事的同时又产生了引人深思的效果，很好地展现了梅勒作为小说家和编年史作者的写作技巧。尽管小说的描写不应被看作对中情局行动的实录，但它的确触及了这个组织的氛围和手段以及创造这些氛围和手段的人们。

小说以"未完待续"结尾，但作者最终未能履行这个承诺。小说中的三个主要人物皆为虚构。休·特里蒙特·蒙塔古是中情局的高级官员，其冷漠而又彬彬有礼的外表令人着迷。他那年轻得多的美貌妻子哈德利·基特雷奇·加德纳是哈佛大学拉德克利夫学院的毕业生，中情局的中级情报员；赫里克/哈里·哈伯德是中情局的新生代，受到休的保护，后来成为休与哈德利之子的教父。他是哈德利的情人，后来又成了她的丈夫，最终又被她抛弃。

小说前面部分讲述哈里在中情局闯荡的逸事，读起来像是哈里的自传。一开始，朋友告知哈里，休的尸体在他自己的船上被发现了，死因不明，不知是他杀、自杀还是其他可能。休是哈里在中情局的导师，代号是哈洛特。接着，哈里的妻子又向他承认自己不忠，说自己另有所爱。带着精神上的伤害，哈里动身去了俄国，下榻在莫斯科的大都会酒店，一个"远离家的家"。在那里，他重新阅读了他的中情局生活的详细记录《游戏》（*The Game*）。小说的故事在此才真正开始。随着哈里一起重读《游戏》，读者也了解到有关他生活的一切细节，包括他与父亲和情人哈德利的关系；认识了与他共事过的所有人。小说向读者提供了不同的解读层次，包括惊悚小说、个案研究、文献或浪漫小说。

（吴燕翔）

伯纳德·马拉默德（Bernard Malamud）

作家简介

伯纳德·马拉默德（1914—1986），小说家。生于纽约市布鲁克林区的一个俄国犹太移民家庭，最后也是在纽约去世。根据马拉默德早期短篇小说《第一个七年》（"The First Seven Years"）的标题，可把他的生活及创作大致分为十个"七年"。

第一个七年（1915—1921）：学前阶段。马拉默德是马克斯·马拉默德（Max Malamud）与贝莎·马拉默德（Bertha Malamud）的长子。家里经营一个小杂货店，因生意需要而经常搬家。马拉默德1920年进入布鲁克林语法学校学习。

第二个七年（1922—1928）：中学阶段。1922年，马拉默德家迁至布鲁克林的弗拉特布什。9岁时，马拉默德得过肺炎，靠自学读了不少书。小学毕业后，他进入布鲁克林的伊拉斯莫斯豪尔中学学习，受老师鼓励在

伯纳德·马拉默德（Bernard Malamud）

校刊上发表过习作。

第三个七年（1929—1935）：本科阶段。马拉默德14岁时母亲去世，后来父亲再婚。1932年，马拉默德进入纽约城市学院学习。马拉默德的父母没受过高等教育，不大懂文学艺术，而他们的儿子却走上了文艺道路，1936年获得文学学士学位。当时发生的经济大萧条对想当作家的马拉默德也有很大影响。

第四个七年（1936—1942）：研究生阶段。1936年大学毕业后，马拉默德进入哥伦比亚大学研究生院深造，于1942年获得英语硕士学位。此间他做过家教、高中教员、人口普查员等工作，并开始尝试写作短篇小说。

第五个七年（1943—1949）：尝试创作阶段。从1943年起，马拉默德的短篇小说开始出现在一些小杂志上，增强了他的创作兴趣。1945年，他与安·德·基亚拉（Ann de Chiara）结婚，不久儿子保罗出世。为了养家糊口，他不得不放弃第一部小说的创作计划，先是在高中的夜校授课，1949年又接受了俄勒冈州立大学的英语教职，在那里教到1961年。

第六个七年（1950—1956）：创作初始阶段。50年代初，马拉默德开始了真正的作家生涯，其短篇小说开始出现在《评论》等有影响的杂志上，包括《第一个七年》和《魔桶》（"The Magic Barrel"）。1954年3月，马拉默德的父亲离世。此前，马拉默德发表了他的第一部长篇小说《天生运动员》（The Natural，1952）。该小说的情节与真实生活中的许多悲欢情景相吻合，将"圣杯"的传奇重新加工成一个关于棒球明星的预言性狂想。此间，马拉默德带家人在罗马居住过一年，这一经历促成其作品《菲德尔曼》（"Fidelman"）和其他以意大利为背景的短篇小说的创作。

第七个七年（1957—1963）：创作高峰期。马拉默德的第二部长篇小说《店员》（The Assistant，1957）的发表标志着他开始成为一个优秀作家，为此他获得美国艺术文学学会罗森塔尔家族基金小说奖。该小说主要关注犹太人的生活，反映了作者童年时期的苦难以及布鲁克林受贫困困扰时的情景。马拉默德在该阶段共创作了两部长篇小说和两部短篇小说集。1958年，他的短篇小说集《魔桶》（*The Magic Barrel*）出版后获全国图书奖。1961年，他的第三部长篇小说《新生活》（*A New Life*，1961）出版。同年，马拉默德举家迁回东部，他进入佛蒙特州的本宁顿学院教授创作。为了扩展视野，马拉默德在1963年游历了英国和意大利，之后还走访了苏联、法国和西班牙。

第八个七年（1964—1970）：成就阶段。1964年，马拉默德入选美国艺术文学学会。他的第四部长篇小说《基辅怨》（又译《修配工》）（*The Fixer*）1966年发表。作品以真人真事为基础，写了一个被非法囚禁的俄国犹太人的故事。这部发表于民权运动和越南战争期间的小说获得巨大成功，为他赢得了普利策奖和第二个全国图书奖。同年，他被哈佛大学聘为客座讲师。1968年，他访问了以色列。次年，他的短篇小说集《菲德尔曼的写照》（*Pictures of Fidelman: An Exhibition*）发表，但没有取得预想的成功。

第九个七年（1971—1977）：创作消退期。1971年，马拉默德发表了长篇小说《房客》（*The Tenants*），着重描写了犹太人与黑人的关系，揭露了城市中的紧张气氛。当年秋到次年春，马拉默德在伦敦居住。两年后，他出版了第四部短篇小说集《伦勃朗的帽子》（*Rembrandt's Hat*，1973）。作品完成于作者的"危机"期间，其人物都怀着一种日益增强的荒凉感或一种灾难来临的预感，连叙述者也受到痛苦的困扰。1976年，马拉默德获得犹太传统奖。

第十个七年（1978—1984）：创作晚期。1979年，马拉默德的《杜宾的生活》（*Dubin's Lives*，1979）终于面世，他自称这是他最好的一部长篇小说。此书的主人公杜宾是传记作家，一直生活在书斋和别人的生活中。在为D. H. 劳伦斯作传的过程中，他经历了一场劳伦斯所写的那种婚外恋，对于写作和生活有了新的认识。1979年至1981年间，马拉默德担任国际笔会美国分会主席。1982年，他完成了他的第七部也是最后一部长篇小说《上帝的恩赐》（*God's Grace*）。此书反映了作者对犹太人生活的持久热情以及对核威慑之下人类生存问题的探讨，不乏微妙复杂的幽默。一年后，《伯纳德·马拉默德短篇小说集》（*The Stories of Bernard Malamud*，1983）问世。1983年，获得美国艺术文学学会小说金奖后不久，马拉默德做了心脏手术，身体日渐衰弱。他没有停笔，发表了若干短篇小说，但最终未能完成他的第八部长篇小说。

1986年3月18日，马拉默德因心脏病突发在曼哈顿的公寓里去世，享年72岁。他的遗体被安葬于马萨诸塞州剑桥市的奥本山公墓。

马拉默德是享誉世界的犹太美国文学作家，与索尔·贝娄和菲利普·罗斯这两位犹太裔作家一起对第二次世界大战后的美国文学产生了巨大影响。与贝娄和罗斯一样，马拉默德也关注犹太裔美国人的种族身份问题以及他们在后大屠杀时代试图融入主流文化过程中所遭遇的困难。1989年，他的短篇小说集《人们与未结集的短篇小说》（*The People and Uncollected Stories*）出版。1997年，他的《短篇小说全集》（*The Complete Stories*）出版。2006年，他的女儿詹娜·马拉默德·史密斯（Janna Malamud Smith）的回忆录《我的父亲是一本书》（*My Father is a Book*）问世。

（黄重凤）

作品简介

《基辅怨》（*The Fixer*）

《基辅怨》（又译《修配工》）是伯纳德·马拉默德的第四部长篇小说，也是其最著名的、最能体现其俄罗斯情结的一部作品。这部小说深受俄罗斯作家伊萨克·巴别尔（Isaac Babel）的影响。该小说发表于民权运动和越南战争期间，获得了巨大成功，为马拉默德赢得了普利策奖和第二个全国图书奖，不久即被改编成电影。很多评论家认为该小说的主人公雅柯夫·鲍克是马拉默德所有作品中塑造得最成功的人物之一。

《基辅怨》是根据真人真事创作的，深刻再现了一个被非法囚禁的俄国犹太人的故事。很多人猜测书名源自科瓦利斯的一家叫"修配工吉姆"（Jim the Fixer）的自行车店；有人甚至认为雅柯夫的原型就是自行车店性格古怪的老板。小说描写了在弥漫着排犹气氛的俄国大革命前夕，一个穷苦的犹太青年雅柯夫被诬告以"宗教仪式"杀害了一个基督教男孩而身陷囹圄的大冤案。

雅柯夫家境贫寒，母亲刚生下他就死了，父亲在他还不到一岁时无辜地被排犹组织枪杀。雅柯夫从小就开始当修配工，干一些修修补补的杂事，靠自己的双手糊口。在坟墓一般的犹太小镇上熬到30岁时，他厌倦了这种囚徒似的生活。加之妻子拉伊莎对他不忠，且结婚五年都没有怀孕，想探索新的人生和世界的他便告别岳父什穆尔，背井离乡，只身来到了基辅。他心地善良、天真纯朴，一个偶然的机会从雪地里救了一个名叫尼古拉的砖厂老板，尽管根据其大衣上的别针，雅柯夫知道尼古拉是反犹组织成员。尼古拉不知道雅柯夫是犹太人，为了答谢他的救命之恩，给了他一份工作。此工作要求雅柯夫住在一个禁犹街区，无奈的雅柯夫只好同意。五个月后，任劳任怨、忠于职守、诚实正直的雅柯夫受到诬告，说他谋杀了一个俄罗斯基督教男孩（实为其母所杀），理由是犹太人为了庆祝逾越节要用人血做饼。

作为一个普普通通的修配工，雅柯夫对这突如其来的灾难毫无准备。尽管他声称自己是一个思想自由的无宗教信仰者，他还是被捕入狱，在狱中受尽折磨，过着非人的生活，一日三餐吃的都是猪狗食，每天被搜身六次，遭受同牢犯人的毒打和狱吏的暗算，还要像牲畜一样被铁链锁住。但不信神灵的雅柯夫即便被许诺自由也不认罪，坚信自己是一个无辜的受害者。在狱中，他思考了自己和所有犹太人的命运，经历了激烈的心理斗争，思想发生了很大转变，从厌恶自己的犹太人身份到最后领悟到自己受难实际上是一种责任和道义。

总之，背负着莫须有的罪名，雅柯夫毫不妥协地为自由和自己的民族而斗争。虽然他一旦否认自己的犹太人身份即可获释，但这会导致更多犹太人的死亡。在某种意义上，雅柯夫是耶稣，为了其他犹太人而牺牲了个人的自由。从自己的亲身经历中，雅柯夫认识到，"没有斗争就没有自由"；他也意识到，比起犹太民族的自由，他个人的自由算不了什么，他生命的价值就在于为他曾想背弃的民族做一个烈士。在雅柯夫被押赴法院受审的途中，很多犹太人站在路边看他，有的为他哭泣，有的向他挥手，还有的喊着他的名字。雅柯夫看到，在争取自由的道路上自己并不孤单。他高声喊道："革命万岁！自由万岁！"

（黄重凤）

戴维·马梅特（David Mamet）

作家简介

戴维·马梅特（1947—　　），剧作家、电影剧本作家和导演。生于芝加哥，从佛蒙特州的戈达德学院获文学士学学位并在纽约社区剧院的戏剧学校学习表演后回到芝加哥。他父亲是劳动法律师；在他11岁时，做教师的母亲就与丈夫离婚并与丈夫的同事结婚。马梅特先是与母亲和继父一起生活，后来回到生父身边。他在好几家工厂和一家房地产经纪公司工作过，也做过出租车司机，后来还在戈达德学院、耶鲁戏剧学院、纽约大学任教。这些经历都反映在他的剧作中。

20世纪70年代，马梅特最早的几部剧作《鸭子变奏曲》（*The Duck Variations*，1972）、《芝加哥的性错乱》（*Sexual Perversity in Chicago*，1974；电影，1986，改名为《关于昨夜》）、《美国水牛》（*American Buffalo*，1976；电影，1996）等在外外百老汇（Off Off Broadway）上演，

戴维·马梅特（David Mamet）

使他成为美国当代最有影响的剧作家之一。他之后的剧作包括《剧院里的生活》（*A Life in the Theatre*，1977）、《埃德蒙》（*Edmond*，1982；电影，2005）、《格伦加里·格伦·罗斯》（*Glengarry Glen Ross*，1983；电影，1992）、《快点耕耘》（*Speed-the-Plow*，1987）、《奥里安娜》（*Oleanna*，1993；电影，1994）、《密码》（*The Cryptogram*，1995）、《老街区》（*The Old Neighbourhood*，1997）、《波士顿婚姻》（*Boston Marriage*，1999）等。

在这些剧作中，《鸭子变奏曲》描写两位犹太老人坐在公园的长凳上，就各种各样的问题交换着错误的信息；在《芝加哥的性错乱》中，一对夫妇的性关系和情感关系被朋友的干涉所破坏；《格伦加里·格伦·罗斯》以芝加哥的一家房地产公司为背景，无情地揭露了美国商业的肮脏手段；《快点耕耘》表现了好莱坞电影剧本作者的贪婪，鞭挞了电影业的黑暗一面；《奥里安娜》从大学校园里的一位女生指控男教授性骚扰的案件，揭示了校园里的性别政治。马梅特擅长描写社会下层（包括中产阶级下层）孤单无助的人物，他们拙于表达，时有暴力或者欺诈行为。他笔下的人物包括推销员、无业游民和街头无赖；他们以不同的方式追寻着"美国梦"，但大多以失败告终。他们生活在一个世风日下的社会，而他们自己也是造成这一道德荒原的罪魁祸首。

马梅特的戏剧世界往往是男性统治的世界，其中的人物也多为个性极强的男性人物，他们采取了典型的男性立场。这也使马梅特的剧作不断引起讨论和争议。马梅特的戏剧语言具有极为独特的风格，被称为"马梅特式的语言"（Mametspeak）。这种语言具有生活和街头语言的节奏和风格，既粗俗猥亵，又简洁明快，富有诗意；马梅特的剧作甚至简洁到没有任何舞台说明。

在美国，以百老汇为基地、以少数"严肃艺术家"为代表的主流戏剧时代似乎已经完结；取而代之的是外百老汇（Off Broadway）、外外百老汇、地区剧院（regional theaters），以及剧作家、电影剧本作家、导演、演员等各显身手的后现代戏剧。在这样一个时代,马梅特是一位将以上诸种成分、诸多角色集于一身的重要人物。作为电影编剧,马梅特不仅将自己的剧作《美国水牛》《埃德蒙》《格伦加里·格伦·罗斯》《奥里安娜》等改编为电影剧本,而且还改编了多部小说,包括《邮差总按两次铃》(The Postman Always Rings Twice,1981)、《判决》(The Verdict,1982)、《摇尾狗》(Wag the Dog,1997)、《汉尼拔》(Hannibal,2001)等。

马梅特还创作了多部电影剧本,其中有数部由他亲自执导搬上银幕,例如《赌场》(House of Games,1987)、《杀人拼图》(Homicide,1991)、《西班牙囚犯》(The Spanish Prisoner,1998)、《欲望小镇》(State and Main,2000)、《红腰带》(Redbelt,2008)等。马梅特也曾在影片中担任角色。将戏剧与电影结合起来,将创作与改编结合起来,这也许正是"后戏剧"时代和数码时代的特点。

(程朝翔)

作品简介

《格伦加里·格伦·罗斯》(Glengarry Glen Ross)

《格伦加里·格伦·罗斯》是戴维·马梅特的重要剧作,1983年9月21日首先在英国伦敦的皇家国立剧院的小科特斯洛剧场演出。演出获得了很高的评价,剧场座无虚席,后来被授予西区戏剧协会最佳新剧奖。该剧1984年2月6日在芝加哥古德曼剧院公演,同年3月25日,只换了一位演员,又在百老汇的金色剧院演出。剧评家们几乎一致认为该剧非常出色并确立了马梅特杰出剧作家的地位。1984年,该剧获得普利策奖,总共演出378场,一直持续到1985年2月17号。

评论家认为,《格伦加里·格伦·罗斯》是对美国商业和文化的大胆抨击，描述了一群生活和价值观已经被这个世界所扭曲的人，他们为了生存不得不撒谎、欺骗，甚至偷窃。马梅特的戏剧语言经常为评论家们所称道，即便是那些对该剧整体反应冷淡的评论家们也很欣赏剧中独特的、强有力的语言。此外，该剧强烈、尖刻的喜剧性也值得关注。

《格伦加里·格伦·罗斯》共有两幕，两幕的形式大不相同。第一幕分为三场，每场的场景是芝加哥一家中餐厅的不同包间。这三场的情节可能是同时发生的，尽管剧中对此没有明确交代。从这三场戏中我们得知房地产推销行业的许多行话，比如"lead"是指一个销售计划等。我们还得知公司正在进行销售竞赛，一等奖的奖品是一辆凯迪拉克汽车，二等奖的奖品是一套切牛排的刀具，得不到奖的推销员都要被解雇，所以推销员们的压力都很大。他们推销的其实是远在佛罗里达州的一些毫无价值的土地。为了推销成功，他们需要一些好的销售计划，而这些都被掌控在经理威廉森手中。第二幕发生在第二天早晨：办公室里发生了盗窃，销售计划被盗。最终推销员列文被查出是作案者，被警察逮捕。

《格伦加里·格伦·罗斯》的一大主题与商业和资本主义有关。马梅特展现了商业运作模式的实质：推销员们想方设法在这个系统中生存，甚至不惜损害人性中善良的一面。传统的通过个人努力就能成功的美国梦在这里被颠覆。至少是对于这些推销员，成功的途径只有一条，那就是将有可能毫无价值的土地卖给那些梦想通过倒卖土地发财的人们。有意思的是，没有人计划在这些土地上盖楼或定居，土地只被看作投资的机遇。异化和孤独是作品中另一个重要的主题。推销员们很显然并不清楚他们所卖的土地只是商品而已。他们与顾客是疏离的；同事之间也有隔阂。他们都认为这个制度不公平，自己却只把友谊用作做生意的花招。语言的交流功能在该剧中也被颠覆了。即使是有关友谊和生活哲理的话也未必真实可信。推销员们把语言用作工具来操控那些有可能成为顾客的人，也彼此互相控制。在这个充满不正当竞争的商业社会里，道德和友谊已不复存在。所有人似乎只有对于对手的愤怒和仇恨：他们因威廉森没有给他们最好的销售计划而感到气愤;他们彼此仇恨,因为一个人的成功就意味着另一个人的失败。他们知道自己身陷这种不公平的体制,只有最强大的人才能生存,而其他一切都不重要。

(李菊)

埃米莉·曼（Emily Mann）

作家简介

埃米莉·曼（1952— ），剧作家和导演，称自己的戏剧为"见证性戏剧"（theater of testimony）。纪实性作品是她的专长，其素材来自当代历史，主题涉及战争的恐怖、和平时期的暴力、性别角色和性政治方面的变革等。

曼出生于波士顿。父母都从事教育工作，父亲是历史教授，母亲是阅读方面的专家。1966年，曼的父亲得到芝加哥大学的教职，举家搬到芝加哥。曼曾就读于芝加哥实验中学，在该校一位老师的激发下对戏剧产生兴趣。中学毕业后，曼进了哈佛大学的拉德克利夫学院，1974年获学士学位。得到明尼阿波利斯的加斯里剧院导演奖学金后，曼进入明尼苏达大学学习导演，1976年获艺术硕士学位。1977年，加斯里剧院上演了曼自编自导的第一部作品《安努拉·艾伦：幸存者的自传》（*Annulla Allen: The*

Autobiography of a Survivor，后改为《安努拉—自传》）。1983年，曼获古根海姆奖，开始了她的下一部剧《正义的执行》（*Execution of Justice*）的研究和创作；此剧赢得1983年路易斯维尔演员剧院美国戏剧大赛。曼还得到了许多其他奖项和荣誉。她在全国各地的剧院执导自己和别人的戏剧，包括芝加哥古德曼剧院和纽约美国地方剧院。目前曼是新泽西州普林斯顿麦卡特剧院的艺术指导。

曼的最著名作品是《沉寂的生活》（*Still Life*，2007）和《正义的执行》。五次获得外百老汇奖的《沉寂的生活》探讨的是越战阴影对一个退伍老兵及其妻子和情人的生活的影响。戏剧表现了他们无法沟通和不能有效面对过去的困境。曼在剧中选用她采访过的真人作为人物，突出她所谓的纪实性，并强调演出时要保证其特有的客观性。故事里，越战老兵、海军陆战队士兵马克发现自己可以像杀死敌人那样杀死平民。战争结束后，他无法摆脱这种对生死拥有支配权的记忆，这成为他愤怒、内疚和享乐主义的根源。由于无法和那些曾经参加或没有参加越战的人交流，马克便转向了毒品、犯罪和家庭暴力。他的妻子谢丽尔同样是战争的受害者，与其生活在20世纪60年代后期的美国，她更希望回到记忆中相对安全的传统社会。她和马克都把家庭问题归咎于战争。马克对曾经杀死过一家越南人（一对夫妇和他们的孩子）怀有深深的负罪感，对退伍老兵回国后受到的待遇非常不满，但是他却无法和别人沟通，无力摆脱战争的影响。谢丽尔不想谈论战争，拒绝承认马克每天仍然在"打仗"这一事实。马克的情人纳丁有好几个孩子，与酗酒的丈夫离了婚。马克向她倾诉自己关于战争的一些想法，纳丁表示能够理解。纳丁参与了20世纪60年代的反战运动，对美国的梦想完全破灭，似乎比较超脱，从来不会陷入痛苦，所以马克愿意对她述说。此剧表现了人物之间缺乏真正的交流与沟通：马克生活在过去；谢丽尔渴望一个无法实现的未来；纳丁徘徊于一个未被认真审视的现实生活之外。三个人物并排坐在桌子后面，像一个讨论小组或一组法庭证人。他们谈论彼此，但很少直接和别人说话，互相交叉的对话常被讽刺性地并置在一起。此剧不无讽刺性地指出，不管人们多么无法沟通，社会总是处于强烈的破坏性冲突之中。

《正义的执行》讲述的是1978年旧金山市市长乔治·莫斯科恩（George Moscone）和市监督员哈维·米尔克（Harvey Milk）（该市第一位公开了同性恋身份的公务员）被另一位职员丹·怀特（Dan White）谋杀的事情。故事发生在法庭上，怀特被指控犯两起谋杀案，被判7年的监禁。这部剧反映了"同性恋谋杀"在旧金山市同性恋群体中和一些较为传统的民众中引起的争议。作品引用了官方的审判记录、当时的新闻报道以及许多生活受此事件影响的人们的口述记录。此剧获得好几个奖，包括海湾地区评论界奖。

（李菊）

作品简介

《正义的执行》（*Execution of Justice*）

《正义的执行》是剧作家和导演埃米莉·曼的作品，1984年在路易斯维尔演员剧院首演，1986年3月13日在百老汇首演。

在此剧所讲的这个不可思议的故事里，旧金山市一位老实巴交、循规蹈矩的政府官员怀特辞职了，后来又改变主意，想重返工作岗位，但是市长莫斯科恩已经决定任命另外一个人。盛怒之下，曾当过警察和消防员的怀特枪杀了市长和另外一位积极支持同性恋的官员米尔克。毫无疑问怀特犯了谋杀罪，但被告律师却在法庭上宣称，怀特吃的许多高糖垃圾食物有可能导致了他的暴力行为。根据这一辩护，法庭没有把怀特的罪定为一级或二级谋杀罪，而是定了故意杀人罪，处罚是最多7年的监禁。

市民被激怒了，成千上万的人攻击市政厅，放火烧警车。杀人犯在狱中服刑5年后获假释，使得城市严重分化，这种痛苦和气愤持续了很多年。后来,怀特在自家车库里自杀。怀特属于保守派,他支持死刑,强烈反对市政府容忍公开的同性恋、犯罪、卖淫和其他伤风败俗的行为。受害人则属于政治天平的另一边,莫斯科恩长期以来一直是自由主义者,米尔克是该市第一位公开了同性恋身份的公务员。在他们的努力下,被认为是全国最严格的同性恋权利保护法得以通过。这场审判使本来已严重分化的城市陷入混乱,有的执法部门官员穿着印有"释放丹·怀特"口号的T恤,而同性恋支持者则抗议对怀特的过轻处罚。

曼喜欢用真实事件作戏剧创作的素材,不认同有些同行把作品限制在狭小的范围内、只写与社会和政治环境无关的个人事件的做法,而是认为人们来剧院是为了看这个国家发生了什么事情并做出自己的判断。曼的观点也反映在此剧的题目上。按照她的解释,此剧题目有两重含义:一是正义得到了执行;二是正义并没有真正得到执行,因为杀了两个人的罪犯5年之后就走出了监狱,而且没有为恢复正常生活而接受任何培训,也没有为其所谓的精神问题接受任何治疗。此剧的素材来自法庭审判记录、有关文献记载、新闻报道和采访等,以客观的形式对美国刑法制度和当代生活作了颇有见地的审视。

(李菊)

鲍比·梅森（Bobbie Mason）

作家简介

鲍比·梅森（1940— ），小说家、散文家和文学评论家。生于肯塔基州梅菲尔德市，与家人一起在肯塔基的乳牛场上度过的童年成为她小说素材的来源之一。她从小喜爱阅读，父母也非常支持，因此她从不缺书读。她那时读的主要是当时流行的关于鲍勃西双胞胎（the Bobbsey Twins）和神探南希·德鲁（Nancy Drew）的系列小说。少女时代的梅森参加过一个歌迷俱乐部，其活动包括撰写有关报道、去外地参加音乐会等，这为她提供了一些接触外部世界的机会。

1958年，梅森进入肯塔基大学学习，在那里发展了她对于文学的爱好。1962年，她从肯塔基大学新闻学专业毕业，获学士学位。随后她移居纽约市，为《电影生涯》（*Movie Life*）和《电视明星秀》（*TV Star Parade*）等杂志工作，写了一些关于安妮特·富尼切洛（Annette

Funicello)、特洛伊·唐纳荷(Troy Donahue)、费边(Fabian)等少年明星的文章。同时,她开始在纽约州立大学宾厄姆顿分校读研究生,于1966年获硕士学位。1972年,她又获得康涅狄格大学英语博士学位;博士论文研究的是纳博科夫的《阿达》(*Ada*, 1969)。

1972年到1979年,梅森任教于宾夕法尼亚州的曼斯菲尔德学院。1980年,她在《纽约客》志上发表了她的第一篇短篇小说。梅森的作品主要写西肯塔基的劳动人民的生活,为美国乡土小说的复兴做出了贡献。梅森的博士学位论文《纳博科夫的花园:〈阿达〉导读》(*Nabokov's Garden: A Guide to Ada*)经修改于1974年出版。在此书中,她分析了《阿达》中的象征主义和自然意象。一年以后,她出版了《少女神探:女性主义的解读》(*The Girl Sleuth: A Feminist Guide*),主要讨论她最喜爱的儿时读物,从女性主义角度对德鲁、鲍比西双胞胎等虚构的少女侦探人物做了解析。梅森承认,这些个性鲜明的典型人物曾对她产生过正面的影响,但她也指出,如今这样的人物已变成陈词滥调了。

20世纪70年代晚期,梅森开始转向小说创作。她无疑是具备写非小说的能力的,但她逐渐在小说创作中得到了更大的满足,一开始是长篇小说,后来是短篇小说。梅森的第一部短篇小说集《夏洛及其他短篇小说》(*Shiloh and Other Stories*)出版于1982年,于次年获海明威基金最佳处女作奖。她的小说《在乡下》(*In Country*, 1985)成为20世纪80年代广为引用的经典文学作品之一。故事中的主角尝试着去理解那个年代从越战到消费文化等一系列的重要问题。小说发表后,评论者们便将她与安·贝蒂和同时代的其他用散文记录无目标的生活、试图使作品与人物的情感一样简约的作家相提并论。《在乡下》后被改编成电影。继《在乡下》之后,梅森又创作了几部小说:《羽冠》(*Feather Crowns*, 1993)、《斯彭斯+莱拉》(*Spence + Lila*, 1998)、《原子浪漫史》(*An Atomic Romance*,

鲍比·梅森（Bobbie Mason）

2005）。

　　梅森撰写的短篇小说发表在《大西洋月刊》《琼斯妈妈》《纽约客》和《巴黎评论》等著名杂志上。她获得过国家艺术基金会奖和古根海姆奖。

（吴燕翔）

作品简介

《在乡下》（*In Country*）

　　《在乡下》是鲍比·梅森的第一部小说。故事的场景设在西肯塔基，主要写17岁少女萨姆对于越战的困惑。对她来说，越战有着特殊的含义：她出生之前，父亲就在这场战争中阵亡了。

　　小说分三个部分，第一和第三部分是采用现在时叙述的，小说的中部是一段长长的倒叙。故事始于萨姆、舅舅埃米特（越战老兵）和祖母开车从肯塔基的家前往华盛顿参观越战阵亡将士纪念碑。小说一开头就暗示了这次旅行之前的某种危机。小说的第二部分回过头来叙述在这次旅行之前的那个夏天发生的事情。从中我们了解到几个主要人物的背景信息：萨姆的父亲德韦恩在越战中阵亡；埃米特从越战退役；萨姆的母亲艾琳在丈夫死后再婚，又有了一个孩子，如今住在列克星敦。萨姆和埃米特住在一起，她刚从高中毕业，有一个名叫洛尼的男朋友。萨姆对于生活的目标感到茫然。埃米特从越战退役后一直失业，整日在家为萨姆和洛尼做饭、维修房子。萨姆在电视上看到关于朝鲜战争的节目，联想到越战，也想到她的父亲。她担心埃米特，同时发现自己对越战越来越感兴趣。她想了解埃米特，也想更多地了解父亲，因此就开始花时间整天与埃米特的朋友——一群每天在麦当劳吃早餐的老兵们待在一起。尽管大家都认为她会与洛尼结婚，萨姆自己却不确定这是不是她想要的未来。艾琳将酒醉的埃米特送回家,萨姆向她问起了德韦恩。艾琳对萨姆说她祖父母可能有德韦恩留下的一个笔记本,埃米特家有德韦恩的一些信件。萨姆在房子里找到了父亲的信件,但这些信件并没有提供她想要的答案。她对自己的生活目标越来越困惑,于是就与洛尼分了手。在祖父那里,她看到了父亲的照片,读到了他的日记。日记中,德韦恩对于偶尔发现的一具越南人尸体的一段描述使得他在越南的生活变得真实起来。而真正使萨姆感到沮丧的是,她了解到父亲和埃米特都杀过人,了解到父亲认为被他杀害的人不能真正算人。她决定自己为自己重现越战,认为这是了解一切的唯一途径。于是,她带上营具来到卡伍德庞德乡下的一个危险的沼泽地带。萨姆想象自己处于战争之中,在沼泽地边度过了一个充满混乱与恐惧的夜晚。从卡伍德庞德回来以后,萨姆觉得自己患上了"后越战压力综合征"(post-Vietnam stress syndrome),似乎丧失了行动能力。埃米特却似乎突然找到了生活的方向,宣布他们要动身去华盛顿参观越战阵亡将士纪念碑,还说服了德韦恩的母亲同去。小说至此又回到了现在时。他们来到了刻有阵亡将士姓名的纪念墙,埃米特在姓名地址录中找到了德韦恩的名字,发现德韦恩的名字位于纪念墙的9E区,就在他们的正上方。萨姆找来一把梯子,和埃米特一起说服了祖母,爬上梯子去触摸名字。摸了名字后,萨姆又回到姓名地址录,再次寻找父亲的名字。突然间,她看到一个跟她一样的名字——萨姆·休斯。她冲到14E区,找到了这个名字,不用梯子就能够到,就触摸起这个名字来,产生了一种十分奇怪的感觉,好像全美国的名字都在这面墙上。小说结尾,埃米特交叉双腿坐在纪念墙前,脸上慢慢地绽放出了火焰般的微笑。

当时的严肃小说通常都回避时事,认为时事会很快过时,因而梅森的这部小说1985年出版时常让人觉得新鲜。故事里的重要象征物越战阵亡将士纪念碑是1982年才落成的。另外,在书里频频提到的著名摇滚歌手和词作者布鲁斯·斯普林斯蒂恩(Bruce Springsteen)的专辑是于1984年才正

鲍比·梅森（Bobbie Mason）

式推出的。除了这些具有时代感的文化指涉，梅森选择的角色也帮助她赢得了广泛的读者。这些角色的兴趣和情感并不是来自阅读文学作品；他们与大多数美国人一样，也是通过消费文化给予他们的信息和暗示来了解生活。麦当劳、假日酒店和大型购物中心不仅是抽象的标志，也是他们生活中的重要成分。与梅森的大多数作品一样，《在乡下》一书的成功之处在于运用现代生活的世俗面来寻求更大的意义。

（吴燕翔）

科马克·麦卡锡（Cormac McCarthy）

作家简介

科马克·麦卡锡（1933—　　），小说家，以"边疆三部曲"（Border Trilogy）而著称，爱写社会动荡给人们生活造成的破坏。生于罗得岛州首府普罗维登斯市，原名叫Charles，后来自己借用一位古代爱尔兰国王的名字改为Cormac。1937年，麦卡锡4岁时，他家搬到田纳西州东部的诺克斯维尔市。在那里，他的父亲，一位耶鲁大学毕业的律师，开始为田纳西政府工作。他父母都是天主教信徒，因此麦卡锡就上了诺克斯维尔市的天主教高中。空闲时，他去离家不远的乡间打猎、钓鱼、骑马。1951—1952年，麦卡锡在田纳西大学艺术专业学习，不久就辍学，尝试了多种工作。1953年，他参加美国空军，服役了4年，其中有2年在阿拉斯加，这其间担任过一个广播节目的主持人。1957—1960年，他又回到田纳西大学，在老师的鼓励下开始创作，在学生文学杂志《凤凰》

科马克·麦卡锡（Cormac McCarthy）

（*The Phoenix*）上发表了两篇短篇小说。经英语系推荐，他在1959和1960年获得了英格勒姆—梅里尔奖，开始创作他的第一部小说。1960年，他再次辍学，致力于写作。1961年1月3日，麦卡锡与同学李·霍勒曼（Lee Holleman）结婚。霍勒曼写诗，1991年发表了她的第一部诗集《欲望之门》（*Desire's Door*）。这对夫妇婚后搬到芝加哥，在那里麦卡锡一边做机械工，一边写他的第一部小说。儿子出生不久，他们又回到田纳西，婚姻也走到了尽头。

麦卡锡将第一部小说《果园看守人》（*The Orchard Keeper*）的稿子寄给了兰登书屋，曾当过福克纳的编辑的艾伯特·厄斯金（Albert Erskine）发现了书稿的价值，在随后的20年里就成了麦卡锡的编辑。《果园看守人》发表于1965年，由3个视角的叙述组成：一个是在西田纳西的山里长大的年轻人卫斯理；一个是私酒贩子，在自卫中杀死了卫斯理的父亲，将尸体掩埋在一个桃园里；桃园守护人欧恩比发现了尸体，照看了7年，直到他觉得尸体安息了。评论家们很欣赏麦卡锡的充满感情的文体。不过也有评论家认为，其文字中流露出过多福克纳的痕迹。

《果园看守人》出版之前，麦卡锡获得了美国艺术文学学会的调研资助。1965年，他去了爱尔兰，他祖先的故乡。途中，他遇到安妮·迪莱尔（Anne DeLisle），船上的一位年轻歌手和芭蕾舞演员。他们在1966年5月结婚，靠着洛克菲勒基金的资助，游历了英国、法国、瑞士等国。1967年12月回到田纳西之后，他们住在诺克斯维尔市附近的一个小农场上，住的是月租五十美元的小房子，而且与猪圈为邻，令迪莱尔觉得实在不可思议。

从欧洲回来后，麦卡锡发表了第二部小说《外面的黑暗》（*Outer Dark*, 1968）。小说的名字来自《马太福音》中耶稣的预言，即没有信仰的人将在"外面的黑暗"中游荡。小说讲的是兄妹库拉和林西的故事，他们因乱伦而以不同的方式承受其带来的折磨。他们的命运可以看成信徒和迷失者的寓言。林西抛弃了他们的孩子，在小说的余下部分不停地寻找，希望能承担责任，避免道德谴责。库拉在三个黑影伴随下毫无目的地游走，成了精神上的盲目者。该书的结构与《果园看守人》类似，语言的节奏和风格也富于变化。1969年，麦卡锡获得古根海姆奖，与迪莱尔搬到田纳西州路易斯维尔市附近的一个农庄去住。他一边写《萨特里》（Suttree），一边开始写稍短的《上帝之子》。

《上帝之子》（Child of God，1974）的故事情节是基于诺克斯维尔市1965年发生的一起凶杀案。莱斯特·巴拉德（Lester Ballard）是故事的中心人物，被小说叙述者称作"上帝的孩子，就像你一样"。他实际上是个毫无感情的亡命之徒，与社会完全脱离。他的不法行为包括恋尸癖、强奸和谋杀。但是小说的焦点不在巴拉德的变态上，而在其神秘之处，因为他看起来与其邻居并没有什么不一样。由于作品缺少心理分析与解释，有评论就认为它缺少道德意义，不具有普遍性。也有评论认为小说的悲剧式处理很有古希腊剧作家的风范。

20世纪六七十年代，麦卡锡声名鹊起，隐私对他而言就变得很重要。他拒绝了所有的访谈，拒绝进入1972—1973年的名人录，推辞掉许多可以增加收入的演讲，把精力集中到他觉得最有趣、最有意义的写作上。1974年，他与妻子的感情出现了严重问题，把更多时间用于外出写作。同期，麦卡锡与导演理查德·皮尔斯（Richard Pearce）合作，创作和制作了电视剧《园丁之子》（The Gardener's Son，1996年播出），讲述1876年发生的一起谋杀案。1976年，麦卡锡离开了田纳西州和他的第二任妻子，去了得克萨斯州埃尔帕索市。

麦卡锡断断续续用了20年完成的巨著《萨特里》于1979年面世。书里的中心人物是与社会格格不入的人。故事大多发生在已经工业化了的地方。其中仍然可见麦卡锡早期小说的技法和主题，但具有更丰富的质感和更多的现代小说风范。萨特里是个逃离生活者，尤其是逃离他在诺克斯维

科马克·麦卡锡（Cormac McCarthy）

尔的显赫家庭。他在米克南里的游艇上生活，但身处民族混杂区的他无法不受家庭关系的影响，也不得不经常面对许多问题。在儿子、情人和朋友去世之后，他陷入痛苦之中。萨特里非常聪明，令人仰慕，从他在米克南里地区的游历中获益匪浅。患了伤寒病之后，他产生了一系列幻觉。回到游艇上，他在自己的床上发现了一具尸体，外表很像他自己，但他却能冷静地面对和离开。有评论认为《萨特里》里的恐怖和荒诞细节太多，缺乏结构，但也有评论肯定麦卡锡描写对话和让读者同情恶人的能力。20世纪80年代中期，几篇很有分量的文章对这部小说做了详尽分析，主要集中在萨特里对死亡的偏执和他对救赎过程的描述，此书也被认为是麦卡锡的田纳西小说的巅峰之作。

《萨特里》出版后，麦卡锡在埃尔帕索过着简单的生活。他从那里去了亚利桑那州和墨西哥等地，研究西南部的地理、地貌和历史。1981年，麦卡锡获麦克阿瑟天才奖，得到256,000美元的奖金。他在埃尔帕索买了一栋不大的石头房子。

麦卡锡的下一部小说《血色子午线》（*Blood Meridian*，1985）所写的不是他所熟悉的田纳西，而是西部，也许与他居住在埃尔帕索有关。这是他最暴力、最血腥的小说，据说是基于真人真事。故事里，一个14岁的男孩和美国军队的叛军来到东田纳西，叛军被科曼奇的印第安人杀害。在监狱里，这个男孩碰到一个被墨西哥政府雇来收集印第安人头皮的团伙。男孩后来也参与到他们屠杀与辱尸的旅程之中，发现他们当中最可怕的不是他们的首领，而是每晚都在火边布道的霍尔登法官。这一团伙的疯狂行径继续着，男孩似乎也适应了他们的生活，尽管他的暴行并没有得到详细描述。他的个人情况只是在他对残暴同伙流露出温情之时才得到反映，例如他将箭从同伙身上拔出，也并不在乎其他同伙觉得他的行为多愁善感。小说结尾，男孩摆脱了法官的控制，但他常常梦到法官指责他，说他没有全心全意地投入黑暗生活之中。这种梦被看作他将外在黑暗内在化的结果。这既是男孩的自我批判，也是他推卸自己的责任、继续游荡的借口。

20世纪80年代后,麦卡锡写了一部舞台剧《石匠》(*The Stonemason*, 1994),讲述的是肯塔基州路易斯维尔市一位石匠的生活,可以看作是对手工艺者价值的探讨,但从未被搬上舞台。1992年发表的《天下骏马》(*All the Pretty Horses*)是麦卡锡的边疆三部曲中的第一部。故事发生在1949年,约翰·格雷迪·科尔,一个16岁的得克萨斯小年轻,在祖父去世、父母离婚之后和朋友拉西·罗林一起去了墨西哥。他们感觉就像逃犯一样,在处女地上狂奔。他们遇到一个更年轻、自称是吉米·布莱温斯的男孩,意识到外逃也分不同层次,吉米身上的那种疯狂是他们学不来的,只能假装。他们与吉米一起触犯了墨西哥法律。之后他们与吉米分道扬镳,在墨西哥的一个充满田园气息的大农场上找到工作。约翰不顾警告,和农场主的女儿亚历杭德拉相爱。农场主非常气愤,就将他们交给了墨西哥的腐败警察。他们在狱中见到了吉米,得知吉米在与他们分手后杀了一个人,因而被捕入狱。看到吉米在狱中被枪决之后,约翰和拉西出于自卫被迫杀死一个受雇来杀他们的杀手。他们后来被亚历杭德拉的姨妈所救。亚历杭德拉的姨妈和约翰长谈之后,约翰认识到理想和现实之间的这个世界是非常无情的,人们再不愿接受也无济于事,所以他必须面对现实,包括失去亚历杭德拉。在报仇杀了腐败的警察队长之后,约翰回到了得克萨斯州。他在那里继续游荡,但是学会了爱这个世界,还学会了根据现实而不是理想去接受自己。在约翰的旅行中,可以看到创世纪、但丁和俄耳甫斯神话的影子以及骑士浪漫文学的传统。此书获得全国图书奖,2000年被改编成电影。

边疆三部曲的第二部《跨越》(*The Crossing*,1994)的主题、情节和背景与第一部相似。小说主人公是16岁的比利,他与家人生活在第二次世界大战前的新墨西哥州。小说被分为三个部分。比利捉到了一只一直在吃父亲的牲口的狼,这只狼来自与新墨西哥州接壤的墨西哥山区,比利便决定将它送回墨西哥。之后,比利和14岁的弟弟博伊德试着找回家里农场

科马克·麦卡锡（Cormac McCarthy）

丢失的牲口。他们的父母被流浪的印第安人杀死，比利和弟弟也失散了。18岁时，比利得知博伊德被杀，又回到墨西哥，将博伊德的尸体运回新墨西哥，葬在家里的农场上。在这三次旅程中，比利都面对了不公、死亡和自己的局限，明白了在自己所爱的人或动物被杀之后，仍然要在这个世上生存。

在边疆三部曲的最后一部《平原上的城市》（*Cities of the Plain*, 1998）里，正如麦卡锡在一次访谈中所保证的那样，前两部小说的主人公走到了一起。1952年，约翰和比利都受雇为新墨西哥的一个老农场主做牛仔。他们勤奋、忠诚、勇敢，都有在墨西哥探险的经历，都失去了亲人。在小说中，他们两人亲如兄弟。约翰很像比利的弟弟博伊德，两人都善于骑马，而且都是驯马的高手。约翰也很固执、轻率，而且仍然非常浪漫。和在《天下骏马》中一样，他愿意为爱情付出一切。他在此书中爱上墨西哥妓院中的一个长相单纯的女孩。他不顾所有人的反对，决意要娶她。为了将她从老鸨那里赎回，他卖掉了自己获过奖的马、父亲生前的手枪和手枪皮套，还劝了比利帮他。可惜这个计划没有成功，他便准备实施另外一个帮她逃走的计划。这个计划使得故事走向难逃一死的结局。有评论不太欣赏麦卡锡作品中赤裸裸的血腥场面和残暴行径，但更多的评论认为麦卡锡是个严肃的作家，这些暴行在作品中都是必要的。

在麦卡锡的小说里可以看出威廉·福克纳、弗兰纳里·奥康纳和卡森·麦卡勒斯（Carson McCullers）的影响。很多评论家认为他风格独特，在营造真实环境和氛围方面无人能敌。他的人物对话极为真实，细节处理非常准确。幽默和反讽经常出现在他所写的对话中，可以很好地反映和加强他的叙述语气。他的小说致力于描写美国及墨西哥中下层民众的生活经历和人生感受，受到广大北美读者的欢迎及评论者的赞誉。他的西部小说（以边疆三部曲和《血色子午线》为代表)为他奠定了当代美国文坛上的大师地位。这些在美墨边境地区发生的动人史诗既有噩梦般的屠杀、令人震颤的暴力，又有优美如画的田园诗和感人肺腑的安魂曲，被评论家视为地狱与天堂的交响曲和堪与麦尔维尔、福克纳、斯坦贝克的杰作相媲美的当代经典。

麦卡锡钟情于野外生活，游历了得克萨斯、新墨西哥、亚利桑那等州。这些地方成为其小说故事的主要发生地。人烟稀少的荒凉沙漠背景、黑暗激烈的冲突、简洁有力的语言构成了其小说的主要元素。麦卡锡的作品有一种强烈的感觉和想象的力量，体现在他的主人公尤其是几位重复出现的主人公身上。他们对自然和人生的感受和探求、对充满年轻活力的甘苦悲喜的真切体验以及对未来的期待和向往，都造就了这种文学力量。这种力量也源自麦卡锡本人的生活经历及追求，尤其是他在田纳西、得克萨斯和墨西哥的生活。

与麦卡锡的生活轨迹相似，他的前期作品主要写美国中南部，后期作品走入大西南。他的西部小说聚焦于几个坚忍脱俗的青年流浪者身上。他们带着不同程度的悟性，投身于生命的探索，情节的高潮每每伴随着神意的显示，类似于宗教启示文学。这种抽象灵性主题的出现似是作者自身思想的升华，也侧映出作者对自然世界的炽热感情和对人类社会的深切关注。

在麦卡锡的作品中，大自然始终是最伟大的存在。作者赋予大自然广泛而蓬勃的生命。在麦卡锡的世界里，兽类乃至日月山水都是人类的观察者。它们无处无时不在地审视着人类的行为，包括人类的愚蠢、邪恶与残暴；它们也欣赏着人类不朽的英雄史诗，铭记着英雄们的善行义举。

麦卡锡既是思想天才，又是语言大师。他的作品是一首首丰富语域里的交响诗。尤其是在他口语体极强的西部小说里，他能纯熟、确切地使用英语、西班牙语表现人物的不同文化背景，又能灵活、诙谐地驾驭俚语、土语、牛仔语，凸显不同角色的身份、性格、教养、志趣。他的西部小说也和其他同类作品一样富有质朴、粗野的黑色幽默。麦卡锡被誉为海明威和福克纳的唯一后继者。在《纽约时报书评》评选出的"过去25年出版的

科马克·麦卡锡（Cormac McCarthy）

美国最佳小说"中，《血色子午线》名列第三。《血色子午线》也进入了20世纪100部最佳英文小说之列。

（金海娜）

作品简介

《路》（*The Road*）

《路》是科马克·麦卡锡的第十本小说，属于科幻小说里的后末日（Post-Apocalyptic）小说类型，探讨的问题是：当世界走向毁灭，周围不再有任何生命的迹象，唯独"我"活了下来，这样活着的意义在哪里？

故事描写地球在历经了一场末日灾难（书里没有明说是什么灾难，但种种细节能令人联想到核战争）后，人类文明被摧毁殆尽，仅剩的一对父子不断向南行走，寻找温暖与可能的活路。天空中不再出现太阳、月亮或者星星，只有凛冽的寒风和彻骨的雨雪。白昼被裹在漂浮的烟尘和灰烬里，必须带着面罩才能呼吸。夜幕降临，眼前的黑色是那种盲人的黑，令人恐惧。空气里弥漫着腐尸烂叶的气味，满眼倒塌的桥梁、熔化的沥青、烧焦的马路、陷在柏油块里风干僵硬的尸体、出轨的列车、搁浅的轮船、弃置的房屋，到处是废墟，没有一丝生命的迹象，只有被烤焦或枯死的树枝和潜在的食人族。一切都是谎言，唯有死亡是确定无疑的必然。

孩子的母亲不堪面对这样的绝望，选择了自杀。不愿放弃的父亲带着幼小的儿子，推一辆超市的购物车，里面放着毛毯、油布和沿路找到的尚未变质的食物罐头，随身携带一把只剩一颗子弹的手枪，向南方不停跋涉。途中他们几度陷入饥寒交迫的绝境，几次又幸运地绝处逢生。一路上，父亲保持警惕，为了安全注意避开人的足迹，而年幼的儿子却常常希望能遇上和他们一样的好人。父子间的分歧，成年人深谙世事的成熟世故与儿童的单纯天真，构成了小说人与环境之外的另一层矛盾冲突。不过作者无意借此批评成人世界的自私势利或歌颂孩子的纯真善良，只是真实而冷静地呈现了人在绝境里的自然心理和本能反应。

不断向南的求生之旅将父子俩带到了期望中的海边，可是面对茫茫的大洋依然看不到任何生的希望。在海滩上停留数日后，他们继续前行。父亲的咳嗽日益严重，加上腿部受伤，终于倒地而亡。惊恐的儿子遵循父亲的遗言，拿着手枪，独自上了路。一个有妻有儿有女的男人收留了他。男孩被刚出现的一位女性搂入怀中，文学中以救赎者身份现身的女性形象再次出现，人类也在此刻终于见到了重生的希望。

《路》的文体简洁而富有感染力，几乎没有复杂的长句，都是简短的句子和短语，掷地有声，透出一股强悍不屈、坚忍不拔的硬汉品格，可能也是作者本人气质的流露。小说可被看作对生死普遍意义的哲学叩问，同时它也带着浓厚的宗教启示意味。相依为命的父子互相都将对方当作自己生命的全部、精神的唯一支柱、活下去的唯一理由。这里的父子关系以及儿子的获救，是否预示着人类救世主的出现、具有某种救世的含义，可以从哲学或宗教的角度进行不同的解读。

《路》出版后接连获得普利策奖、鹅毛笔奖和美国独立书商协会年度图书奖等奖项，被《纽约时报》《华盛顿邮报》《洛杉矶时报》《时代》等报刊推选为年度好书。根据此书改编的同名电影2009年秋上映。麦卡锡延续了海明威和福克纳的文学风格，把遥远未来的那个时刻提前展现给了读者。

（金海娜）

拉里·麦克默特里（Larry McMurtry）

作家简介

　　拉里·麦克默特里（1936—　　），小说家、电影剧作家和散文家。曾于2006年出色地将安妮·普鲁（Annie Proulx，1935—　　）的短篇小说《断背山》（"Brokeback Mountain"，1997）改编成剧本，后由李安执导拍成电影，获得第78届奥斯卡金像奖最佳导演奖和最佳改编剧本奖。

　　麦克默特里出生在得克萨斯州威奇托福尔斯市，父母皆是牧场工人。他在德州阿彻城郊外的一个牧场上长大；这个牧场也成了他多部作品的背景。他1958年毕业于北得克萨斯州立大学，获文学学士学位，1960年获赖斯大学文学硕士学位，1962年获得克萨斯州文学学会杰西·琼斯奖，1964年获古根海姆奖。

　　麦克默特里是一位多产的西部作家，他的大部分小说以西部为背景。迄今他已经出版了28部小说、2部散文集和三十多部电影剧本。他的西部小说《孤独鸽》（*Lonesome Dove*，1985）一发表便连续数周高居《纽约时报》畅销书排行榜首位，并获得1985年度普利策奖。正是这部七百多页的小说确立了他在美国小说界的地位。《孤独鸽》以及随后的《拉雷多的大街》（*Streets of Laredo*，1993）、《幽灵的漫步》（*Dead Man's Walk*，1995）和《科曼奇月亮》（*Comanche Moon*，1997）并称为"新西部四部曲"。一反西部流行小说的浪漫传奇色彩，麦克默特里以真实、客观、细腻的笔触刻画了一个活生生的西部，将西部小说创作带入新境界，成功超越了乡土的地域和文化限制，摆脱了以往西部小说创作的模式，展示了他出色的写作技巧。1960年，麦克默特里曾在斯坦福大学做西部历史学家、小说家华莱士·斯泰格纳（Wallace Stegner）的研究员，跟随他学习小说创作。斯泰格纳被誉为"西部作家首领"，对麦克默特里的文学创作产生了很大的影响。

麦克默特里虽然是一个获奖众多、广受尊重的作家，但是他最出色的工作是编剧，以改编剧本而闻名。他将自己的第一部小说《骑马人，经过》（*Horseman, Pass By*，1961）改编成电影《哈得》（*Hud*）并获奖。他的小说《最后一场电影》（*The Last Picture Show*，1966）、《亲爱关系》（*Terms of Endearment*，1975）和《孤独鸽》等也都相继改编成电影。他的其他小说有《西部姑娘》（*Buffalo Girls*，1990）、《愚蠢和光荣》（*Folly and Glory*，2004）、《灯光熄灭时》（*When the Light Goes*，2007）等。

（孔丽霞）

拉里·麦克默特里（Larry McMurtry）

作品简介

《孤独鸽》（*Lonesome Dove*）

《孤独鸽》是拉里·麦克默特里的一部关于英雄主义、爱情、荣誉、忠诚与背叛的小说，获得1985年度普利策奖，并被改编成电视剧。此书书名以往被译成"西部牛仔情"，但它不仅仅是一部关于西部牛仔的故事，更是一部有关西部开拓的百科全书，是那个时代美国人精神追求的写照，凸显了茫茫大地上牛仔们为了到达心中的牧场艰难跋涉的情景，其中所折射的西部牛仔情中透露出一种苍凉之美。

小说描写的是得克萨斯州巡警古斯和警长考尔（两人都已退休）率领一队牛仔长途跋涉，从孤独鸽镇出发赶运大批的牛到遥远的西北边界地区蒙大拿州的经历。长途赶运在西部传说中称得上是最具浪漫情调的事，但也充满艰难险阻，包括干旱、洪水、暴风雨、弥漫的黄沙、渺无人烟的荒原，多半情况下目之所及只有蜥蜴、蝗虫和响尾蛇，偶尔一道闪电、一个惊雷就会使牛群受惊。牛仔们在精疲力竭的时候还要警惕印第安人和盗马贼的侵扰，稍不留神就有可能断送自己和同伴的性命，小说结尾时，就有21条生命被荒原吞噬。与传统西部小说相比，《孤独鸽》有着强烈的生活化倾向，显得更真实、更贴近生活，作者以冷静客观的眼睛观察和剖析了人性的弱点。《孤独鸽》前后刻画了几十个人物，不像传统西部小说只有屈指可数的几个典型形象。这几十个人物的行为、语言、经历和感受相互穿插在一起，之间并没有明确的时间或者空间顺序，显得有些随意，读者就像在看电影，人物的出现就像镜头不时切换、跳跃、重叠。

（孔丽霞）

威廉·默温（William Merwin）

作家简介

威廉·默温（1927—2019），诗人和翻译家，以政治观点激进和诗歌风格别致而闻名。生于纽约市，在新泽西州的尤宁城和宾夕法尼亚州的斯克兰顿市长大。受牧师父亲的影响，5岁开始为父亲教堂里的礼拜活动写赞美诗。1948年毕业于普林斯顿大学后，从1949年到1951年在欧洲从事文学翻译工作。早期发表的诗歌形式优雅，明显受到所翻译的中世纪诗歌的影响。

20世纪60年代，默温作为反战诗人确立了自己的声誉。此后，他朝着神秘主义方向发展，形成了独特的作诗方法，包括间接地叙述和不用标点符号。八九十年代，他对佛教哲学和深层生态学很感兴趣，这也对他的创作产生很大影响。在积极创作的同时，他投入不少时间重建夏威夷雨林，开始在那里居住。1971和2009年，默温两次荣获普利策诗歌奖，还获得美

威廉·默温（William Merwin）

国诗人学会颁发的坦宁奖和马其顿斯特鲁加诗歌晚会的金花环奖。如果有一位诗人能带领我们领略危机四伏的20世纪后半叶，其作品既能反映当代诗歌的进程又有一种执着的对生存的伦理思考，那么此人就应该是默温。他是那个时代最多产的诗人之一，也做翻译，还写评论、回忆录、小说和戏剧。他所翻译的很多作品可做范本，他的文章、回忆录和小说也得到很高的赞誉，但作为诗人的默温得到了最多的肯定，也引发了最大的争议。

默温创造了一种诗体，能对自然和语言的状况做严肃思索。在对语言所做的深刻探查中，这种诗体显现了语言对于反映人类的身份和行为具有至关重要的作用。默温的诗歌冷静地测试了语言的可能性，赞美了语言所凝聚起来的力量。1952年，他的第一本诗集《天门神的面具》（*A Mask for Janus*）由W. H. 奥登选入耶鲁青年诗人丛书并发表。1956 1957年，默温为马萨诸塞州的剑桥诗人剧院创作剧本。1962年，他成为《民族》（*The Nation*）的诗歌编辑。他很多产，除了十多部诗歌，还翻译了西班牙语、法语、意大利语和拉丁语诗歌，包括但丁的《炼狱》。也许默温最有名的诗歌还是那些关于越战的经典作品。1998年，他发表了一部关于夏威夷历史和传说的诗体小说《层层叠叠的峭壁：叙事诗》（*The Folding Cliffs: A Narrative*）。

默温早期诗歌的主题经常与神秘主义和传说有关，其中许多以动物为写作对象，手法如同威廉·布莱克（William Blake）。在《熔炉中的醉汉》（*The Drunk in the Furnace*，1960）中，诗人表现出明确的转向，开始以更像自传体的形式写作。标题诗描绘了奥菲斯这一老年醉汉的形象。这一时期，他的另一首力作是《奥德修斯》（"Odysseus"），对传统主题做了重新处理，嘲弄了华莱士·斯蒂文斯（Wallace Stevens）和罗伯特·格雷夫斯（Robert Graves）的同一主题的诗歌。

20世纪60年代，默温开始对形式进行不同改革，大胆尝试不规则韵律和间接叙事诗体。1967年的《虱子》（*The Lice*）和1970年的《扛梯子的人》（*The Carrier of Ladders*）成为他最有影响的诗集。这些诗歌通常采用传说的形式，探索非常私人化的主题。在默温晚期的诗集《张开手》（*Opening the Hand*，1983）和《林中雨》（*The Rain in the Trees*，1988）中，读者发现他转向新的题材，并发展出一种近似禅宗的迂回表达，浓密的意象如同梦境，充满了对自然界的赞美。

从20世纪70年代开始，默温定居在夏威夷，他的诗作中也随处可见热带风景的影响，尽管风景在诗中还只是象征性的和个性化的。他的《迁移：新诗选》（*Migration: New and Selected Poems*，2005）获得全国图书奖。

默温的其他主要作品有《跳舞的熊》（*The Dancing Bears*，1954）、《因兽而绿》（*Green with Beasts*，1956）、《移动靶标》（*The Moving Target*，1963）、《写给未完成的伴奏》（*Writings to an Unfinished Accompaniment*，1973）、《四部早期诗集》（*The First Four Books of Poems*，1975）、《发现岛屿》（*Finding the Islands*，1982）、《诗歌选集》（*Selected Poems*，1988）、《旅行》（*Travels*，1993）、《花与手》（*Flower and Hand*，1997）、《河之声》（*The River Sound: Poems*，1999）、《瞳孔》（*The Pupil*，2001）、《眼前的友伴》（*Present Company*，2005）、《天狼星之影》（*The Shadow of Sirius*，2008）。

（祝茵）

作品简介

《天狼星之影》（*The Shadow of Sirius*）

《天狼星之影》是威廉·默温的一部诗集。该诗集从表面上看非常简单，却探讨了童年、短暂性、死亡和回忆等人类经验的核心内容，在广度和深度上都超越了他之前的所有作品。顾名思义，该诗集关注天狼星投下的阴影。天狼星因其在大犬星座的主要位置，也被称为狗星。夏季的三伏天是夜里可见大犬星座的日子。因三伏天是一年中最炎热的时段，天狼星

威廉·默温（William Merwin）

长久以来就象征人类最热烈的激情。但对于八十多岁的默温来说，天狼星已开始变得黯淡无光。在这里，天狼星这个符号或比喻的意义已被拓展，指的就是激情本身，曾在年轻的天空光彩熠熠的天狼星，如今却在80岁的星空微弱地闪烁。回忆一如生活本身那样充满了活力，它的不同只在于人们需要去拥抱它、探索它，以便去理解它。当天狼星的光芒黯淡下来时，对它昏暗下来的那部分阴影进行探寻就显得尤为重要。

《天狼星之影》大致可分为主题相连的三个部分：第一部分是对青年时代的回忆；第二部分是对死亡的反思；第三部分是对难以界定的混杂观察的记录。前两个部分比第三部分更容易引起读者的共鸣，但整体来说，诗集有很好的抒情意味，共同传达了一个信息：进入老年后，一个人坐下来反思所有的过往，是极为重要的生命内容。对于默温来说，年龄已超越了时间。诗歌的第一部分是回忆与诗意技巧的展示，其诗意单纯而又深刻。童年时光、对熟人的记忆等都是人生中能引发共鸣的因素。这些非常简单的因素能够被一声叹息、一个微笑和一种声响所唤起。诗歌的第二部分转向有关短暂性和死亡的主题。在《梦见科阿归来》（"Dream of Koa Returning"）中，失去宠物引发了诗人对短暂性的思索。在这个小片段中，好像深藏着具有启示作用的信息。诗人坐在那里，想念他死去的宠物，然后对自己的和宠物的短暂性进行反思。第三部分更像日常冥想的杂记，不像前两个部分那样集中，但对诗集的前面部分也有很好的回应。

《天狼星之影》表现了超凡的完整性。在当今世界，太多的诗歌都在言说如此复杂的话题，而这部诗集却重申并示范了何为优秀诗歌应有的重点。

（祝茵）

托尼·莫里森（Toni Morrison）

作家简介

托尼·莫里森（1931—2019），小说家和散文家。她的小说《宠儿》（*Beloved*, 1987）曾获1988年度普利策奖和全国图书奖，1998年被改编成电影，由奥普拉·温弗雷（Oprah Winfrey）和丹尼·格洛弗（Danny Glover）主演。1993年，她获诺贝尔文学奖。1996年，国家人文学基金会将杰弗逊讲座演讲人这一联邦政府在人文学领域的最高荣誉授予她。1996年，她获国家图书基金会颁发的美国文学杰出贡献奖章。2012年，时任总统奥巴马授予她总统自由奖章。2016年，她获笔会/索尔·贝娄美国小说终身成就奖。

莫里森（原名Chloe Ardelia Wofford）生于俄亥俄州洛雷恩市的一个工人家庭。母亲拉马·沃福德（Ramah Wofford）生于阿拉巴马州，幼年随父母迁到北方。父亲乔治·沃福德（George Wofford）在佐治亚州长大，15岁

托尼·莫里森（Toni Morrison）

时见到白人对两个非裔生意人处以私刑后来到洛雷恩。他打过零工，后来当上焊工。拉马负责家务，是非裔卫理公会派主教教会的虔诚教徒。

前辈们的民间故事和歌曲让莫里森很早就受到非裔文化的熏陶。莫里森从小也爱好读书，喜爱的作家中有简·奥斯丁和列夫·托尔斯泰。她12岁时加入天主教，有了教名安东尼，由此而得到昵称托尼。在洛雷恩高中上学时，她参加过辩论队、年鉴编纂组和戏剧社。1949年，她进了当时专门招收非裔学生的霍华德大学，在学校所在的华盛顿特区第一次见到实行种族隔离的餐馆和公车。1953年获英语专业文学学士学位后，她进康奈尔大学深造，于1955年获文学硕士学位。她的硕士学位论文《弗吉尼亚·伍尔夫和威廉·福克纳对疏离者的处理》（"Virginia Woolf's and William Faulkner's Treatment of the Alienated"）研究的是伍尔夫的《黛洛维大人》（*Mrs. Dalloway*, 1925）和福克纳的《押沙龙，押沙龙！》（*Absalom, Absalom!*, 1936）对当代社会的疏离（alienation）问题的表现。毕业后，她去休斯敦的南得克萨斯大学教了两年英语，后又回母校霍华德大学执教7年，在那里认识了牙买加建筑师哈罗德·莫里森（Harold Morrison），与他于1958年结婚。1964年，在第二个儿子出世前，他们离了婚。

离婚后，莫里森开始从事编辑工作，1967年成为兰登书屋小说部的首位非裔女性高级编辑，为使非裔文学进入主流发挥了重要作用。她编辑过具有开创性的《当代非洲文学》（*Contemporary African Literature*, 1972），其中收录了非洲当代著名作家的作品。她还帮助过许多年轻的非裔美国作家。1974年，由她负责出版的《黑人之书》（*The Black Book*, 1974）汇集了从蓄奴时期到20世纪70年代有关非裔美国人生活的照片、图画、文章、书信、海报等文件，广受好评。

莫里森在霍华德大学教书期间开始小说创作。她参加了一个文学创作小组，常跟其他成员会面讨论各自的习作。有一次她递交了一篇写一个非裔女孩为了美和爱而渴望得到蓝色眼睛的短篇小说，后来又决定把它扩展成长篇小说。当时她独自带着两个孩子，只能起早摸黑挤时间写作，最终完成了她的第一部长篇小说《最蓝的眼睛》（The Bluest Eye）。此书发表于1970年，当时社会反响不大。被纽约城市大学新成立的非裔研究系列入阅读书目后，销售量开始增加。

莫里森的第二部小说《秀拉》（Sula，1973）写的是两位非裔女性的友谊，于1975年获全国图书奖提名。她的第三部小说《所罗门之歌》（Song of Solomon，1977）表现了一个非裔青年认识自我、自己的家庭和种族的历程。此书为她赢得广泛赞誉，获全国书评家协会奖。随后的《柏油娃》（Tar Baby，1981）里的故事发生在当代，写了痴迷外貌的时装模特杰丹爱上身无分文却不乏非裔尊严的流浪者索恩。

1983年，莫里森离开出版业，将更多时间用于写作，同时在纽约州立大学和拉特格斯大学的分校教授英语。根据1955年14岁非裔男孩埃米特·蒂尔（Emmett Till）被白人以向白人女士吹口哨的罪名而杀害的历史事件，莫里森创作了剧本《梦中的埃米特》（Dreaming Emmett，1986），1986年在她任教的纽约州立大学奥尔巴尼校区上演。

1987年，莫里森发表了她最负盛名的小说《宠儿》（Beloved）。此书的灵感来自她编《黑人之书》时读到的一个关于女黑奴玛格丽特·加纳（Margaret Garner）的真实故事。已经逃离奴隶制的加纳被前来搜捕的主人发现了，为了不再受奴隶制的束缚，她杀死了两岁的女儿宠儿，但还没来得及自杀就被抓住了。莫里森在小说里想象被杀宠儿的鬼魂又回到人间，开始折磨其母和其他家人。《宠儿》出版后广受欢迎，连续25周出现在畅销书榜上。由于它没被授予全国图书奖或全国书评家协会奖，48位非裔评论家和作家在《纽约时报》上联名发表声明表示抗议。两个月后，《宠儿》获普利策奖，还获阿尼斯菲尔德—沃尔夫图书奖等奖项。

《宠儿》是写爱和非裔美国史的"宠儿三部曲"中的第一部。第二部是1992年面世的《爵士乐》（Jazz）。此书的叙述语言模仿爵士乐的节奏，讲述了一段发生在哈莱姆文艺复兴期间的三角恋情。同年，莫里森还

托尼·莫里森（Toni Morrison）

发表了她的第一部文学论著《在黑暗中游戏：白色与文学想象》（*Playing in the Dark: Whiteness and the Literary Imagination*, 1992），讨论了非裔美国文学在白人美国文学中的地位。"宠儿三部曲"的第三部《天堂》（*Paradise*, 1997）写了一个由非裔美国人组成的小镇以及镇里的一些男人对小镇附近一个女性小社区的袭击。在此书出版之前的1993年，莫里森获诺贝尔文学奖，成为获此奖项的第一位非裔女性。

2002年，莫里森将加纳的故事写成歌剧唱词，2007年在纽约市歌剧院上演。2003年，她的小说《爱》（*Love*）出版，写的是一位富翁逝世后两位女子争夺其地产的故事。2008年，她出版了小说《仁慈》（*A Mercy*），故事以1682年的弗吉尼亚殖民地为背景，试图探讨美国问题的起源和人类经验的悲剧性。

从1989年到她2006年退休，莫里森一直是普林斯顿大学的人文学罗伯特·F. 戈亨教授，在那里建立了享有盛誉的普林斯顿工作室，让学生有机会与国际知名作家和艺术家交流合作，促进了年轻作家和艺术家的成长，也有助于在跨领域合作和表演中发展新的艺术形式。

莫里森曾与其从事绘画和音乐工作的二儿子斯莱德·莫里森（Slade Morrison）合写过一些儿童读物。2010年，45岁的斯莱德因胰腺癌去世，当时莫里森的小说《家》（*Home*）刚写了一半。带着对斯莱德的思念，她在辍笔了一段时间后最终在2012年将它写完出版。此书讲的是20世纪50年代一个朝鲜战争老兵回到种族隔离的美国从一个白人医生的残酷试验中解救他妹妹的故事。

莫里森的第十一部小说《上帝帮助孩子》（*God Help the Child*）于2015年面世。故事里，一家时装与美容店的主管布赖德小时候曾因皮肤黑而遭受母亲折磨，内心留下了阴影，生活一直受影响。

（刘建华）

作品简介

《宠儿》（*Beloved*）

《宠儿》是托尼·莫里森的第五部长篇小说，曾获1988年度普利策奖和阿尼斯菲尔德—沃尔夫图书奖。1998年被改编成电影，由著名电视主持人奥普拉·温弗雷担任主演。2006年，《纽约时报》邀请了约二百位作家、评论家和编辑评选过去25年中的最佳美国小说，《宠儿》得票最多。

《宠儿》根据美国南北战争爆发前的1856年从蓄奴的肯塔基州逃到自由的俄亥俄州的女黑奴玛格丽特·加纳的真实故事而创作。莫里森是从一篇报道上得知加纳的故事的。这篇题为《探访一个杀了亲生孩子的奴隶母亲》（"A Visit to the Slave Mother who Killed Her Child"）的报道1856年发表在《美国浸礼会教友》（*American Baptist*）上，后被收入《黑人之书》（*The Black Book*，1974）。

《宠儿》里的故事始于1873年俄亥俄州辛辛那提市。当时，女主人公塞瑟与她18岁的女儿丹佛相依为命。曾与她们住在一起的婆婆贝比·苏格斯已经去世8年了。贝比·苏格斯去世前不久，塞瑟的两个十来岁的儿子霍华德和布格拉都离家出走了。塞瑟认为，他们出走的原因是他们所住的布卢斯通街124号这所房子里这些年一直闹鬼。故事一开头就提到此鬼："124号怨恨弥漫。充满了一个婴儿的恶意。"此鬼把家里的东西弄得乱七八糟，还经常留下手印。家里人觉得此鬼就是被塞瑟杀死的长女。由于家里闹鬼，丹佛羞于见人、没有朋友，霍华德和布格拉一走了之，贝比·苏格斯不久就告别人世。

一天，当年曾与贝比·苏格斯、塞瑟及其丈夫哈勒等人同在肯塔基的甜蜜之家种植园当奴隶的保罗·D来到塞瑟家。为使此家庭忘掉过去，他把鬼赶走了，还使丹佛迈出了家门。但是当他们从嘉年华大会上回来时，他们见到台阶上坐着一个姑娘，名字跟刻在塞瑟长女墓碑上的那个词一样,也是"宠儿"。保罗·D觉得可疑,就叫塞瑟警惕,而塞瑟却被此姑娘迷住了,没有记住他的话。不久,保罗·D就被某种魔力逐出塞瑟的家门。

在门外的棚子里,保罗·D受到宠儿的引诱。交媾中,他脑中充满了有关过去的可怕记忆。为了恢复对局面的控制和与塞瑟的关系,保罗·D对塞瑟说了想使她怀孕。塞瑟高兴起来,保罗·D也开始努力抵制宠儿的影响。可当他把组建家庭的想法告诉工友时,他们都面露惧色。曾帮塞瑟及其新生儿渡过俄亥俄河获得自由的斯坦普·佩德向他透露了大家之所以回避塞瑟的原因。

保罗·D找到塞瑟询问,塞瑟就把事由告诉了他:逃离了甜蜜之家并与在辛辛那提婆婆家等她的孩子们团聚之后,塞瑟发现主人找来了,便把孩子们带进工具棚,想把他们杀了之后再自杀。可她刚用锯子割断两岁长女的喉咙就被捕入狱了。塞瑟说她这么做只是想把孩子们放在一个远离奴隶制的安全之处,而保罗·D却无法接受,便离开了她。他走之后,时间和生活的流动感似乎也消失了。

塞瑟认定宠儿就是她18年前杀死的长女。出于内疚,她开始毫无节制地照顾和宠爱她。宠儿的要求越来越多,脾气也越来越坏,一不遂意就大发雷霆。久而久之,塞瑟被宠儿折腾得心力交瘁、生命垂危,而宠儿则越来越胖。

在小说的高潮部分,丹佛走出家门寻求帮助。一些非裔妇女来到她家门前举行驱魔活动。曾在贝比·苏格斯刚被哈勒赎出奴隶制时向她提供住房的白人博德温也来了。他这次来是为了帮丹佛找工作,但塞瑟毫不知情,以为又是奴隶主抓人来了,便拿起碎冰锥朝他冲了过去,结果被在她家门前驱魔的妇女们截住了。在妇女们的祈祷和歌声中,宠儿消失了。小说结尾,丹佛开始正式工作了,保罗·D又回到他仍然爱恋的塞瑟身边。

《宠儿》深入表现了奴隶母亲对孩子的爱护以及她们为自己和孩子争取自由的决心,揭示了奴隶制的残酷性,探讨了黑奴的痛苦记忆对其生活的影响。书里充满诗意的语言、错综复杂的情节、对塞瑟血腥行为满怀同情的描写、第三人称叙述与第一人称叙述有效结合等特点，得到评论界的高度肯定。

（刘建华）

格罗里亚·内勒（Gloria Naylor）

> 作家简介

格洛里亚·内勒（1950—2016），小说家。生于纽约市，父亲曾是一家画框店的画框制作员，之后做过地铁机车驾驶员。在搬到纽约之前，内勒的父母曾在密西西比州务农，他们在南方的生活经历对内勒的创作有着不可估量的影响。1960年，内勒随父母搬到哈莱姆非裔聚居区，住在祖母的公寓里。3年后，内勒家又搬到昆斯区，内勒在那里上了高中。与之前住过的地方相比，昆斯区可以说是中产阶级区，不过也正是这里的生活增强了内勒的种族意识。13岁时，内勒收到老师给她的一本《简·爱》，对小说产生浓厚兴趣。

马丁·路德·金遇刺之后，内勒意识到种族间政治关系的紧张，觉得这不是上大学的好时机。内勒的母亲在1962年加入了耶和华见证会，1968年内勒也受洗成为耶和华见证会成员。加入耶和华见证会对她来说既有好处，也有弊端。好处是帮助她克服了羞怯，培养了她的想象力和对文字的敏感性，对她的作家生涯非常有益。弊端是使她在一定程度上疏远了自己的文化根源，妨碍了她积极参与当时兴起的非裔文学发展大潮。

1974年，内勒成为耶和华见证会的全职传教士。她接受了原定17年的传教旅程，回到她祖先生活过的南方，先是去了北卡罗来纳州的一个小城，后又去了佛罗里达州的港口城市杰克逊威尔。可是次年她就离开了耶和华见证会，据她说是因为"事情并没有好转，而是变得更糟"。这样，她又回到父母家。1975年到1981年，她在快餐店工作，之后又在一家酒店担任接线员，同时还在梅德加埃弗斯学院学习。1977年，内勒读了平生第一本非裔美国作家写的小说——莫里森的《最蓝的眼睛》，对写作产生了浓厚兴趣。

1979年11月，内勒发表了她的第一篇短篇小说《在贝克曼街的一生》（"A Life on Beekman Place"）。同年，她进入布鲁克林学院，于1981年获得学士学位，然后进耶鲁大学攻读非裔美国研究专业研究生。1982年，内勒发表了她的第二篇短篇小说《妈妈来访的时候》（"When Mama Comes to Call"）。这两篇短篇小说都成为她的第一部长篇小说《布鲁斯特街的女人们》（*The Women of Brewster Place*，1982）中的章节。《布鲁斯特街的女人们》出版时，内勒仍是耶鲁大学研究生。这部小说的副标题是"七篇短篇小说组成的小说"，小说的时间跨度为20世纪40年代到70年代，讲述的是七个前后来到贫民区布鲁斯特街生活的非裔妇女的故事。小说用地道的口语风格生动表现了非裔妇女的生活经历，反映出她们的生活状况在1964年的《民权法案》和1965的《选举权法案》通过之后并没有多少改变。该书获得1983年度全国图书奖最佳小说处女作奖。1982年，内勒获得耶鲁大学非裔美国研究专业硕士学位。同年，她成为卡明顿艺术协会的驻会作家和乔治华盛顿大学的客座讲师，获得中大西洋作家协会的杰出作家奖。

1985年，内勒的第二部小说《林顿山》（*Linden Hills*）即她的硕士学位论文发表了。该书仿写但丁的《地狱》（*Inferno*，1317），讲述了一个灵魂的地狱之旅。像但丁一样，内勒呈现了一个具有教诲意义的寓言，试图通过这一寓言告诫非裔美国人不要以自己的灵魂来换取改善物质生活的渺茫机会。在提升自己的过程中，非裔中产阶级社区林顿山的居民已经远离了自己的过去和身份。内勒在作品中使用了多种手法，包括文学中常见的对于传统的颠覆，还借用了哥特小说和警匪小说等形式的元素。

1985年，内勒获国家艺术基金会奖。1986年，她获得百名黑人妇女全国联盟的坎德斯奖。她先后在纽约大学、普林斯顿大学和波士顿大学任客座教授。

内勒的第三部小说《黛奶奶》（*Mama Day*）1988年出版。与《林顿山》的但丁式结构相比，《黛奶奶》用的可以说是莎士比亚式结构，其情节和叙述结构都借鉴了莎士比亚的《暴风雨》。小说主人公黛奶奶（米兰达）是超自然力的信奉者和使用者，就像莎士比亚作品中的魔法师普罗斯帕罗。与《暴风雨》一样，《黛奶奶》里的故事主要发生在一个名为威洛斯普林斯、位于佐治亚州和南卡罗来纳州交界处附近的大西洋里的小岛上，故事的结局在一定程度上也是由一场暴风雨决定的。《黛奶奶》中的其他主要人物，如利、乔治、鲁比，身上都有《暴风雨》里的人物的影子。小说在主题上如同《暴风雨》，也是有关和解。

《黛奶奶》里的非裔岛民在美国南北战争前就拥有了威洛斯普林斯，但小说也写了之前的黑奴被当作财产买卖的情况，揭示和嘲讽美国的贩奴史。此外，内勒使用了不同的叙述者，有利于强化小说的主题。1988年，内勒获得古根海姆奖，成为康奈尔大学人文学会的高级研究员。1989年，她获得利廉·史密斯奖。

1992年，内勒发表了她的第四部小说《贝利的咖啡屋》（*Bailey's Café*）。小说里的故事发生在1948年，当时种族隔离在美国是合法的。故事叙述者是咖啡屋经理贝利，他将自己的故事和其他几个顾客的故事联系起来，组成了小说的主要章节。咖啡屋的许多顾客都是附近公寓里的居民，该公寓的管理者是以治愈贫困妇女而闻名的伊夫。探索女性的性问题是小说的一个核心主题。此书发表两年后被搬上了舞台。

1993年，内勒的父亲去世。这一年，她去了非洲和挪威。1995年，她编辑了《黑夜的孩子：最佳短篇小说》（*Children of the Night: the Best Short Stories*），收录非裔美国作家1967年至1995年所写的短篇小说精品。

内勒的第五部小说《布鲁斯特街的男人们》（*The Men of Brewster Place*）于1998年发表。与她的第一部小说《布鲁斯特街的女人们》相对应，《布鲁斯特街的男人们》考察的是该社区的男人们，探索了他们的生活与命运。与第一部小说一样，《布鲁斯特街的男人们》也是由短篇小说组成，每一篇讲述一个人物的故事。不过小说故事中的时间要晚于第一部小说，从20世纪40年代延伸到90年代。内勒根据自己的经历塑造了一个工人阶级出身的非裔女性，主要关注由种族、阶级和性别造成的分离。

（金海娜）

作品简介

《黛奶奶》（*Mama Day*）

《黛奶奶》是格洛里亚·内勒的第三部小说。故事里，可可（奥菲莉亚）7年前离开家乡威洛斯普林斯岛去纽约求学，但是她每年夏天都回来看望外祖母阿比盖尔和姨奶奶黛奶奶（米兰达）。黛奶奶和阿比盖尔是岛上最受尊敬的两个女人。结婚4年后，丈夫乔治第一次陪可可返乡省亲。为救被施了魔法的可可，黛奶奶与巫婆鲁比斗法，但是黛奶奶必须得到乔治的帮助，必须让乔治相信咒语的确会影响可可的生命。黛奶奶向乔治传授的是相信魔力、草药和民间智慧的非裔女性的精神遗产。通过可可、乔治、黛奶奶和威洛斯普林斯岛的故事，内勒表达了她所主张的实用唯物主义思想以及对自然中的神秘力量的信奉。

格罗里亚·内勒（Gloria Naylor）

小说由多个角色的叙述所组成，其中包括威洛斯普林斯岛的集体声音。可可和乔治是主要叙述者，但乔治在叙述开始时已经去世14年了。小说的开头为他们的这种特殊叙述做了铺垫：每次去威洛斯普林斯岛，可可都会去乔治的坟墓那里讲述14年前的故事；她离开了，而他却留了下来。小说明显带有莎士比亚戏剧的影子。可可的名字奥菲莉亚就是取自《哈姆雷特》，而且如同《哈姆雷特》里的奥菲莉亚，《黛奶奶》里的数位女性也是淹死的，如黛奶奶和阿比盖尔的妹妹皮斯、可可的母亲格雷斯和乔治的母亲。黛奶奶的名字米兰达来自莎士比亚的《暴风雨》，尽管黛奶奶扮演的角色近似《暴风雨》中的普罗斯帕罗，而不是普罗斯帕罗的女儿米兰达。如同《暴风雨》，《黛奶奶》中的主要事件也是发生在小岛上，也有一场暴风雨将岛上的人物与大陆分开并改变了故事的走向。《黛奶奶》里还有其他人物与《暴风雨》有对应关系：无知而又自私的利对应于《暴风雨》中半人半兽的怪物卡利班；乔治对应于斐迪南王子；鲁比对应于篡权者安东尼奥。小说对《圣经》也多有借鉴：暴风雨之后的洪水令人想到创世纪时期的洪水。黛奶奶的祖先萨菲拉的七个儿子的名字借自《圣经》里的七位先知。

小说表现了逻辑与直觉之间的冲突，表现在受过教育的和未受过教育的不同群体之间。大陆代表了知识与教育，威洛斯普林斯岛代表的则是口头文化和生活常识。每种文化都可以以自己的方式运行，但是当两种文化碰撞时，则会出现灾难。南北战争之后，威洛斯普林斯岛被美国地图标了出来，变成知识的征服对象。代表知识的乔治来到了威洛斯普林斯岛上，却无法了解和适应岛上的文化与社会，最终导致了悲剧。

小说里弥漫着浓厚的魔幻气息。威洛斯普林斯岛上的文化似乎能够自卫。原始的口头文化似乎可以抵制想要将其吞噬的现代文化。超自然力量或魔力也是小说的重要成分。"18 & 23"是一个具有重要含义的词语，与威洛斯普林斯岛上的神秘历史，尤其是岛上社区的创建者萨菲拉的自我解放，有着密切关系。这个词语具有性和金钱方面的双重魔力。按照迷信的说法，第七个儿子的第七个儿子会是具有强大魔力的先知。约翰—保罗·黛（John-Paul Day）正是萨菲拉的第七个儿子的第七个儿子。他是黛奶奶和阿比盖尔的父亲，也是可可的曾祖父。他拥有魔力和第二视觉，并将这些魔力传授给了自己的女儿米兰达。故事里的其他人物也有超自然能力，如巴泽德医生和鲁比。

女性之间的联系也是小说的一个重要主题。黛奶奶与阿比盖尔的姐妹关系非常密切。可可与阿比盖尔和黛奶奶之间的关系也很密切。这种密切关系对于她们克服人生道路上的困难很有帮助。这种密切关系的一个象征就是百衲被。

（金海娜）

玛莎·诺曼（Marsha Norman）

作家简介

玛莎·诺曼（1947— ），戏剧家。1979年因《出去》（*Getting Out*，1977）一剧成功上演而一举成名。1983年，当《晚安，妈妈》（*'Night Mother*）赢得普利策奖时，诺曼已经成为一位知名的戏剧家和电影编剧。作为一位诚实、睿智的作家，诺曼在作品中坚持描写那些特殊情境下的普通人，比如深夜还在路边自助洗衣店里忙碌的女人、杂货店午餐肉货架旁戴着难看围巾的瘦女人、抱着一大箱食物回家的白发弱小女人。

诺曼出生于肯塔基州路易斯维尔市，是比利·威廉斯（Billie Williams）和贝莎·威廉斯（Bertha Williams）夫妇的长女。父母都是严格的正统派教徒，不让诺曼和其他孩子一起玩，这种隔绝的生活使诺曼转向了书本和音乐。在路易斯维尔的杜雷特高中上学时，诺曼积极为报纸和年鉴撰稿，曾在写作比赛中获一等奖。之后她去佐治亚州的阿格尼斯·斯科特学院学习，1969年毕业，两年后获得路易斯维尔大学的教育硕士学位。在此期间，她在肯塔基中心州立医院给有精神疾病的青少年讲过课；1973年在布朗学校教过有天赋的学生。直到1976年，诺曼才开始全职写作，为《路易斯维尔时报》撰稿，还创编了面向孩子的周末增刊。

后来，诺曼遇到路易斯维尔演员剧院的艺术指导乔恩·乔里（Jon Jory），在他的鼓励下开始创作剧本。诺曼创作了《出去》，该剧以她在肯塔基中心州立医院认识的一位妇女为原型。此剧获得多个奖项，被美国剧评协会评为地方剧院上演的最佳戏剧。诺曼随即被命名为演员剧院的专职作家，在这里又创作了三部剧本：由《自助洗衣店》（*The Laundromat*，1978）和《弹子房》（*The Pool Hall*，1978）二独幕剧合并而成的《第三和橡树》（*Third & Oak*）、《情人节马戏团》（*Circus Valentine*，1979）、《停顿》（*The Holdup*，1983）。但是这几部作品都没有取得《出去》那样的成绩。诺曼的第五部剧《晚安，妈妈》获得巨大成功，不仅赢得1983年度普利策奖，还获得许多其他荣誉。1986年此剧被改编成电影。诺曼的音乐剧《神秘园》（*The Secret Garden*，1991）改编自弗朗西丝·伯尼特（Frances Burnett）的小说，由露西·西蒙（Lucy Simon）作曲，获得托尼奖和1991年度戏剧台最佳音乐剧剧本奖。诺曼还写了一部小说《算命者》（*The Fortune Teller*，1987）和多部影视剧本。

作为诺曼的主要作品之一，《出去》讲述的是一个服刑8年的女子出狱后的生活。剧本描写了她心理上的转变，从一个充满仇恨的年轻阿莉变成了经过监狱改造的成年阿琳。为了凸显主人公个性的这两个方面，诺曼在同一舞台上同时使用了两名演员扮演这个角色。在作品中，阿琳必须做出艰难的选择：是回到她的老本行做妓女，过一种比较舒服的生活；还是继续现在洗盘子的工作，只能够勉强维持生计。

《晚安，妈妈》也讲述了一个面临艰难选择的女子的故事。在这部作品中，杰西对她母亲塞尔玛说她想自杀，原因很多，包括过度肥胖、长相平庸、害怕出门等。她大部分时间都在家中照顾自我纵容而又笨拙无能的母亲，谈论家长里短，吃垃圾食品。丈夫因为她不肯戒烟而抛弃了她，儿子是个小偷，最近她又被工作单位（一家医院的礼品店）解雇了。总之，杰西不能享受生活，又无法控制生活，所以决定以自杀结束这一切。按照诺曼的解释，该剧写的是人物的生存斗争以及令人绝望的自杀。

诺曼的其他主要作品还有《黑暗中的旅行者》（*Traveller in the Dark*，1984）、《莎拉和亚伯拉罕》（*Sarah & Abraham*，1988）、《D. 布恩》（*D. Boone*，1992）、与保罗·斯特赖克（Paul Stryker）合作改编自1948年的电影并由朱尔·斯泰恩（Jule Styne）作曲的音乐剧《红鞋子》（*The Red Shoes*，1993）、电视剧《心甘情愿》（*It's the Willingness*，1978）、电视剧《15岁的烦恼》（*In Trouble at Fifteen*，1980）、电影剧本《晚安，妈妈》（*'Night Mother*，1986）、电视剧《陌生人的面孔》（*Face of a Stranger*，1991）。

（李菊）

作品简介

《晚安，妈妈》（*'Night, Mother*）

《晚安，妈妈》是玛莎·诺曼的第五部剧。此剧1983年首次公演后获得很高评价，多次获奖，包括1983年度的普利策奖。评论家们主要关注作者对一个处于危机中的家庭，尤其是对母女二人的刻画，赞赏作者用客观的态度和真实的对话所表现的情感缺乏问题和两个女人的孤独与空虚。也有批评者认为此剧平淡无力，两个人物缺乏有意义的发展。但大多数观众和评论家非常喜爱此剧的现实主义和诚实。

《晚安，妈妈》里的故事发生在母亲塞尔玛和女儿杰西的乡下房子的起居室和厨房里。剧情发生的时间与舞台上大钟显示的时间一致，一个半小时的表演正好符合剧本一个半小时的情节与对话,从塞尔玛的开场白到最后她给儿子打电话报告杰西的死讯。此剧一开始,杰西叫母亲找父亲生前的那把手枪,找到后她一边擦枪,一边对母亲说要结束自己的生命。母亲开始不信,后来意识到杰西说的是真的,就试图打消她自杀的念头。杰西不顾母亲的劝说,继续为自杀做准备。她把冰箱弄干净了,告诉母亲怎样买食品,教她怎样用洗衣机和甩干机,嘱咐她什么时候出去倒垃圾等。

在她和母亲谈话的过程中,我们了解到杰西的情况。她现在三十多岁,离了婚,失业在家,恨透了自己的生活。此外,母亲为了让女儿的生活有个目标,把本来自己能做的小事都交给她,自己装成无能的样子。杰西认为自己没有未来。她患有癫痫,只有病情发作需要去医院时才会离开乡下的家。杰西和她所爱的男人离了婚,但后来观众得知她丈夫离开她是因为她拒绝戒烟。我们从塞尔玛口中得知杰西的丈夫塞西尔有外遇,和邻居家的女儿有染。杰西的儿子里基是个小偷,还吸毒。塞尔玛认为外孙渐渐地会克服这些毛病,但杰西却不抱什么希望。希望的缺失正是剧中危机的症结所在。杰西告诉母亲,她想自杀是觉得没有意义再继续眼下这种空虚的生活了。她甚至能想象出50年后的同样空虚的生活,所以觉得没有继续生活下去的意义。

从杰西的角度来看,她的生活既没有希望,也没有未来。塞尔玛在劝说杰西打消自杀念头时也泄露了家庭的秘密。原来杰西的癫痫病是遗传,不是从马上摔下来所造成的结果。塞尔玛的父亲就有这种病。当塞尔玛讲述自己空洞的婚姻时,我们得知她很忌妒女儿和父亲之间的亲密关系。甚至在丈夫奄奄一息时,塞尔玛也离开他去看电视。她不明白为什么杰西不那么做,问杰西在她父亲临终时都和他说了什么。从他们之间的交流可以看出,塞尔玛和杰西还是互相爱着对方的,但是对杰西来说,母亲的爱不足以让她继续生活下去。塞尔玛极力劝说杰西,杰西则用故事哄骗她,说

玛莎·诺曼（Marsha Norman）

要改变他们的生活。母亲的绝望和对女儿的爱都非常明显。最后时刻，绝望的塞尔玛抓住冷漠的杰西，却被杰西推到一旁。轻声说完"晚安，妈妈"，杰西就进自己房间插上了门。随着一声枪响和悲痛欲绝的塞尔玛给儿子打电话的声音，全剧结束了。

（李菊）

乔伊斯·欧茨（Joyce Oates）

> 作家简介

乔伊斯·欧茨（1938—   ），小说家。迄今已发表包括三十余部小说在内的各类作品约四十部，在美国文坛具有稳固的重要地位。欧茨同主流文化和女性亚文化都有密不可分的联系，这决定了她女性主义创作观的形成与发展。

欧茨生于纽约州洛克波特市一个贫穷工人家庭，在威斯康星大学获文学硕士学位，现为普林斯顿大学文学教授，美国艺术文学学会会员。欧茨是一位创作力极为旺盛的作家，自从她的处女作短篇小说集《北门边》（*By the North Gate*，1963）问世以来，迄今已发表约四十部作品，包括长篇小说、短篇小说集、诗集和剧本。20世纪90年代前主要的长篇小说有《人间乐园》（*A Garden of Earthly Delights*，1967）、《他们》（*Them*，1969）、《奇境》（*Wonderland*，1971）、《任你摆布》（*Do with Me What You Will*，1973）、《刺客们》（*The Assassins*，1975）、《柴尔德沃尔德》（Childwold，1976）、《早晨的儿子》（Son of the Morning，1978）、《贝尔弗勒》（Bellefleur，1980）、《光明的天使》（Angel of Light，1981）、《温特瑟恩的秘密》（Mysteries of Winterthurn，1984）、《至点》（Solstice，1985）、《玛丽亚的一生》（Marya: A Life，1986）、《你必须记住这个》（You Must Remember This，1987）。

欧茨的主要短篇小说集有《洪水之上及其他短篇小说》（Upon the Sweeping Flood And Other Stories，1966）、《爱的轮盘及其他短篇小说》（The Wheel of Love And Other Stories，1970）、《婚姻与背叛》（Marriages and Infidelities，1972）、《女神与其他女人》（The Goddess and Other Women，1974）、《诱奸及其他短篇小说》（The Seduction & Other Stories，1975）、《越过边界》（Crossing the Border，1976）、《黑暗面》（Night-Side，1977）、《最后的日子：短篇小说集》（Last Days: Stories，1984）、《乌鸦的翅膀：短篇小说集》（Raven's Wing: Stories，1986）等。

欧茨的诗集主要有《无名罪及其他诗歌》（Anonymous Sins & Other Poems，1969）、《天使的火》（Angel Fire，1973）等。剧本主要有《奇迹剧》（Miracle Play，1974）、《三部剧》（Three Plays，1980）、《十二部剧》（Twelve Plays，1991）、《新剧》（New Plays，1998）。

欧茨的作品题材广泛，从20世纪30年代的经济萧条到六七十年代的城市动乱在其作品中均有反映。她真实塑造了形形色色的人物，揭示了当代美国人的内心世界，表现了对弱小人物命运的同情和关切。

作为小说家，欧茨不断对写作技巧和方法进行试验和探索，尤其善于将现实主义的描写和意识流的手法巧妙地结合在一起，使现实主义和现代主义相互交融和渗透，被称为"心理现实主义"的代表作家。她的作品屡屡获奖：反映20世纪60年代底特律种族动荡的早期小说《他们》获1970年度全国图书奖；基于爱德华·肯尼迪（Edward Kennedy）查帕奎迪克（Chappaquiddick）丑闻的《黑水》（Black Water，1992）获1993

年度普利策奖提名；《鬼魂出没：怪诞者故事集》（*Haunted: Tales of the Grotesque*，1994）获1995年度世界最佳幻想作品集；写玛丽莲·梦露的传记《金发女郎》（*Blonde*，2000）先后获2000年度全国图书奖提名和2001年度普利策奖提名。

　　欧茨既关注社会现实，又对探索人的内心世界有浓厚兴趣，因此其作品常被看作"心理现实主义"的代表。在她的笔下，美国是个充满骚动和混乱的"奇境"，暴力是她作品中最常见的现象，她的人物常常陷入无序和错位的境地，经受心灵的震荡。她的长篇小说《黑水》曾被誉为当年的最佳小说之一。此书的故事基于一个真实的事件，采用复杂的倒叙手法，以紧凑、简洁的笔调展现了一个心怀抱负的年轻姑娘临死前的心理活动以及她短暂一生中的种种场景。作为欧茨的心理现实主义的一个典型例子，这部作品成功地将激烈的心理活动与性和政治的关系、美国梦的破灭、两性关系等重要主题结合在一起。

　　广受好评的《大瀑布》（*The Falls*，2004）是一部关于人与自然的关系的小说，讲述了发生在尼亚加拉大瀑布下的凄婉动人的爱情故事。主人公老处女阿莉亚还沉浸在新婚初夜的美梦中的时候，神秘的大瀑布就夺走了她以为可以托付终身的同性恋丈夫，使她成为尽人皆知的可怜的"大瀑布的寡妇新娘"。她是不幸的，同时又是幸运的。在寻找新婚丈夫尸体的无助境况中，她遇到了事业有成、家境富裕的律师德克，从而开启了生命中的第二扇爱情之门，再坠爱河。然而正如她自己预言的那样，她是被大瀑布诅咒了的人，终将会失去她的伴侣。尽管她和德克在不无磕碰的甜蜜中幸福地做了三个孩子的母亲，尽管她一生都在有言无言地深爱着德克，但是最终德克还是为了公众的利益无私地做了最大的牺牲——被谋杀在尼亚加拉大瀑布下，离她而去。她曾把德克的离开视为对自己的背叛，因而深深地憎恨他，但在故事结尾，历史遗留问题昭然于天下，她最终还是原谅了他。

（李玄珠）

乔伊斯·欧茨（Joyce Oates）

作品简介

《玛丽亚的一生》（*Marya: A Life*）

《玛丽亚的一生》或许是乔伊斯·欧茨的小说中最具个人色彩也是最让人着迷的一部作品。

小说的主人公玛丽亚是一个追求自我和自我实现的现代女性，小说从她充满暴力和贫困的童年一直描绘到30岁，这时她已是著名评论家，常代表美国出席国际会议。在任何一个阶段，玛丽亚都是令人难忘的，她的生命似乎是无法预知的，然而用回顾的眼光审视时，一切又似乎是不可避免的。虽然玛丽亚一直很希望自己能像"其他人"，但直到上了高中，她才发现这是不可能的。她不能像其他人那么聪明，她的老师这么告诉她；她的牧师说她不是很出类拔萃；她的姨妈说她不太灵巧。她生来就爱观察别人，属于那种能看见和记住周围所发生的事情的人、那种随从别人的人、那种也想参与和分享世上所谓的"好生活"但似乎又做不到的人。她的生命似乎遵循着异常的路径，最后她成为一个被人尊敬、爱戴、甚至忌妒的成功女人。

欧茨说这部小说包含了一些自传材料，比如在故事场景方面，但是玛丽亚并不代表欧茨本人。欧茨说此书的创作极其艰难，可能是因为作品的内容既"个人"又"虚幻"。玛丽亚的很多想法与作者当年的想法相似，但是导致这些想法的环境和书里的其他人物都是虚构的。在小说中最具有自传色彩的是内心深处的情感，即玛丽亚的意识和对自我的寻求。美国哲学家威廉·詹姆斯（William James）的思想和精神贯穿了玛丽亚的故事。詹姆斯说他对自由的第一个反应就是相信自由，相信形形色色的经验才是最重要的，而不是柏拉图所谓的"本质"，因为真理是相对的、不断变化的，生命如同河流是一个过程。这是一种面向个人的哲学，认为人类是以选择的方式形成自己的灵魂，主张自力更生、自我构建。

（李玄珠）

蒂姆·奥布赖恩（Tim O'Brien）

作家简介

蒂姆·奥布赖恩（1946—　），小说家，主要以越战小说闻名。奥布赖恩擅长用魔幻现实主义和后现代主义叙事风格讲述越战所造成的心理创伤。他的作品经常突破虚构与真实的界限，在小说中融入个人传记因素，用新历史主义视角审视越战。他在文学领域获得的荣誉主要有全国图书奖、詹姆斯·库伯最佳历史小说奖、《芝加哥论坛报》哈特兰奖、法国最佳外文图书奖、国家艺术基金会奖和古根海姆奖等，还曾获普利策奖和全国书评家协会奖提名。

奥布赖恩出生在明尼苏达州奥斯汀市，童年在距那里不远的沃辛顿市度过。他自幼喜欢读书，经常在图书馆里打发时光。1964年，奥布赖恩进入明尼苏达州的麦卡莱斯特学院学习政治学。他大学毕业时，美越战争正处于激烈阶段，政府为了补充兵源向大学毕业生发出强制征召令。奥布赖

蒂姆·奥布赖恩（Tim O'Brien）

恩反对越战，大学期间参加过反战运动，但最后出于爱国热情还是在1968年8月按期应征入伍，1969年被派往越南参战。他在越南待了13个月，曾两度负伤，最后升为中士并获紫心勋章。

1970年3月，奥布赖恩退役回国，进入哈佛大学继续求学。在此期间，他在《华盛顿邮报》做过见习记者，开始文学创作，1973年发表自传体小说《如果我死在战区，将我装棺运回家》（*If I Die in a Combat Zone, Box Me Up and Ship Me Home*）。奥布赖恩的这部作品融汇了纪实和虚构，里面既有很多符合他生平史实的材料，也有很多虚构的故事和细节。书里的叙述者讲述了自己作为普通美国士兵的成长史，生动表现了越战中美国军人的绝望、彷徨和恐惧。它出版时，在反战运动的强大压力下，美国作战部队已经基本撤出越南，国内各界都在反思和声讨这场美国历史上为时最长的战争。很多主流媒体盛赞奥布赖恩和他的《如果我死在战区，将我装棺运回家》，将他视为越战题材文学的代言人。奥布赖恩在一片赞扬声中加快了向文学领域进军的步伐。

1975年，奥布赖恩的第一部严格意义上的虚构文学作品《北极光》（*Northern Lights*）面世。奥布赖恩将此书的故事发生地设为故乡明尼苏达州，主要讲述了佩利家哈维和保罗两兄弟之间复杂微妙的感情故事。此书受海明威的影响很大，主题涉及如何在绝境中保持男子汉的勇气与风度。此书对明尼苏达北部寒冷荒凉景色的描写、对越战士兵心理的刻画和对人物复杂微妙关系的处理，得到了评论界的赞赏。

1976年，奥布赖恩离开哈佛，未能取得博士学位，用他自己的话说，他那时"没心思写毕业论文，因为自己有更需要写的东西"。他那时更需要写的东西也许就是他1978年发表的小说《追寻卡奇亚托》（*Going After Cacciato*）。《追寻卡奇亚托》是一本关于越战心理创伤的小说，讲述的是美国士兵保罗·柏林在越战期间值勤时的回忆和幻想。柏林回忆自己参军以来在越南热带丛林中作战和行军的细节，在想象中追寻逃兵队友卡奇亚托（Cacciato，在意大利语里的意思是"追捕"），幻想自己和他以及很多士兵一起历尽艰辛走了南亚、中东和巴尔干半岛的十几个国家,最后到达美越政府正举行停战和谈的巴黎。《追寻卡奇亚托》内容庞杂,多用魔幻现实主义、超现实主义、现代主义和后现代主义叙事技巧,使叙述显得很乱,总是在真实的和幻想的场景之间跳跃切换,以此表现叙述者混乱、迷茫的思绪。《追寻卡奇亚托》出版后受到很高评价,《纽约时报书评》称它为越战文学中的《白鲸》(*Moby Dick*),1979年获全国图书奖。

沉寂多年后,奥布赖恩在1985年推出了《核武时代》(*Nuclear Age*)。它讲述的是一个关于冷战时期核毁灭危险给普通民众带来巨大压力的政治讽刺寓言故事。主人公考林幼年时期恰逢古巴导弹危机,经常听到核武器毁灭地球的说法,对此产生无名的恐惧,于是在地下室里借助乒乓球桌和铅块搭起一个防核辐射掩体。考林成年后积极参加各种反战活动,逃避服兵役,支持和平,呼吁削减核武库。同时,他一刻也没能放下对核战争的偏执狂式恐惧,不顾家人劝告,固执地在后院挖洞建核战避难所,闹得家庭关系分崩离析。《核武时代》虽然不像奥布赖恩前几部作品那样直接写战争,可是它却独辟蹊径从反面用略带夸张的方式讲述了一个关于战争的讽刺寓言。看似可笑的故事背后有着更多的辛酸和悲愤,主人公的性格被战争阴影的压抑所扭曲的过程得到了细致的刻画。《核武时代》出版后批评界对它褒贬不一,不过奥布赖恩对考林幼年时代恐惧心理的传神描写还是得到了广泛认可。

之后5年里,奥布赖恩潜心写作,于1990年出版了《负荷》(*The Things They Carried*),再度震撼文坛。此书的内容和形式都有创新,达到了新的高度,成为奥布赖恩的代表作之一。

1994年,奥布赖恩出版了《树林湖里》(*In the Lake of the Woods*),讲述的是越战老兵韦德的故事。韦德曾参加过越战中臭名昭著的"美莱大屠杀"(*My Lai Massacre*),多年后此事在他竞选参议员时被曝光,竞选由此落得惨败。韦德和妻子凯西心灰意冷,来到位于明尼苏达州的树林湖修养散心。蹊跷的是,一天早上凯西突然失踪了,搜寻多日仍没有踪迹。

蒂姆·奥布赖恩（Tim O'Brien）

众人将此事与韦德越战中的丑闻结合起来，将他列为嫌犯，公众舆论和警方调查似乎都对他不利。韦德独自划船再去湖中搜寻妻子，他也一去不复返。《树林湖里》使用了元小说的写作手法，故意暴露故事的虚构性，将故事叙述过程和结尾引向开放空间，造成意义和结果的多重可能性。此书扩大了奥布赖恩在前一部作品中开拓的新疆域，将后现代主义与新历史主义视角更加娴熟地运用到作品中。小说出版后获得詹姆斯·库伯最佳历史小说奖，并被《时代》杂志评选为当年的最佳小说。

奥布赖恩近年来不断有长篇小说问世。《发情的雄猫》（*Tomcat in Love*，1998）和《七月，七月》（*July, July*，2002）这两部作品逐渐摆脱了奥布赖恩早期越战小说中的战争题材和严肃氛围，转向较为轻松的爱情和生活领域，但道德关怀依旧浓厚，仍然关注个体精神的创伤和恢复问题。除了小说，奥布赖恩也涉足其他文类，发表过杂文集《我的越南》（*Vietnam in Me*，1994）。

奥布赖恩是得克萨斯州立大学的客座教授，教授写作课程。他的写作态度非常严谨，会反复修改作品，不到交稿的最后期限决不停笔。此外，他还不断改写已经出版的作品，所以他的同一部作品的不同版本之间往往存在明显的差异。正是这种精益求精的态度使得奥布赖恩不断超越自己，将道德关怀的视野透过越战本身关注更宽广的人性、生存与历史等问题。

（陈礼珍）

作品简介

《负荷》（*The Things They Carried*）

《负荷》是能够体现蒂姆·奥布赖恩的写作风格、较有形式特点的一部作品。它的文类较难界定，不是纯粹意义上的小说。与之前的多部作品一样，它沿用了消除虚构与现实的界限的做法，书中既有与作家同名的主人公和与作家的越战经历重合的很多情节，也有很多明显的虚构和艺术加工的成分。另外，《负荷》也不是常规意义上的长篇小说，它由22篇短篇小说组成，它们既是各自完整独立的故事，在内容上又相互关联，形成一个有关越战的意义矩阵。其中有不少章节发表过，有的还获过奖。书名《负荷》取自其中的一篇同名短篇小说。这篇短篇小说是全书第一章，也是很精彩的一章，常被短篇小说选集收录。

《负荷》主要讲述越战中发生在美军一连士兵身上的故事。此连士兵在吉米·克罗斯中尉的带领下在越南丛林中生活和战斗。他们中的很多人都是新兵，生活和思维还停留在过去的习惯中，却又不得不时刻面临死亡。他们渴望爱情和友谊，却只能忍受孤独。他们对死亡充满恐惧，对未来感到绝望，却不得不掩饰起来，强打起精神。他们也有好生之德，却无法停止杀戮。一切只因为他们是军人。同时，他们还背负着沉重的道德包袱，一直在质问这场战争是不是正义的，杀戮是不是应该的，自己的行为是不是英勇的。战争改变了他们，一次次目睹杀戮和死亡使他们逐渐变得麻木。但是他们又拒绝被战争所改变，在灵魂被触动的片刻，他们仍然表现出极大的博爱情怀，依然无法掩饰内心深处对美好生活的向往。他们身上既有很多人性的弱点，也不乏英勇和善良：这些就是他们所负荷的东西。故事的主要叙述者是一个名叫蒂姆·奥布赖恩的士兵，然而他却不是作者蒂姆·奥布赖恩本人，而是作者结合亲身经历虚构出来的一个同名同姓的人物。书中的其他人物也均为虚构与真实的结合体。这是奥布赖恩常用的手法。在1991年的一次访谈中，奥布赖恩说此书内容百分之九十以上都是他虚构的。

《负荷》的一个显著特点是元小说形式。奥布赖恩在《好形式》（"Good Form"）和《如何讲述一个真实的战争故事》（"How to Tell a True War Story"）等几章中对元小说做了大量描写，使它成为奥布赖恩反思越战以及探讨历史的虚构与真实问题的重要视角。

蒂姆·奥布赖恩（Tim O'Brien）

　　《负荷》被《纽约时报》评为1990年度十佳小说之一，获得《芝加哥论坛报》哈特兰奖和法国最佳外文图书奖，还获普利策文学奖和全国书评家协会奖提名。书中的《茶蓬河畔的情人》（"Sweetheart of the Song Tra Bong"）由托马斯·唐纳利（Thomas Donnelly）编导成电影《士兵的情人》（*A Soldier's Sweetheart*）于1998年上映。

（陈礼珍）

辛西娅·奥齐克（Cynthia Ozick）

> 作家简介

辛西娅·奥齐克（1928—   ），作家和评论家。作品具有浓郁的犹太文化气息和鲜明的女性主义色彩，在小说、散文和戏剧领域均有建树，尤其以短篇小说闻名。

奥齐克的作品构思新颖别致，叙述精练准确，语言生动而富有节奏感，在语法、句式和篇章等方面都颇具创造性，是当代美国文坛广受赞誉的文体家。她是1986年由迈克尔·M. 雷阿（Michael M. Rea）设立的短篇小说雷阿奖的首位获奖者，曾四度获得欧·亨利短篇小说奖，有多篇作品入选美国年度最佳短篇小说选集，曾获得美国艺术文学学会奖、国家艺术基金会奖、古根海姆奖、纳博科夫奖、马拉默德奖等多项文学奖，还曾获得普利策奖和布克国际文学奖提名。

奥齐克出生在纽约市，父母是俄罗斯犹太移民。她在布朗克斯区度

辛西娅·奥齐克（Cynthia Ozick）

过了并不愉快的童年，无论在学校里还是社会上都因犹太血统而遭到歧视和侮辱。这段经历在奥齐克心里留下了深深的烙印，在她的创作中不断出现。后来，奥齐克在曼哈顿的亨特学院高中部就读，1949年获纽约大学学士学位，1950年获俄亥俄州立大学文学硕士学位。1952年，奥齐克与伯纳德·哈洛特（Bernard Hallote）结婚，婚后住在纽约州的纽罗谢尔市。

奥齐克在20世纪50年代开始写作，初期受亨利·詹姆斯（Henry James）影响很大，花了多年研究和创作高雅文学。她从1957年开始用了6年完成的《信任》（*Trust*）于1966年出版。此书写一年轻女子寻找亲生父亲的故事。小说叙述者是这个匿名的年轻女子，她大学毕业后想弄清自己的身世，拒绝与母亲和继父在纽约过富裕却貌合神离的生活，执意寻找从未谋面的生父。在继父的帮助下，她费尽周折地寻访父亲，最后终于在欧洲找到了他。在此过程中，她也渐渐知道了父母和自己的故事。《信任》主要围绕叙述者寻找父亲的线索展开，中间也夹杂了大量的回忆，跨越了40年的时间和欧美两大洲，用庞大的篇幅讲述了一个复杂家庭的悲欢离合。这部作品篇幅过长，叙述也略嫌松散，但其中蕴含了不少奥齐克关注的主题，如犹太文化、道德关怀和历史哲思，书中不乏睿智闪光之处。

《信任》之后，奥齐克在短篇小说、散文、诗歌和文学评论领域都做了尝试。1971年她发表了第一部短篇小说集《异教徒拉比及其他短篇小说》（*The Pagan Rabbi and Other Stories*），收录了《异教徒拉比》《忌妒》《手提箱》《酸模女巫》《医生的妻子》《蝴蝶与交通灯》《活力》七篇短篇小说。这些短篇小说的犹太文化和神秘主义色彩浓厚，想象力丰富，语言明晰准确，以小见大地讨论了犹太文化与西方文明的冲突、艺术与宗教的冲突、信仰危机、婚姻与家庭以及死亡与生活的分界等问题。《异教徒拉比及其他短篇小说》出版后广受好评，曾多次获奖，还获得全国图书奖提名。

奥齐克在20世纪七八十年代接连发表了《流血及三部中篇小说》

（Bloodshed and Three Novellas，1976）和《悬浮》（Levitation，1982）等几部中短篇小说集，反响很不错。1983年，她发表了第二部长篇小说《食人者星系》（The Cannibal Galaxy）。它的题目源于天文学术语"星系相食"，即宇宙中的大星系就像吞食同类的食人者那样吞食小星系，将其变成自己的一部分。《食人者星系》是一个文化隐喻，指美国主流文化对小说主人公布里尔所信仰的犹太文化和价值观的无情吞噬。

奥齐克1987年发表了长篇小说《斯德哥尔摩的弥赛亚》（The Messiah of Stockholm），1989年发表了代表作《披巾》（The Shawl）。90年代初期，她尝试戏剧改编和写作，根据《披巾》改编的戏剧《蓝光》（Blue Light）1994年首演，1996年又在美国犹太轮演剧目剧场正式上演并获得成功。

奥齐克1997年出版的《普特梅塞故事集》（The Puttermesser Papers）由5个围绕普特梅塞小姐的故事组成，既有过去发表的旧作，也有新作。它讲述了一个学识渊博和脾气古怪的犹太老处女在现代城市文化中遭遇身份认同困惑、爱情幻灭、职业挫折和理想危机的一系列故事。《普特梅塞故事集》睿智幽默的笔调深受读者喜欢。《旧金山纪事》给予它很高评价，认为其活力和完整性堪比马克·夏加尔（Marc Chagall）超现实主义风格的油画，梦幻奇特而且色彩瑰丽。

进入21世纪后，奥齐克已经发表2部散文集、2部短篇小说集和1部长篇小说。2004年出版的长篇小说《微光世界的继承人》（Heir to the Glimmering World）的故事背景是20世纪30年代中期，叙述者是一个名叫罗斯的18岁孤儿。罗斯通过广告应聘给米特威塞家当帮手。这家人是从德国逃过来的难民，米特威塞先生是研究古代犹太宗教史的专家，米特威塞太太以前是物理学家，因事业上遭受打击精神已经失常，他们有5个孩子，16岁的女儿安娜利兹负责操持家务。米特威塞一家靠神秘资助者詹姆斯的接济维持生计。詹姆斯的父亲是作家，曾经以詹姆斯为原型写了一系列名为《熊之书》的少儿畅销书，现在他已继承了父亲的巨额财产。詹姆斯对古代犹太宗教史很感兴趣，在其中找到精神寄托，于是愿意资助米特威塞先生的研究和生活。小说不断在过去和现在之间来回穿梭，通过一名旁观者的视角展开一个犹太难民家庭所有的梦想与幻灭，逐渐展现小说人物的往事和内心世界。他们各自都在梦想与现实之间寻找自我，他们理想世界的微光在不断闪现，却永远难以燃烧成熊熊大火。《微光世界的继承人》关注的是奥齐克一向重视的犹太文化、对过去的继承与遗弃以及生活的理想与现实的冲突等主题，文体保持奥齐克式睿智幽默和简约精粹的风格。2005年，它以《熊孩》（*The Bear Boy*）为名在英国出版。

1983年，《得克萨斯语言文学研究》夏季刊开辟了奥齐克专栏，这是奥齐克的文学声誉走向辉煌的一个契机。90年代以后，奥齐克越来越受推崇，如今已被评论家们认为可以跻身当前北美十大作家之列。奥齐克的其他作品还有小说《忌妒/意第绪语在美国》（*Envy; or, Yiddish in America*，1989）、《短篇小说集》（*Collected Stories*，2007）、《口述：四重奏》（*Dictation: A Quartet*，2008），文集《谁都想要犹太人的命》（*All the World Wants the Jews Dead*，1974）、《艺术与热情》（*Art and Ardor*，1983）、《隐喻与记忆》（*Metaphor & Memory*，1989）、《亨利·詹姆斯的知识及其他作家论集》（*What Henry James Knew and Other Essays on Writers*，1993）、《名声与愚昧：文集》（*Fame & Folly: Essays*，1996）、《争吵与困窘》（*Quarrel & Quandary*，2000）、《脑海中的喧嚣：文集》（*The Din in the Head: Essays*，2006）。

（陈礼珍）

作品简介

《披巾》（*The Shawl: A Story and a Novella*）

《披巾》是辛西娅·奥齐克将以前发表过的同名短篇小说和它的姊

妹中篇小说《罗莎》（*Rosa*）合编在一起出版的单行本。《披巾》和《罗莎》都写于1977年，分别于1980年5月26日和1983年3月23日发表在《纽约客》上，都曾获欧·亨利短篇小说奖并入选美国年度最佳短篇小说选集。

短篇小说《披巾》的篇幅不长，约两千字左右，却以极其精练生动的文字叙述了一个震撼人心的故事，再现了纳粹集中营和种族大屠杀的恐怖氛围。故事开始时，波兰裔犹太女子罗莎和侄女斯特拉正行走在去集中营的路上。罗莎用披巾将她一岁多的女儿玛格达裹住藏在怀里，在路上曾想到将女儿送走，却不敢越警戒线一步，怕惹杀身之祸。进了集中营，她一直将羸弱不堪的女儿藏在披巾中。罗莎因营养不良而奶水不够，饥饿的玛格达只能吮吸母亲的披巾。罗莎时刻处在提心吊胆之中，清楚孩子一旦暴露，按照集中营的惯例，立刻就会被带走处死。集中营里阴郁寒冷，斯特拉也饥寒交迫，有些忌妒罗莎对玛格达的关爱。一天早上，罗莎发现披巾不见了，女儿被暴露在众目睽睽之下，原来是斯特拉将披巾拿走御寒了。当罗莎跑过去抢回披巾时，一切都为时已晚。卫兵发现了玛格达，将她抛在电网上电死。罗莎心如刀割，却不敢有动作，只能用披巾堵住嘴，以免哭出声来被卫兵发现后将她处死。

《披巾》用冷静的笔调和简约有力的语言叙述了第二次世界大战末期发生在纳粹集中营中的惨痛故事，描绘了纳粹分子的暴戾统治给犹太人带来的死亡阴影如何折磨、压抑和扭曲人性。它并没有直接长篇累牍地控诉法西斯的罪行，而是从一个年轻母亲的悲惨遭遇着笔，用了以少喻多和无声胜有声的方法。《披巾》涉及了很多本质性问题，比如面临死亡威胁时应如何抉择和牺牲、与背叛如何妥协、母性与亲情如何兼容、过错与宽恕如何和解以及人性与兽性如何抗争，等等。《披巾》揭开了人类历史中的一块伤疤，用干练犀利的语言和紧凑得体的情节再现了一位母亲在纳粹统治下的切肤之痛，其悲怆之情直刺心魄。《披巾》篇幅短小却内涵丰富、刚劲有力、震撼心灵，是有关纳粹种族大屠杀主题小说中不可多得的佳作。

辛西娅·奥齐克（Cynthia Ozick）

《罗莎》是《披巾》的续篇，故事的发生时间大约在35年之后，地点换到了美国。罗莎此时已经步入风烛残年，她拆了自己在纽约市布鲁克林区开的旧家具店，搬到迈阿密市的一处破旧的老年公寓里，在斯特拉的资助下过着拮据的生活。她很少与人往来，也不喜欢外出，生活对她毫无意义。罗莎从来没能从集中营生活的巨大阴影中走出来，无法忘记女儿玛格达，无法忘记那段地狱般的岁月和那块披巾。披巾此时由住在纽约的斯特拉保存。罗莎整天沉浸在对过去创伤的记忆里，无法面对现实。她将所有的热情都倾注到披巾上，将它当作女儿的化身。后来她收到了斯特拉寄给她的信和包裹，里面就是那块她念念不忘的披巾。罗莎最喜欢做的事情就是不断给死去的女儿写信，想象她还活着并且过着各种幸福的生活。罗莎的波兰同胞西蒙和特里医生试图和她沟通，想说服她摆脱过去，重新融入社会，不过她对人生似乎已经彻底心灰意冷。

《罗莎》讲述了女主人公凄惨的晚年故事，延续了《披巾》反思和控诉大屠杀的主题。它表现了当年在纳粹集中营里的经历如何彻底改变一个普通犹太人的生活，如何纠缠她的一生，成为她难以摆脱的梦魇。《罗莎》的涵义也很丰富，涉及了犹太人在当代美国文化中的身份、幸存者的心理创伤与康复以及赎罪与宽恕等问题。奥齐克本人也很喜欢这两篇作品，亲自将《披巾》和《罗莎》改编成剧本，花费大量时间参与制作与排演，1994年8月它以《蓝光》为名在纽约海湾街头戏剧节上完成首演。经过近两年的准备和十余次增删修改后，1996年6月它又以《披巾》为名在美国犹太轮演剧目剧场上演并获得成功。奥齐克将《披巾》与《罗莎》合编到一起出版单行本，使两个具有因果关系的故事之间既保持各自的独立性和完整性，又互相参照和呼应，形成一个有机整体。《披巾》与《罗莎》是奥齐克极有代表性的短篇小说，也是她最有国际声誉的作品，它们已经进入当代美国文学课程的必读书目。

（陈礼珍）

沃克·珀西（Walker Percy）

作家简介

沃克·珀西（1916—1990），小说家和散文家。作为第二次世界大战后涌现的杰出南方作家，珀西跳出了前辈们的文学范式，其文学视野并不局限于南方一隅，而是面向全国和全体现代人。他也不再沉溺于对逝去南方的怀念与哀悼，而是面向现实和未来，以人们的现实生活及未来所需为创作目标。他的作品以天主教信仰和存在主义哲学为思想基础和精神导向，对20世纪人们陷入的现世生存困境和对这种困境的自觉意识加以生动的艺术表现和深入探索，折射出他对人的异化、人的本质、人的存在、人生意义等现代人所面临的重大问题所做的宗教的、哲学的以及伦理的思考，具有重要的现实意义与参考价值。珀西深深地沉浸在基督教存在主义之中，像他的小说人物那样痛苦地书写他在密西西比州和路易斯安那州的家族和家乡的往事。他一共出版了6部小说、2部非小说作品以及数量众多

沃克·珀西（Walker Percy）

的关于哲学和语义学的文章。

珀西出生于阿拉巴马州伯明翰市，家族历史复杂，拥有贵族特权的同时似乎又被黑暗的命运所笼罩。他的祖上查尔斯·珀西于1775年或1776年来到当时的英属西佛罗里达州。由于对英国王室有贡献，他得到了南路易斯安那州六百英亩土地的封赏，在那里建立了种植园，还担任过当地的法官，但他后来患上抑郁症，于1794年投河自尽。

珀西家族的很多男性成员成为密西西比州当地的达官贵人，然而抑郁症、失败、自杀仿佛是他们挥之不去的诅咒。珀西的父亲在普林斯顿大学、哈佛大学法学院和海德堡大学接受教育之后，成为伯明翰的一名律师，育有三子。珀西和两个弟弟童年时代是在以阳光和高尔夫球场闻名的伯明翰度过。那里的景色被珀西后来称作其想象力的来源，特别体现在《最后的绅士》（*Last Gentleman*，1966）和《基督复临》（*The Second Coming*，1980）的创作中。珀西的家族历史也不可避免地影响了他的创作。1917年，珀西的祖父开枪自尽。珀西的父亲也一直受抑郁症的折磨，1929年也开枪自尽。之后，珀西及弟弟随母亲搬到佐治亚州的外祖父母家。1932年，珀西的母亲在交通事故中丧生，密西西比的叔叔威廉·珀西领养了他们兄弟三人，供他们上学。

珀西读高中时是个特别害羞却又不太安分的学生，曾给校报写文章评论自己叔叔提出的新政策。高中毕业后他进入北卡罗来纳大学。此校是叔叔帮着选的，主要因为当时的校长弗兰克·波特（Frank Porter）是进步人士。在大学里，珀西对电影、化学、数学感兴趣，特别喜欢实证性的东西，对形而上学的东西则充满怀疑。本科毕业后，珀西没有像父亲那样选择法律，而是去了哥伦比亚大学学医。在那里，他发现自己对病理学和精神病学都很感兴趣。1941年毕业后，他开始在医院实习。1942年，由于叔父去世以及自己患上结核病，他不得不中断实习，进纽约州北部的一家疗养院里疗养，1945年旧病复发，又进康涅狄格州的一家疗养院疗养。患上结核病可以说是珀西人生道路上的一个重大转折，疗养让他有时间阅读欧洲作家的作品,如陀思妥耶夫斯基、托马斯·曼和克尔恺郭尔。在此期间,他对天主教产生了浓厚的兴趣,也开始考虑从医之外的其他选择。

1946年,他与玛丽·汤森(Mary Townsend)结婚,第二年搬到新奥尔良去住,1947年他们俩都受洗成为天主教徒。那时珀西已经开始创作小说,写了两部从未发表的小说《卡尔特修道院》(The Charterhouse)和《加墨西赢家》(The Garmercy Winner),都是有关南方青年寻找精神意义的历程。同时,在大量阅读的基础上,他开始写作《标志与存在》(Symbol and Existence)等著作。1961年,珀西的《影迷》(The Moviegoer)出版,讲述了一个寻觅路上的年轻人或现代朝圣者的故事,从中可以读出法国作家加缪的影响。此书获得当年的全国图书奖。故事追寻一个朝鲜战争老兵的足迹,写了他在寻找自我的过程中成为一个股票交易员,他生命中的每次转折都有电影形象和情节照应。此书的讽刺性幽默和精神追求为珀西赢得了大量读者,也使他跻身于当代南方一流作家的行列。

珀西的第二部小说《最后的绅士》(The Last Gentleman,1966)取材于他的家族史。小说的主人公威尔·巴勒特是一个南方青年,饱受失忆症和焦虑症的折磨,他的父亲也像珀西的父亲一样自杀身亡。与《影迷》相似,《最后的绅士》也在一个无宗教兴趣的年代寻求精神价值。威尔寻找信仰和目标的旅程杂乱无章,甚至有些可笑,似乎只有在死亡中才能找到解脱。

1966年,种族运动和反越战活动一浪高过一浪,给了珀西以灵感创作他的第三部小说《废墟里的爱情:一个不合格天主教徒的世界末日历险记》(Love in the Ruins: The Adventures of a Bad Catholic at a Time near the End of the World,1971)。珀西自己将此书称为具有未来主义色彩的小说。故事发生在充满社会与种族冲突的南方郊区。主人公汤姆·摩尔是个想要找到治疗时代病良药的精神科医生。他发明了一台机器可以治愈古老的笛卡尔分离症(精神与身体的分离)。此书反映了珀西对公民权益的深入思考。

沃克·珀西（Walker Percy）

在《废墟里的爱情：一个不合格天主教徒的世界末日历险记》之后，珀西于1975年出版了文集《瓶子里的讯息》（*The Message in the Bottle*），其中收录了他20年来所写的关于哲学和语言的论文。1977年，他最著名的小说《兰斯洛特》（*Lancelot*）面世，珀西将其称为告诫性故事或宗教故事。这两本书都反映出珀西对你我关系中的相互主观性和交流的密切关注。《兰斯洛特》是第一人称叙述小说，由兰斯洛特（一个充满忌妒的丈夫，在烧了自家房屋后住进了精神病院）与另外一个病人珀西瓦尔之间的对话组成。珀西瓦尔说的只是不连贯的呓语。这可能是珀西最悲观、最阴郁的小说。小说核心人物的名字来自亚瑟王传奇中的兰斯洛特骑士。

珀西的下两部作品是文集《在宇宙中迷失：最后的自助书》（*Lost in the Cosmos: The Last Self-Help Book*，1983）和小说《自戕综合征》（*The Thanatos Syndrome*，1987）。《自戕综合征》出版不久，珀西就被查出前列腺癌。在生命的最后几年中，他投入语义学研究当中。他的贡献也得到更多的认可和奖励，其中较为重要的是1988年度T. S. 艾略特奖和1989年度国家人文学基金会奖。

（金海娜）

作品简介

《影迷》（*The Moviegoer*）

《影迷》是沃克·珀西的第一部小说，1962年获全国图书奖，是20世纪南方文学最受欢迎的作品之一。《时代》杂志将它选入1923—2005年一百部最佳英文小说。

小说主要写主人公宾克斯的一段生活。宾克斯是20世纪50年代新奥尔良的一个年轻股票经纪人，似乎过着非常正常的生活，住着普通的房子，做着普通的工作，与秘书约会，常去看电影。但他对生活不满意，总想在生活中寻找意义。这一周的生活又和往常一样开始了,宾克斯去看了姑姑埃米莉和姑姑的患抑郁症的继女凯特,去了市中心,去看电影,看到熟人和一些陌生人。他试着向遇见的每个人解释理论。在办公室,他试着诱惑秘书莎荣。他们周六一起去了海边,之后宾克斯带她去母亲的渔场钓鱼,在那里遇到了母亲和母亲的家庭。他和莎荣在那里过了一夜和一天,然后开车回家。到了姑姑家,宾克斯得知凯特服用了过多的安眠药,姑姑很担心她的安全。宾克斯与凯特交谈,凯特决定陪他去芝加哥出差,他们晚上一起乘火车离开。在芝加哥,宾克斯与其他的股票经纪人开了个会,然后和凯特去见他的一个朝鲜战争中的战友。见过战友后,宾克斯和凯特去看了一场电影,然后回到酒店。在酒店里,他发现姑姑的留言,给姑姑打了电话,得知凯特并没有把外出陪宾克斯出差一事告诉姑姑,姑姑已经报了警。宾克斯和凯特立即坐车回到新奥尔良。到了姑姑家,姑姑指责宾克斯不负责任。宾克斯回到自己的家,不久凯特也来到他家,他们俩决定结婚。两年后,宾克斯和凯特已经结婚,他也开始在一所医学校学习。

  故事发生在历史、文化和社会的转型期。尽管小说没有明确交代时间,但是读者可以大致推断是1957年至1959年之间。50年代后期,经济的发展和战后的积极进取精神随着朝鲜战争和麦卡锡反共运动而逐渐消退。小说以对现代问题的关注和现代小说技法的使用而闻名。宾克斯拿不同的电影明星形象与自己做想象性对应,完全用第一人称角度来叙述,而作为整部小说中唯一的引导者,其叙述也不可避免地带有个人偏见。他的叙述声音畅快而口语化。他的语气带有冷嘲热讽,给人一种玩世不恭的感觉。小说用的是现在时,宾克斯与读者交流他的印象与感觉,让读者有身临其境、感同身受的感觉。书名就暗示了电影在宾克斯生活中的重要性。电影主宰了他的生活,不仅给他提供了逃避的场所,也是他理解和感受世界的一种方式。他把电影当作超越疏离感的一条途径。他的绝望主要表现在他对日常生活的不满。在朝鲜战争中受伤后,他就开始了对于生活意义的追寻。这种在无聊生活中寻找意义的过程并不能说十分具有宗教性,而且他

沃克·珀西（Walker Percy）

本人对宗教问题也是躲躲闪闪。宾克斯脱离日常生活的最长经历是他的朝鲜战争经历，这也被珀西本人称作"灾难带来的特权"。灾难可以将人与其环境和日常生活隔离开来。

《影迷》成功刻画了主人公宾克斯及其家人的困惑，生动展现了现代人丧失真实自我的痛苦，以及对真实自我的苦苦追寻。珀西对书中绝望的理解把握住了现代人的迫切需求，这也是他宗教、哲学、伦理思想的结晶。

（金海娜）

玛吉·皮尔西（Marge Piercy）

作家简介

玛吉·皮尔西（1936— ），小说家和诗人。作品富有个性和敏感性，同时又充满鲜明的政治主张和对社会的批判，这与她在20世纪六七十年代作为激进政治活动家的经历密不可分。皮尔西最著名的小说包括《时间边缘的女人》（*Woman on the Edge of Time*，1976），《辫子人生》（*Braided Lives*，1982）和《去当兵》（*Gone to Soldiers*，1987）。这些作品展示了她的创作才能，无论是在科幻小说还是在现实主义小说和历史小说的创作方面。作为旗帜鲜明的女性主义者和人权斗士，皮尔西认为女性和其他边缘群体在男权社会中是受害者，强调其作品是实用性的，是有效交流的工具，这从其小说和诗歌雄辩的语言中不难看出。

皮尔西生于底特律。和当年的许多家庭一样，她的家庭受到经济大萧

玛吉·皮尔西（Marge Piercy）

条的影响。她的母亲出生于费城，曾在匹兹堡和克里夫兰生活过。她的父亲在宾夕法尼亚州的一个煤矿小镇上长大。皮尔西很小的时候，他们住在底特律工人社区的一栋小房子里。皮尔西的外公毛利斯是工会领导，在一次工人活动中被谋杀。外婆汉娜特是犹太拉比的女儿，非常会讲故事，她和母亲给皮尔西讲过许多故事。姥姥给皮尔西起了一个希伯来语名字迈拉赫（Marah），以犹太人的方式将皮尔西养大。皮尔西认为是母亲使她成为一个诗人。母亲感情丰富，充满想象力和奇思妙想，而且还迷信。母亲酷爱阅读，也鼓励皮尔西阅读，仔细观察，记住所观察的事物。皮尔西长大以后，变得越来越独立，与母亲的矛盾也越来越大，最后在17岁时离开了家，直到母亲晚年两人才和解。母亲1981年去世。

皮尔西认为自己的童年还算比较幸福。上小学时，她曾患上风疹和风湿热，险些丧命。在遭受病魔折磨期间，她从书本中找到慰藉。她在底特律上完小学和中学，17岁时获得密歇根大学的奖学金，成了家族中第一个大学生。上大学对她很容易，她爱好学习，而且擅长考试，在上学期间获得一系列的奖学金，去过法国旅行。她后来在西北大学获得硕士学位。

皮尔西与第一任丈夫一起去的法国。他是法国犹太人，尽管非常和蔼和聪明，但他希望她在婚姻中扮演传统的角色，对她的写作也从未认真对待，这导致他们的婚姻破裂。第一段婚姻结束后，皮尔西去了芝加哥，希望在那里写自己想写的诗歌和小说。迫于生计，她不得不打零工，做过秘书、接线员、售货员、画家的模特儿、兼职教员。她也参与了民权运动。她认为在芝加哥的生活是她的成年生活中最艰苦的一段，觉得自己当时像个无形人，写了一本又一本的小说，却一本也没能发表。

1962年，她第二次结婚，先是住在剑桥，后又搬到旧金山，最后又回到东海岸，住在波士顿。他们夫妇都对越战很反感。皮尔西这时积极参与学生争取民主社会组织的活动，也尽量发表作品。发现带有女性视角的小说难以发表，她就以男性视角写了《迅速坠落》（*Going Down Fast*,

1969）。从1965年到1969年，皮尔西的作品主要关注政治。她那时每天早上六点半开些写作，然后就开始一整天的政治活动。

1965年春天，他们夫妇搬到布鲁克林，她仍然参加学生争取民主社会组织的活动，在布鲁克林创立了学生争取民主社会组织支部。1967年，她成为学生争取民主社会组织在纽约地区的组织者。不久他们离开了纽约，因为她的健康状况堪忧，组织内部分裂严重，而且还渗入了许多暴力分子。看到他们的8年反战运动并没有阻止战争的进程，组织里的很多成员也感到他们的活动徒劳无益。皮尔西当时还参与了妇女运动，组织活动，撰写文章。

1971年，他们夫妇搬到好望角，在那里买了一块地，建了一栋简单的房子。皮尔西的创造力突然得到释放，健康也好了起来。她爱上园艺，种植蔬菜、水果、香料和鲜花，也积极地参与好望角的妇女活动。有时她也回波士顿做研究和看望好友。但她与第二任丈夫的婚姻在1976年也走到了尽头。

皮尔西的诗歌在她搬到好望角之后改变了很多。尽管她到处旅行、做讲座、开研讨会，但她把好望角看作自己的家，感到自己是那里景观和生活的一部分。1982年，皮尔西第三次结婚。之前，她与现在的丈夫艾拉·伍德（Ira Wood）合作写过一部戏剧《最后的白人阶级》（*The Last White Class*，1979），1998年又合作写了小说《风暴潮》（*Storm Tide*）。1997年，两人创建了利普弗罗格出版社。

皮尔西在20世纪70年代逐渐形成了自己的小说风格；历史和政治是其小说的主题。她的《舞至鹰入睡》（*Dance the Eagle to Sleep*，1970）被看作一部科幻小说，但它关注的是达科他印第安人所遭受的边缘化及其后果。《小变化》（*Small Changes*，1973）继续探讨边缘化的影响。此书里的边缘化对象是被困于婚姻之中的女性；她们往往被贴上贫穷、无能、同性恋、无法自我解放等标签。《时间边缘的女人》以更强的历史感表现了社会对女性等边缘群体的压迫，想象了可能的出路。《维达》（*Vida*，

玛吉·皮尔西（Marge Piercy）

1979）以20世纪60年代的反战运动为背景，描写了维达这一政治逃难者和无形女人，展示了皮尔西对女性定义的进一步思考。小说以人际关系为视角，而不是像有些女性文学那样勾勒理想以激发人们的愤慨。

皮尔西成功塑造了一些参与历史事件的女性，展现了她们的勇气和坚韧。1982年和1984年，皮尔西先后发表了《辫子人生》和《飞离家园》（Fly Away from Home），都是在探索女性的自我意识。1987年，《去当兵》发表，皮尔西的写作能力得到充分体现。这部关于战争的作品让犹太精神，特别是女性的犹太精神成为主题。在小说《他、她和它》（He, She And It，1991）中，皮尔西将其对犹太精神遗产的兴趣与生态关怀结合起来，想象了一个突破了人类与非人类的界限、物质与非物质的界限的世界，一个具有生物学、科技、资本主义、阶级、性别、环境主义、新的性别和种族关系等成分、要求更多责任担当的世界。

皮尔西的战争小说也是其主要成就之一。《黑暗之城，光明之城》（City of Darkness, City of Light，1996）写的故事发生在1789年到1794年之间的法国。小说以女性的视角看待法国大革命，分析了与阶级、种族、宗教、社会和经济的革命和改革相关的主宰和被主宰结构。皮尔西质疑了让—雅克·卢梭（Jean-Jacques Rousseau）的观点，将他的观点与孔多塞侯爵（Marquis de Condorcet）的观点做了比较。卢梭反对女性主义，认为女性的角色就是待在家里相夫教子，而孔多塞则认为女性同男性一样聪明能干，让主张男女平等的女性主义者找到了依据。小说也指出权力不能被滥用，必须在责任和关怀的前提下小心使用。《三个女人》（Three Women，1999）通过祖母、母亲和女儿三个女人的生活探讨了女性问题，写了她们生活中的衰老、残疾和健康等问题对她们和睦相处的影响，以及作为治疗者的女性把个人悲剧超验化的倾向。

作为多产而又广受关注的作家，皮尔西曾在纽约大学布法罗分校、加利福尼亚大学圣何塞分校、俄亥俄州立大学、辛辛那提大学和密歇根大学等多所学校担任驻校作家，获得了众多的荣誉。她的作品将继续鼓舞不同宗教信仰、性别、种族、阶级的人们去争取自由。她认为，历史是一门不断进行的课程，不同的生物生活在一起需要互相理解和尊重。

（金海娜）

作品简介

《时间边缘的女人》（*Woman on the Edge of Time*）

《时间边缘的女人》是一部富有原创性的科幻小说，通常被看作玛吉·皮尔西的代表作。小说主人公康妮·拉莫斯是一位生活在20世纪70年代纽约的美籍墨西哥后裔。她37岁，曾经如花似玉，如今风姿不再，身材臃肿，穷困潦倒，只能靠救济金生活。丈夫去世后，她唯一的亲人就是侄女。侄女是个妓女，常受男朋友的虐待。打了侄女的男朋友之后，康妮被认定患有精神分裂，被送进精神病院接受"精神控制"治疗。在那里她被麻痹、剥夺身份、消毒，她的主观意愿被完全忽视。她精神世界中的未来与她所处的现实形成了鲜明的对照。

小说的叙述将现实与康妮的未来之旅相互交织。康妮相信自己可以与生活在2137年的社会交流。那是个理想的社会，20世纪六七十年代社会运动的目标都已经实现。在她想象中的那个马塔普瓦塞特农业社会里，没有环境污染，没有同性恋、种族歧视、阶级对立、消费主义、资本主义。人们生活在森林和农场里，细心呵护环境。那里没有性别歧视，像"he/she""him/her"这样区分性别的词汇都被中性词"per"取代。女人不需要怀孕和哺乳，孩子都由人工子宫孕育。康妮生活在一个重要的历史时期，会决定未来到底会怎样。正当康妮对未来世界倾心不已之时，她又去了一个完全不同的未来世界。在那里，富有的少数精英生活在太空，用毒品控制大多数人，并像收割庄稼一样收割人体器官。这种状况令康妮十分恐惧，促使她在自己生活的时代中行动起来。

玛吉·皮尔西（Marge Piercy）

　　小说具有震撼人心的力量，主人公随着故事的展开变得越来越生动和重要。主人公的经历显示，生活在纽约的拉美后裔没有金钱和希望。对他们来说，食品、清洁、整齐、平静都是遥不可及的奢侈。精神病院完全无视康妮的个人需求与意志。她对护理员、医师和社工来说都像是无形的。无论她说什么，都会被认为具有侵略性，是不被允许的"病人行为"。终于有一天，她被认为有了价值，成为可被用作电击实验的实验品，因为原本作为实验对象的几百只猴子已经用完。小说没有交代康妮的未来世界之旅是精神病导致的幻觉还是真实的，但这一未来之旅激发了她对现实的反抗，这种反抗又导致了她被精神病院无限期监禁，被用作电疗实验的实验品。尽管康妮的反抗并不能确保未来理想世界的出现，但她仍然将其看作成功的举动："我反抗了。我尽力了。"

　　《时间边缘的女人》在结构上与托马斯·莫尔的《乌托邦》有相似之处。《乌托邦》先是描写了16世纪英国社会的各种弊端，然后勾勒出一个理想社会，将各种社会弊端统统克服。在《时间边缘的女人》中，皮尔西先是描写了现实的美国社会，一个对康妮和其他边缘群体中的人物来说已经走到乌托邦的反面的社会。这个社会与后来在小说中出现的基于宽容、教养、集体和生态责任、彻底清除了传统性别角色的22世纪理想社会形成鲜明对比。

　　《时间边缘的女人》具有现实主义小说的风格，又是一个预言性寓言。作者将读者带入了康妮的内心世界，让读者看到她的命运其实与自己的命运是不可分割的。这部小说创作于20世纪70年代中期，反映了那个时代妇女运动的乌托邦式乐观主义。

（金海娜）

斯坦利·普拉姆利（Stanley Plumly）

作家简介

斯坦利·普拉姆利（1939—2019），诗人。出生并生长于俄亥俄州巴恩斯维尔镇，1961年从俄亥俄州的威尔明顿学院获文学学士学位。大学期间，一位剧作家兼诗人老师发现了他的写作天分，及时给予了鼓励。1968年，普拉姆利获得俄亥俄大学的文学硕士学位，并读了该校的博士学位课程。诗人的父亲56岁时由于长期酗酒患心脏疾病去世，他对诗人的影响非常深远，诗人承认自己的诗歌几乎都与父亲有关，而其母亲则只是其父亲自毁过程的无言无助的见证人。

1970年至1975年，普拉姆利为《俄亥俄评论》（*Ohio Review*）做编辑，1976年至1978年又成为《艾奥瓦评论》（*Iowa Review*）的编辑。他曾在众多高校执教，包括路易斯安那州立大学、俄亥俄大学、普林斯顿大学、哥

斯坦利·普拉姆利（Stanley Plumly）

伦比亚大学、艾奥瓦大学、密歇根大学以及休斯敦大学。他所获得的荣誉包括古根海姆奖、英格勒姆—梅里尔基金会奖和国家艺术基金会奖。普拉姆利的诗歌一直关注其身边的人或事：酗酒成性的父亲、长期受害并忍耐的母亲以及与此有关的失败、爱情和婚姻等话题。他的诗歌表现了一种通过打开记忆之门寻求解决之道的愿望。他渴望暴露胸怀，向读者打开心扉。逐渐地，他的关注点集中到"怎样"以及"为何"回忆上。在1989年的一次采访中，他声称回忆是一种可以确定来源的鲜活方式，诗人是来源和诗歌表现之间的媒介，回忆能够通过诗人将过去以现在和进行时态表现出来。

他最有代表性的作品是系列诗《夏日晴空》，包括《夏日晴空》（*Summer Celestial*，1983）、《台阶上的男孩》（*Boy on the Step*，1989）和《林中的婚礼》（*The Marriage in Trees*，1997）。

普拉姆利在诗歌领域的严肃探索使他成为一位重要的当代诗歌评论者和理论家。1978年，他发表了《确切的依据》（"Chapter and Verse"），讨论了"后自白派"（Post-Confessional School）诗歌的重要特点，指出这些60年代后期和70年代早期开始成名的诗人有两种不同的修辞手法：一种是声音的修辞，另一种是意象的修辞。乔纳森·霍尔登（Jonathan Holden）曾指出，普拉姆利的诗歌属于"会话"诗或普拉姆利自己所说的"散文抒情诗"。

普拉姆利的其他主要作品有《在外面的黑暗里》（*In the Outer Dark*，1970）、《普莱恩斯的印第安人是如何得到马的》（*How the Plains Indians Got Horses*，1973）、《长颈鹿》（*Giraffe*，1974）、《脱离肉体的旅行》（*Out-of-the-Body Travel*，1977）、《既然父亲在我身边躺下：新诗选集，1970—2000》（*Now That My Father Lies Down Beside Me: New and Selected Poems, 1970—2000*，2000）、《衰老的心》（*Old Heart*，2007）、《死后的济慈：自传》（*Posthumous Keats: A Personal Biography*，2008）。

（祝茵）

作品简介

《夏日晴空》（*Summer Celestial*）

《夏日晴空》是斯坦利·普拉姆利的系列诗歌，由他的三部诗集《夏日晴空》《台阶上的男孩》和《林中的婚礼》合并而成，每一部诗集都为此系列的相关主题提供一种变体。三部诗集合在一起清晰地表现出普拉姆利诗歌创作的成熟过程。关于这一成熟过程，普拉姆利将之部分地归因于自己对济慈的研究。标题似乎传达出一种希望，甚至一种终将胜利的感觉，但诗歌却聚焦于诗人悲伤的母亲及其比死亡更令她害怕的孤独。诗集描述了一系列相关的童年记忆，与付出和接受爱有关，主要以金钱、梦和渴望的方式表达出来。

《夏日晴空》一开始，诗人回忆一个人站在一条在美钞上驶过的船上（后来，在《林中的婚礼》中，这个意象在醉醺醺的父亲与儿子一道去钓鱼时再次出现）。这里，诗人强调了父母在投资、付出和表达爱等方面的差异：父亲醉生梦死，大手大脚；母亲焦躁不安，小手小脚。在《夏日晴空》中，爱像一个等式，在损失与后悔之间徘徊，每个人都害怕不能从别人那里得到足够的爱。

三部曲的第二部《台阶上的男孩》主要表现叙述者试图超越其生活中的情感困难，尤其是以父母关系为代表的情感。他希望化身为树或鸟。他想象自己是树的一部分，被工匠锯开，有了新的生命，成为有用和漂亮的木头，可以用来做桌子。但是，仍有一些父母之间的情感矛盾不能被全部超越，因为它们实在太残忍了。男孩站在父母房间的台阶上，看见他们空洞而黑暗的世界，感到一种异样的疏离。这种感觉一直被他带进成年后的生活和工作中。

在三部曲的最后一部《林中的婚礼》中，普拉姆利的语调比前两部更加阴郁，也许与其母在1994年去世有关。诗人不能完全接受父母双亡的事实，因为他们的死亡否定了沟通和痊愈的可能性。其实，他既放弃了父

斯坦利·普拉姆利（Stanley Plumly）

亲，又放弃了母亲，就像他们从情感上和事实上都离弃了他一样。他不再试图通过重构自己来超越那种纠结了，想把自己塑造为治疗者和救世主，尽管他的这些愿望终将落空。

（祝茵）

理查德·鲍尔斯（Richard Powers）

作家简介

理查德·鲍尔斯（1957—   ），小说家，爱好在作品中探讨现代科技的影响。其小说《回音制造者》（*The Echo Maker*，2006）曾获2006年度全国图书奖。他还获得多项其他大奖，包括麦克阿瑟奖。迄今他已发表12部小说，长期执教于伊利诺伊大学和斯坦福大学。

鲍尔斯出生于伊利诺伊州东北部的艾文斯顿市，在家里的5个孩子中排行老四，其父是中学校长。鲍尔斯11岁时，其父接受曼谷国际学校的聘请，全家去泰国曼谷生活了5年。在那里，鲍尔斯入读曼谷国际学校，接受了声乐训练，学会了大提琴、吉他、萨克斯管、单簧管等乐器。他也养成了酷爱阅读的习惯，尤其喜欢读非小说作品和《伊利亚特》《奥德赛》等古典作品。16岁时，鲍尔斯随家人返回美国。1975年，从伊利诺伊州德卡尔伯市的德卡尔伯高中毕业后，鲍尔斯进入伊利诺伊大学厄巴纳—尚佩恩校区主修物理，但不到一个学期就改修英语文学，1978年获文学学士

理查德·鲍尔斯（Richard Powers）

学位，1980年又获该校文学专业硕士学位。他放弃攻读博士学位的原因之一，就是不喜欢专业分得太细。这也是他当初由物理转到文学的原因；他发现研究生和教授们已经丧失了阅读和写作的乐趣。

毕业后，鲍尔斯去了波士顿，一边从事技术写作和电脑编程方面的工作，一边继续如饥似渴地阅读。一天，他在美术馆里看到德国摄影师奥古斯特·桑德（August Sander）于第一次世界大战前夕拍摄的一张名为《赴舞会路上的韦斯特林山年轻农夫》的照片，突然意识到这些农夫所赶赴的是一个不同于其想象的舞会，也意识到他自己正在赶赴一个从未料到的舞会。他立即觉得必须把自己的所思所想写成小说，便辞去了工作，专心写作，终于在3年后发表了他的第一部小说《赴舞会路上的三个农夫》（Three Farmers on Their Way to a Dance，1985）。书里包含三条相互交替的线索：第一条是一部中篇小说，描写照片里的三个年轻人在第一次世界大战中的经历；第二条写的是一位科技刊物编辑对于这张照片的痴迷；第三条是作者的批判性历史回顾，主要关于摄影理论和亨利·福特的生平。

为了摆脱第一部作品所引起的社会关注，鲍尔斯去了荷兰，在那里创作了他的第二部小说《囚徒的困境》（Prisoner's Dilemma，1988），在书里把迪士尼与核战争并置起来。他随后创作的《金壳虫变奏曲》（The Gold Bug Variations，1991）把遗传学、音乐和计算机科学联系到一起。他的《游魂行动》（Operation Wandering Soul，1993）主要创作于他在剑桥大学生活期间，写的是一位年轻医生应对儿科病房里的丑恶现实的故事。此书曾入围全国图书奖终审。

1992年，鲍尔斯应邀回到母校伊利诺伊大学做驻校作家。他的《伽拉忒亚2.2》（Galatea 2.2，1995）借鉴了他在伊利诺伊贝克曼高科技研究所的工作经历，写的是偏颇的人工智能试验所导致的一个皮格马利翁（Pygmalion）式的故事。《营利》（Gain，1998）审视了一家化学公司150年的历史，其中交织着一位住在公司的一家工厂附近、患有卵巢癌的妇女的故事。此书获1999年度詹姆斯·库伯最佳历史小说奖。《冲破黑暗》（*Plowing the Dark*，2000）也包含两条平行的线索，分别讲述了一个西雅图研究团队创造虚拟现实的故事和一位美国教师在贝鲁特遭受囚禁的故事。《我们歌唱的时代》（*The Time of Our Singing*，2003）写了一对黑白通婚的夫妇及其音乐家子女的故事。在探讨种族关系和天赋的负面影响的同时，作品表现了作家丰富的音乐及物理知识。

获得全国图书奖、入围普利策奖终审的《回音制造者》写的是一个在交通事故中大脑受伤的男青年的故事。这个年轻人在痊愈过程中出现认知障碍，把辞职前来照顾他的姐姐看作冒名顶替者。故事的主要人物还有一位神经病学家。此书探讨的主题包括人脑对于现实的构建、记忆与人际感情纽带的关系、医学研究对其对象的帮助和利用之间的矛盾等。故事的主要发生地是内布拉斯加州的普拉特河流域，靠近日益缩小的沙丘鹤保护地。小说题目来自当地印第安人对沙丘鹤的称呼。故事里社会矛盾的一个主要起因是人们就如何使用河水和土地而展开的斗争。

在鲍尔斯的第十部小说《兴高采烈》（*Generosity: An Enchantment*，2009）里，写作课教师斯通想弄明白班里来自阿尔及利亚的女生萨沙为什么总是兴高采烈。与此同时，一些记者和学者则试图利用萨沙的这一特点获取经济利益。鲍尔斯2014年发表的《奥菲欧》（*Orfeo*）写的是退休作曲教师埃尔斯在自己家里研究遗传基因方面的问题，却被误认作以生物技术为手段的恐怖分子而被捕。小说书名来自古希腊神话中的魔幻音乐家奥菲士（Orpheus）的名字。

鲍尔斯的第十二部小说《上层林冠》（*The Overstory*，2018）围绕九个与树木有过特殊经历的美国人，写了共同的经历使他们聚集起来抵制人类的毁林行为。小说以宽广的视野、优美的语言赞美了树木的奇妙、复杂和友善，同时也深刻表现了西方工业社会的危险和应担的责任。此书创作于鲍尔斯在斯坦福大学执教期间，在他首次见到当地的巨杉之后。

（刘建华）

理查德·鲍尔斯（Richard Powers）

作品简介

《回音制造者》（*The Echo Maker*）

《回音制造者》是理查德·鲍尔斯的第九部小说，曾获2006年度全国图书奖，入围普利策奖终审。

如同鲍尔斯的许多其他作品，《回音制造者》写的也是身份的易变性。故事中，年轻的卡车司机马克在内布拉斯加州卡尼市郊外的公路上的一次翻车事故中头部受伤。他的姐姐也是唯一的亲属卡林接电话后从外地赶来医院照顾他。马克一开始还清醒并认出了她，后来由于脑伤发展而陷入昏迷。在他昏睡期间，卡林在他床边发现一张纸条，上面写着五行神秘难解的字："我是无名之辈/但今晚在北线路上/上帝将我引向了你/因此你能存活/并带回另一个人。"

更为神秘的是，马克最终苏醒后，不再认卡林为姐姐。卡林长得像他姐姐，说话像他姐姐，也知道只有他姐姐才知道的事情，但马克认定她是冒充他姐姐的骗子。起初，这有点像妄想症，但马克辨认其朋友杜安、汤米和邦尼时却没有任何问题。在助理护士芭芭拉的具体负责下，治疗方案实施顺利，马克在其他方面稳步恢复，并且开始寻找那个写神秘纸条的人，只是仍然排斥卡林。这对卡林伤害极大，因为她的身份取决于她的这一照顾对象。当年她曾花了很大功夫把马克从痴迷宗教的父母手里解救出来。她与男朋友的关系都不持久，逃离内布拉斯加的努力也不成功。为了照顾马克，她毅然辞去了外地的工作。她只有这么一个弟弟，这么一个亲属。如果这个能决定她身份的人拒绝承认她，那么她还会变成谁呢？绝望中，她又联系上过去的男友丹尼尔，并给纽约的著名神经病学家韦伯写信求助。

马克的这一怪异表现在医学上叫卡普格拉综合征（Capgras syndrome）或替身综合征，1923年由法国精神科医生J.卡普格拉（J. Capgras）首先描述。该综合征通常由外力所致，主要表现是患者认为身边的人（多为亲属）被其他人所顶替，即患者的感情记忆与事实记忆相脱节。作为替身综合征较为罕见的典型案例，马克很快就得到韦伯的关注。韦伯出过数部神经疾病研究方面的畅销书，对有关意识和知觉的传统理论作了全面质疑，但学界对他的新著评价不太高，令他感到沮丧，所以寻求解脱也是他决定来内布拉斯加研究马克的病情的一个原因。他不曾料到，来到这里后，他自己的身份也出现了危机。

马克的状况引发了许多难题，比如究竟是谁写的那张神秘纸条？为什么事故路段有三辆车的刹车痕迹？为什么一个次要人物会变得格外亲密？与此相关的还有一些更大更深的涉及身份和意识的问题：我们有内在于大脑或灵魂的固定身份吗？我们是否没有内在自我，只有大脑结节的集合，而且这些大脑结节之间的内在关系随时都可能被损坏和改变？我们是否取决于别人如何界定我们？如果这一界定变了，我们是否也会变？在所有这些问题中，爱能起到什么作用？如果无益于医治替身综合征，卡林想，那么爱或许就是一种无序——"任意制造和拒绝别人"。

鲍尔斯把路过当地的候鸟沙丘鹤选做他的核心比喻。五百多万年以来，每到特定的季节，沙丘鹤就会聚集到内布拉斯加平原上。它们毫无人类的意识负担，仅靠古老的记忆行动，完成生生不息的、已被人类危险地忘掉的事情。小说题目来自切罗基族印第安人对于沙丘鹤的称呼。这些回音制造者能够隔着漫长的历史互相召唤，回应着马克乃至人类已经丧失的那种直觉性辨别力。

（刘建华）

安妮·普鲁（Annie Proulx）

> 作家简介

　　安妮·普鲁（1935—　　），小说家，我国观众熟悉的影片《断背山》的故事作者。2005年，华人导演李安将她获得欧·亨利奖的短篇小说《断背山》（"Brokeback Mountain"，1997）拍成同名电影，获得了第78届奥斯卡金像奖的最佳导演奖和最佳改编剧本奖。

　　普鲁生于康涅狄格州诺威奇市，是家中五个女孩中的老大。很小时她就发现自己的玩伴"乏味、愚昧、缺乏想象力"。学会阅读后，她发现"书中有全新的世界"。10岁时，在患水痘卧床休息期间，普鲁写出了她的第一个故事。20岁时，她开始发表短篇小说。她1969年毕业于佛蒙特大学，获学士学位，1973年从加拿大蒙特利尔的乔治·威廉斯爵士大学（即今天的康科迪亚大学）获得历史学硕士学位。普鲁的婚姻坎坷，前后经历了三次失败的婚姻。1955年，她从佛蒙特大学辍学，跟在演出界工作的第一任丈夫结婚,婚后生了一个女孩。离婚后女儿跟前夫一起生活,直到普鲁的晚年女儿才回到她身边。对于第二段婚姻,普鲁总是刻意回避。在这段婚姻中,她生育了两个儿子。1969年,她第三次结婚,婚后又生了一个儿子。二十年后,因为觉得传统的家庭生活不适合自己,她和丈夫在友好气氛中分手。1970年初,她突然发现自己不属于城市,在很大程度上是个乡村人,于是回到佛蒙特州,住在乡下,靠教人钓鱼和为捕猎杂志撰稿养活三个儿子。此前,为了养家,她还做过餐馆招待、邮政职工、自由作者,写过关于葡萄种植、篱笆修理、独木舟使用、苹果酒酿造等方面技艺的文章。

五十多岁时,普鲁才正式开始她的作家生涯。1988年,她的第一部短篇小说集《心灵之歌及其他短篇小说》(*Heart Songs and Other Stories*,1988)面世,一举荣获欧·亨利小说奖。1993年,她凭着第一部长篇小说《明信片》(*Postcards*,1992)成为笔会/福克纳小说奖的第一位女性得主。次年,她的第二部长篇小说《船讯》(*Shipping News*,1994)获得普利策奖和全国图书奖,使得评论界把她与福克纳、德莱塞和梅尔维尔相提并论。

1996年,她的第三部长篇小说《手风琴罹罪记》(*Accordion Crimes*,1996)出版。1999年,第二部短篇小说集《近距离:怀俄明短篇小说集》(*Close Range: Wyoming Stories*,1999)问世,再次获得欧·亨利小说奖。进入21世纪,普鲁仍然笔耕不辍,先后出版了长篇小说《老谋深算》(*The Old Ace in the Hole*,2002)、短篇小说集《恶土:怀俄明短篇小说集II》(*Bad Dirt: Wyoming Stories 2*,2004)、短篇小说集《顺其自然:怀俄明短篇小说集III》(*Fine Just the Way It Is: Wyoming Stories 3*,2008)。这些关于怀俄明的故事大多反映人物在与自然环境的斗争中所表现出的坚韧以及生命的短暂。

普鲁的作品以文字简洁、优美见长,其优雅的散文风格使小说富有音乐般的韵律。有评论家说她的小说如同一针一线精心缝制的衣物。普鲁具有不同寻常的洞察力,她的作品对于社会问题有深刻的观察。作为女性作家,她能够把人物的内心和情感描写得丝丝入扣、耐人寻味。

(孔丽霞)

作品简介

《断背山》("Brokeback Mountain")

《断背山》是安妮·普鲁的《近距离：怀俄明短篇小说集》中的最后一篇短篇小说,最早发表在1997年10月的一期《纽约客》上,获得1998年度欧·亨利小说奖,2005年被改编成同名电影。

故事讲述了20世纪60年代两个出生在怀俄明牧场上的牛仔杰克和恩尼斯之间的恋爱故事。在断背山看护羊群和跟恶劣的自然环境斗争的过程中,两个不到二十岁的牛仔相爱了。迫于世俗的压力,他们不敢公开自己的性取向,后来各自娶妻成家、有了孩子,压抑地生活着,把对彼此的爱深深地藏在心底,二十多年里只能偶尔短暂相聚。对于杰克和恩尼斯而言,在断背山的日子是他们一生中最美好的时光。然而他们的恋情也给各自的家庭带来了伤害,恩尼斯被迫离婚。最后,杰克意外身亡,他们的真挚情谊在恩尼斯的巨大痛苦中悲惨结束。

《断背山》由于涉及同性恋问题而备受关注和争议。面对媒体的非议,普鲁强调她完全凭想象来塑造两个没受过多少教育、风格粗犷的年轻牛仔形象,与现实生活中的牛仔没有任何关系。由于长年生活在西部乡下,普鲁知道乡下人极端憎恶同性恋。一次,她在酒吧里看到一个中年男子,他的举止使她获得了创作这篇短篇小说的灵感。

(孔丽霞)

《船讯》(*Shipping News*)

《船讯》是安妮·普鲁的第二部长篇小说，曾获普利策奖和全国图书奖，讲述了一个失败的中年男子奎尔的人生故事和他的心路历程。

奎尔因长相丑陋、性格愚钝，从小就遭白眼、受歧视，处处碰壁，年过三十还一无所成，在一家三流小报当一名三流记者。他有妻子和两个女儿，但妻子不忠，他只能忍气吞声地维持着不平等的婚姻。忽然有一天，奎尔的生活发生了突变：妻子卖掉了两个年幼的女儿，和情夫离家私奔，途中出车祸而死；年迈体衰的父母双双自杀身亡，连一个电话遗言也没有完整地留下；报社向他发出了解雇通知。这一切把奎尔推向了黑暗的深渊。就在奎尔彻底绝望之际，他年迈的姑妈建议他带着两个女儿一起回纽芬兰，那里还保留着四十余年无人居住的祖屋。在这个荒凉的岛上，在当地众多内心同样伤痕累累的小人物的帮助下，奎尔靠给当地报纸《拉呱鸟》写船讯和交通事故报道为生。这个工作使奎尔终于找到了人生的价值和事业的乐趣，他生平第一次挺起了腰杆，在报道中直抒胸臆，并得到了这个小世界的认可，被提升为报社总编辑。奎尔也因此慢慢摆脱了相貌丑陋和人生失败所造成的心理阴影，终于找到了属于自己的微小却稳固的人生位置。与此同时，温馨的爱情也悄悄地来到他身边。在纽芬兰岛的恶劣生存环境中，面对着威胁生命的大海、巨浪、冰雪和风暴，岛上淳朴善良的边缘小人物互相帮助，使各自获得了生命的救赎和重生的欢悦。

《船讯》的语言粗犷质朴，简洁有力。破碎、断裂、零散的句子体现了漫不经心的风格，然而这种直来直去的口语和看似漫不经心的口吻，恰恰符合小说所塑造的小人物的形象特征。充满纽芬兰地方色彩的用语以及对当地风土人情的描写使得小说始终趣味盎然。

（孔丽霞）

托马斯·品钦(Thomas Pynchon)

作家简介

托马斯·品钦(1937—   ),小说家。作品以厚重复杂而著称,题材、体裁和主题非常广泛,对历史、政治、科技和音乐都有涉及。他的《万有引力之虹》(*Gravity's Rainbow*,1973)曾获1973年度全国图书奖。

品钦不愿抛头露面,对个人信息讳莫如深,因此外界对其生平了解很少。他出生于纽约长岛的格伦湾,是老托马斯·品钦(Thomas Pynchon, Sr.)和弗朗西丝·品钦(Frances Pynchon)的三个孩子之一。1953年,从牡蛎湾中学毕业后,他获奖学金进康奈尔大学学习工程物理。两年后,他辍学加入美国海军。1957年,他又回到康奈尔大学,改学英语,选过纳博科夫的欧洲小说课。他的第一篇短篇小说《小雨》("The Small Rain")于1959年3月发表在《康奈尔作家》(*The Cornell Writer*)上。同年,他从康奈尔大学毕业,获文学学士学位。走出校门后,他在纽约的格林威治村短暂住过,然后去了西雅图,进波音公司从事科技文件写作。1962年,他辞去这一工作,专心从事文学创作。

品钦的第一部小说《V.》于1963年出版,获得当年的威廉·福克纳基金会最佳处女作奖。此书是一个有关寻找的故事,内容丰富,场景众多,包括格林威治村、马耳他和非洲等地。在错综复杂的情节的中心,是伦敦外事办的前雇员赫伯特·斯滕锡尔,他千方百计地试图查清一个名为V的女子的身份。与斯滕锡尔相对应的是"倒霉蛋和溜溜球式人物"本尼·普罗芬。与处事严谨、追求秩序的斯滕锡尔截然相反,普罗芬飘来荡去,在20世纪50年代的纽约过着回避一切责任的流浪汉生活。小说表现了斯滕锡尔对于严格秩序的渴望与普罗芬对于体系的虚无主义态度之间的冲突。

品钦随后发表的中篇小说《叫卖第49组》(*The Crying of Lot 49*,1965)将斯滕锡尔与普罗芬的对立进一步界定为偏执与反偏执之间的对立。故事中,生活乏味的家庭主妇俄狄帕·马斯被其前恋人皮尔斯·因弗雷里蒂在遗嘱中指定为遗嘱执行者,负责处理这位加利福尼亚房地产大亨的大量财产。在清查皮尔斯的遗产的过程中,俄狄帕无意中(或被因弗雷里蒂蓄意指引)发现了一个名为特里斯特劳的地下邮政系统,其源头或许可追溯到詹姆斯一世时代(1603—1625)的英国。俄狄帕不确定她是在发现史实还是被人戏弄。读者也无法不与俄狄帕一起探寻,包括等着看谁来买将被列为第49组拍卖品的因弗雷里蒂的邮票。

《万有引力之虹》在许多方面可被看作《V.》的续篇,有论者将此书戏称为V—2。在这部长达八百多页的百科全书式作品里,故事的发生地是伦敦和被占领的德国,时间是第二次世界大战的最后数月。故事情节围绕德国开发的首款超音速火箭弹V—2展开。故事主人公是在伦敦担任心理战情报官的美国中尉泰伦·斯洛思罗普。他根据自己的亲身经历开始相信,他在市里不同地点的性爱活动都与V—2火箭弹的袭击有某种关联。从这一基本假设出发,品钦构思出一个拥有四百多个人物和十多条情节线索(有些线索从未交会)的错综复杂的大故事。对于战争,品钦不太关注具体战役的输赢,更关注它们背后的那些若隐若现的交流系统。此书曾获全国图书奖,被看作后现代美国小说的经典。

相对于《万有引力之虹》,《葡萄园》(*Vineland*,1989)较为轻松,场景又回到《叫卖第49组》中的那个当代加利福尼亚,描写的是20世纪60年代的各色嬉皮士在保守的里根时代(1981—1989)的命运。《葡萄园》里的故事发生在里根再次当选美国总统的1984年。围绕女孩普雷里寻找在她一出生就抛弃了她的母亲弗伦纳西的情节,通过那些在20世纪60年代度过青年时代的人物的回忆,小说重温了60年代的叛逆精神,描写了"尼克松的法西斯主义镇压"及其反毒品运动的特点,反映了美国社会从60年代到80年代的变化。

《梅森和狄克森》(*Mason & Dixon*,1997)又是一部百科全书式的作品。故事发生的时间是18世纪,语言也模仿了18世纪的风格。小说写的是实有其人的英国数学家和天文学家查尔斯·梅森(Charles Mason)与英国数学家和土地测量员杰里迈亚·狄克森(Jeremiah Dixon)在1763至1767年间如何在马里兰州和宾夕法尼亚州之间划定梅森—狄克森线、在美国南方和北方之间设置一条非正式分界线的故事。小说里,这两个人物一边按英国皇家学会的要求测绘金星凌日(the transit of Venus,即金星在地球与太阳之间通过的占星学现象),一边穿越这一尚未被驯服的国度。在此过程中,他们有过一些奇遇,包括与乔治·华盛顿一起抽大麻、会见本杰明·富兰克林、遭遇机械狗。

2006年11月,品钦发表了他迄今最厚、超过一千页的《留到那一日》(*Against the Day*)。书里的故事发生在1893年的芝加哥世博会到第一次世界大战结束之间。小说以名为"新交好友"的故事开头,写了四个爱好冒险的男青年乘气球来到世博会。在那里,他们认识了旅行摄影师梅尔·赖德奥特。梅尔是科罗拉多矿工和无政府主义爆破工韦布·特拉弗斯的朋友。此书涉及了神秘的数学、变节发明家尼古拉·特斯拉(托马斯·爱迪生的对手)的生涯、技术的兴起、资本主义的胜利及其与20世纪世界大战的关系、透镜光学、工会政治等大量话题。众多的情节线索和语言风格中包含了对当时流行的儒勒·凡尔纳、马克·吐温和H. G. 威尔斯等作家的作品以及青少年冒险故事和西部复仇剧等文类的戏仿。

《内在缺陷》（*Inherent Vice*，2009）是一部悲喜交集的侦探小说，故事发生在20世纪70年代的加利福尼亚州。一天，侦探多克的前女友莎斯塔叫他调查一个针对她的现男友、房地产大亨米奇的阴谋，故事情节由此随着多克的调查而展开。尽管多克知道梦幻般的60年代已经结束，"爱情"就像"幻觉"和"时髦"等词那样通常只会导致麻烦，但他还是为旧爱展开了调查，不久就发现自己陷入错综复杂的动机和欲望之海。这些动机和欲望的持有者包括冲浪者、骗子、吸毒者、摇滚歌手、凶狠的放高利贷者、秘密地从事间谍活动的萨克斯管演奏者、身上刺有纳粹万字符花纹的前罪犯、名为金犬牙的神秘机构等。小说想表达的主要观点之一，就是60年代已经一去不返，它只存在于人们的记忆中。

《流血的边缘》（*Bleeding Edge*，2013）是一部写互联网的影响和"9·11"恐怖袭击的小说。小说开头交代的时间和地点是2001年初春的纽约。过了大约一百页，"9·11"事件发生了。但这部作品直接描写的并不是"9·11"事件，而是"9·11"事件发生前后出现在互联网行业内外的一些与之似乎有关的事情。小说主人公马克辛·塔尔诺是有着两个孩子的离异母亲，擅长诈骗案调查方面的工作。当时，互联网行业刚经历经济泡沫破灭的冲击，曼哈顿、硅谷一片萧条。然而有一家网络安全公司不仅存活下来，还通过吞并一些倒闭的小公司有了长足的发展。对于这家公司（哈什斯凌尔兹）及其董事长（加百利·艾斯）的名字，马克辛耳熟能详。受一家被吞并的小公司的投资商之聘，她对哈什斯凌尔兹经营的规范性展开了调查。这一调查构成小说情节的基础，也预示了互联网与"9·11"事件的关系，因为从该公司查出的不只是假账，还有这些假账背后涉及的中东行贿基金和美国政府秘密项目的交易。小说的英文书名可以指创伤；在书里出现的"bleeding-edge technology"这一说法指可能给试用者造成伤害的新技术。

    品钦是当代美国最杰出的小说家之一。他的作品风格独特，影响广泛。评论家们通常用"Pynchonesque"一词指称品钦作品的特殊风格；这一风格的主要特点包括时代感强烈、主题重大、学识渊博、结构复杂、语气悲喜交加。

（刘建华）

作品简介

《留到那一日》（Against the Day）

    《留到那一日》，品钦的第六部小说，长达1085页，是他迄今篇幅最长的一部小说。小说里的人物、地点和事件不计其数，语气和风格富有变化，因此其内容被普遍认为是不可归纳的。品钦自己曾尝试过，但他的归纳在亚马逊的新书介绍网页上登了时间不长就被他撤回，也许他觉得自己的归纳也有过于简单、误导读者的可能。尽管如此，他的归纳还是流传开来，成为了解这部作品的一条捷径，这里就译介如下：

    小说里的故事发生在从1893年芝加哥世博会到第一次世界大战结束后头几年的这一时期，涉及了从科罗拉多的劳资矛盾到19世纪末20世纪初的纽约，到伦敦和哥廷根、威尼斯和维也纳、巴尔干诸国、中亚、神秘的通古斯事件（Tunguska Event）发生时期的西伯利亚、革命期间的墨西哥、战后的巴黎、无声片时代的好莱坞，还有一两个地图上找不到的地方。

    在世界性灾难降临的前几年里，公司贪欲、虚假宗教、软弱无能和上层恶意比比皆是。本书与现时无关，读者也不应牵强附会。

    众多的人物中包括无政府主义者、气球驾驶者、赌博者、公司大亨、药物迷恋者、单纯者和堕落者、数学家、疯狂的科学家、萨满教僧、巫师、魔术师、侦探、女冒险者、雇佣杀手。尼古拉·特斯拉（Nikola Tesla，1856—1943，生于克罗地亚的美国物理学家和发明家）、贝拉·卢戈希（Bela Lugosi，1882—1956，生于匈牙利的美国电影演员）和格劳乔·马克斯（Groucho Marx，1890—1977，美国喜剧演员）在书里短暂亮相。

随着确定的时代在他们耳畔崩溃以及不可预测的未来的来临，这些人大多只是在追逐生活。有时，他们试图迎头赶上，也被其生活所追赶。与此同时，作者忙于其日常工作。人物们会中止手里的工作，去唱那些不为人们所喜欢的歌曲。奇怪的性行为不时发生。人物们说的语言令人费解、不太合乎规范。违背事实的事件时常发生。如果这不是真实世界，那么它就是经过一两次微调的可能世界。有人认为这就是小说的主要目的之一。

让读者决定，让读者注意。祝你好运！

以上是作家自己对于这部作品的归纳。这里再补充两点：（一）这部头绪纷繁的作品有一个主要情节，那就是矿山爆破工韦布·特拉弗斯的故事。信奉无政府主义的韦布试图用炸药来破坏西部采矿公司和铁路公司，结果被邪恶的大富翁斯卡斯戴尔·维伯雇佣的两个枪手杀害。特拉弗斯的四个儿子于是就以不同方式开始了为父报仇的历程。结果一个枪手被杀，另一个枪手娶了韦布的女儿。韦布的故事与小说有关科技和战争的主题密切相关。也有评论在韦布利用炸药进行反抗的暴力行为中看到此书与"9·11"恐怖袭击的联系。（二）小说书名来自《圣经·彼得后书》3：7（"但现在的天地还是凭着那命存留，直留到不敬虔之人受审判遭沉沦的日子，用火焚烧。"），同样表达了强烈的末日感，因此这里参考《圣经》的译文把小说书名译成"留到那一日"。

（刘建华）

伊希梅尔·里德（Ishmael Reed）

作家简介

伊希梅尔·里德（1938—   ），小说家和诗人。很有才华和争议的后现代作家之一，支持者称赞他为当代讽刺大师和文化多元主义的积极倡导者，批评者说他倨傲不羁、歧视女性、自命不凡。

里德出生于田纳西州查塔努加市，在纽约州布法罗市长大。1956年高中毕业后，他上了布法罗大学的夜校米勒德·菲尔莫尔学院。在欣赏他写作天分的英文教师的帮助下，他转入布法罗大学，但由于经济原因，最终辍学而没有拿到学位。之后他担任过布法罗《帝国之星周刊》的记者，还在当地一家电台当过一档节目的主持人，但这一节目在他为黑人民权斗士马尔科姆·艾克斯（Malcolm X）做了一次访谈后就被取缔了。1962年，里德搬到纽约，担任纽瓦克《前进》周刊的编辑，参加了民权运动，与沃尔特·鲍沃特（Walter Bowart）一起创办了最早也是最成功的地下报纸之一《东村他者》(*East Village Other*)。里德还是旨在发展黑人文艺和美学的暗影作家工作室（Umbra Writers Workshop）的成员。

里德的第一部小说《自由护柩人》(*The Freelance Pallbearers*) 出版于1967年。1970年，他开始在加利福尼亚大学伯克利分校教书，教了35年，2005年退休。其间，他应邀去多所大学短期讲学，包括耶鲁大学、哈佛大学、达特茅斯学院和纽约州立大学布法罗分校等。除了一些写作方面的奖项，里德还得过普利策奖提名，曾两次入围全国图书奖终审（一次是诗歌，一次是小说）。1998年，他获麦克阿瑟基金奖（35万美元）。迄今，里德共出版了11部小说、6部诗集和10部散文集。他还创作了8个剧本，编了14部文选。

里德1965年开始创作，重要的诗集包括《施魔法：诗选》(*Conjure: Selected Poems, 1963—1970*)、《查塔努加：诗选》(*Chattanooga, Poems, 1973*) 和《新诗集，1964—2006》(*New and Collected Poems, 1964—2006, 2006*)。他的文集主要有《旧新奥尔良的忏悔节：文集》(*Shrovetide in Old New Orleans, Essays, 1978*)、《上帝为印第安人创造阿拉斯加》(*God Made Alaska for the Indians, 1982*)、《晾脏衣》(*Airing Dirty Laundry, 1993*) 和《写作就是战斗：四十三年的纸上拳击》(*Writing is Fighting: Forty Three Years of Boxing on Paper, 1998*)。里德最出色的小说是《巫神》(*Mumbo Jumbo, 1972*) 和《逃往加拿大》(*Flight to Canada, 1976*)。

1976年，里德参与创立了其写作之外的最重要项目——前哥伦布基金会。这是一个跨种族组织，旨在拓展美国的泛文化视野。里德的杰出贡献之一就是他坚持不懈地支持富有活力和创意却又遭受忽视的文学，不论其作者的种族肤色。里德所结交的都是斗争性强、反对白人美学和政治的文化民族主义者，但他所参与的黑人艺术运动和暗影作家工作室里的情况却较为复杂，它们既强调斗争性，也致力于吸引更多人参与。里德大力倡导非裔的行为和表演方式，经常挑战评判成就的传统标准，然而他的立场也

伊希梅尔·里德（Ishmael Reed）

并非没有变化。他的许多作品可被看成"黑色中的黑色"，但他并不坚持认为"黑色中的黑色"是可被归类或界定的。他的代表作《巫神》就是既难以界定又无法抗拒的。

里德的后现代主义思想使他得以批判性地包容一切，包括那些有关传统形式和体裁的观点，甚至权威的观点。里德把自己所使用的哲学和美学称作新伏都主义（Neohoodooism），用它来描述那些受到诽谤和虐待的对象。Hoodoo是非裔美国人版的伏都教（Voodoo）。这是一个被误解了的术语，它原本指的是那些在离散中继续发挥作用的传统非洲宗教仪式。里德爱好这些仪式，在其神秘性和兼收并蓄性中找到了一个有助于他理解和实现艺术的贴切比喻。里德对于新伏都教的最好陈述可见于他的第一本诗集《施魔法：诗选》，尤其是其中的《新伏都主义宣言》（"Neo-HooDoo Manifesto"）和《新伏都主义美学》（"Neo-HooDoo Aesthetic"）。新伏都主义最为成功地体现在他的《黄色背面的收音机坏了》（*Yellow Back Radio Broke-Down*，1969）、《巫神》和《逃往加拿大》等小说中。在许多方面，新伏都主义就是真正的"黑人艺术"，但由于新世界里各种成分不可否认的混合，它同时也是"某种别的东西"。不同于那些为黑人实质主义辩护的人，里德认为杂糅不是缺点或背叛，而是优点。鉴于自黑奴出现于美洲以来非洲就参与了美国的创建，沉浸于黑人的特性就是沉浸于美国的特性；还由于多种其他文化之间的交流和借鉴，沉浸于美国的特性也是在体验多元文化的发展。

除了其对美国文学的贡献，里德的创新精神和大力推广对于20世纪多元文化主义的发展和使美国成为一个多民族整体也起到了非常积极的作用。

（金海娜）

作品简介

《逃往加拿大》（*Flight to Canada*）

《逃往加拿大》是伊希梅尔·里德的代表作之一，也是新历史主义小说的代表作之一。小说以美国南北战争为背景，但并没有沿袭传统小说的叙述模式，而是采用了多视角、不连贯的叙述方式，折射出对战争、民族身份和历史人物的不同看法。

小说的主要人物有富可敌国、不可一世的南方奴隶主斯威尔、其黑奴罗宾叔叔和雷文、大出版商杰克及其妻子美国土著人部落公主克克，还有林肯总统和《汤姆叔叔的小屋》（*Uncle Tom's Cabin*，1852）的作者哈丽叶特·斯托（Harriet Stowe）夫人等被写成小说人物的历史人物。小说之所以取名为《逃往加拿大》，是因为加拿大在美国南北战争时期是很多黑奴想象中的伊甸园，他们以为逃到加拿大就可以摆脱奴隶制和种族歧视，开始全新的生活。然而，从成功逃到加拿大的黑奴的亲身体验来看，那里并非他们想象中的乐土，而是同样充满了种族歧视和排他思想。小说里，南方是个充满原始色彩的破败之地，那里有残留的贵族风气、哥特式的文化景观、亚瑟王宫廷的传说、病态腐朽的生活。北方则代表着一种新制度和现代的生活方式。然而，无论是在南方还是在北方，都不乏对少数族裔的歧视和掠夺。小说以雷文致斯威尔的一首诗《逃往加拿大》开头，对斯威尔进行了嘲讽。

斯威尔是南方的大奴隶主，有贵族血统，控制着美国的经济，就连林肯发动战争也要向他借金子。在斯威尔眼中，林肯只不过是个砍柴出生的没有文化的政客。斯威尔把自己置于美国总统和英国女皇之上，认为当美国总统就是自我贬低和浪费时间。小说没有正面描写他如何对待奴隶，但是从他与妹妹薇薇安发生乱伦关系、鞭打黑人、派人追捕雷文、对妻子进行精神折磨等行为就可以看出他的残暴和恶劣。斯威尔象征着陈旧的奴隶制，原始落后，却仍然势力很大。

伊希梅尔·里德（Ishmael Reed）

在斯威尔所拥有的奴隶中，雷文是第一个学会认字并受到良好教育的，他还热爱写诗。雷文从斯威利的庄园逃出，来到北方，希望能够成为作家并独立生活。加拿大是他心中的自由之地。他一直通过写作与自己的主人斯威尔和奴隶制度做斗争。《布拉兰评论》答应发表他的诗，并付给他200美元报酬。在雷文逃亡的过程中，斯威利派来了追捕者，使他居无定所，不停地思考着奴隶制和黑人身份。逃到北方后，雷文认识到，新的社会制度之下也有人奴役人的情况，只是方式上更加隐蔽。

北方佬杰克，克克公主的丈夫，是出版界的掌控者。他表面上推崇少数种族的文化，实际上却是在掠夺他们的文化为自己服务，是个无形的统治者。雷文就说他是躲在一张大网后面的操控者，要把所有人都变成他的奴隶。北方佬杰克在克克公主14岁时将她从其部落中带走，送她上最好的学校，接受白人的文化。同时，他将克克的弟弟做成标本，放在自然历史博物馆，把她父亲的头骨做成烟灰缸。从某种意义上说，北方佬杰克代表了白人文化对土著人文化的压迫。小说通过对雷文和克克的描写让读者看到美国白人对非裔美国人和土著美国人的剥削压迫和文化清洗。

到达加拿大后，雷文只停留了很短时间就决定返回南方，去为罗宾叔叔写书。罗宾叔叔看起来忠诚老实、勤恳能干，让主人斯威尔觉得他是最可靠的黑奴，很像斯托夫人的小说《汤姆叔叔的小屋》的主人公汤姆叔叔。然而罗宾叔叔却能以自己的方式进行反抗，在斯威尔的遗嘱上做了手脚，得到了斯威尔的庄园和财产。罗宾叔叔没有逃亡，一直留在南方。在写给雷文的信中，他说加拿大就像自由一样，是一种精神状态。他虽然没有逃离南方去加拿大，却以自己的方式达到了加拿大所代表的那种状态。

小说将林肯描写成一个狡猾的政客，一个有着不同面具的人。他关心自己的政治前途远远超过黑奴的命运。小说从未说明林肯支持废奴的原因。在《逃往加拿大》中，斯托夫人这个被林肯誉为用一本小说酿成一场大战的小妇人的形象也不高尚。她写《汤姆叔叔的小屋》的目的只是为了买一条丝绸裙子，而且书里的故事情节是她以极低的价格从一个黑奴那里

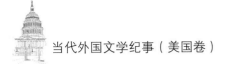

买来的。她虽然鼓吹解放黑奴和女权运动,但她对待黑奴却态度轻慢。当她要为罗宾叔叔写书却被告知罗宾叔叔已经委托别人时,她就央求他改变主意,说自己需要一条新裙子,还质疑别人的写作能力。

《逃往加拿大》不仅写了废奴运动,还写了民族身份的探寻和认同,被认为是里德最出色的小说。

(金海娜)

玛里琳·鲁宾逊（Marilynne Robinson）

作家简介

玛里琳·鲁宾逊（1943—　　），小说家和散文家。生于爱达荷州北部的桑德波因特镇，本姓萨默斯（Summers）。1966年毕业于布朗大学的前女子学院彭布罗克学院，主修宗教和创意写作。毕业后到法国雷恩市的一所大学教了一年英语，在那里开始酝酿她的长篇小说《管家》（*Housekeeping*）。回国后进入华盛顿大学深造，1977年获博士学位，博士学位论文研究的是莎士比亚的《亨利六世》。在此期间，她以其家乡为蓝本虚构出芬格本镇，用充满诗意的语言创作了小说《管家》。小说于1980年出版，获海明威基金会/笔会最佳小说处女作奖和普利策奖提名，被《时代周刊》评为"1923年至2005年一百部最佳英语小说"之一，其作者也被看作美国当代最佳作家之一。

随后24年里，鲁宾逊没有发表新小说。20世纪80年代中期，她随丈夫和两个儿子迁居英国,发表了她的非虚构作品《祖国:英国、福利国家与核污染》(*Mother Country: Britain, the Welfare State and Nuclear Pollution*, 1989),深入揭露英国塞拉菲尔德核燃料处理厂所造成的环境污染与破坏,批评英国政府和绿色和平组织,因而引起绿色和平组织的毁谤诉讼。此书在英国遭禁,却进入了美国全国图书奖的终审名单。就在此时,她的婚姻触礁,她带着儿子返回美国,在高校教创意写作。1991年开始在艾奥瓦作家班任教,直到2016年退休。

1998年,鲁宾逊出版了她的文集《亚当之死:现代思想文集》(*The Death of Adam: Essays on Modern Thought*),书中的话题涉及神学家约翰·加尔文(John Calvin)、美国清教徒社会、生物演化学家达尔文、精神分析大师弗洛伊德等,检视批评了文化对当代人的影响。

就在大家不再期待她的新小说、她的名字开始淡出文坛之时,鲁宾逊于2004年底出版了相隔24年之久的第二部小说《基列德》(*Gilead*)。此书进入了《纽约时报》的年度十佳图书榜,获得2004年度全国书评家协会奖、2005年度普利策奖和2005年度大使图书奖。故事由一位76岁的老牧师写给7岁儿子的一封长信构成。在信里,老牧师于当时的1956年回顾了自美国南北战争以来他家祖孙三代人的往事,抒发了充满宽恕与博爱的宗教情怀。作为故事发生地的基列德是以艾奥瓦的一个小镇为蓝本而虚构的小镇。在《旧约》里,基列德盛产能医治创伤和罪人之心的乳香,但也经常目睹不义和战乱。根据《基列德》里的有关线索,鲁宾逊后来又创作了《家》(*Home*, 2008)和《莱拉》(*Lila*, 2014),完成了她的基列德三部曲。《家》和《莱拉》也很受欢迎,前者进入2008年度全国图书奖终审并获2009年度橙子文学奖,后者获2014年度全国书评家协会奖。

(金海娜)

玛里琳·鲁宾逊（Marilynne Robinson）

作品简介

《基列德》（*Gilead*）

《基列德》是玛里琳·鲁宾逊的第二部小说，距她的第一部小说相隔24年。经过二十多年的积淀和思索之后，鲁宾逊推出的《基列德》更加沉静、委婉和深刻，在主题的恢宏程度和语言的优美程度等方面都达到了美国文学史上的罕见水平。

《基列德》是一部宗教色彩浓厚、具有深邃意义的小说。故事深沉而明晰，有一种激烈的平静，感人至深。故事的发生地基列德是一个位于艾奥瓦州东南部的虚构小镇，时间是1956年。故事的叙述者是基列德镇上的一位名叫约翰·埃姆斯的牧师。他76岁，有一个41岁的妻子和一个7岁的儿子。由于心脏不好，随时可能离世，他就决定写一封长信留给儿子，向他介绍自己的家世，传授人生经验和生活智慧，以帮助他顺利成长。这封用心灵写成的充满父爱的信是埃姆斯留给儿子的唯一遗产，也是他的一种自我哀悼。

小说行文松散自然，埃姆斯想到哪里就写到哪里。童年往事和成人情事相互交织，时间在这当中缓慢流淌。记忆中的许多事带着平凡的人生哀乐，但他充满感觉和诗意的叙述却并不平凡。书里的诸多内容中有两个凝聚点：一个是近乎圣人的古怪祖父，另一个是同名却不肖的教子杰克。牧师祖父为参加废奴运动而从缅因州来到堪萨斯州，在美国南北战争中丧失了一只眼睛，一生贫穷但总是慷慨助人。因为与同为牧师但不分青红皂白地反对一切战争的儿子不和，他最后离开艾奥瓦，死在了堪萨斯。埃姆斯小时候曾和父亲长途跋涉，到堪萨斯去找祖父的坟。祖父和父亲的争执是信仰的内部之争。书里还有有神论和无神论之争，发生在埃姆斯的父亲和哥哥艾德华之间，以及埃姆斯和其教子杰克之间。杰克是个不信神的浪子，风采迷人却自私无情，一再伤害爱他的人。他的父亲爱他最深，但埃姆斯却从不喜欢他，觉得他处处在嘲讽自己。埃姆斯想要学会接纳他、真

正像教父那样爱他，必须费很大力气。

　　故事在死亡的阴影下展开，呈现是一场漫长而深情的告别。埃姆斯站在坟墓边缘，依依向儿子和这充满苦难和神奇的尘世告别。全书有点淡淡的忧伤，但更多的却是平静和喜悦。水和光的意象一再出现，尤其是光。埃姆斯记得儿子趴在地上，像在光线明媚的画图里。休整完祖父的坟墓后，他见到下沉的夕阳和上升的明月同在无边无际的大草原之上，如同奇迹一般。书里还不时出现喜剧场面：埃姆斯和父亲在寻找祖父坟墓的途中偷拔了人家的胡萝卜，不想胡萝卜又老又硬，吃起来如同啃树；母亲为防祖父倾家荡产救济他人，常把有些价值的东西藏起来，因此两人之间经常发生你藏我找的斗智游戏；突如其来的暴风雨掀翻了鸡舍，受到惊吓的鸡到处乱飞。灾难的中心也有喜剧，正如怀疑的中心也有博爱。父与子的关系是小说的核心内容之一；这一关系又联系上圣父、圣子与人类的关系。于是，埃姆斯的叙述时时给人一种传道说教的味道。

　　虽然《基列德》保持了《管家》语言的美妙意境和舒缓节奏，使读者不由自主地走进书里的世界，但《基列德》却几乎完全从男性角度来叙述，自然从容，让人不得不为这位女作家的深厚语言功力所折服。

（金海娜）

菲利普·罗斯（Philip Roth）

作家简介

菲利普·罗斯（1933—2018），小说家。生于新泽西州纽瓦克市的一个第二代犹太移民家庭，父亲是保险经纪人，祖父母来自波兰东南部与乌克兰西部接壤的加利西亚地区，外祖父母来自乌克兰的基辅地区。罗斯1954年毕业于宾夕法尼亚州的巴克内尔大学，因成绩突出而获奖学金进入芝加哥大学，1955年获文学硕士学位并留校任教。不久他报名参军，因训练中背部受伤而被迫退伍。1956年，他返回芝加哥大学后开始攻读博士学位，一学期后又决定中止，专事写作。

罗斯小说里的故事通常发生在他的出生地，以其自传色彩浓郁、经常在思想和形式上模糊真实与虚构的界线、爱好深入探讨美国身份问题、风格生动活泼等特点而著称。他的成名作是1959年发表的获全国图书奖的中篇小说《再见吧，哥伦布》（*Goodbye, Columbus*）。他是获奖最多的作家之一，曾两次获全国图书奖和全国书评家协会奖、三次获笔会/福克纳小说奖。他1997年发表的小说《美国牧歌》（*American Pastoral*）获普利策奖。此书里的内森·朱克曼是他所塑造的最著名的人物之一，也在他的许多其他作品里出现过。他的另一部朱克曼小说《人性的污点》（*The Haman Stain*, 2000）获得英国为年度最佳作品颁发的W. H. 史密斯文学奖。

罗斯在芝加哥大学学习和任教期间创作的早期作品最初发表在《芝加哥评论》上。他的《再见吧，哥伦布》收录了写一对家境悬殊的犹太青年恋人的失败爱情的同名中篇小说和四篇短篇小说，获1960年度全国图书奖。1962年，他的第一部长篇小说《放任》（*Letting Go*）出版，探究了自我的意味以及人际交往的影响。他1967年发表的《淑女时代》（*When She Was Good*）写了一位淑女变成泼妇的故事，在一定程度上借鉴了他的第一位妻子玛格丽特·威廉斯（Margaret Williams）的生活。他的第四部小说《波特诺的怨诉》（*Portnoy's Complaint*, 1969）写波特诺渴望摆脱青年时期深受压抑的清规戒律，引起广泛争议，也给他带来巨大收益。

20世纪70年代，罗斯试验了多种形式，有针对尼克松政府的政治讽刺小说《我们这伙人》（*Our Gang*, 1971），有写教授变乳房的卡夫卡式的《乳房》（*The Breast*, 1972），还有自传性色彩浓郁、塑造出内森·朱克曼这一被视为作家替身的《我作为男人的一生》（*My Life as a Man*, 1974）。在70年代末期至80年代中期面世的一系列具有高度自指性的作品中，朱克曼总会以主要人物或对话者的身份出现。1985年，罗斯把三部长篇小说《鬼作家》（*The Ghost Writer*, 1979）、《解放了的朱克曼》（*Zuckerman Unbound*, 1981）和《解剖课》（*The Anatomy Lesson*, 1983）合到一起，再加上中篇小说《布拉格狂欢》（*The Prague Orgy*, 1985）做结语，出版了他的第一个朱克曼三部曲《被缚的朱克曼》（*Zuckerman Bound*）。随后的全国书评家协会奖获奖作品《反生活》（*The Counterlife*, 1987）也是一部朱克曼小说，但比之前的朱克曼三部曲具有更多自指性，可被看作一部过渡性作品。

20世纪90年代是罗斯作家生涯中的一个鼎盛期。《萨巴斯剧院》

（Sabbath's Theater，1995）写的是痴迷淫乐、名誉扫地的木偶操纵者米奇·萨巴斯的故事，为他赢得第二个全国图书奖。获得普利策奖的《美国牧歌》表现了讲究道德的纽瓦克体育明星西摩·莱沃夫的发家史，以及60年代末他女儿变成恐怖分子后所造成的悲剧。《我嫁给了共产党人》（I Married a Communist，1998）写的是演员伊拉·灵戈尔德的生活如何在其前妻公开他的共产党员身份后发生改变。《人性的污点》通过科尔曼·锡尔克教授因所谓的种族主义言论而陷入困境的故事，审视了20世纪90年代美国的身份政治。上述后三部作品构成了罗斯的第二个朱克曼三部曲，也因它们关注了冷战、麦卡锡主义、越战、弹劾克林顿等战后美国不同时期的历史事件而被称作"美国三部曲"。

罗斯的《垂死的肉身》（The Dying Animal，2001）关注性爱和死亡，再次聚焦于《乳房》和《情欲教授》（Professor of Desire，1977）这两部20世纪70年代作品中的文学教授戴维·克佩什。在《反美阴谋》（The Plot Against America，2004）里，罗斯想象了一部不同的美国历史，其中飞行英雄和孤立主义者查尔斯·林德伯格于1940年当选美国总统，美国与希特勒的纳粹德国达成谅解，开始实施它自己的反犹方案。2006年面世的《凡夫俗子》（Everyman）探讨了病、老、欲、死等问题，为罗斯赢得笔会/福克纳小说奖，使他成为唯一一位三次获得此奖的作家。2007年出版的《鬼魂退场》（Exit Ghost）是罗斯的最后一部朱克曼小说，写了年迈的朱克曼重返纽约就医，试图通过想象自己像年轻人那样四处闲逛，以超脱自己的病痛和弥漫后"9·11"纽约的不确定性。罗斯的第二十九部小说《愤怒》（Indignation，2008）里的故事发生在朝鲜战争期间的1951年，写了犹太青年马库斯·梅斯纳无法忍受父亲的管教，转学去离纽瓦克较远的俄亥俄州瓦恩斯堡学院求学，结果在那里也无法摆脱犹太身份和社会束缚。2009年，罗斯发表了他的第三十部小说《谦恭》（The Humbling，2009），以年逾花甲、因丧失自发性而退出舞台的著名演员西蒙·阿克斯勒为主人公，写了他试图通过爱情找回感觉重上舞台、结果彻底失败的故事。罗斯的第三十一部小说《报应》（*Nemesis*，2010）也像《凡夫俗子》《愤怒》和《谦恭》那样篇幅较短，写的是1944年纽瓦克犹太人社区小儿麻痹症盛行期间，年轻教师巴基·坎塔为照顾孩子而牺牲个人健康和爱情的故事。

　　罗斯的小说常写作家身份方面的话题，以戏谑的方式表现将罗斯与其虚构人物的生活和声音画等号会导致的危险。与罗斯的生活关系密切的主人公和叙述者有克佩什、朱克曼和在《反美阴谋》与《夏洛克行动》（*Operation Shylock*，1993）里出现的"菲利普·罗斯"。在罗斯的小说里，作家身份问题与其主题（富有理想、不信宗教的犹太儿子试图摆脱犹太习俗和传统束缚的斗争）密不可分。他的小说表现了一种因束缚而发生和加重的异化。他的处女作《再见吧，哥伦布》就以不逊的幽默描写了中产阶级犹太裔的生活，引起了一些非议，有评论家认为它充满了自恨。作为回应，罗斯在其文章《刻画犹太人》（"Writing About Jews"，1963）里宣称，他想探讨的是强化犹太人的团结和自由与质疑中产阶级犹太裔价值观这两者之间的冲突。

　　罗斯的小说虽然带有浓重的自传色彩，但也包含许多社会评论和政治讽刺。他在20世纪90年代之后发表的小说常将自传成分与对战后美国生活的回顾结合起来。他的"美国三部曲"中的每一部都写了战后美国的衰变，与朱克曼作为犹太裔的童年生活形成对照，表现了第二次世界大战期间和之后美国国内战线上的局面。在其作品中，罗斯和朱克曼童年时期所经历的20世纪40年代以及之前的30年代，是一个理想崇高、社会团结的时期，也是美国历史上的一个英雄期。40年代之后，美国社会和政治发展上的挫折感开始出现，伴随罗斯那代人成长的上进心、爱国精神和制胜绝招等受到嘲弄，贪婪、恐惧、种族主义和政治野心被揭示为美国理想的动机。虽然罗斯的作品常写犹太裔的经历，但他不喜欢别人称他为犹太作家，强调自己是美国人，说自己知道犹太身份的意味，也知道它无趣。

（刘建华）

菲利普·罗斯（Philip Roth）

作品简介

《美国牧歌》（*American Pastoral*）

《美国牧歌》是菲利普·罗斯的长篇小说，曾获普利策奖。在这部作品里，罗斯又回到他的老街坊和他所喜欢的人物，再次审视了20世纪60年代以及美国梦的深远影响。数年不见的作家人物内森·朱克曼又被召了回来，被赋予了新的特点。故事里，朱克曼是一个年迈的前列腺癌幸存者，正在回忆他在纽瓦克度过的预示了移民的幸福未来的牧歌般童年生活。但故事开头的愉快回忆很快就被一个社会政治故事所取代。伴随着朱克曼对其英雄邻居西摩·"瑞典人"·莱沃夫的聆听、回忆和想象，这个故事变成了战后美国的写照。

故事主要围绕"瑞典人"莱沃夫实现梦想道路上的起伏兴衰展开。莱沃夫之所以被称作"瑞典人"，是因为他的犹太人特点不明显，有着北欧人的金发碧眼和英俊相貌。他还是个出色的运动员，过人的体力和风度在社区里无人不佩服。与罗斯的尼尔·克卢格曼、波特诺和朱克曼等经典人物不同，莱沃夫没有锋芒，对社区里的精神稳定和社会认同没有威胁，因而被看作"家庭阿波罗"。他也不是祖先理想中的宗教圣人或卓越学者，而是个被完全同化的美国犹太人，一个彬彬有礼、智力平平的运动员。他应征参加过海军；遵从父亲的意愿谢绝了职业棒球队的合同，继承了家庭的传统产业；娶了有着爱尔兰血统的选美大赛皇后为妻。有了坚实的经济基础和社会地位后，他把家从制造业发达的工业城市纽瓦克迁入上流白人社会的领地老里姆罗克。与罗斯作品中常见的那些智商过人、忧心忡忡、痴迷精神生活、与家庭和社区格格不入、不懂如何与女性相处的主角不同，英俊的莱沃夫温和踏实、万事如意。他事业顺利、妻子漂亮、女儿可爱、住宅雅致，已经实现了美国梦和他心中的天堂——新泽西州的伊甸园。

然而，作为战后美国生活标志的高远期待和坚定信心在越战期间受到摇撼，莱沃夫笔直的人生道路这时也出现急转弯，他的个人天堂开始垮塌。他的可爱女儿梅丽这时长大了，将他的世界翻了个底朝天。梅丽口吃严重、依恋父亲，在叙述者看来早就有了心理问题，但莱沃夫却一无所知，因而梅丽的激烈反抗令他惊愕不已、手足无措。梅丽没有《反生活》和《夏洛克行动》里的主人公们的那些政治言论，也没有明确的政治角色，但这个在美国特权阶层长大的孩子在20世纪60年代开始公开抨击其阶层和国家，并变成一个恐怖分子，在当地邮局里制造了一起爆炸，致使一位医生丧生。离家出走后，她还出于政治动机搞过几次暗杀。在梅丽人生故事的结尾，面对着这时变得极为消极的女儿骨瘦如柴、蓬头垢面的样子，莱沃夫内心的愤怒被悲哀所取代。

在《美国牧歌》里，罗斯对20世纪60年代的激进主义的兴趣不是在青年抗议者方面，而是在既不能理解又不能阻止他们的父母方面。对于小说的核心主题而言，梅丽的故事是次要的。她的恐怖活动的主要作用在于使她父亲走出天真，让他接触与其爱国主义和理想主义相反的观点。但莱沃夫醒悟得较晚，只是在经历了一生的重大灾难之后才开始意识到，人类受其无力控制或影响的无序力量支配、苦难也并非总有意义和裨益，最后认识到，如果天真地相信中规中矩地生活就能万事大吉，那么失乐园就难以避免。

此书对罗斯的前期作品做了补充，从一个老者的视角更深入地探讨了家庭的作用、个人与集体的互动关系等问题，引导读者在困惑中纵览历史、探寻意义。此书的风格既严肃又通俗，把知识分子对社会政治的兴趣与实际生活的嘈杂结合起来。作家对政治辩论的敏感一如既往，表现在左倾恐怖分子对自由主义者的谴责以及莱沃夫与安杰拉·戴维斯的争辩中。莱沃夫的父亲娄·莱沃夫是一个值得关注的次要人物。他有一个独立、道德的声音，一个未被同化的犹太父亲的声音。他尊敬本民族的宗教和文化，有着明确坚定的是非观，不许儿子与异教徒通婚，担心孙女以后既不是犹太教徒又不是天主教徒。在罗斯的描写中，娄有粗壮男人的大嗓门，也有爱家男人的忠诚、敏感、道德准则和辨识能力。

菲利普·罗斯（Philip Roth）

在故事开头和结尾，在罗斯对第二次世界大战后在纽瓦克的犹太人和越战后在老里姆罗克的那些家庭生活场景的描写中，可看出他在形式处理上的才能。高中45级同学的重聚让朱克曼遇见已故莱沃夫的弟弟，开启了他回忆已失乐园的闸门。这个失去的乐园就是罗斯儿时的那个平静的犹太人街坊。当时，正派人做工谋生，想着要为下一代提供更好的机会，让他们拥有一个闪耀着勤劳的光辉、对生活满怀信心、最终实现离散犹太人的美国梦的好环境，将自己塑造成一个理想的人，摆脱来美之前的不安全感和各种束缚，在平等人中过上不再自卑的平等人生活。小说结尾描写了在老里姆罗克举行的晚宴，其中没有朱克曼回忆中的那种和睦家庭和社区，只有已婚者不忠、隔代人不和等反映物质主义社会精神腐败的弊端。

在《美国牧歌》里，罗斯再次邀请读者参加有关虚实区分的讨论，写了朱克曼思考如何写他心目中的中学英雄莱沃夫（这个英雄70岁时曾请他所敬仰的著名作家朱克曼帮他撰写其父的传记）的传记。朱克曼的结论是，为人作传，写他们的正确之处并不重要，重要的是写他们的错误，这样他们才真实，因为真实生活中真实的人总犯错误。年轻时的朱克曼对莱沃夫的认识是错的。莱沃夫对生活的认识也是错的。他的生活设计围绕的是错误的价值观，只认同中产阶级的地位，而正是这种地位使他无法应付女儿引入其伊甸园的无序与混乱。如今对莱沃夫的错误有所认识的成熟叙述者把他的故事处理成一种现实主义的记录，由莱沃夫自己的回忆、他弟弟和其他人物的评价以及叙述者的想象所构成。罗斯借鉴弥尔顿的《失乐园》，把《美国牧歌》的结构设计成"忆乐园""堕落"和"失乐园"三个部分，通过这一当代的失乐园寓言呈现了一位犹太父亲实现自我的兴衰过程中的当代教训。

（刘建华）

杰罗姆·罗森堡（Jerome Rothenberg）

作家简介

杰罗姆·罗森堡（1931—   ），诗人、翻译家和诗歌编辑，在民族诗歌和诗歌表现方面取得了突出的成就。

罗森堡出生和生长于纽约市，父母是波兰籍犹太移民，是犹太法典编纂者罗森堡的梅尔（Meir of Rothenberg）拉比的后代。罗森堡1952年毕业于纽约城市学院，1953年获密歇根大学文学硕士学位。1953—1955年，在德国美因兹美军基地服役。回国后进哥伦比亚大学深造至1959年。1972年离开纽约，先是住在纽约州西部的阿雷格尼塞尼卡保护区，后又搬到加利福尼亚州的圣迭戈，居住至今。

20世纪50年代，他翻译发表了一些德国诗歌，首次将保罗·策兰（Paul Celan）和君特·格拉斯（Gunter Grass）的诗歌译成英文。他还建立了霍克斯维尔出版社（Hawk's Well Press），创办了杂志《来自漂浮世界

杰罗姆·罗森堡（Jerome Rothenberg）

的诗歌》（*Poems from the Floating World*），与大卫·安廷（David Antin）合办了杂志《某/事》（*some/thing*），刊登了不少重要的美国前卫诗人的作品。他自己的第一本诗集《白太阳黑太阳》（*White Sun Black Sun*）于1960年出版。50年代至60年代初，他一直从事"深度意象"作品的创作，又出版了8本诗集。他的第一本主要的传统诗和现代诗选集是《圣品的技师：非洲、美洲、亚洲和大洋洲诗歌集》（*Technicians of the Sacred: A Range of Poems from Africa, America, Asia and Oceania*，1968）。该选集的扩展版于1985年面世。

20世纪60年代初，他开始积极从事诗歌表演事业，1964年为百老汇改编了一个剧本。除了早期从事的"深度意象"诗歌实验，他进一步拓展自己的诗歌实验工作。《圣品的技师：非洲、美洲、亚洲和大洋洲诗歌集》标志着他"民族诗歌"创作的开始，其中不仅有诗歌选集通常会选的民歌，还有针对视觉和听觉的诗歌以及宗教仪式上使用的文本和剧本。

罗森堡是位多产的诗人，1970年以来共出版了七十多本诗集、翻译作品和合集。他从自己编纂的民族诗歌合集中得到启示，开始创建自己祖先的诗歌世界——一个充满了犹太神话、盗贼和疯子的世界。第一部由此而生的作品是《波兰/1931》（*Poland/1931*，1974），被诗人大卫·梅尔泽（David Meltzer）称为罗森堡的超现实的犹太滑稽通俗戏剧。随后20年中，罗森堡延续了有关这一主题诗歌的编写，作品有《犹太人大全：古今有关犹太人的诗歌和其他文字汇编》（*A Big Jewish Book: Poems and Other Visions of the Jews From Tribal Times to the Present*，1978）和反思大屠杀的《大灾难及其他诗歌》（*Khurbn & Other Poems*，1989）。他还在《塞内加日志》（*A Seneca Journal*，1978）中重新探讨了有关美国印第安人的话题，在1983年的《那种达达气质》（*That Dada Strain*）中讨论了其作品与达达主义和超现实主义的关系。

这些作品成为罗森堡后来拓展其表演事业的资源。这一时期以及后来，他也与音乐人有合作，参与表演，将他的诗歌表演出来。《波兰/1931》

曾在生活剧场表演过,《那种达达气质》曾在联邦德国广播电台、圣迭戈的科学与研究剧院中心以及纽约演出过。1987年,罗森堡在纽约州立大学宾厄姆顿分校接受了他的第一个终身教授职位。1989年,他到加利福尼亚大学圣迭戈分校教授视觉艺术和文学。1990年以来,他发表的作品包括15本诗集、4本翻译的诗歌集和1本翻译的选集。

　　罗森堡的其他主要作品有《七层佐西地狱》(*The Seven Hells of the Jigoku Zoshi*, 1962)、《I—IX号发现》(*Sightings I—IX*, 1964)、《高尔基诗集》(*The Gorky Poems*, 1966)、《之间:1960—1963》(*Between: 1960—1963*, 1967)、《会谈》(*Conversation*, 1968)、《1964—1967诗集》(*Poems, 1964—1967*, 1968)、《I—IX号发现及红色从容颜色》(*Sightings I—IX and Red Easy a Color*, 1968)、《献给寂静游戏的诗,1960—1970》(*Poems for the Game for Silence, 1960—1970*, 1971)、《证言书》(*A Book of Testimony*, 1971)、《献给神秘动物社会的诗》(*Poems for the Society of the Mystic Animals*, 1972)、《塞内加日志一号:海狸之诗》(*Seneca Journal 1: A Poem of Beavers*, 1973)、《卡片》(*The Cards*, 1974)、《塞内加日志:仲冬》(*Seneca Journal: Midwinter*, 1975)、《笔记本》(*The Notebooks*, 1976)、《塞内加日志:蛇》(*Seneca Journal: The Serpent*, 1978)、《字母和数字》(*Letters and Numbers*, 1980)、《维也纳的血及其他诗歌》(*Vienna Blood and Other Poems*, 1980)、《祭坛小诗》(*Altar Pieces*, 1982)、《十五种花卉世界变体》(*15 Flower World Variations*, 1984)、《新诗选,1970—1985》(*New Selected Poems, 1970—1985*, 1986)、《犹太数字命理学》(*Gematria*, 1994)、《特尔斐神谕》(*An Oracle for Delphi*, 1994)、《播种及其他诗歌》(*Seedings and Other Poems*, 1996)、《中原中也墓前》(*At the Grave of Nakahara Chuya*, 1998)。

(祝茵)

杰罗姆·罗森堡（Jerome Rothenberg）

作品简介

《犹太数字命理学》（*Gematria*）

《犹太数字命理学》，杰罗姆·罗森堡的诗作。它探讨的一个重要话题就是"事件"，从宗教事件到世俗事件。这样的话题必然会要求作者关注文本之外的世界。这种实践的意义不应该被低估，因为它提供了实际的基础，使他的诗歌从整体上说有一种去个体化的特征。

对"事件"多样性的探索成为罗森堡后期诗歌的一个主题，一种命理学诗歌的创作因此成就了他的《犹太数字命理学》。诗人不为读者提供个性情感、意象模式、象征主义或叙述性等卖点，其效果令人鼓舞。在序文中，罗森堡解释说，犹太数字命理学是一个总体概念，指犹太神秘诗人的多种多样的传统编码活动，包括建立以词语为基础的字母等式，或按照某种规则所做的交换字母。这种编码活动在程序上的多样性也是令人惊异的，超出了以往只能用梦境和达达主义的东西来进行的模糊指代。《犹太数字命理学》里的诗歌公开揭示出一种下意识的也是值得争议的理念或假设，那就是，尽管参与者们的具体贡献难以确定，但所有的作品都是集体努力的结果。这种理论与诗歌传统中的缪斯观念不谋而合。

罗森堡是一位有着非常活跃的精神世界的诗人，他的头衔在不断增多：评论家、人类学家、编辑、演员、教师和翻译家。他在每一个岗位上都表现得非常出色。他具有惊人的创新能力，一直坚持要打破既定的状态，对美国当代诗歌的贡献是无法估量的。

（祝茵）

山姆·谢泼德（Sam Shepard）

作家简介

山姆·谢泼德（1943—2017），剧作家。他19岁时就开始有剧本在外百老汇上演，一生共写了44个剧本和数本短篇小说、散文和回忆录，是20世纪后半叶的多产剧作家之一。他的剧作主题广泛，作品形态可分为短剧、实验剧和现实主义剧作。他一贯重视戏剧艺术上的探索，形成了自己独特的艺术风格。他也是演员，善于把戏剧与电影巧妙地结合起来。如同其戏剧，他的生活和事业也同样丰富多彩、充满变化。

谢泼德出生于伊利诺伊州芝加哥市附近的谢里登堡，在农场上长大，当过马夫、牧羊人和剪羊毛工。他父亲是战斗机飞行员，第二次世界大战后经常从一个基地被调到另一个基地，直到最后定居在加利福尼亚州杜阿尔特的梨树农场。

谢泼德曾经用"混乱"一词来描述他的家庭生活。他的父亲酗酒，

山姆·谢泼德（Sam Shepard）

他和父亲经常发生激烈的冲突。20世纪60年代初，谢泼德就离开了家，1963年来到纽约。那时外外百老汇刚起步，让谢泼德幸运地赶上了发展的好时机。尽管谢泼德说自己当时对戏剧几乎一无所知，但他的创作很快就成了纽约实验戏剧的主要剧本来源。除了剧本创作，谢泼德还是60年代末期一支摇滚乐队的成员。出于音乐方面的兴趣，谢泼德1971年来到伦敦，希望能加入伦敦的一支摇滚乐队。虽然未能如愿，他在伦敦期间亲自执导了自己创作的一些戏剧。1974年回到美国后，谢泼德对演电影产生了浓厚的兴趣。他参演的影片有《天堂之日》（*Days of Heaven*，1978）、《弗兰西丝》（*Frances*，1982）、《合适的材料》（*The Right Stuff*，1983。获奥斯卡奖提名）等。由于在银幕上频频露脸，他引起了媒体的关注。80年代初，谢泼德与前妻离婚，与女明星杰西卡·兰格（Jessica Lange）结合。80年代中期，作为电影明星的谢泼德的名气一度超过了作为剧作家的谢泼德，但是他仍然坚持创作，而且常常担任新剧首演的导演。1985年，他的剧本《心灵的谎言》（*A Lie of the Mind*）上演后，谢泼德的戏剧创作有所减缓，但他仍然活跃在演员、编剧和导演这些领域中。

与其早期作品比，谢泼德的后期作品在风格上有明显的变化。他的早期作品多是较为抽象的或荒诞的独幕剧，类似于塞缪尔·贝克特和哈罗德·品特的作品。这些作品没有传统的故事情节和人物塑造，侧重于语言技巧、最少化的故事线索和奇特的意象。他早期作品的一个标志性手法是运用冗长的爆发性独白。比如在《岩石花园》（*The Rock Garden*，1964）中，一个十几岁的少年向他目瞪口呆的父亲详细描述自己的做爱技巧。谢泼德早期作品中的人物塑造也很有特点，他摒弃了一贯性和可信性等传统人物塑造的宗旨，常常赋予其人物漫画般的特点或惊人的行为方式转变。谢泼德也经常在戏剧中创造极有煽动性的意象来吸引观众的注意力，比如在《响尾蛇行动》（*Operation Sidewinder*，1970）中，一台巨大的计算机响尾蛇成了剧中的主要人物，剧情结束于一阵延长的机关枪声之中。谢泼德感兴趣的摇滚乐和其他大众文化的元素贯穿于他的许多早期剧作之中,例如他的两幕剧《罪恶的牙齿》(The Tooth of Crime,1972)就使用了音乐元素,还从青年和匪徒的俚语中汲取了一些元素。

20世纪70年代中期,谢泼德的戏剧转向写实主义,比早期作品更重视人物和结构。70年代末至80年代初,谢泼德用这种方法创作了许多关于家庭关系的作品。当一个离家多年的孙子回到家里的农场时,《被掩埋的孩子》(Buried Child,1978)里的家庭开始面临过去的破坏性影响。在这个简单的故事框架中,谢泼德表现了意义的神秘性,使用了许多可作多种阐释的象征元素。同样,在《真正的西部》(True West,1980)中,看似写实的有关兄弟争斗的故事与非现实的角色转变相结合,结果使这部剧具有了多元化的主题,包括西部神话与当地现实的对照以及长期缺席的父亲的持久影响等。谢泼德在《真正的西部》中描写的是男性人物,强调了父子和兄弟之间的关系,而在《情痴》(Fool for Love,1983)和《心灵的谎言》中,他聚焦于女性人物形象,描写了男女之间的关系。两部剧都描述了强迫性的爱情关系:前者是同父异母的兄妹间的情感纠葛;后者则写极端暴力的后果。

尽管谢泼德有些反传统的创作方法的价值受到过质疑,有评论认为他的早期作品过多模仿了荒诞派戏剧,作品常常晦涩难懂,但总体来说,评论界对他的作品还是充分肯定的,认为他的作品体现了传统文学模式的后现代转向。《罪恶的牙齿》和《牛仔之口》(Cowboy Mouth,1971)二剧富于想象地运用了大众文化的元素,批判了美国人对名誉和名人的执着,受到了广泛赞扬。同样,谢泼德戏剧中的非现实元素也因重视表演本身和演出过程中观众的作用而得到肯定。

谢泼德的后期作品更重视内容而非形式,受到广泛好评。也有评论认为他的男性人物形象过于突出,女性人物形象不够深刻。尽管如此,谢泼德在当代美国剧坛占有重要位置;他既能创作出让人接受的作品,又能进

山姆·谢泼德（Sam Shepard）

行反传统的技巧实验。

除了上面提及的作品，谢泼德的其他主要剧作有《牛仔》（*Cowboys*，1966）、《红十字》（*Red Cross*，1967）、《牛仔二号》（*Cowboys #2*，1969）、《看不见的手》（*The Unseen Hand*，1971）、《疯狗布鲁斯曲》（*Mad Dog Blues*，1972）、《天使城》（*Angel City*，1976）、《舌头》[*Tongues*，1977，与约瑟夫·柴金（Joseph Chaikin）合著]、《B公寓的自杀者》（*Suicide in B flat*，1978）、《饥饿阶级的诅咒》（*Curse of the Starving Class*，1978）、《野人/爱情》（*Savage/Love*，1983，与柴金合著）、《讨人喜欢》（*Simpatico*，1995）、《已故的亨利·莫斯》（*The Late Henry Moss*，2004）、《地狱的上帝》（*The God of Hell*，2004）。

谢泼德在1986年入选美国艺术文学学会，并于1992年获得该学会颁发的戏剧金奖。1994年被收入美国戏剧名人纪念馆。他的剧作中有11部获得奥比奖。《被掩埋的孩子》获1979年度普利策奖。《被掩埋的孩子》和《真正的西部》分别于1996年和2000年获托尼奖提名。

（李菊）

作品简介

《被掩埋的孩子》（*Buried Child*）

《被掩埋的孩子》是山姆·谢泼德的一部三幕剧，1978年首演于旧金山的魔幻剧院，获得好评，次年进入百老汇，受到观众和剧评家的广泛欢迎。作为外百老汇最成功的反文化剧作家，谢泼德赢得了众人的关注，他的剧作《被掩埋的孩子》获得了1979年度普利策奖。

此剧写了一个隐藏了一件丑闻的美国中西部家庭的故事。许多年前，道奇和赫莉的长子蒂尔顿曾与赫莉发生过乱伦关系，赫莉生下一个男婴，道奇把婴儿溺死，瞒着所有人把他埋在屋后的玉米地里。几十年来，当事人对此事一直严格保密,以至于后来它好像从未发生过。但是乱伦和溺婴的罪孽却留下了阴影,几乎毁了整个家庭。道奇不再种地,开始抽烟喝酒,整天靠坐在客厅里的旧沙发里看电视打发光阴。赫莉则待在楼上自己的房间里,对丈夫漠不关心,以信教为名和杜伊思神父混在一起。由于内心充满罪恶感和痛苦,蒂尔顿一度精神失常,在新墨西哥监狱里度过一段时间,只是最近才返回家里的农场。

随着22岁的青年人文斯带着女友谢丽回到了离别6年的老家,家族的秘密被逐渐揭示出来。文斯和谢丽来了以后,发现一切都跟原来不一样了,祖父道奇不认识他,连父亲蒂尔顿也把他视为陌路,文斯想象中的温馨美好的家庭和热烈友好的亲人团聚场面化为泡影。这个家如同一座死气沉沉的坟墓:祖父道奇已经气息奄奄,生命处于弥留之际;祖母赫莉在城里和神父厮混;他们的儿子蒂尔顿精神不正常;另一个儿子布兰德利是瘸子和施虐狂。家人之间相互敌视的状况使文斯大失所望,他无法忍受这种冷漠的环境,于是借口为道奇买酒离开了家,把谢丽留了下来。谢丽逐渐地发现了这个家庭隐藏多年的秘密——乱伦和杀婴。

第二天早上,赫莉和神父在外面混了一夜之后回到家里。道奇亲口说出了家里的秘密:许多年前,就在家里的男孩都已长大、家庭和农场都很繁荣之时,赫莉突然怀孕了。道奇已和妻子分居6年,当然清楚孩子不是他的。后来他发现蒂尔顿经常夜里抱孩子,给他唱歌、讲故事,孩子的父亲是谁就不言而喻了。道奇不能容忍一个不属于他的孩子生活在自己家里,就把他溺死后埋在屋后的玉米地里。赫莉听到道奇说出的真相,为她死去的孩子痛哭不已。这时,文斯这个家中唯一一个没被罪恶感困扰的成员回来了,道奇宣布让文斯继承家业。把一切留给孙子后,道奇平静地死去。作为家族新主人的文斯坐到了祖父常坐的沙发上。

谢泼德的戏剧几乎都渗透着美国梦的想法、遥远边境上的探险、户外的冒险经历以及家庭和经济上的成功等。在《被掩埋的孩子》中,谢泼德展现了美国家庭的解体,他眼里的20世纪末的美国人是自私、残暴、虚伪的暴君，很少互相关心，只对肉体的快感或凌驾于别人之上的权力感兴趣。作为一家之主的道奇并不是一位富有爱心的父亲。他的妻子赫莉表面上是个虔诚信徒，背地里与神父有不正常关系，中年时与儿子发生过乱伦关系。这个美国家庭绝非大众媒体所描绘的那种幸福和谐的传统家庭。

年轻一代成员文斯的出现给这个家庭带来了希望。从起初作为"局外人"出现到后来成为家庭的新主人，文斯的经历令人联想到个人、家庭和社区之间的关联性，给戏剧的高潮带来了一抹亮色。故事结尾，蒂尔顿托着他从屋后的玉米地里挖出来的婴儿腐尸上楼去找他的妈妈。这似乎象征着这个家庭经过了上一代人的错误的教训，可能像凤凰涅槃一样从道德毁灭的灰烬中重获新生。

家庭是这部剧的另一个主题。谢泼德说过，家庭是他感兴趣的母题之一，因为一切都离不开家庭，不管是爱情故事还是犯罪故事。当然，《被掩埋的孩子》中的家庭更为复杂。这个家庭的成员酗酒、通奸、乱伦、杀婴，不是精神上就是生理上存在问题。谢泼德对美国中西部家庭的看法能令人联想到戏剧史上的那些著名家庭悲剧，如古希腊悲剧《俄狄浦斯王》、莎士比亚的《李尔王》以及米勒的《推销员之死》。这些作品都涉及了人性深处的原始冲动——肉欲、忌妒、爱情、贪婪、恐惧，揭示了家庭关系和人性的本质和真相。

在《被掩埋的孩子》上演之前，谢泼德已经是著名的反文化剧作家，这部剧使他获得了第十个作为外百老汇最高荣誉的奥比奖（没有其他作家获这一奖项多于两次）。此剧是谢泼德事业上的转折点，标志着其作品已为主流剧院所接受，为他赢得了1979年度普利策戏剧奖。评论家对此剧大多持正面的看法。有评论说此剧奠定了谢泼德作为美国最有实验精神和想象力的剧作家的地位。还有评论说此剧的语言生动独特，人物形象非常鲜明。此剧的成功使谢泼德的戏剧从外百老汇走入主流文化，也使他后来的许多成功作品，如《真正的西部》《情痴》和《心灵的谎言》等，不仅进入了百老汇，还被改编成电影。

1995年，经谢泼德改编的《被掩埋的孩子》在芝加哥的史蒂潘伍尔夫剧院上演。改编后的剧本更明确地交代了蒂尔顿就是被掩埋的孩子的父亲，同时也加入了更多的幽默成分。芝加哥公演的成功使这部改编剧在1996年4月登上百老汇的舞台，也获得巨大成功，让更多人了解了这个关于传统价值解体和美国梦破灭的故事。

（李菊）

尼尔·西蒙（Neil Simon）

作家简介

尼尔·西蒙（1927—2018），剧作家，因曾为百老汇创作了一系列成功的喜剧和通俗剧而有"百老汇的宠儿"之称。20世纪50年代，西蒙创作其早期作品时，正值电视普及的黄金年代，但他没有放弃自己作为百老汇剧作家的身份，笔耕不辍，不断推出好作品，同时也在好莱坞写新剧本，并把他的舞台剧改编成电影剧本。他的早期作品比较简单、轻松，后期作品逐渐变得沉重，主要特点是喜剧式地呈现那些让人困惑，甚至痛苦的经验。

西蒙出生于纽约市布朗克斯区的一个父母不和、近似破碎的家庭。他的父亲欧文·西蒙是一个服装推销员，经常弃家外出很久，给家里造成严重的经济困难和精神痛苦。他饱受痛苦折磨的母亲玛米·西蒙在百货商店工作，挣钱养家。西蒙16岁从德威特·克林顿中学毕业后，加入了纽约大学的美国空军预备部队,被派到科罗拉多州,在那里就读于丹佛大学。1946年退伍后,他进了哥哥丹尼·西蒙(Danny Simon)所在的华纳兄弟纽约公司。得知喜剧作家和广播界权威古德曼·艾斯(Goodman Ace)在寻找素材,兄弟俩提供了一些作品,就受雇为他写作。随后15年中,西蒙为最重要的广播公司和电视台写作喜剧,同时为百老汇写剧评。1961年,随着《吹响你的号角》(Come Blow Your Horn。与丹尼合著)的成功,西蒙成了百老汇历史上商业效益最大的剧作家。1961年之后,西蒙的工作重心有些偏离剧本创作,为许多成功的电视节目作出不可磨灭的贡献。当时,他所参与制作的电视节目每周有上百万人收看,为他多次赢得艾米奖。

1961年西蒙的《吹响你的号角》的成功,标志着他作为百老汇剧作家生涯的开始。他之后创作的剧本中也有非常叫座的:《奇怪夫妇》(The Odd Couple, 1965。1985年改编)写两个住在同一公寓内的离婚男人互相回顾那些破坏他们婚姻的问题;《第二大街的囚犯》(The Prisoner of Second Avenue, 1971)写的是在纽约生活的恐怖情形。此外,西蒙还根据自己的生活经历创作了《阳光男孩》(The Sunshine Boys, 1972)和"布莱顿海滩三部曲"(The Brighton Beach Trilogy)——《布莱顿海滩回忆录》(Brighton Beach Memoirs, 1982)、《比洛克西布鲁斯》(Biloxi Blues, 1984)、《通往百老汇》(Broadway Bound, 1986)。《比洛克西布鲁斯》于1985年获托尼奖。1991年,音乐喜剧《迷失在杨克斯》(Lost in Yonkers, 1991)为西蒙赢得了普利策奖和托尼奖。

西蒙曾被看作一个插科打诨的作家或只是为百老汇写作情景喜剧的作家;他的作品曾被严肃剧评家们忽视。但他的大部分作品都是票房冠军,报纸评论对他的作品推崇有加,观众反应非常热烈。在轻喜剧领域初战告捷后,西蒙转而创作较为严肃的作品。有评论家认为,此类剧作,比如《华而不实的女人》(The Gingerbread Lady, 1970)、《上帝的宠儿》(God's Favorite, 1974)、《傻瓜》(Fools, 1981),要比西蒙的常规作品要差。但西蒙很快就开始创作深入探讨痛苦和冲突、能在逆境中发现笑声的作品,比如"布莱顿海滩三部曲"和获普利策奖的《失落在杨克斯》。

西蒙的其他主要作品有剧本《小小的我》[*Little Me*，1962。改编自帕特里克·丹尼斯（Patrick Dennis）的小说]、《赤脚走在公园里》（*Barefoot in the Park*，1963）、《星条姑娘》（*The Star-Spangled Girl*，1966）、《甜蜜的慈善》[*Sweet Charity*，1966。改编自费德里科·费里尼（Federico Fellini）的电影剧本《卡比利亚之夜》（*The Nights of Cabiria*）]、《广场套房》（*Plaza Suite*，1968）、《承诺，承诺》[*Promises, Promises*，1968。改编自比利·怀尔德（Billy Wilder）和I. A. L. 戴蒙德（I. A. L. Diamond）合著的电影剧本《公寓》（*The Apartment*）]、《最后的狂热恋人》（*Last of the Red Hot Lovers*，1969）、《好医生》（*The Good Doctor*，1973）、《加利福尼亚套房》（*California Suite*，1976）、《第二章》（*Chapter Two*，1977）、《他们在放我们的歌》（*They're Playing Our Song*，1978）、《我该去演电影》（*I Ought to Be in Pictures*，1980）、《谣言》（*Rumors*，1988）、《杰克的女人们》（*Jake's Women*，1992）、《二十三楼的笑声》（*Laughter on the 23rd Floor*，1993）、《伦敦套房》（*London Suite*，1995），电影剧本《出城者》（*The Out-of-Towners*，1970）、《心碎的孩子》[*The Heartbreak Kid*，1972。改编自布鲁斯·弗里德曼（Bruce Friedman）的短篇小说]、《死亡谋杀》（*Murder by Death*，1976）、《再见女孩》（*The Goodbye Girl*，1977）、《便宜侦探》（*The Cheap Detective*，1978）、《看上去像从前》（*Seems Like Old Times*，1980）、《只有当我笑时》（*Only When I Laugh*，1981）、《麦克斯·杜甘回来了》（*Max Dugan Returns*，1983）、《孤独的人》[*The Lonely Guy*，1984。与埃德·温伯格（Ed Weinberger）和斯坦·丹尼尔斯（Stan Daniels）合著]、《强击手的妻子》（*The Slugger's Wife*，1985）、《结婚的男人》（*The Marrying Man*，1991）。

（李菊）

作品简介

《比洛克西布鲁斯》（*Biloxi Blues*）

《比洛克西布鲁斯》是尼尔·西蒙24年中在百老汇上演的第21部剧。20世纪80年代，已经是卓有成就的喜剧作家的西蒙转向自己的生活寻找灵感，创作了半自传体的三部曲"布莱顿海滩三部曲"，包括《布莱顿海滩回忆录》《比洛克西布鲁斯》和《通往百老汇》。

大受欢迎的《布莱顿海滩回忆录》介绍了主人公尤金·杰罗姆和他在布鲁克林的犹太家庭。《比洛克西布鲁斯》里，尤金报名参军了。在密西西比受训的过程中，以前从未离开过家的单纯的尤金不得不面对许多难题，这些经历使他逐渐成长为一位作家。《比洛克西布鲁斯》的几乎每句话都含有幽默，每场演出都能制造出的幽默的氛围，因而广受观众喜爱，在百老汇风行一时，获得了1985年度托尼奖最佳剧本奖。评论家们注意到，正如他以前做到的那样，西蒙能够用相对简单的语言吸引观众。尽管喜剧气氛浓厚，但由于尤金对周围的广阔世界有了更多了解，此剧也传达出一些严肃的信息。更为重要的是，尤金的个人成长和事业发展使他开始看到自己在世上能有和应有的位置。

《比洛克西布鲁斯》于1985年3月28日在纽约市的尼尔·西蒙剧院首演，1988年被改编成电影，由麦克·尼克尔斯（Mike Nichols）执导。此剧讲述的是二十来岁的尤金在第二次世界大战中应征入伍，与许多来自不同地方和不同阶层的新兵一起，被送到密西西比的比洛克西受训。尤金是故事的讲述者。他是犹太人，来自纽约的布鲁克林，在新兵训练营的种种表现显示他是第一次离开家出远门。他当兵带着三个梦想：成为一名作家；在战争中不被打死；失去童贞。他在受训练期间的行为主要围绕这三个目标。为了成为作家，他保持记日记的习惯。这个习惯也表明他更喜欢观察周围发生的事情而不是亲自参与。剧作家用喜剧的方式表现军队的生活，虽然有夸张的成分，但是对新兵体验的描绘还是比较真实的，比如提供了难吃的食物和狭小的住处等细节。通过训练，尤金和其他士兵变得更成熟了。

对尤金来说，军训是他走向成年的仪式。他给自己定下的另两个目标预示了后来的转变。想当作家的他最终成为一家军报的记者。他和一个妓女发生了关系，实现了他失去童贞的目标。此剧的情节主要通过尤金的视角来展开。虽然西蒙对其他角色的刻画也很深入，甚至比尤金的描述的还要详细，但此剧讲述的仍然是尤金的故事，尤其是他成长为作家的过程。

剧中叙述的事件都经过尤金的视角的过滤，包括他的日记和回忆等。尤金还不时从情节中跳出来，用简短的独白直接对观众说话，与观众分享他对生活事件的感受。另外，在全剧的结束时，尤金还报告了剧中每个人物后来的命运。尤金知道剧中所有人物的故事，报告他们的命运也是在提醒观众：此剧实际上是尤金的回忆，从头至尾都是由尤金的观点和感受所主导的。

虽然此剧也有一些严肃的主题，比如同性恋、反犹太主义、虐待狂等，写的是第二次世界大战时期生死攸关的大事，但西蒙是用幽默的手法来写的，人物之间的对话充满了玩笑、双关语、插科打诨和俏皮话等。然而这种充满全剧的幽默并没有损害剧本传递的严肃信息，反而会使这些信息的传递更加轻松有效。尤金后来自己也成为一个写作喜剧的剧作家，该系列剧的第三部《通往百老汇》讲述尤金进入广播喜剧创作领域的经历。

《比洛克西布鲁斯》有许多人物，但大多属脸谱化类型，比如士兵维考斯基是个多嘴多舌、欺凌弱小的人，阿诺德是个老套的纽约犹太人，图弥是个有虐待狂倾向的教官。剧中的两位女性代表两个极端：罗维娜是性格很好的妓女，并不觉得这个职业有损自己的身份；黛茜是尤金喜欢的纯情中学同学。有评论诟病这种简单化的人物塑造，但对尤金而言，这些人物所代表的特定类型有助于他的理解力和作家生涯的发展。故事讲述的是尤金在新兵训练营十周时间内发生的事情,情节是按时间顺序进行的,但所记录的只是那些能展现人物发展变化和他们所遇到的矛盾冲突的重要事件。这些独立的情节自然连贯,前后呼应。最终,尤金在开往密西西比的火车上介绍了剧中人物的结局,他也实现了为自己设定的目标。

(李菊)

罗伯特·斯通(Robert Stone)

作家简介

罗伯特·斯通(1937—2015),小说家。生于纽约市布鲁克林区。父亲在他出生不久就离家出走;母亲在他6岁时得了精神分裂症。斯通就读于天主教寄宿学校,1946年与母亲搬到了曼哈顿西区居住,高中时曾因酗酒和激进的无神论观点而被开除,不久便参加了美国海军,服役四年。1959年,他在纽约大学读了一年后辍学,成为《纽约每日新闻》的送稿员,并开始尝试诗歌创作。一年后,他与贾尼丝·G.伯尔(Janice G. Burr)结婚,搬到新奥尔良居住。1962年至1963年,斯通靠斯特格纳奖学金在斯坦福大学创意写作中心学习,开始创作一部长篇小说,同时与杰克·凯鲁亚克和肯·凯西等"垮掉的一代"作家建立了很好的关系。

斯通的第一部长篇小说《镜厅》(*Hall of Mirrors*)于1967年出版,获得了威廉·福克纳基金会最佳处女作奖。此书以1962年的新奥尔良为背景，部分内容借鉴了真实事件。小说围绕一个右翼广播电台描述了一种由法西斯主义者主导的"爱国主义"的复活，深刻揭露了60年代的种族主义和右翼极端主义，但它的风格却更接近"垮掉的一代"而不是现实主义。小说在自然主义和意识流之间不断切换，人物的内心充满了心理不稳定的性格特征。这种特点后来成为斯通写作的模本。该小说在1970年被斯通改编成电影剧本。该小说的成功使斯通获得了古根海姆奖，开启了他职业作家的生涯。

1971年，斯通去越南当了六周的战地记者。同年，他成为普林斯顿大学的驻校作家。在越南的记者经历为他的第二部小说提供了灵感和素材。1974年，他的第二部小说《亡命之徒》（*Dog Soldiers*）出版。该小说通过描写一个记者从越南走私海洛因等越战中的腐败事件，揭示了越战对美国价值观的腐蚀，获得1975年度全国图书奖。之后，斯通与朱迪思·拉斯科（Judith Rascoe）将该小说改写成电影剧本《谁能阻止下雨》（*Who'll Stop the Rain*, 1978）。

斯通第三部小说《日出的旗子》（*A Flag for Sunrise*，1981）以虚构的中美洲国家泰坎为故事发生地，写了美国对中美洲国家经济、政治和文化等方面的干涉。该小说的书名来自埃米莉·狄金森（Emily Dickinson）的第461号诗里的问题（Sunrise—Hast thou a Flag for me?），反映了书里人物对现实的批判和对未来的期待。通过前中情局职员弗兰克·霍利韦尔（Frank Holliwell）教授的观察和回忆，小说反复将美国在中美洲的所作所为与美国在越南的残暴与惨败进行联系。该小说出版后广受好评，曾获《洛杉矶时报》图书奖、约翰·多斯·帕索斯文学奖和美国艺术文学学会奖，还入围普利策奖和全国书评家协会奖等奖项的终审。该小说进一步巩固了斯通作为社会政治小说家的地位。

1986年和1992年，斯通先后发表了他的第四和第五部小说《光的孩子》（*Children of Light*）和《外桥地带》（*Outerbridge Reach*）。与前两部规模宏大的史诗性作品相比，这两部作品是规模较小的人物研究。《光的孩子》根据斯通在好莱坞的经历,通过一个剧作家和一个患有精神分裂症的女演员共同衰落的故事,反映了20世纪80年代商业世界的冷酷无情。《外桥地带》讲述的是一个驾单人艇做环球航行的广告文编写人和一个以他为纪录片对象的电影制作人的故事,涉及了航海的风险、人的挑战精神的起伏、民主外表之下的阶级矛盾、理解他人的行为及其动机的困难、对于自己、家庭和社会的背叛等话题。该书出版后很受读者欢迎,曾入围1992年度全国图书奖终审。

斯通的第六部小说《大马士革门》(*Damascus Gate*,1998)又回到他前期作品所用的复杂社会政治小说样式,这一次把注意力转向了中东,转向了被视为探寻者、异教徒、骗子和众多狂热教派的家园的耶路撒冷。书名里的大马士革门是初建于二世纪的耶路撒冷旧城城门,位于耶路撒冷的犹太区和穆斯林区的交界处,临近三大宗教激烈争夺的圣地。在斯通心目中,耶路撒冷这一宗教史和民族史上的是非之地,是写一部宗教恐怖小说的理想场景。小说情节基于20世纪80年代的一个企图炸毁奥马尔清真寺的真实阴谋。故事发生在90年代初,美国记者卢卡斯来耶路撒冷调查被称为"耶路撒冷综合征"的宗教狂热的成因。在采访不同宗教狂热者的过程中,他无意中听说了某些教派企图炸毁对方圣殿的阴谋。他立即转而调查此事,最后发现了耶路撒冷宗教斗争中各方的虚伪和堕落等问题。该书获得较高评价,曾入围1998年度全国图书奖终审。

《灵魂之湾》(*Bay of Souls*,2003)是斯通篇幅最短的一部小说,写了美国中西部一所小学院的一位受人尊敬的文学教授迈克尔·艾赫恩摆脱道德束缚、追求个性解放的故事。迈克尔有妻儿和舒适稳定的生活,但与学院新来的政治学女教授拉蜡·珀塞尔一见钟情,在与她的恋情中体验到常见于他所教文学中的那种快感和活力。他不顾一切跟随拉蜡来到她在加勒比海的故乡圣特立尼蒂岛,要帮她挽回她所失去的一切,不料陷入了岛上的政治泥淖。最后,迈克尔因不愿随拉蜡献身伏都教而与她分手,回到家里又被妻子和儿子抛弃,只能独自住到校园里。感觉敏锐、不乏勇气的迈克尔对于超脱和救赎的追求就这样被自欺和放纵引入歧途。

斯通的第八部也是最后一部小说《黑发姑娘之死》（Death of the Black-Haired Girl，2013）写了女大学生毛德·斯塔克之死所产生的影响。毛德聪明漂亮，思想开放，喜欢喝酒。她爱着已婚教授史蒂文·布鲁克曼，见有人举行反堕胎示威就写了一篇文章批评他们的狭隘和虚伪。就在她的文章受到关注、她与布鲁克曼教授的关系出现危机之时，一场车祸夺去了她的生命。然而，该小说关注的不是对事故责任人的调查，也不是对反堕胎立场和师生恋的道德评判，而是事故的后期影响，尤其是它如何影响毛德周围人的生活和思维定式。她退休的警察父亲又喝起酒来，开始思考过去的腐败事件。曾在死前与醉酒的毛德发生争执的布鲁克曼开始估量自己会受的牵连。故事反映出作家对于损人利己的褊狭思维的批判。

斯通的其他作品主要有短篇小说集《熊和他的女儿》（Bear and His Daughter，1997）和《麻烦的乐趣》（Fun with Problems，2010）、回忆录《青春年华：忆60年代》（Prime Green: Remembering the Sixties，2007）和《骑狗》（Riding the Dawg，2007）。

（黄重凤）

作品简介

《亡命之徒》（Dog Soldiers）

《亡命之徒》是罗伯特·斯通的第二部长篇小说，曾获1975年度全国图书奖，后被改编拍成电影，风靡一时。该书是以越南战争为背景的战争小说，真切地描述了越战给被侵略国和侵略国两国人民所带来的巨大灾难和严重后果。作者是20世纪60年代美国反文化运动的积极分子，他在讲述惊心动魄、悬念重重的故事时也穿插着对战争、嬉皮士和吸毒问题的讨论以及对道德、人性、人的生命、人的价值和人的存在的探讨。有评论称

罗伯特·斯通（Robert Stone）

《亡命之徒》可能是当时有关越战的最强劲作品，尤其是表现了战争在精神上和道德上给人的巨大影响。小说描写了在一个生命廉价而生存代价又极高的社会里美国人的贪婪和暴力。小说从西贡开始，在接近墨西哥边境的位于加利福尼亚沙漠中的死亡峡谷结束。

该小说讲述了在20世纪60年代末，患有精神创伤的美国记者康弗斯受雇离开妻子到越南进行采访。不久后，他结识了美国某广播公司派驻西贡的一个女记者。她当时正跟越南的一个空军上校合伙做贩毒生意。她劝说康弗斯帮她把3公斤海洛因偷运回美国，许诺任务完成后立即给他四万美元的大额报酬。康弗斯对这笔丰厚的报酬动心了，于是就决定将道德置之度外，冒险试一试。他找到以前在海军陆战队里结识的老朋友希克斯。希克斯曾是陆军军官，和康弗斯一样，也是一个亡命之徒。康弗斯要他设法把海洛因带回美国交给他在伯克利的妻子玛吉，为此他将获得两万五千美元的酬金。曾在一所大学人类学系工作的玛吉那时正在替旧金山的一家色情影院售票。这笔罪恶的交易眼看就要成功了，却瞬间演变成一场可怕的噩梦。希克斯一到伯克利，就被两个凶狠的歹徒盯上了。他和玛吉只得带着这批毒品从伯克利仓皇逃往洛杉矶。正在歹徒寻思抓他们时，康弗斯从越南回到伯克利的家中，不料落入歹徒设下的圈套。两个歹徒企图以康弗斯为诱饵，将持有毒品的希克斯和玛吉引诱出来。逃窜过程中，希克斯勾引玛吉并爱上了她，最后一起逃到了沙漠中的死亡峡谷。

出人意料的是，那两个歹徒并非来自黑社会或某个贩毒团体，而是一个腐败堕落的缉毒警察的帮手，也参与了毒品交易。那个利欲熏心的缉毒警察企图拦截这批毒品，占为己有。因此，他们对康弗斯一伙的追捕只是一场贼喊捉贼的闹剧。在歹徒追捕希克斯和玛吉的危急关头，希克斯没有抛弃玛吉，而是为了保护她挺身而出，最后被打死，成了这场罪恶交易的牺牲品。康弗斯夫妇侥幸脱险，亡命他乡。

小说的英文书名"Dog Soldiers"源自《圣经·传道书》第九章："活着的狗胜于死了的狮子（... a living dog is better than a dead lion）。"文中的

隐喻"dog"在小说中指的是那些被越战、暴力、堕落和毒品等麻醉后变得颓废和绝望的人。他们没有高尚的生活目标,而是像康弗斯那样苟且偷生,为了生存可以不择手段、铤而走险。本书的中文译名"亡命之徒"很好地反映了此类人的特点。

《亡命之徒》不仅是一个引人入胜、惊心动魄、充满黑色幽默、恐怖气氛和悬念的故事,还是一则寓意深刻、发人深省的寓言。从事毒品交易的新手们被贪婪蒙蔽了双眼,看不见自己在道义上的堕落。三位主要人物都在生活的大流中漂泊,没有理想、信仰、目标和方向,有的只是贪婪、残酷、沉闷、抑郁、无知、无聊、茫然和空虚。

斯通是叙事高手。细致入微的描写、跌宕起伏的情节以及巧妙掌控的悬念都是该小说的亮点。即便是简练的对话,也富于哲理和思辨。小说真切而平实的描写使读者时时有一种身临其境的感觉。作者叙述的事情看起来都是很平常的琐事,但其逼真程度让读者仿佛也经历了给人带来巨大创伤的越战。从这种意义上说,该小说不愧是越战文学里的一朵奇葩。

(黄重凤)

彼得·泰勒（Peter Taylor）

作家简介

彼得·泰勒（1917—1994），小说家。美国"南方文艺复兴"后第二代南方作家的优秀代表。曾获1959年度欧·亨利短篇小说奖、1979年度美国艺术文学学会的小说金奖以及1986年度笔会/福克纳小说奖。

泰勒出生在田纳西州纳什维尔市的一个富裕家庭，生长在具有浓厚政治和文学气氛的家庭环境里。他的祖父是作家，外祖父1886年当选田纳西州州长，父亲是律师。由于父亲工作的变动，泰勒的童年时代是在纳什维尔和密苏里州的圣路易斯市过的。在孟菲斯读完中学后，他于1936年进入读孟菲斯西南大学，师从评论家艾伦·泰特（Allen Tate）。后在老师的建议下转学到田纳西州的范德比尔特大学，一年后又转入俄亥俄州的凯尼恩学院，1940年大学毕业。同年，泰勒参军，服役期5年。1943年去英国驻扎前和女诗人埃莉诺·罗斯（Eleanor Ross）结婚。1946年回国后，泰勒开始在几所大学任教：北卡罗来纳州女子学院、凯尼恩学院、哈佛大学、弗吉尼亚大学。1967年起，他开始在弗吉尼亚州的夏洛茨维尔市居住和任教，直到1994年11月去世。泰勒共出版了七部短篇小说集：《漫长的第四及其他短篇小说》（*A Long Fourth and Other Stories*，1948）、《桑顿的遗孀》（*The Widows of Thornton*，1954）、《幸福家庭皆一样：短篇小说集》（*Happy Families Are All Alike*: *A Collection of Stories*，1959）、《最后见到的利奥诺拉小姐及其他十五篇短篇小说》（*Miss Leonora When Last Seen, and Fifteen Other Stories*，1963）、《在米罗区及其他短篇小说》（*In the Miro District and Other Stories*，1977）、《老森林和其他短篇小说》（*The Old Forest and Other Stories*，1985）、《斯通利库特公寓的神谕：短篇小说集》（*The Oracle at Stoneleigh Court: Stories*，1993）。

在泰勒的第一部长篇小说《一个有财力的女人》（*A Woman of Means*，1950）中，一位年轻的叙述者回忆了自己童年的经历以及有钱的继母精神崩溃的故事。1986年，另一部长篇小说《孟菲斯的召唤》（*A Summons to Memphis*，1986）的问世使他名声大振，荣获1987年度普利策奖。1994年发表的小说《在田纳西乡下》（*In the Tennessee Country*）是他的最后一部作品。该小说实际上是他的短篇小说《表兄奥布里》（"Cousin Aubrey"）的扩展版，以1916年的田纳西为背景，讲述了叙述者母亲的一个失踪的表兄的故事，也是对那个时代南方生活的回忆。

（孔丽霞）

作品简介

《孟菲斯的召唤》（*A Summons to Memphis*）

《孟菲斯的召唤》是彼得·泰勒的第二部长篇小说，曾获1987年度普利策奖。它讲述的是田纳西州卡弗一家两代人的生活故事。

彼得·泰勒（Peter Taylor）

  故事发生在20世纪30年代，正值大萧条时期。纳什维尔市的律师卡弗被最亲密的朋友沙克尔福德欺骗，经济上蒙受惨重损失，于是举家迁移到孟菲斯。这次搬迁算得上是一场灾难，也改变了全家人的命运。卡弗和妻子养育了两女两儿。由于父亲的缘故，两个女儿与男友分手，成了古怪的老姑娘。此外，卡弗还干涉儿子的婚姻，逼迫儿子菲利普与女友分手。菲利普的女友去了巴西，菲利普痛不欲生，后来与两个姐姐一样一直未婚。大儿子为了摆脱家庭，报名参军，死在了第二次世界大战战场上。83岁的卡弗在妻子去世后想要再婚，受到两个女儿贝茜和约瑟芬坚决制止。她们以照顾他生活为名将他牢牢控制，使得卡弗孑然一身地度过了生命的最后时光。

  书名里"召唤"的含义可以指书中的几个事件，但主要是指菲利普的两个独身姐姐召唤他回到孟菲斯阻止父亲再婚。小说中讲述的看似家长里短的故事背后隐含着深刻的美国南方文化背景。妻子对丈夫言听计从、父亲干涉儿女的婚事、儿女阻挠父亲再婚等，恰恰体现了南方的封建落后思想、保守的传统观念和生活方式。南方传统文化是造成卡弗一家人悲剧的根本原因。

（孔丽霞）

约翰·图尔(John Toole)

作家简介

约翰·图尔(1937—1969),小说家。生于路易斯安那州新奥尔良市,32岁时因抑郁症自杀身亡。其代表作是《傻瓜联盟》(*A Confederacy of Dunces*, 1980),但图尔在世时并未发表。离世后,他的母亲将书稿交给了小说家沃克·珀西(Walker Percy),在他的帮助下得以出版,获1981年度普利策小说奖。

图尔的童年是在新奥尔良度过的,母亲塞尔玛·图尔(Thelma Toole)从不让自己的独生子跟其他孩子玩,对所有人都说图尔是天才。图尔在图兰大学获得学士学位后在哥伦比亚大学获得硕士学位。在路易斯安那西南大学当了一年助教后,图尔去了纽约的亨特学院任教,后来又进哥伦比亚大学攻读博士学位,因1961年应征入伍而中断。之后两年里,他在波多黎各向说西班牙语的新兵教授英语。退役后,图尔回新奥尔良和父母住在一

约翰·图尔（John Toole）

起，进多米尼加学院任教。在此期间，图尔常与法语社区里的音乐家们交往。在图兰大学继续他的博士学业时，图尔曾在一家男装厂工作过。这一经历为他后来创作流浪汉小说《傻瓜联盟》提供了灵感。

《傻瓜联盟》讲述了20世纪60年代早期新奥尔良的一个名叫赖利的现代堂吉诃德的冒险故事。赖利受过良好的教育，曾因申请教职受挫而不愿工作，到了而立之年仍与母亲住在一起，靠母亲的养老金生活。他的时间主要用于阅读中世纪历史和哲学、观看影视节目、记录心得体会，希望未来能写出批判西方文明的著作，帮助人类扭转这一文明的颓势。由于他母亲开车不慎撞坏了别人的房子缺钱赔偿，他不得不外出挣钱，先后干过工厂文书和热狗销售员等工作，又因为从事改造社会的活动（包括组织工人开展提高工资待遇的示威活动、动员同性恋者通过进入军政高层以和平取代战争、为保护青少年而查找向青少年推销色情产品的地下组织等）而失去这些工作，最后险些被他母亲送入精神病院。

图尔曾将此小说的稿子投给西蒙和舒斯特出版社，但该社说此书没有什么实质内容，不予出版。这给图尔造成了巨大的心灵创伤，因为他自己觉得那是他的杰作。他的状况开始恶化，开始酗酒，患上了头痛。同时，他也放弃了多米尼加学院的教职和图兰大学的博士学业。有传记作家认为他消沉的原因之一与性取向有关。图尔的一个朋友说，他母亲的专制没给图尔留下他与任何其他女人产生感情的空间。而图尔的一些其他朋友及亲戚则说图尔其实就是同性恋，跟和他一起当兵的大卫·库巴赫（David Kubach）关系密切。1969年3月26日，图尔将花园里一根软管的一端连接汽车排气管，另一端放进自己的小屋里，自杀身亡，之前留下的遗书被他母亲毁掉。图尔死后被葬在新奥尔良的格林伍德公墓。

图尔16岁时创作的第一部小说《霓虹圣经》（*The Neon Bible*）被他自认为幼稚而没想过出版。该书直到1989年才面世，1995年被拍成电影。

（黄重凤）

作品简介

《傻瓜联盟》（*A Confederacy of Dunces*）

《傻瓜联盟》是约翰·图尔的代表作，在作家珀西及图尔母亲的努力下于作者自杀身亡11年后出版发行，次年获普利策小说奖。该作品被看作美国南方文学中的现代经典。

《傻瓜联盟》的书名源自英国作家乔纳森·斯威夫特（Jonathan Swift）的文章《对有关道德和娱乐的诸多问题的思考》（"Thoughts on Various Subjects, Moral and Diverting"），其中说到，当一个真正的天才出现于世时，人们只要根据一个征兆就能辨认出他，那就是所有傻瓜都会结盟反对他。

故事发生在20世纪60年代初的新奥尔良。主人公赖利被人称为现代的堂吉诃德。他30岁，聪明、懒惰、古怪、喜欢空想，但也不乏创造性。他跟守寡的母亲住在一起，靠母亲的养老金生存。他蔑视现代性，尤其是大众文化，但这种蔑视也给他自己带来了困扰，使他去电影院的目的变得似乎就是为了讽刺和挖苦其愚蠢。他钟爱中世纪经院哲学，尤其是中世纪早期哲学家波伊提乌（Boethius）的学说。一次，他在街上等待求医的母亲时引起了一个傻瓜警察的怀疑。为了躲避警察追捕，他与母亲逃进了新奥尔良的法语区。因为醉驾，赖利太太的车撞坏了别人的房子。她靠养老金无法赔偿，赖利就不得不外出打工挣钱。他当过文秘，卖过热狗，遇到过不少困难，也造成了一些麻烦。最后，赖利太太决定改嫁，要把赖利送精神病院，结果被他纽约的前女友接走。

小说中的很多描写与图尔的生活经历有关，尤其是他在男装厂干活以及卖热狗等经历。另外，作品中的赖利太太与现实生活中的图尔太太一样，对自己的儿子也有着很强的占有欲和保护欲，没有给他以独立的空间。就结构而言，《傻瓜联盟》与图尔最喜欢的波伊提乌的《哲学的慰藉》（*Consolation of Philosophy*, 524）一书相似，都是章节中又包含了小

约翰·图尔（John Toole）

章节。其次，书里的关键内容也不时偏离叙述主线。该书因其对新奥尔良生活的风趣表现和诙谐嘲讽而被视为喜剧中的经典之作。

（黄重凤）

安妮·泰勒（Anne Tyler）

作家简介

安妮·泰勒（1941—　　），小说家。出生于明尼苏达州明尼阿波利斯市，父亲劳埃德·泰勒（Lloyd Tyler）是工业化学家，母亲菲利斯·泰勒（Phyllis Tyler）是社会工作者。父母都是虔诚的教友派信徒，非常积极地参与了中西部和南部的社会事业，家庭也在南方的不同教友派社区之间频繁搬迁，1948年在北卡罗来纳州西部山区伯恩斯维尔镇附近的一个教友派社区住了4年，直到泰勒11岁时才在北卡罗来纳州罗利市定居下来。这些落后而又淳朴地区的生活经历为泰勒后来创作的多部作品提供了独特的素材和视角。

泰勒7岁开始写小说，16岁进入北卡罗来纳州的杜克大学，3年后获俄语学士学位。在校期间，她曾两次获得旨在奖励创作的安妮·弗莱克斯纳奖。也就是在此时，她的第一篇短篇小说《劳拉》（"Laura"）出现在杜

安妮·泰勒（Anne Tyler）

克大学的文学杂志《档案》（*Archive*）上。1961年至1962年，泰勒在哥伦比亚大学学完了斯拉夫语专业硕士研究生的所有课程，没有完成硕士学位论文，就回到杜克大学工作，负责从苏联订购图书。1963年，泰勒与在伊朗出生的儿童精神病医师塔吉·莫达雷西（Taghi Modarressi）结婚，之后移居加拿大蒙特利尔省的魁北克，任职于麦吉尔大学的法律图书馆，育有两女。

泰勒的第一部小说《倘若清晨来临》（*If Morning Ever Comes*，1964）描述了一个名叫霍克斯的年轻人因无法专心读书而从法学院回到北卡罗来纳的家中，后在家人的期待下寻找自己的生活道路的故事。该作品虽然没有受到评论界的密切关注，但它展示了泰勒的精炼手笔以及对孤独感和交流困难等问题的探索。她的第二部小说《铁皮罐树》（*The Tin Can Tree*，1965）也是在魁北克创作的。1967年，泰勒夫妇移居巴尔的摩，她成为一个全职作家。第二年，她的作品《俗世财产》（*Earthly Possessions*，1968）获美国艺术文学学会奖。《天文导航》（*Celestial Navigation*，1974）与《寻找卡勒伯》（*Searching for Caleb*，1975）的出版引起了评论界对泰勒的关注。她对美国南方生活流畅而又诙谐的描述为她赢得了无数读者。

1982年，泰勒的第九部小说《思家餐馆里的晚餐》（*Dinner at the Homesick Restaurant*）一经发行即成了全国畅销书。该小说获笔会/福克纳小说奖，同时获得1983年度普利策奖和全国书评家协会奖的提名。该小说探索了家庭内部的紧张气氛，描写了受虐待儿童永远无法离开受虐地（也就是书名中的"homesick restaurant"）的心理苦楚。他们反复体验那些永远都不会结束的晚宴。

1986年，泰勒的作品《偶然的旅游者》（*The Accidental Tourist*）获全国书评家协会奖，还进入当年普利策奖的终审名单。两年后，该作品被改编成电影，由劳伦斯·卡斯丹（Lawrence Kasdan）执导，大大提升了泰勒在全国的知名度。作品中，主人公梅肯为厌恶旅行的商人们编写旅游指南。不幸的是，儿子伊森在一家快餐连锁店被谋杀后，他又被妻子莎拉抛弃。之后，梅肯将时间花在飞机上,过着孤独的生活,直到遇见驯狗师穆里尔和她年轻的儿子并与他们生活到了一起。此时前妻莎拉又想跟他复婚,但他犹豫了。

3年后,泰勒的第十一部小说《学会呼吸》(*Breathing Lessons*,1988)获得1989年度普利策奖和全国书评家协会奖。小说讲述了一对结婚28年、拥有一家相框店的夫妇的故事。女主人公玛吉热心、健谈、笨拙而又富有进取心,而她的丈夫艾拉则是一个不善交际的人。一个炎热的夏日,玛吉和艾拉开车去参加了她最好朋友的丈夫的葬礼。旅途中,玛吉终于可以将生活琐事抛在一边,回顾了自己的婚姻和爱情等问题,这实际上也是一个女人在寻找自我的过程。

1991年,泰勒在作品《也许是圣人》(*Saint Maybe*)中探讨了在一个很不幸福的中产阶级家庭中的罪恶感主题。主人公伊安在哥哥丹尼和嫂子死去之后一直饱受自责的折磨。他和父母一同照顾哥哥的孩子。在孩子们的眼中,伊安像圣人一样。泰勒4年后发表的作品《岁月之梯》(*Ladder of the Years*,1995)讲述了一个抛弃婚姻和家庭的人发现自我的故事。

1997年,泰勒的丈夫莫达雷西与世长辞。次年,泰勒完成了《补缀的星球》(*A Patchwork Planet*,1998)。此作品的主人公巴纳比是一名失业者,其无可救药的乐观主义导致其婚姻的破裂。巴纳比通过一个组织帮助老人,但他一直不清楚是什么让一些人比其他人高尚。

进入21世纪后,泰勒已经发表了8部小说。《那时我们正年盛》(*Back When We Were Grownups*,2001)讲述了一个大家庭中母亲瑞贝卡竭力从过去寻找和发现真实自我的故事。《业余婚嫁》(*The Amateur Marriage*,2003)向读者展示了家庭冲突具有延续到下一代的趋势。迈克尔与波琳在第二次世界大战早期结婚,却花了数十年结束这段婚姻。《掘向美国》(*Digging to America*,2006)写了在美国生活了35年的伊朗女移民兹芭应对其"外人"身份的故事。《诺亚的罗盘》(*Noah's Compass*,2010)写的是孤独的退休教师潘尼威尔试图接受其不完美人生的故事。此书书名来自潘尼威尔在外孙问到诺亚方舟的走向时所谈的一个看法,即诺亚无须考虑走向问题，因为在整个世界都被淹没、没有任何地方可去的情况下，他所要做的只是浮在水面上。《初学者的告别》(*The Beginner's Goodbye*, 2012) 的主人公艾伦是一位出版初学者读物的出版商。妻子死后，他痛苦不已，过了很久才从悲伤中走出来，意识到有必要出一本教人如何应对配偶去世的初学者读物。《一卷蓝线》(*A Spool of Blue Thread*, 2015) 写了惠特尚克家三代人历时七十多年的故事，在表现错综复杂的感情纠葛的同时赞美了家庭。《刻薄女》(*Vinegar Girl*, 2016) 重写了莎士比亚的《驯悍记》，讲述了伶牙俐齿的29岁凯特对其科学家父亲的学生皮奥屈由排斥到接受的恋爱故事。《钟舞》(*Clock Dance*, 2018) 写了怀有希望的薇拉不断发现和改变自我的一生。

泰勒的大多数小说的故事发生地被设在她所熟悉的巴尔的摩市。该市的罗兰公园区是人物们的居住地之一。具体的场景和丰富的细节增加了其作品的真实性和感染力。她的许多作品被改编成电影或电视剧。

（黄重凤）

作品简介

《学会呼吸》(*Breathing Lessons*)

《学会呼吸》是安妮·泰勒的第十一部小说，1989年获普利策奖和全国书评家协会奖。该书一经发行便盛销不衰，被《时代》杂志评为"1989年度最佳图书"。

和泰勒的大多数小说一样，此书也是以女性为主人公，以家庭生活为题材，讲述了一对结婚28年的夫妇玛吉和艾拉的故事。1986年9月的一个星期六，48岁的玛吉和56岁的艾拉开车90多英里从巴尔的摩到宾夕法尼亚州的迪尔利克，去参加玛吉的儿时好友塞琳娜丈夫的葬礼。途中，玛吉终于可以将生活琐事抛在一边，回顾了自己的婚姻和爱情等问题，开始了一个女人寻找自我的过程。玛吉曾以全班第一的成绩从高中毕业后进入大学学习，但她的理想就是做一个"普普通通的人",只愿意"和人打交道",于是她后来选择了在养老院当护士助理,很令家人和男友失望。玛吉20岁出头就做了母亲,40岁就成了祖母。虽然笨手笨脚、唠唠叨叨,但玛吉却很热心健谈,而且有一颗慈母之心。在大家庭中,她对丈夫、子女、儿媳以及孙女都关爱备至。即便是旅途路途上遇到的老黑人奥梯斯先生,她也是充满同情,热心帮助。看到玛吉生活中的种种奇闻逸事,她的朋友甚至认为她就是美国社会和家庭生活中的堂吉诃德。也正是在这些可爱的行为中,读者轻松地接触到夫妻与父母子女之间的冲突矛盾。旧友重聚、家庭争吵、夫妻反目等场面引发的对于年轻时的苦闷、中年时的烦恼以及老年时的孤独的思考,能让读者产生共鸣,感觉仿佛是在观看发生在自己家里的事情。

在结构上,该书分为三个部分:葬礼、抛锚和回家。就视角而言,泰勒运用了第三人称全知视角,还先后从玛吉的角度(第一和第三部分)和艾拉的角度(第二部分)回顾过去。在手法上,泰勒巧妙运用了戏剧的成分,尤其是由不合适的态度行为而引发的尴尬场面,比如玛吉和艾拉在参加葬礼期间偷偷地进入塞琳娜的卧室里做爱被发现的尴尬场面。在时间的处理上,泰勒遵循了亚里士多德《诗学》里的戏剧"三一律",即行动、地点和时间上的统一。《学会呼吸》以玛吉和艾拉睡过头开始,以他们上床睡觉结束,整个事件和回顾都发生在一天之内。在这个合乎规律的时间之外还有一个叙述者的时间,即玛吉、艾拉和奥梯斯等人回顾过去的倒叙时间。除此之外,该小说还含有流浪汉小说(Picaresque)的成分,有评论家把玛吉和艾拉的旅程比作《堂吉诃德》里桑丘和堂吉诃德的旅程。书名"学会呼吸"出现在玛吉对于儿媳菲奥纳怀孕分娩的回忆中,与女性的生存状态密切相关。在作品中,玛吉称得上美国家庭主妇的一面镜子。通过以她为中心的家庭生活的描写,泰勒再一次探索和思考了人生、家庭、婚姻、死亡、生存等问题。因此,泰勒的作品堪称探索20世纪美国人生存状态变迁兴衰的经典。

(黄重凤)

约翰·厄普代克（John Updike）

作家简介

约翰·厄普代克（1932—2009），小说家，被誉为描绘中产阶级生活的大师。他涉猎广泛，极为高产，一生发表29部长篇小说、15部短篇小说集、10部诗歌集、14部散文和评论集。他曾于1964年和1982年两获全国图书奖，1982年和1991年两获普利策奖，1981年、1983年和1990年三度获得全国书评家协会奖。他是为数不多的拥有"国家人文奖章"和"国家艺术奖章"这两项荣誉的作家之一。2008年，他被国家人文学基金选为当年杰弗逊讲座演讲人。

厄普代克生于宾夕法尼亚州雷丁市，在希灵顿镇度过童年。他1954年从哈佛大学毕业后获奖学金去英国牛津大学进修，1955年回国，在《纽约客》从事编辑工作（1955—1957），后来在该杂志上发表了他的大部分短篇小说。1957年，他辞职后定居马萨诸塞州伊普斯威奇镇，成为专职作家。

厄普代克的"兔子四部曲"被公认为他小说创作的最高成就。这套作品里的时间从20世纪50年代末延伸至80年代末，在情节和主题上有发展和继承关系，形成了一个完整的作品系列。"兔子四部曲"描写了"兔子"哈里的一生，叙述了他不断逃离苦闷现实的历程。厄普代克将主人公放在广阔的社会背景中，将他生活及心理的变化与时代的变迁紧密地结合在一起，展现了一个情欲与心灵、理想与现实互相冲突的真实世界，细腻地反映出当代都市人所面临的艰难处境。厄普代克继承和发扬了H. S. 刘易斯（H. S. Lewis）在《巴比特》（*Babbitt*, 1922）中开创的美国中产阶级批判传统，创作的作品被称为"中产阶级专史"。

1981年发表的《兔子富了》（*Rabbit is Rich*）是继《兔子，跑吧》（*Rabbit, Run*, 1960）和《兔子归来》（*Rabbit Redux*, 1971）之后的第三部兔子系列小说，反映了70年代末期美国的能源危机和经济萧条。人到中年的哈里继承了岳父的财产，成了丰田汽车代销行的老板，靠代销省油的日本车乘石油危机之机发了财，终于跻身中产阶级行列。如今的"兔子"过上了富足而无聊的中产阶级生活，再也不用为生计发愁了，再也不用去以前的那些小酒馆了；堂皇的俱乐部、时髦的高尔夫成了他主要的消遣活动。然而，一段时间之后，他又发现这种生活背后无法抹去的空虚，常常沉迷于怀旧。酗酒的妻子、游手好闲的儿子、情欲缠身的自己，还有挥之不去的回忆，让他坠入精神空虚的深渊，失去了早年蓬勃的追求与闯劲，渐渐失落在无奈与平庸之中。厄普代克在这部小说里探讨了美国中产阶级心路历程中的爱欲、罪孽和死亡。此书使他一举荣获三项文学大奖——普利策奖、全国图书奖和全国书评家协会奖。

1990年发表的《兔子安息了》（*Rabbit At Rest*）描写了"兔子"生前最后一年的生活经历。此时距哈里在高中当篮球明星时的辉煌岁月已经有40年了，他已经步入暮年，心脏病使他经常生活在死亡的阴影下。体态臃肿的他和年轻的妻子在寒冷的冬天来到阳光明媚的佛罗里达，内心却极度烦闷和沮丧。他不停地狂吃爆米花和花生等零食，甚至误吃鸟食，对死亡的恐惧和沉思让他不由自主地胃口大开。更糟糕的是，他把生意交给了不争气的儿子尼尔逊打理，尼尔逊吸毒成瘾而且管理不善，将父亲辛苦积攒的家业糟蹋得面临破产。哈里心脏病发作，出院后在儿媳的挑逗下居然与她发生了关系。"兔子"又一次置身于巨大的道德压力之下，最后在绝望中心脏病复发，结束了他不断寻找却又不断失落、浑浑噩噩却又不知所终、平凡却又苦闷的一生。

《圣洁百合》（*In the Beauty of the Lilies*）发表于1996年，是一部有关威尔莫特家族四代人故事的世家小说，时间跨度为70年（从20世纪10年代至80年代），地域跨度从新泽西州直到科罗拉多州。故事始于牧师克拉伦斯的宗教信仰发生动摇，终于他的曾孙克拉克因笃信宗教神启活动而丧命。作者以犀利的眼光记录了宗教在美国人心目中每况愈下的现象，揭露了科技发展给宗教信仰带来的冲击及其引起的道德沉沦。

在2001年发表的中篇小说《记忆中的兔子》（*Rabbit Remembered*）里，厄普代克让"兔子"哈里说了最后一番话。故事发生在哈里去世10年后，是由哈里39岁的私生女阿娜贝尔的突然出现引发的。阿娜贝尔想在哈里的家里找到自己的位子，从而在家庭成员中引起了不同的反应和对哈里的不同记忆。哈里的遗孀詹尼斯及其新丈夫罗尼拒不接纳阿娜贝尔。詹尼斯这么做是因为这又勾起詹尼斯对哈里与阿娜贝尔的母亲露丝的婚外恋的愤恨。罗尼这么做是因为露丝曾是他的女友，他终于明白了哈里不仅与他的前妻偷情，还曾使他的女友怀孕。但哈里的儿子尼尔逊却很高兴有了一个姐姐，他们二人互相帮助，最终不但使阿娜贝尔得到承认，也使尼尔逊得以自立。在他们二人的身上，哈里身上的脆弱和关心人这两个特点得以延续。

《村庄》（*Villages*) 发表于2004年，描述了一个名叫欧文·麦肯齐的新英格兰人70年的人生经历。他毕业于麻省理工学院，创办过电脑软件公司，但小说关注的主要是他的感情教育或性爱追求。在这一方面，欧文的人生取决于三个村庄。第一个村庄是宾夕法尼亚州的威洛，在这里年轻的欧文第一次被女性的美所惊呆。第二个村庄是康涅狄格州的米德尔福尔斯，在这里欧文结了婚，成为首批电脑程序员，在一系列的通奸行为中找到了自己作为成年人的快乐。第三个村庄是马萨诸塞州的哈斯克尔克罗兴，在这里欧文第二次结婚，带着他的记忆和幻想退了休。小说紧密结合社会现实，将众多真实的新闻嵌入故事中，而且还反映和思索了电脑革命给日常生活带来的巨大变化。

厄普代克2006年发表的小说《恐怖分子》（*Terrorist*）充满悬念，以"9·11"事件后的美国社会为背景，刻画了一个"值得同情"的恐怖分子形象，在评论界引起了很大争议。

厄普代克的作品风格明晰，用词考究，对细节描写细致详尽，深入刻画了现代人生存处境的复杂性，探讨生存、死亡、性、宗教、阶级、金钱等话题。厄普代克几乎所有的作品都致力于描写美国市郊中产阶级的家庭生活，因此也经常受到评论家们的尖锐批评，说他无视更重大的历史事件、创作目光狭窄、作品题材有限等。尽管如此，厄普代克在其创造的庞大纷繁的文学世界中生动刻画了当代美国普通中产阶级的日常生活，在其独特的意义上书写了一段当代美国的微观历史。

除了上面提及的作品，厄普代克其他主要作品有长篇小说《贫民院义卖会》（*The Poorhouse Fair*，1959）、《半人半马》（*The Centaur*，1963）、《农场的故事》（*Of the Farm*，1965）、《夫妇们》（*Couples*，1968）、《全是礼拜日的一个月》（*A Month of Sundays*，1975）、《和我结婚吧》（*Marry Me*，1976）、《政变》（*The Coup*，1979）、《伊斯特威克的女巫们》（*The Witches of Eastwick*，1984）、《罗杰的说法》（*Roger's Version*，1986）、《S》（*S*，1988）、《巴西》（*Brazil*，1994）、《走向时间的终点》（*Toward the End of Time*，1997）、《格特鲁德和克劳狄斯》（*Gertrude and Claudius*，2000）、《寻找我的脸》（*Seek My Face*，2002），短篇小说集《同一扇门》（*The Same Door*，1959）、《鸽羽》（*Pigeon Feathers*，1962）、《欧林格短篇小说选集》（*Olinger*

Stories: A Selection, 1964)、《音乐学校》(The Music School, 1966)、《博物馆和女人》(Museums and Women, 1972)、《问题》(Problems, 1979)、《相信我》(Trust Me, 1987)、《来生》(The Afterlife, 1994)、《爱的插曲》(Licks of Love, 2001)、《早期故事集：1953—1975》(The Early Stories: 1953—1975, 2003)，文学评论《分类散文》(Assorted Prose, 1965)、《拾零》(Picked-Up Pieces, 1975)、《靠岸航行》(Hugging the Shore, 1983)、《高尔夫之梦：高尔夫文集》(Golf Dreams: Writings on Golf, 1996)、《静观：美国艺术论集》(Still Looking: Essays on American Art, 2005)，诗集《诗集1953—1993》(Collected Poems 1953—1993, 1993)、《A和P》(A & P, 2006)，儿童文学《魔笛》(The Magic Flute, 1962)、《常用物品趣拼》(A Helpful Alphabet of Friendly Objects, 1996)。

（陈礼珍）

作品简介

《恐怖分子》(Terrorist)

《恐怖分子》是约翰·厄普代克发表的当年在美国最受瞩目的小说之一。这部充满悬念的小说以"9·11"事件后的美国社会为背景，刻画了一个"值得同情"的恐怖分子形象，在评论界引起了很大争议。《今日美国》报道说，2001年"9·11"事件发生时，厄普代克正和妻子在纽约布鲁克林照看孙子孙女，他站在屋顶上亲眼看见第二架飞机撞上世贸中心大楼，又目睹了双塔的倾塌。厄普代克或许对此事感触很深，在"9·11"五周年纪念到来之际，发表了以此为背景的小说《恐怖分子》。

故事发生在新泽西州一个虚构的工业城市，主人公是拥有爱尔兰和埃及血统的美国青年艾哈迈德。英俊潇洒的艾哈迈德生性聪颖而敏感，他三岁时父亲就抛下他及其母亲独自返回埃及。缺少父爱的他在童年和学生时代经常受到不公正待遇，性格变得孤独内向，对丑恶而平庸的现实非常不满，与周围的一切格格不入。11岁时，他开始跟一个名叫谢赫·拉希德的人学习阿拉伯语和《古兰经》，在谢赫身上仿佛找到了父爱的影子。艾哈迈德对伊斯兰教义产生了浓厚的兴趣，变得越来越偏执和好战。虽然成绩很好，可是他对周围消费主义和金钱至上的世俗社会非常反感，高中毕业后就主动放弃了上大学深造的机会，学会了开卡车，在一家旧家具店找到运送家具的工作。这家旧家具店是伊斯兰激进地下组织的一个活动据点，艾哈迈德在那里变成了一个狂热的宗教极端分子，决定做人体炸弹，为捍卫信仰和真理而献身。按照该组织头目谢赫的安排，艾哈迈德开着装有炸药的卡车去炸毁连接新泽西和曼哈顿的林肯隧道，最终在其中学辅导员杰克的劝说下放弃了这一行动。

在《恐怖分子》中，厄普代克突破了主流文化在"9·11"之后对恐怖分子刻意妖魔化和神秘化的做法，从一个新的角度带领读者进入恐怖分子的真实内心，通过艺术手段用冷静的语言和心理分析向读者打开了这一充满偏执、狂热与虚幻的异化世界，对于恐怖分子的形成是否只是出于其自身原因这一问题做了深入探讨。厄普代克描写了美国文化中一个青年人改变信仰和世界观的经历，表现了一个本应拥有光明前途的青年人在抵抗缺乏宗教信仰和道德标准的美国文化中一步步走向另一极端的人生轨迹。厄普代克用独特的道德判断眼光向人们展示了一个恐怖分子的成长过程。

《恐怖分子》出版后批评界对它褒贬不一，但它却因紧紧抓住了读者市场的风向标，成为年度畅销书，为广大读者所推崇。现在评价《恐怖分子》的历史地位似乎还为时过早，但它是厄普代克对既有文学题材的一次大胆突破。厄普代克密切关注时代动向，将自己的写作特色和道德关怀与流行文化结合起来，从新的角度创新题材、拓宽文学领域的做法是值得称道的。

（陈礼珍）

库尔特·冯内古特(小)
(Kurt Vonnegut, Jr.)

作家简介

库尔特·冯内古特(小)(1922—2007),小说家,以黑色幽默风格、奇幻色彩和反主流文化的叛逆思维闻名。冯内古特的创作以小说为主,在散文和戏剧领域也有建树。他笔力雄健,共发表了14部长篇小说、多部短篇小说集、散文集和戏剧。

冯内古特出生在印第安纳州的印第安纳波利斯市,祖上是德国移民。1939年,他进入康奈尔大学,攻读化学专业。读书期间,他就对文学产生了浓厚的兴趣,曾担任一份学生报纸的编辑助理。1941年,他离开了康奈尔大学,应征入伍,被送入卡内基理工大学和田纳西大学机械工程专业深造。1944年,他随美军106步兵师赴德参战,在德军12月份发动的第二次世界大战末期最大的进攻突出部之役(Battle of the Bulge)中被俘,被关押在德国的德累斯顿。1945年2月中旬,美英空军联合对德累斯顿进行了毁灭性轰炸，十三万五千余人（近年来也有学者认为是三四万左右）死于空袭中。冯内古特躲在一座地下屠场的肉库里，幸免于难。由于死亡人数太多，战事紧迫的德国人无法将尸体一一掩埋，便调来部队用火焰喷射器集中焚烧，冯内古特目睹了这一恐怖景象。这段经历成了他人生中挥之不去的记忆，在他的多部作品中一再被叙述。三个月后，冯内古特被攻占德国的苏联红军解救并遣送回国。战后，冯内古特进入芝加哥大学攻读人类学硕士学位，后在芝加哥新闻局、杂志社、通用电气公司、艾奥瓦大学和哈佛大学工作过。冯内古特有过两次婚姻，生养了三个子女，还收养了四个子女。1950年，冯内古特发表了他的第一篇短篇小说《谷仓效应报告》（"Report the Barn House Effect"）。1951年，他辞职成为自由作家，从此开始了长达半个世纪的职业作家生涯。

冯内古特性格诙谐，想象力丰富，嬉笑怒骂皆成文章。在其文学生涯的初期，他主要写短篇和科幻小说，力图摆脱现实主义传统的束缚，不断探索适合自己的写作风格。1963年发表的《猫的摇篮》（*Cat's Cradle*）和1965年的《上帝保佑你，罗斯瓦特先生》（*God Bless You, Mr. Rosewater*）标志着冯内古特风格的转型和日益成熟。《猫的摇篮》是冯内古特的代表作之一，用荒诞幽默的构思辛辣地批判了人类的野心与谎言。

1969年发表的《五号屠场》（*Slaughterhouse Five*）正式宣告了一个文学大师的诞生。此书是一部黑色幽默风格的科幻小说。书名源自冯内古特当年在德累斯顿躲避空袭的那个屠场。它不是传统线性情节型的小说，具有元小说和后现代小说的很多特征，打破了线性叙事和传统情节的束缚，在过去、现在和未来的时空之间不断穿越和重复叙述。故事中，美国青年比利在第二次世界大战中参军去了德国，当了俘虏后被关在德累斯顿一座屠场内。他在地下室里躲过了盟军对德累斯顿的地毯式轰炸，是全城为数不多的幸存者之一，同时也被惨烈的景象深深地震撼了。战后，他虽然生活富足，却一直摆脱不了那段地狱般经历的阴影。后来，他声称被来自特拉尔法玛多星球（Tralfamadore）的外星人俘虏了，于是库尔特·冯内古特（小）（Kurt Vonnegut, Jr.）

他有了超人类的四维时空观，可以在过去、现在和未来之间自由穿梭，任意遨游于天地之间。比利早就看到了自己的死亡，可以在生与死的回路之间不断游历体验。冯内古特用丰富的想象力和黑色幽默的风格描绘了一个荒诞不经的非逻辑世界。美国的很多学校曾以内容猥亵为由禁止和焚烧过《五号屠场》，但这并不能掩盖它当时极受欢迎和风靡全美的事实。《五号屠场》早已成为后现代主义和黑色幽默文学中公认的经典。

1973年发表的《冠军早餐》（*Breakfast of Champions*）也很好地体现了冯内古特式奇幻、诙谐、夸张与讽刺的叙事风格。作家亲自为它画了很多富有奇思异想的插图，与文字相得益彰。冯内古特一直笔耕不辍，接着又相继发表了《闹剧》（*Slapstick*，1976）、《囚鸟》（*Jailbird*，1979）和《加拉帕戈斯群岛》（*Galápagos*，1985）等作品。1997年，他在75岁的高龄还发表了《时震》（*Timequake*）。此后，冯内古特正式宣布封笔，不过他仍然没有真正放弃创作，后来又陆续发表了几部作品，其中的散文集《无国度之人》（*A Man Without a Country*，2005年）最为人所称道。

半个多世纪里，冯内古特通过写作不断对有关历史、真实、进步、自由、人生、科学、宗教和政治的传统宏大叙述进行揭露和讽刺，用叛逆思维从后现代主义视角建构出一系列政治文化寓言，使人们认识到人类和世界所具有的荒诞性。冯内古特虽然经常使用后现代主义的理念和技巧，通过黑色幽默和玩世不恭的风格讽刺和针砭时弊，但他也摆脱了后现代主义文学中常见的形式空洞和思想颓废等痼疾。冯内古特将自己充满创伤的人生经历纳入创作，用十余部作品阐释了自己对世界和时代的独特理解。他的作品曾遭遇过非议与抵制，但是如今已被译成几十种语言文字，受到全世界读者的欢迎。

2007年4月12日，年逾八旬的冯内古特因脑部受伤在纽约曼哈顿安然而逝。世界各国的文学界和知识界都为之举哀，纷纷发表文章纪念这位备受欢迎与尊敬的文学家。冯内古特的作品很早就被译介到中国，迄今已有十多部作品被译成中文，有的作品还有多个译本。

除了上面提及的作品，冯内古特其他主要作品有长篇小说《自动钢琴》(*Player Piano*,1952)、《泰坦星的海妖》(*The Sirens of Titan*,1959)、《黑夜母亲》(*Mother Night*,1961)、《神枪手迪克》(*Deadeye Dick*,1982)、《蓝胡子》(*Bluebeard*,1987)、《咒语》(或译《花招》)(*Hocus Pocus*,1990),短篇小说集《猫舍里的金丝雀》(*Canary in a Cathouse*,1961)、《欢迎光临猴子屋》(*Welcome to the Monkey House*,1968)、《巴格博鼻烟盒:未收集的短篇小说》(*Bagombo Snuff Box: Uncollected Short Fiction*,1999),散文集《旺皮特、弗玛和阁兰法隆》(*Wampeters, Foma and Granfalloons*,1974)、《棕榈树星期天》(*Palm Sunday*,1981)、《生不如死》(*Fates Worse than Death*,1991)、《上帝保佑你,科沃基安医生》(*God Bless You, Dr. Kevorkian*,1999)、《大决战回望》(*Armageddon in Retrospect*,2008),戏剧《旺达·琼,生日快乐!》(*Happy Birthday, Wanda June*,1970)、《时间和蒂姆巴克图之间》(*Between Time and Timbuktu*,1972)、《下定决心》(*Make Up Your Mind*,1993)、《红粉佳人》[*Miss Temptation*,大卫·库珀曼(David Cooperman)改编,1993]、《小兵外传》(*L'Histoire du Soldat*,1993)。

(陈礼珍)

作品简介

《时震》(*Timequake*)

《时震》是库尔特·冯内古特(小)75岁高龄时出版的小说,曾被他郑重地称为其封笔之作,虽然他后来又发表了几部作品。《时震》并不是一部纯虚构作品,而是虚构与事实的集合体,里面既有很多冯内古特生活经历中的真实细节,也有很多异想天开的奇妙虚构。冯内古特自己在《时震》的前言中将它比作"大杂烩"。确实,《时震》这部后现代主义风格

库尔特·冯内古特（小）（Kurt Vonnegut, Jr.）

的作品是由科幻元素、元小说、奇思异想、个人自传、俚俗玩笑和严肃思辨拼贴起来的大杂烩。

《时震》全书由序言、后记和63个凌乱的短章组成。这些章节打破了叙述的封闭性，没有明显的因果关系，也没有传统意义上统摄全篇的情节。故事背景大致这样：2001年2月13日，宇宙的时空连续体发生故障，开始收缩颤动，导致"时震"，于是时空错位，一切都退回到10年前的1991年2月17日；回到过去的时空后，人们不得不再次经历过去10年间已经发生过的事情，可以目睹这些事情再次发生的过程，也知道它们的走向和结果，却无法采取任何改变历史的行动。时震使得人们失去了自由意志，完全无法掌控自己的命运，只能也只须袖手旁观而无法行动。时震结束后，自由意志又返回世界。然而由于巨大的惯性，一切反而陷入混乱与灾难之中。

冯内古特在《时震》中延续了以往的写作风格，用奇幻的背景将故事与人物置于陌生的环境中，将常规的行为放入非常规的语境中，以此凸显和披露被各种习俗和规约所掩盖的生活本身的滑稽性与悲剧性。他用玩世不恭的态度、荒诞不经的语言和断裂的叙事形式来嘲讽这个荒诞与混乱的世界。他自创了许多很有创意的单词和表达方法，"时震"就是其中之一。"时震"是从"地震"（earthquake）变化而来。冯内古特的这一大胆而又新颖的用法很受推崇，有批评家甚至认为它会和"第二十二条军规"（Catch-22）一样成为内涵丰富的词汇。冯内古特的自传、自白和有关作品创作过程的段落在《时震》中占了很大比例。它的语言犀利幽默，趣味盎然。然而，由于重复和交叉叙述了冯内古特此前的很多作品和主题，再加上它后现代主义风格的叙事形式，《时震》难免会给读者造成晦涩难懂的印象。对于熟悉和喜欢冯内古特风格的读者来说，《时震》是一部不负众望的上乘之作。《时震》出版后，很快就被译介到中国。中国台湾和大陆分别于1999年和2001年出版了《时震》的中文译本。

（陈礼珍）

艾丽斯·沃克（Alice Walker）

作家简介

艾丽斯·沃克（1944—　　），小说家。出生于佐治亚州的一个佃农家庭，祖上曾是黑奴。沃克8岁时在玩耍中遭遇意外，造成她右眼失明。1961年高中毕业，以最高成绩获奖学金进斯培尔曼学院学习。1964年从非洲旅行回来后，进入萨拉劳伦斯学院学习。1965年毕业后到密西西比州工作，投身于民权运动，后进入纽约市福利部门工作，曾在多所大学任教。

沃克的第一部诗集《一度》（Once）发表于1968年，第一部小说《格兰奇·科普兰的第三次生命》（The Third Life of Grange Copeland）发表于1970年。沃克本人称这部小说是根据真人真事写成的，讲述了一个黑人家庭的夫妻与父子之间的爱恨纠葛的悲剧故事。格兰奇是美国南方农村的一个普通黑人青年，他满怀理想却又在现实中找不到走出贫穷的道路，于是沉溺于酗酒和嫖妓，还经常殴打妻子以发泄自己无名的愤怒。后来格兰

艾丽斯·沃克（Alice Walker）

奇离家出走去了北方，妻子在绝望中自杀了。格兰奇的儿子布朗菲尔德童年时代目睹了父亲的酗酒和家暴，心里留下阴影，成年后感情生活历经波折，物质生活也拮据窘迫，渐渐也和父亲一样走上酗酒和家暴的道路。一次醉酒后，他开枪杀死了妻子梅姆，被判入狱。格兰奇从北方回来后有了悔悟之意，肩负起抚养孙女露斯的重任。布朗菲尔德出狱后仍然本性难改，执意要夺回女儿。为了使孙女远离邪恶与暴力的影响，格兰奇在法庭上开枪打死了儿子，自己也在逃避警察追捕时中弹身亡。这部小说揭示了黑人家庭与社区中的贫穷与暴力。正如书名所暗示的，只有在新一代的身上才有新的生命。

1973年，沃克发表短篇小说《日常用品》（"Everyday Use"），以怀旧情绪和充满哲思的明晰语言著称。之后发表的第二部长篇小说《梅丽迪恩》（*Meridian*，1976）讲述的是20世纪六七十年代亚特兰大学院的非裔妇女梅丽迪恩·希尔的故事。梅丽迪恩试图在争取种族和社会平等的运动中找到自己的位置。尽管她发现民权运动里存在着许多过激之举，然而为了自己的信仰她还是参加了。在一次登记非裔选民的活动中，梅丽迪恩逐家逐户地拜访和登记，逐渐了解了广大非裔的民生疾苦。当她的同事和其他志愿者半途而废或敷衍塞责时，她却坚持拖着局部中风的病躯在南方继续挨家挨户地登门拜访，与普通民众交谈并认真记录，继续为理想而奋斗。梅丽迪恩以自己的非暴力态度坚守着自己的理想和信念。

1982年发表的书信体小说《紫色》（*The Color Purple*）是沃克迄今最著名的作品，该书一举奠定她美国主流作家的地位。1989年发表的《我熟友的圣殿》（*The Temple of My Familiar*）是沃克所有作品中规模最宏大、情节最复杂、人物最繁多的一部，作者称它为"过去50万年的罗曼史"。书中描写了几代非裔妇女的身世和遭遇，讲述了跨越非洲、欧洲和南美洲与千年时空的三对情人之间的故事，探索了内心深处的情感、历史、神话和传说。书中探讨的主题是边缘化的弱势民族在构建自我身份时面临的重重困境。书中的人物面临种族主义和性别歧视的双重压迫，都在寻找一个新的身份。沃克在过去、现在和未来之间来回穿梭，在历史与文化的交接中努力探求非裔的身份和生活的真正意义。

1992年沃克发表的《拥有欢乐的秘密》（*Possessing the Secret of Joy*）里的故事发生在非洲东部的奥林卡，当地有给女性施割礼的习俗。塔施的姐姐在接受割礼时因失血过多而死去。出于对民族传统的认同，或迫于社会习俗的强大压力，塔施也不得不接受割礼。在忍受了肉体的巨大苦痛和灵魂的长久折磨后，塔施开始追寻自己苦痛的根源，最终知道了"拥有欢乐的秘密"。后来她嫁给了一个黑人牧师，移居美国。多年后，她又回到奥林卡，因复仇欲失控而杀死了施行割礼的老妇人。事情败露后，塔施被判处死刑。在此书中，沃克强烈地控诉了文化传统中的神秘化倾向及其为维护父权和男性的快乐而牺牲女性的传统，高扬了女性反抗的旗帜。

1998年发表的《凭着父亲的微笑》（*By the Light of My Father's Smile*）通过多重视角讲述了几代人的性别与情感方面的故事，展现了几代父女之间关系的变迁。在墨西哥的大山里住着一个叫作孟多的部落，这里的居民大都是逃亡的黑奴以及当地的印第安人。一对非裔美国夫妇扮成基督教传教士带着他们的两个十来岁的女儿来到孟多部落研究当地的文化习俗。这家的父亲声称来此为了拯救别人的灵魂，自己却真正失去了灵魂。他声称要考察孟多文化，却一点也不尊重孟多人。发现自己的大女儿喜欢上了一个叫马努列多的孟多人后，他凶狠地用皮带抽她，他们父女的关系一度紧张和破裂。父亲死后成了一个"天使"，在另一个世界默默地观察女儿们并试图弥补自己给她们造成的伤害。面对父亲的真诚忏悔，女儿们重新接纳了他。和以往的作品一样，沃克自由地跨越和穿梭于不同时空，描绘了亲情与社会习俗之间的冲突。

沃克是首位获得普利策奖的非裔女作家，她用自传色彩浓重的笔调讲述了非裔文化的历史，作品中充满了对人性的渴望、对尊严的追求和对自己所属的弱势群体的同情。沃克擅长细腻刻画非裔女性的内心世界，准确表达了她们被压抑的情感与渴望、追求自由平等的愿望和重新发现与建构自我的决心。沃克不仅著述丰富，还经常接受采访和发表演讲，是环保、女权、同性恋合法化以及争取经济公平等运动中的中坚分子。她曾于1983年访问过中国。

沃克的其他重要作品还有诗歌《晚安，威利·李，明早再见》（*Goodnight Willie Lee, I'll See you in the Morning*，1979）、《大地的讯息：祖母的灵魂在世贸中心和五角大楼遇袭后的言说》（*Sent by Earth: A Message from the Grandmother Spirit after the Attacks on the World Trade Center and the Pentagon*，2001）、《笃信大地之善：新诗集》（*Absolute Trust in the Goodness of the Earth: New Poems*，2004）、《诗集》（*Collected Poems*，2005），散文集《寻找母亲的花园》（*In Search of Our Mother's Gardens*，1983）、《拯救我们的一切所爱之物：一位作家的能动论》（*Anything We Love can be Saved: A Writer's Activism*，1997），传记《美国诗人兰斯顿·休斯》（*Langston Hughes, American Poet*，1974）。

（陈礼珍）

作品简介

《紫色》（*The Color Purple*）

《紫色》是艾丽斯·沃克迄今最著名的一部小说，发表后成为热门畅销书，在评论界也获得很高评价，一举奠定了她作为美国主流作家的地位。该书1983年夺得三项大奖——普利策奖、全国图书奖以及全国书评家协会奖。两年后被著名导演斯皮尔伯格搬上银幕。2005年12月又被改编成音乐剧在百老汇上演。

《紫色》里的时间跨度约有40年，从20世纪初期一直延续到40年代。它用的是书信体小说形式，全书由92封信构成，有女主人公塞丽写给妹妹纳蒂的信、塞丽写给好友舒格的信以及塞丽写给上帝的信。这些信讲述了塞丽这一美国南方农村的非裔女性的不幸遭遇。她14岁时被继父强奸，生下的两个孩子都被继父弄得下落不明。后来她又嫁给了一个粗鲁的中年鳏夫，继续遭受虐待。她的妹妹纳蒂因不堪忍受继父的骚扰从家里逃出来投奔塞丽，却又受到姐夫的觊觎。在塞丽的帮助下，纳蒂成功逃脱，挫败了塞丽丈夫的企图，塞丽丈夫便把怒气都发泄在塞丽身上，待她更加凶狠。在极度的辛酸和痛苦中，无助的塞丽只能靠写信向上帝倾诉自己的痛苦和愿望。塞丽丈夫的前恋人舒格是位著名歌手，她回来养病期间与塞丽成为心心相印的好友。在舒格的帮助下，塞丽离开了丈夫，在孟菲斯市学做裤子，最后创立了自己的裤业公司，成功过上了独立的生活。当年被迫离开塞丽的纳蒂随一对传教士夫妇去了非洲传教，其间给塞丽写了很多信，均被塞丽丈夫扣下了。在舒格的帮助下，塞丽才读到这些信。纳蒂的非洲来信约占全书三分之一的篇幅，揭示出非洲妇女的处境与美国非裔女性的处境非常相似。后来，塞丽的丈夫意识到了自己的错误，有了悔改之意，开始努力修复与塞丽的关系。小说末尾提到，当年与塞丽失散的两个孩子被那对传教士夫妇收养，纳蒂最后带着孩子们回来团聚，大家开始了幸福的新生活。

《紫色》是非裔文学的一个高峰。通过细腻刻画人物的内心活动和思想言行，沃克试图表明，非裔的低下地位、贫困、遭受经济剥削和政治压迫等问题，部分原因在于非裔自身，即同一族群内部的自我压迫与性别歧视。她指出，只有清除了根深蒂固的男尊女卑旧观念、树立起男女平等的新观念、拥有了独立平等的人格和自我，非裔才能同心协力摆脱贫穷和落后，才能获得真正的幸福。

沃克在《紫色》中用了许多南方口语，用简洁平易的笔调刻画了非裔女性的深重苦难与惨痛命运，给读者留下深刻的印象。也有评论批评《紫色》扭曲了非裔男性的形象，夸大了种族和性别两方面的问题。但瑕不掩瑜，《紫色》已被译成几十种语言，受到世界各国读者的欢迎，成为最为著名的20世纪美国小说之一。

（陈礼珍）

温迪·瓦瑟斯坦（Wendy Wasserstein）

作家简介

温迪·瓦瑟斯坦（1950—2006），剧作家，常被看作她那个时代的代言人。瓦瑟斯坦的戏剧通常描写那些在女权主义兴起的年代正当年的聪明的知识女性，她们挣扎于选择职业生涯还是相夫教子的传统角色之间。她满怀真诚和同情地表现人物及其所面临的斗争，但为了保持平衡，她有时也会用幽默的态度看待问题，因而她的戏剧常带有喜剧色彩。瓦瑟斯坦的成名作《非凡女性及其他》（*Uncommon Women and Others*，1975；改编版，1977）在纽约公演时她才27岁。她的另一部作品《海蒂编年史》（*The Heidi Chronicles*，1988）于1989年在百老汇上演后获得了许多奖项，包括托尼奖、纽约剧评家协会奖和普利策奖。

瓦瑟斯坦出生于纽约市布鲁克林区的一个中产阶级犹太家庭，是家中四个孩子中最小的。1962年，她家搬到曼哈顿，先后就读于当地的几所私立中学，包括卡尔洪中学。在这里，她发现可以为每年举行的母女时装秀写音乐剧，从而逃避上体育课。中学毕业后，她进了芒特·霍利奥克学院，一所比较保守的精英女子私立学院。直到大三，由于在阿默斯特学院选修了一门戏剧课并参演了几部戏，瓦瑟斯坦才真正开始接触戏剧。1971年大学毕业后，瓦瑟斯坦回到纽约市，进入城市大学，跟剧作家伊斯雷尔·霍洛维茨（Israel Horovitz）和小说家约瑟夫·海勒（Joseph Heller）学习创作，1973年获硕士学位。同年，瓦瑟斯坦的作品《任何女人都不能》（*Any Woman Can't*）问世，成为她的第一部由职业剧团上演的戏剧。这是一部讲述一个女人想在男人统治的世界里保持独立性的滑稽闹剧。

之后，瓦瑟斯坦又申请了哥伦比亚大学商学院和耶鲁大学戏剧学院研究生院，被同时接受，她选择了耶鲁。在耶鲁，瓦瑟斯坦师从罗伯特·布鲁斯坦（Robert Brustein）研究戏剧。布鲁斯坦是著名剧评家，非常重视专业训练和艺术创造力。在学习戏剧名作的过程中，瓦瑟斯坦也发现了20世纪70年代许多女权主义者所发现的问题，即在戏剧史上，那些重要的男剧作家都没有深入探讨女性经验，女性人物常被老套地定位于妓女或不负责任的母亲形象。于是瓦瑟斯坦开始创作关于女性的作品，希望能够把更多类型的女性人物更全面地展现在舞台上。

虽然瓦瑟斯坦决意塑造更多有意义的女性形象，但她并不想写简单肤浅的说教式的戏剧，比如她不想只写两个身穿伐木工装的女孩坐在拖拉机上，而想写她们更加深层、微妙的方面。她的戏剧以简单的故事情节、复杂的人物形象和机智的对话著称，探讨的是女性怎样和为什么选择婚姻、事业或某种生活方式，以及这些选择所带来的痛苦、困惑和自由。她的剧本《非凡女性及其他》写了五位年近三十的女性从芒特·霍利奥克学院毕业六年后的重聚。她们当年无忧无虑的大学生活与现在的困惑和失望形成鲜明的对照。她们大多还没有确定自己的人生目标。评论家们认为，尽管此剧的话题严肃，但是全剧自始至终都贯穿着瓦瑟斯坦的幽默。

在瓦瑟斯坦的下一部作品《难道不浪漫》（*Isn't It Romantic*，1981；

改编版，1983）中，她刻画了两个曾是同窗好友的三十多岁的女人珍妮和哈丽特。珍妮是一位聪明、略胖的犹太作家，总想从保护欲过强的母亲手里解放出来；哈丽特是一位美丽、精明的白人经理。她们都是努力摆脱父母的控制、试图建立自己的生活和身份的20世纪80年代知识女性。珍妮的努力使她与一个叫她"猴子"的年轻犹太医生进入一段难有结果的感情；哈丽特则与其咄咄逼人、已有家室的上司关系暧昧。此剧与《非凡女性及其他》相似，也探讨了女性在父母要求下怎样平衡事业和感情的关系。它的特别之处在于聚焦于婚姻制度和女性结婚仅为满足社会期待的现象。有评论指出，瓦瑟斯坦的《罗森斯韦格姐妹》（*The Sisters Rosensweig*，1992）在主题上又回到《难道不浪漫》。此剧聚焦于三位性格各异的中年女性，表现的也是如何平衡职业和情感的复杂过程。也有评论认为，此剧最突出的主题是关于犹太人的身份认同和融入美国主流文化的渴望。

瓦瑟斯坦的《海蒂编年史》描写了女主人公海蒂·霍兰德在社会和心智方面的发展。故事开始于海蒂上中学，结束于23年后她成为一个独身的艺术史学家。对海蒂的发展起重要作用的是一群朋友，他们鼓励她积极参与20世纪六七十年代的妇女运动。然而到了20世纪80年代，这些朋友却转向他们以前所摒弃的物质主义。海蒂一直坚守女权主义的原则，最后理想幻灭，感觉很孤立。在高中校友的聚会上，海蒂发表了一篇即兴演说，讲述了她的被抛弃感和她对空虚的同时代女性的失望。她说："我曾经以为问题的关键是我们所有人都在一起。"然而此剧仍然是乐观的，海蒂最后收养了一个女儿，感觉很充实。尽管有评论认为这样的结尾是对海蒂之前价值观的一种妥协，许多评论还是肯定这样的结局，认为这符合海蒂那一代人的理想。海蒂对女儿的希望是她永远不会因为男人而认为自己一无是处。

瓦瑟斯坦也写散文和电影剧本，但她仍然是美国最知名的剧作家之一。评论家们赞赏她对社会的敏锐观察、机智的俏皮话和深刻的见解。她的创作也极大地丰富了戏剧舞台上的女性形象，并为传统喜剧的大团圆结局提供了富有意义的其他选择。

瓦瑟斯坦的其他主要作品有剧本《生日快乐，蒙特利彼精神》（*Happy Birthday, Montpelier Pizz-zazz*，1974）、《当蒂娜·肖统治地球时》[*When Dinah Shore Ruled the Earth*，1975。与克里斯托弗·杜昂（Christopher Durang）合著]、《温柔的提议》（*Tender Offer*，1983）、《套中人》[*The Man in a Case*，1986，改编自安东·契诃夫（Anton Chekhov）的短篇小说]、《迈阿密》（*Miami*，1986），电影剧本《非凡女性及其他》《杜松子酒的忧伤》[*The Sorrows of Gin*，1979，改编自约翰·契弗（John Cheever）的短篇小说]、《美国女儿》（*An American Daughter*，1997）、《第三》（*Third*，2005）。

（李菊）

作品简介

《海蒂编年史》（*The Heidi Chronicles*）

《海蒂编年史》是剧作家温迪·瓦瑟斯坦的代表作。1988年12月11日首先在外百老汇剧作家地平线剧场公演，连续演出三个月，场场观众爆满。1989年3月9号又到百老汇的普利茅斯剧场演出。此剧上演期间观众上座率平均高达90%，赢得了普利策奖、托尼奖和纽约剧评家协会奖等多项大奖。首演之后，评论家们褒贬不一，但大多赞赏瓦瑟斯坦对第二次世界大战后"婴儿潮"一代人成年后的大胆描写。

海蒂自己就是这代人的杰出代表。她聪明，受过良好教育，试图在男性主宰的社会中取得一席之地。然而也有评论诟病瓦瑟斯坦把剧中的严肃话题和情景喜剧式的幽默结合到一起，写出优柔寡断的苏珊·约翰斯顿这样半生不熟的人物和一个刻意安排的结局。许多女权主义者也挑了这部剧的毛病。虽然一些人很高兴看到这样一部女权主义主题的戏剧在主流社会里获得成功，但是他们对瓦瑟斯坦的一些贬低妇女运动的言论（主要通过剧中男性人物的声音）很不满意。主人公海蒂经常是一言不发的旁观者，

温迪·瓦瑟斯坦（Wendy Wasserstein）

被斯库普和彼得这两个男性人物所控制。尽管有这些抱怨，以女权主义戏剧为次文类的《海蒂编年史》仍然取得了巨大成功。此剧奠定了瓦瑟斯坦作为婴儿潮一代的戏剧代言人地位。

除了政治和性别角色的主题，许多评论家和观众觉得这部剧非常有趣，瓦瑟斯坦处理喜剧对话的能力更是为大家所赞赏。此外，许多女性比较认同海蒂对身份的追寻和在现代社会中遭受的痛苦。与她之前几部作品类似，瓦瑟斯坦的这部作品记录了主人公海蒂从青少年到成年的25年成长历程，在20世纪60年代中期成年。艺术史学家海蒂是全剧的中心人物。剧里也写了她朋友苏珊的成长历程，但苏珊的作用是衬托主要人物。剧里还描写了海蒂生活中的两位重要男性：彼得·帕特隆，一位细心、体贴、聪明的儿科医生，后来成为自由同性恋者；斯库普·罗森鲍姆，19岁时就已经成为很有雄心的企业家，后来担任《安家者》杂志的编辑。

此剧有两幕，每幕之前有个开场白，第一幕共五场，第二幕共六场。剧中的三个主要人物在这些场景里不停地相互遇见，他们的生活随着社会环境和价值观的变化而变化。性别角色和意识是这部时间跨度为25年的剧中的主题线索。主题之一：寻找身份。海蒂关注的重要问题就是寻找自己的身份。在开头两场中，她分别是16岁和19岁，年纪不大，但是对自己的智力很有信心，而且相信女权主义事业。她积极支持女权运动，鼓励其他妇女在艺术和生活上追求平等。然而她的这种身份却经历了严峻的考验。在斯库普的婚礼上，他告诉海蒂，就是因为海蒂要求和他平等，他才不能娶她。他的话好像预示了海蒂之后生活的失败。在整个第二幕中，海蒂发现自己和其他女性步调很不一致，不管是在婴儿淋浴室里、在健身房里还是在很友好的朋友聚餐会上。苏珊本来是个信奉女权主义的律师，但后来摒弃了它。到第二幕结束时，海蒂打算去明尼苏达州重新发现自己，但彼得劝她留了下来，因为他需要她。直到她最后决定收养一个女儿，海蒂总是被周围的人所影响和左右。

主题之二：成长。《海蒂编年史》记录了主人公从十几岁到成年的生活变迁。背景是20世纪60年代到80年代末期,当时美国经历了剧烈的政治和社会动荡,如越南战争、女权主义的兴起、艾滋病的威胁等。随着海蒂逐渐成熟,她卷入了女权主义运动。海蒂抗议芝加哥艺术学院没有展出女艺术家的作品,在女权运动中找到了自己的身份和目标,然而渐渐地她发现这并不是她想要的全部。在参加高中同学聚会时,当海蒂意识到自己和其他女性多么不协调时,她接受了这个现实。最终她留在纽约,收养了一个孩子。这一做个母亲过另一种生活的决定是她独立做出的,真正反映了她的成熟。

主题之三:成功与失败。此剧讲述了成功对男女的不同意味。尽管第一幕的序言就交代了海蒂是个成功的艺术史学家,但此剧更关注她作为一个女权主义者和独立女性的成功之处。与男性人物不同,对海蒂来说,事业的成功并不等于自我的全部实现。海蒂在一个男性主导的社会中成为一个独立的女性,然而这一成功在全剧结束时却在海蒂眼里变得很空洞。她希望女权主义能够让女性同胞团结起来为社会注入新的意义,可是现实却证明这一想法错了。她的女性朋友们开始转向追求表面上的幸福和物质上的成功。苏珊就是一例,她在各种角色之间快速转换,开始是一个怀有理想的法学院学生和女权主义者,后来成了好莱坞政治掮客,最后对女权主义事业不再着迷,对海蒂的问题也变得感觉迟钝。海蒂与男性的关系似乎也不太顺利,没有真正持久的关系,做选择时还要受到男性的影响。直到最后决定收养孩子时,海蒂才实现了独立。

至于剧中的男性人物,斯库普和彼得都是传统意义上的成功者。斯库普拥有长久的婚姻、两个孩子、从律师到出版商的成功职业生涯。彼得是纽约市备受尊敬的儿科医生,有许多男性朋友,尽管他们中的许多人得了艾滋病,生命垂危。因为社会是男权主导的,所以评判男性的标准要比评判女性的标准宽松许多。在瓦瑟斯坦的虚构世界里(现实社会也是如此),女性们如果想做出些成绩,通常须付出双倍于男性的努力。

(李菊)

詹姆斯·韦尔奇（James Welch）

作家简介

詹姆斯·韦尔奇（1940—2003），印第安人小说家和诗人。他对印第安人生活经历的描写在一定程度上改变了人们对印第安人的看法。与"印第安文学复兴"中的其他作家一起，韦尔奇创作了一系列既有社会意识又有精湛艺术的文学作品。他小说中的人物往往需要在互补而又冲突的多元文化中寻找自己的位置。他的小说较为易读有趣，常用辛辣的幽默来缓和严峻的现实。

韦尔奇的前两本小说《血中冬季》（*Winter in the Blood*，1974）和《吉姆·洛尼之死》（*The Death of Jim Loney*，1979）表现了印第安人如何努力去理解自己与印第安人的传统和社区。之后的两部小说《愚弄鸦族》（*Fools Crow*，1986）和《袭鹿心歌》（*The Heartsong of Charging Elk*，2000）重写了19世纪的文本，以重新审视由历史事件所导致的美国印第安人的决定和动力。韦尔奇的作品也试图把对印第安人的专注扩大到整个人类，让读者思考人类境况的普遍性。

韦尔奇出生于蒙大拿州的印第安保留地，父母亲都是有着爱尔兰血统的印第安人。母亲属于凸肚（Gros Ventre）部落，父亲属于黑脚（Blackfeet）部落，两人都是在联邦印第安人寄宿学校受的教育。母亲后来在印第安事务局做秘书，父亲做过农场主、焊工和医院管理者。韦尔奇在蒙大拿的印第安人保留地上学，之后又去明尼苏达州的明尼阿波利斯市上学。他1965年从蒙大拿大学毕业，1968年与洛伊丝·芒克（Lois Monk）结婚。在之后的30年中，他诗歌和小说的名声越来越大，他成了国家艺术基金会的评委，协助编写了蒙大拿文学选集，也是蒙大拿特赦委员会中的一员。1997年，印第安文学界授予他终身成就奖。2000年，法国政府授予他文学骑士奖。2003年，他因肺癌去世。

韦尔奇在很小的时候就想当作家，尽管当时很少有出版社对印第安文学或蒙大拿感兴趣。母亲鼓励他写作，找来历史文献，帮他了解印第安人曾如何在北蒙大拿躲避美国军队。这些历史让韦尔奇认识到自己的地区和部落曾在美国历史中发挥过重要作用。多年后，他在蒙大拿大学学习创作时，美国诗人理查德·雨果（Richard Hugo）鼓励他去写自己所熟悉的印第安生活和文化。他在这个时期所创造的诗歌都被收入《厄斯保40之旅》（Riding the Earthboy 40，1970）。此书取名于黑脚部落的一个名叫厄斯保的家族；韦尔奇的父亲曾租种过他家的四十英亩地。此诗以蒙大拿的场景为背景，富有文化与环境气息。韦尔奇将永恒的自然（河流、沙丘、野兽、天空）与现代的城市（教堂、酒吧、加油站）联系到一起，在诗里描写了那些常被忽视的人。评论界对这部诗集的反应不一，但很多评论认为作者很有前途。从他的诗中可以看到理查德·雨果、詹姆斯·莱特（James Wright）和秘鲁印第安人作家塞萨尔·巴列霍（Cesar Vallejo）的影响。

尽管韦尔奇是写诗出身，但让他声名鹊起的却是他的小说。他早期的小说借用印第安人传统讲述个人的成长，而不是部落的传统。他认为自己

詹姆斯·韦尔奇（James Welch）

不是一个传统的故事讲述者，而是一个以欧美传统书写印第安人的作家，声称在他从诗歌转向小说的过程中，海明威和斯坦贝克等人给了他很大影响。韦尔奇喜欢用传统的印第安文化增添其作品的超现实色彩，也喜欢把小说人物置于现代世界的多元文化中去审视和刻画。

韦尔奇的第一部小说《血中冬季》语言精练，情节即兴。小说的叙述者是一个没有名字的人物。他觉得自己和一切（包括家庭、情人、土地、社区，甚至自己）都有距离。他住在母亲的农场上，被当作一个孩子。他的父亲和兄弟已经去世多年；他年迈的祖母几乎不说话。他不愿意面对现实，让自己沉湎于酒色。离家后，他混迹于酒吧、女人和其他同样沉沦的人们当中，心不在焉地寻找那个偷走他剃须刀和枪的前情人。他寻找正义和意义的过程是可笑的，有时甚至是危险的。只有在回家之后，他才对自己有了新的认识，他的家似乎也融化了他的血管中的血。整部小说中，韦尔奇用带有冷峻幽默和轻快节奏的笔调处理了它的严肃主题。这部作品赢得了批评界的赞誉，也使韦尔奇被推为"印第安文学复兴"的领军人。

《愚弄鸦族》是韦尔奇最成功、最著名的小说，得过全国图书奖和《洛杉矶时报》图书奖等奖项。这部史诗性的作品讲述了一个名叫"白人之狗"的鲁莽、不幸的印第安青年如何成长为富有责任心的"愚弄鸦族"（因施计打败鸦族人而得此名）的故事，同时也再现了1870年美国军队用天花灭绝黑脚部落的事件，用史实和数据从美国土著人的视角改写了美国历史。在这部作品中，白人士兵和农场主是危险的入侵者。愚弄鸦族在成长过程中要与这些入侵者斗争，与本部落的成员也有许多思想交锋。他的指导者米克—阿皮号称千面人。受到好友快马的挑战和父亲最年轻的妻子的引诱，愚弄鸦族不得不做出选择，对他自己乃至整个部落的成长都产生了影响。韦尔奇对于黑脚部落的生活方式尤其是其精神生活的逼真再现，是这部作品的一个突出成就。

在《愚弄鸦族》里回顾了历史之后，韦尔奇在《印第安律师》（*The Indian Lawyer*，1994）里又回到现代，写了一个准备竞选议员的成功的印第安律师,从不同角度对他做了审视。这个律师的成功对印第安人不无益处,但也在某种程度上将他与印第安人分开。此书表现了印第安人在一个种族定义狭隘的国度里寻找身份的过程。如同《愚弄鸦族》,此书也包含了政治阴谋、阴险诡诈和男子气概,但它的主题、人物和情节却缺乏韦尔奇的优秀作品的深度。

韦尔奇的最后一部小说《袭鹿心歌》是历史小说。故事发生在19世纪晚期,主人公是一个被留在法国的印第安人,通过他的特殊经历,韦尔奇研究了一个人如何融入一个陌生,甚至有些仇视的文化当中。这个名叫袭鹿的主人公去欧洲旅行是为了寻找探险乐趣,并以艺人的身份赚钱。但是,他所面对的却是疾病、偏见和拮据,令人联想到印第安人在过去五个世纪里的经历。别人向他许下过诺言,但都没有兑现。由于当局的失误,他被认为已经死亡,因而他的存在就被忽视了。他想回家,但障碍重重。他想融入新的文化,但这个过程因为文化差异、仇视和社会问题而非常缓慢。在法国生活了20年后,他最终获得回家的机会,但他却犯了难,不知自己到底是应该回家还是继续待在法国。为融入法国文化而全身心地努力了这么多年之后,袭鹿觉得自己更属于法国。岁月已经改变了他,他在法国已经有了新家,尽管他与过去仍有联系。

韦尔奇创作了一批富有创意和艺术特色的作品,加深了读者对美国印第安人的了解,也让印第安人有了更多理由昂首挺胸。

(金海娜)

作品简介

《愚弄鸦族》(*Fools Crow*)

《愚弄鸦族》是印第安人小说家詹姆斯·韦尔奇的代表作,曾获全国图书奖、《洛杉矶时报》图书奖和太平洋西北书商协会奖等奖项。小说

詹姆斯·韦尔奇（James Welch）

里的故事发生在美国南北战争结束不久的蒙大拿州，讲述了印第安人黑脚部落的一个被称为白人之狗（后被改称愚弄鸦族）的年轻人与其部落的故事。当时，白人的入侵正逼迫他们改变传统的生活方式，使得他们面临抗争还是被同化的问题。小说有力地表现了印第安传统生活方式渐渐逝去的过程，以1870年美国军队制造的玛丽亚斯河大屠杀为高潮，但也在悲剧和压抑气氛中暗示了一丝希望。

韦尔奇用史实和数据从美国土著人的视角重新定义美国历史，拒绝使用"征服西部"和"展现命运"等陈词滥调，重造了一种文化环境以展示被忽视的美国土著人历史。韦尔奇在愚弄鸦族的个人生活和黑脚部落的传统故事及信仰之间建立起平行的叙述关系。愚弄鸦族对部落传统的尊重使他获得了经济上的成功、个人的幸福和人们的尊敬。他的无私与其他人物的自私形成对比。快马和猫头鹰之子等人物的极端个人主义扩大了仇恨，使得很多无辜者丧生。小说以坚定无畏的态度描写黑脚部落历史上的这一重要时刻，展示了那些复杂的联盟和斗争、条约和战争、文化交流和政治不平等以及一个时代的终结。尽管书里叙述的历史事件具有悲剧性，但也表现了印第安人在磨难中生存，对未来抱有希望。小说主人公白人之狗在实战中打败了鸦族人并剥了鸦族人头领的头皮，却被传为使用了蒙汗药，从而得到了愚弄鸦族这个名字。叙事想象在小说中发挥了很大作用。韦尔奇将富有想象的黑脚部落神话、口语和灵异事件结合起来，模糊了真实与想象之间的界线，展现了黑脚部落的口述传统，凸显了不同于西方认知系统的叙述和时间模式。

以近似于19世纪写实小说的手法，《愚弄鸦族》模拟了黑脚部落往日的生活样式，详细描述了他们的文化、友谊、家庭、亲情、恋爱和婚姻关系等。小说深入刻画了人物的悲哀、恐惧、脆弱等个性特点，发挥了想象和虚构在历史叙述中的作用。在叙述白人和黑脚部落的历史政治冲突时，韦尔奇让冗长的历史叙述与有关个人成长的口述故事交错进行，让部落中74岁高龄的老巫医米克—阿皮担任连接黑脚部落历史事件的关键人物。小说的背景是1867年至1870年间,白人及其商贸、疾病和文化的进入引发了黑脚部落不同家族间的矛盾以及他们与白人政府的斗争,最后以沉重跑者族的营地遭白人骑兵攻击、族人被屠杀殆尽的历史事件(即黑脚部落历史上的玛丽亚斯河大屠杀)而结束。为了表现历史和文化的真实感,韦尔奇广泛借用了黑脚部落的语言和口述传统,比如用英语直译黑脚部落的命名,称白人为Napikwan,黑脚人为Pikuni,天花为White Scabs,野牛为Bighorn。在计数方面,韦尔奇也采用了黑脚部落的做法,以冬天为计算年龄的单位。

在《愚弄鸦族》中,韦尔奇表现了梦和奇异经验在黑脚部落的传统中预示未来的重要作用,人们可以从其中的神灵和神兽那里接受信息。例如,快马就是在梦中得到预言,但他并没有遵循预言给他的指示,所以在那次奇袭之后就每况愈下。相反,愚弄鸦族总是根据梦的指示行事,因此他后来成了黑脚部落的领导者。但梦的魔力也是有限的,愚弄鸦族最终没能阻止天花,也没能将天花引向白人。

(金海娜)

约翰·怀德曼（John Wideman）

> 作家简介

约翰·怀德曼（1941—   ），小说家和散文家，主要写非裔美国人的城市生活。

怀德曼生于华盛顿特区，家境贫寒，在匹兹堡市的非裔贫民区霍姆伍德长大。少年时期，他是匹兹堡皮博迪高中的优等生和运动健将，毕业时获篮球奖学金升入宾夕法尼亚大学。在宾夕法尼亚大学，他也一直是优等生，还是校篮球队队长。1963年，他获罗兹奖学金去英国牛津大学学习，1966年毕业，获哲学学士学位。他在牛津大学期间正式开始创作，回国后进艾奥瓦大学作家工作室做过研习。1966—1977年，他在宾夕法尼亚大学英语系任教，创立了该校第一个非裔研究项目。

怀德曼的第一部小说《惊鸿一瞥》（*A Glance Away*）出版于1967年，写的是一个戒了毒的非裔吸毒者回家后努力避免毒瘾复发、重建家庭和社会关系的故事。随后的《归心似箭》(*Hurry Home*, 1970) 写了一个法学院毕业生试图通过游历欧洲融入白人社会,后来在非洲重新确定了他的非裔身份。在《处私刑者》(*The Lynchers*, 1973) 里,四个愤怒的非裔男子企图谋杀一个白人警察以扩大种族矛盾,却由于他们内部的互相嫉恨和猜疑而最终失败。小说以多重视角表现了城市中的暴力。1974年,怀德曼赴怀俄明大学任教,一直教到1986年。尽管在西部生活了十多年,他写的主要还是非裔美国人的生活。

20世纪80年代,怀德曼发表了他的"霍姆伍德三部曲",包括短篇小说集《丹巴拉》(*Damballah*, 1981)、长篇小说《藏身之处》(*Hiding Place*, 1981) 和《昨日请君来》(*Sent for You Yesterday*, 1983)。在这些作品中,怀德曼用独特的时间框架和语言形式将匹兹堡市的非裔贫民区霍姆伍德改造成一个充满诗意和悲情的地方。《藏身之处》写了一个曾在《丹巴拉》里出现过的男孩汤米参加了一起不大的抢劫,无意中致人死亡,躲进了霍姆伍德的一个疯老太家。《昨日请君来》是怀德曼最受称赞的一部作品,曾获1984年度笔会/福克纳小说奖。在此作品中,通过主要叙述者杜特和布鲁斯乐钢琴演奏者艾伯特·威尔克斯等人物,作者试图强调,创造性和想象力能为超越绝望和增强种族、文化和阶级关系发挥重要作用。之后发表的《罗本》(*Reuben*, 1987) 的叙述者是一位名叫罗本的律师。他为霍姆伍德的居民提供低价服务,也接触到当地的暴力事件和心理,比如当地的一位篮球教练助理似乎杀过一个白人,而且对白人社会怀有根深蒂固的仇恨,总幻想对白人中年男人施暴。

怀德曼在20世纪90年代发表了三部小说。《费城之火》(*Philadelphia Fire*, 1990) 用小说形式讲述了一个真实的事件,即1986年费城警察经市长同意出动直升机对一个叫作"MOVE"的非裔激进武装组织实施轰炸,炸死了包括5个儿童在内的11个人,引发了一场烧毁了五十多所房子的火灾。这是作者对于非裔的城市生活和社会组织的最为深入的探讨,有力地揭示了非裔贫困、种族歧视、政治腐败和警察暴力。此书获1990年度笔会/福克纳小说奖和1991年度全国图书奖。《宰牛》(*The Cattle Killing*, 1996)把叙述者对于费城的童年记忆与18世纪末费城爆发黄热病时非裔的困境以及南非科萨(Xhosa)部落的故事编织到一起。此书获1997年度詹姆斯·库伯最佳历史小说奖。《双城》(*Two Cities*, 1998)借鉴了狄更斯描写法国大革命时期的巴黎和伦敦的《双城记》,把故事发生地设在费城和匹兹堡,写了一个名叫卡西玛的女子,在经历了失去参与团伙犯罪的两个儿子和患艾滋病的丈夫的悲痛之后,试图重返社会生活的故事。

怀德曼最近发表的小说《法农》(*Fanon*, 2008)采用小说、传记和回忆录等形式讲述了著名非裔哲学家和革命家、《黑皮肤,白面具》(*Black Skin, White Masks*, 1952)的作者弗朗茨·法农(Frantz Fanon)的故事。怀德曼还发表过一些非小说类作品,其中较重要的是回忆录《兄弟和保管人》(*Brothers and Keepers*, 1984)和《父亲之路:对于父子、种族和社会的思考》(*Fatheralong: A Meditation on Fathers and Sons, Race and Society*, 1994)。前者获全国图书奖提名,后者入围全国图书奖终审。

怀德曼的早期作品带有浓重的现代派色彩,20世纪70年代开始逐渐以非裔知识分子的立场转入对族群、家庭和多种族矛盾等问题的思考。在关注主题的复杂性的同时,怀德曼也关注文体的复杂性。他的小说经常出入于真实与幻想之间,善于借鉴多种写作风格和传统素材,在比较、差异和关联中,以错综复杂的后现代风格来处理非裔和当代城市人的错综复杂的世界。

(金海娜)

作品简介

《昨日请君来》(*Sent for You Yesterday*)

《昨日请君来》是约翰·怀德曼的小说,曾获1984年度笔会/福克纳小说奖。

《昨日请君来》是怀德曼的"霍姆伍德三部曲"里的最后一部，另外两部是短篇小说集《丹巴拉》和小说《藏身之处》。在这些作品中，怀德曼呈现出一部与他自己的家史相似的家史。这一家史的叙述把讲故事视为保持其活力的主要方法。一些故事片段在不同场合得到复述。同一故事也常被不同人物从不同角度叙述。民间表达、宗教信仰、宗教的和世俗的音乐、传说、俚语等充满叙述，在这些作品中起了重要作用。这些作品的故事发生地都是霍姆伍德。这是一个不断恶化的危险空间，工作难找、建筑破败、酗酒和吸毒普遍、种族主义和暴力猖獗，出路非常渺茫。《丹巴拉》和《藏身之处》里的一个主要人物汤米曾因两起杀人罪而受到控告和囚禁。

在《昨日请君来》里，曾杀死一个警察的布鲁斯乐钢琴演奏者威尔克斯在外躲了七年后又回到霍姆伍德，结果被警察枪毙。威尔克斯的故事发生在第二次世界大战之前，在时间跨度从20世纪20年代延伸到70年代的小说中是一件往事，一个具有象征和启发意味的基础性事件。杜特是小说的第一人称叙述者，叙述发生在现在的70年代。这位研究艺术的30岁非裔男子想要了解自己的家史，便回到霍姆伍德探亲。探亲期间，他的亲戚朋友对他回忆起往事，包括威尔克斯的故事。这些故事及其讲述者们的思想言行和相互关系构成了小说的主体。杜特的主要作用就是询问和聆听，把书里的主要人物和讲述者调动和联系起来，结果使得每个人的身份都开始变得开放和可塑。在身份、梦想和声音的这种交流和结合中，霍姆伍德的历史文化被逐渐地重构起来，就像在密切合作中奏出的一首复杂和谐的布鲁斯乐曲。这部小说的书名借自一首同名的布鲁斯乐曲。小说里的这首由不同叙述构成的布鲁斯乐曲让书中人物，尤其是年轻的杜特看清了世界，获得了在此艰难世界中生存和斗争的勇气和方向。

《昨日请君来》采用了非传统的形式，情节是非直线性的，视角不断转换，时间时进时退，语言充满内省和隐喻，生者与死者关系密切。正如

约翰·怀德曼(John Wideman)

怀德曼给读者提建议时所言：不要期望直白。小说的故事就像投入平静湖水中的一枚石子一样，荡起层层涟漪，一个故事套着一个故事。《纽约时报书评》称《昨日请君来》为"令人惊艳的小说"，说怀德曼在书里回到自己成长的非裔贫民区，并将它变成一个"神奇的地方"。

（金海娜）

奥古斯特·威尔逊（August Wilson）

作家简介

奥古斯特·威尔逊（1945—2005），剧作家。生于宾夕法尼亚州匹兹堡市的一个被称作"丘陵"（The Hill）的贫民区。这个贫穷但充满生气的贫民区为威尔逊的许多剧本提供了背景。威尔逊很小时，他的白人父亲抛弃了家庭，母亲靠做清洁工养活六个孩子。母亲再婚后，威尔逊一家随继父搬到一个白人区，在这里威尔逊饱受种族歧视之苦。15岁时，威尔逊因为被错误地指责为抄袭而辍学。此后，他就开始自学，在公共图书馆里博览群书。威尔逊是20世纪80年代美国戏剧的主要代表作家之一。他的戏剧曾经获得托尼奖、纽约剧评界奖和普利策奖等奖项。

威尔逊选取20世纪每个年代非裔美国人在生活中所遇到的最重要的问题，把它写成剧本，再把它们放在一起，构成了反映20世纪非裔生活体

奥古斯特·威尔逊（August Wilson）

验史的系列剧。他的戏剧以生动的人物刻画和富有诗意的对话为特点，常常关注那些在严酷的现实中已经找到解决方法的非裔美国人和那些尚未找到解决方法的人们之间的冲突。由于奴隶制的影响，非裔主人公们割裂了与非洲传统的联系，所以常常成为种族歧视和经济压迫的牺牲品，无力改变这种严酷的现状。他们中有些人甚至互相发泄心中的失落。那些能够重新认识历史的人就能够更好地生存，也能够积极应对他们生活中的不公平现象。

威尔逊的文学生涯始于诗歌和短篇小说创作。1968年，威尔逊参与了民权运动，与一些志同道合者共同创建了"黑色地平线"剧团。这个社区剧团旨在提升居民的政治意识和思想觉悟，成了他早期剧作的舞台。1978年，威尔逊应邀到明尼苏达州圣保罗市为一个非裔剧院创作剧本，迎来了他职业生涯的转机。他的前期作品，例如《弗勒顿大街》（*Fullerton Street*，1980）、《黑男爵和圣山》（*Black Bart and the Sacred Hills*，1981）和《吉特尼》（*Jitney*，1982）等，并未引起太多关注。直到1984年《莱尼大妈的黑臀舞》（*Ma Rainey's Black Bottom*）上演，威尔逊才得到广泛的赞誉。此剧首先被康涅狄克州的尤金·奥尼尔戏剧中心的全国剧作家会议所接受，引起了剧评家的广泛关注。它先在耶鲁轮演剧目剧场上演，后来到百老汇演出。此后，几乎所有威尔逊的剧作都是首先出现在剧作家会议上，然后在耶鲁轮演剧目剧场及地方剧院演出，之后又在百老汇演出。

《莱尼大妈的黑臀舞》里的故事发生在20世纪20年代，讲述了被称作布鲁斯摇滚乐之母的传奇女歌手莱尼大妈（"Ma" Rainey）生活中的一个虚构插曲。故事发生在一间录音棚里，四位乐手在等候莱尼大妈。他们各自的生活状况在谈话中逐渐展现出来，观众们意识到这些非裔乐手所遭受的种族歧视。不久，莱尼大妈来到工作室，白人经理和工作室老板处处表现出对莱尼大妈及其乐队的歧视和压制。其中一位乐手利维忍无可忍，与他们发生了暴力冲突，全剧也达到高潮。尽管有评论认为威尔逊这部剧情节不足、结尾生硬，但是他对人物形象的生动刻画得到了广泛好评。具有现实主义特征的、不落俗套的人物性格以及地道生动的对话是此剧的最大特点。

威尔逊第二部在百老汇上演的戏剧《篱笆》（*Fences*，1983）赢得了一致好评，获1987年度普利策奖。故事发生在民权运动前夕的20世纪50年代末期，主要讲述了垃圾运输工特洛伊·麦克森及其家庭的故事。麦克森以前是非裔棒球联赛的优秀击球员，但因肤色问题不能参加美国职业棒球大赛。等到大赛开始接受非裔运动员参赛时，麦克森已经过了自己最好的时光，不能再跟年轻运动员同场竞争了。在匹兹堡，他和罗斯结了婚，生了儿子科里。总是在家庭和工作这些日常事务中不停奔波，麦克森渐渐产生了疲惫感。对生活的不满最终导致他背叛了家庭，和别的女人有了孩子。情人在分娩时不幸去世后，麦克森把孩子抱回家让妻子抚养。科里想当运动员，但麦克森由于自己过去的经历固执地叫他放弃这个想法，而且认为这是对他好。麦克森的行为给家人造成了情感上的伤害。威尔逊认为，非裔美国人不应该依据"事情应该是什么样子"的想法生存，而必须学会适应环境。实际上，正是这种对新环境的适应能力使得非裔美国人能够忍受痛苦。

威尔逊系列剧的第三部《乔·特纳的来和去》（*Joe Turner's Come and Gone*，1984）在《篱笆》仍在上演时就开始演出，这对于纽约戏剧界的非裔剧作家来说是史无前例的。与威尔逊其他作品相比，此剧被广泛认为更具神秘性，表现的是美国南北战争后迁徙到北方的非裔美国人的生活。故事发生在1911年匹兹堡的一家简陋客栈里。赫罗尔德·鲁米斯在一个臭名昭著的南方种植园园主乔·特纳手下做了7年苦役，现在来宾夕法尼亚州找寻他的妻子。鲁米斯来到了这家客栈，这里还有许多其他黑人也在找寻某种联系和生活的完整性。虽然已经部分地融入了美国的白人社会，他们仍然保留着非洲的传统。此剧表现了他们如何面对过去奴隶生活的创伤以及面对现实社会白人统治的严酷事实。威尔逊称自己最喜欢此剧。评论家们称赞他熟练运用非洲神话与传奇创作了一部富有诗意的戏剧。

《钢琴课》(*The Piano Lesson*, 1990)在百老汇上演之前就赢得了1990年度普利策奖。故事发生在1936年多克·查尔斯的家中。几十年前,白人奴隶主卖掉多克的父亲和祖母,换回了一架钢琴。悲痛欲绝的祖父在钢琴腿上刻上了他妻子和儿子的图腾。后来,多克的哥哥因为偷钢琴而被杀。这架钢琴现在就放在多克的起居室中。多克的侄子鲍伊·威利想卖掉钢琴买土地,为了现在的实际用途而放弃过去的象征,由此便发生了矛盾冲突。他姐姐强烈反对卖钢琴,希望能保留这一家族历史的象征物。

威尔逊不断为他的系列剧增加新内容,其他剧作还有《两列奔驰的列车》(*Two Trains Running*, 1990)、《七把吉他》(*Seven Guitars*, 1996)、《赫德里国工二世》(*King Hedley II*, 1999)、《大洋之珍宝》(*Gem of the Ocean*, 2004)、《高尔夫电台》(*Radio Golf*, 2005)。

(李菊)

作品简介

《篱笆》(*Fences*)

《篱笆》是奥古斯特·威尔逊的剧作,1983年在康涅狄克州沃特福德尤金·奥尼尔戏剧中心首演。此剧是威尔逊由10部作品组成的"匹兹堡系列"中的第六部,故事发生地是20世纪50年代美国北部一工业城市。与此系列的其他作品相同,《篱笆》探讨了非裔经历的发展变化和种族关系。此剧赢得了1987年度普利策奖、纽约剧评家协会奖和四项托尼奖。

《篱笆》的主人公特洛伊·麦克森是垃圾运输工,故事开始时53岁。他的生活并不顺利,小时候由暴虐的父亲养大,后来因抢劫和谋杀入狱,在狱中服刑15年。他曾是优秀的棒球运动员,但刑满出狱后年龄已经太大,不适合在新整合的美国职业棒球大联盟打球。麦克森为自己因肤色问题失去很多机会而深感痛苦,所以他不让儿子科里从事体育,以避免遭受和他一样的失望。他一直生活在过去,没有意识到世界已经发生了很大变化。他的父亲专制、残暴,但爱儿子的他教育儿子的做法与他父亲当年教育他的做法如出一辙,因此他是在重复前人的错误。麦克森认为自己必须掌控自己生活中的每个方面,甚至宣称如有必要会同死亡做斗争。

麦克森想摆脱对妻子、儿子和家庭的责任。他背叛了结婚18年的妻子罗斯,与一位名叫阿尔伯塔的女子产生了私情,还生下私生女雷奈尔。麦克森对自己所爱的人不能很好地表达内心的情感,把情感深埋在心里,在他与家人和朋友之间建立起无形的"篱笆"。他只知道自己是家庭的经济支柱,却忽略了情感方面的交流,最终与妻子、哥哥、儿子、朋友等亲近的人都变得疏离。

罗斯是麦克森的妻子,和他结婚已经18年了。她比丈夫小10岁,深爱着丈夫,是一位坚强的女人。听到麦克森说出自己有外遇并且有个快出世的孩子,罗斯很受打击。尽管仍然和丈夫住在一起,但他们之间已经没有了恩爱。她想在房子周围修建篱笆,以保证家人的安全。她试图缓解麦克森与孩子们之间的矛盾冲突。她借钱给莱昂斯(麦克森前妻所生的儿子),还设法减轻麦克森对科里的绝对控制。她答应抚养分娩时不幸去世的阿尔伯塔所生的雷奈尔,觉得孩子不应替犯错的父母接受惩罚。感情受到沉重打击后,罗斯积极参与教会活动,用宗教代替了婚姻中的亲密关系。最后还是她把家庭凝聚在一起,主张家人和朋友应该学会宽恕,记住麦克森好的方面。

篱笆在此剧中有很多含义。罗斯认为在房子周围建起篱笆能够保护她所爱的人的安全。对麦克森来说,篱笆是把不受欢迎的侵入者挡在外面的方法。在情人阿尔伯塔死后,他修建了篱笆,想把死神挡在外面,然而也伤害了他所关爱的家人。麦克森试图在科里周围建一道无形的篱笆阻止他的追求,结果使他离家出走,七年没与家人联系,直到麦克森去世才回家。在麦克森与其家人朋友间也存在这种无形的篱笆;他总是有意无

奥古斯特·威尔逊（August Wilson）

意地把真实的自己与别人隔离开来。麦克森觉得美国白人社会也是在用篱笆把非裔美国人阻挡在外，使非裔在许多方面没有白人享有的权利。这种无形的篱笆阻碍麦克森实现自己的梦想，他只能做收垃圾这样又脏又累的工作，而白人则可以得到垃圾车司机这样好一点的职位。因为麦克森的抱怨，他后来也当上垃圾车司机，尽管他没有驾照。升职之后，他渐渐与昔日的朋友疏远了，包括他多年的好友博诺。是博诺最先发现了麦克森的婚外情，这使他们进一步疏远。

麦克森最大的遗憾就是没能成为职业棒球运动员。因此他也不让科里从事他所热爱的体育，尽管他有机会获得大学的橄榄球奖学金。麦克森的观念仍然停留在过去，没有意识到世界在过去20年间已经发生了很大变化，非裔美国人现在可以和白人一起参加职业体育比赛，体育方面种族限制已被取消。

（李菊）

兰福德·威尔逊（Lanford Wilson）

作家简介

兰福德·威尔逊（1937—2011），剧作家，外外百老汇和地方戏剧运动的先锋作家。他的戏剧关注传统价值观和现代社会的潜在压力之间的冲突。此类冲突只能得到间歇性的解决，却大大增加了其戏剧的多样性和趣味性。威尔逊出生于密苏里州黎巴嫩市，5岁时父母离婚，他跟着母亲和务农的继父在密苏里的欧扎克高原上长大。1955年高中毕业后进入西南密苏里州立学院，1956年转到圣迭戈州立学院主修艺术和艺术史，1957年退学来到芝加哥，一边在一家广告公司工作一边尝试创作，曾在芝加哥大学学习戏剧创作。

在威尔逊的早期作品《基列的香膏》（*Balm in Gilead*，1965）和《布莱特太太的疯狂》（*The Madness of Lady Bright*，1964）中，性格古怪的人物与传统斗争或试图逃离传统的束缚，作家清晰而又富有同情地表现了他

兰福德·威尔逊（Lanford Wilson）

们的绝望。《埃尔德里奇的蹩脚诗人》（*Rimers of Eldritch*，1966）和《小溪在说话》（*This is the Rill Speaking*，1965）嘲笑了一个小镇上的虚伪、自大和落后的传统，同时又肯定了青少年所具有的纯真和活力。这些作品如同拼贴画，不同对话相互交织，不同场景互相重叠，演员们一人扮演两个角色等，由此威尔逊巧妙地将老一代根深蒂固的价值观和青年一代的积极探索结合在一起。

威尔逊的这种拼贴画风格在《巴尔的摩旅馆》（*The Hot l Baltimore*，1973）中得到很好的体现。此剧的场景是一家破败的廉价旅馆，旅馆招牌上的"Hotel"掉了一个字母"e"而且也没人补上这一细节就能形象地表明这家旅馆的破败状态。来巴尔的摩旅馆的都是妓女、退休者、流浪汉、二流子、被抛弃者等。在巴尔的摩旅馆里，恰恰是老年人想抛弃传统，而有个年轻女子却努力要返回过去。这个年轻的应召女郎看到无人在尽力维护这家旅馆非常苦恼，认为"许多事情被放弃"是因为"没有人还对热情有信心"。她看到一位年轻人轻而易举地放弃了寻找祖父的努力非常生气。此剧语言简明，比早期作品更有自然主义色彩，用旅馆这个象征物来表达其基本主张。此剧先后公演了1166场，获得了纽约剧评家协会奖。

威尔逊写塔里家族的三部曲同样把建筑物用作象征物，以表现情感和社会方面过去与现在的冲突。《7月5日》（*Fifth of July*，1978）里的故事发生在现在，分散的塔里一家聚到了一起，有姑妈莎莉·塔里、她的小侄子肯及其同性恋情人、莎莉的侄女琼及其私生女。肯在越南战争中腿部因伤致残。琼把房子提供给两个老朋友住，他们都是20世纪60年代的激进反战分子。此剧常被视为对那十年政治的一种评价。然而这一政治主题并不突出，很快就变成次要主题。房子被卖了，象征着他们抛弃了家庭的根，以换取一个他们不想要也不喜欢的未来。《塔里和儿子》[*Talley and Son*，1985。1981年的初稿叫作《讲过的故事》（*A Tale Told*）]里的故事发生在第二次世界大战时期，但剧本却是最后写完的。此剧涉及莎莉·塔里的父亲和祖父之间为了控制家族生意而进行的争斗。《塔里的蠢行》（*Talley's*

Folly,1979)里的故事与《塔里和儿子》同时发生,讲述的是莎莉和纽约犹太裔会计师迈特·弗里德曼之间的恋爱故事。

在《天使堕落》(Angels Fall,1983)里,附近核电站的一次事故把故事人物聚集到一座很小的天主教堂内。这些人物中,有一个叫纳瓦洛的聪明的年轻人放弃了自己对社区的责任;有一位历史学家突然放弃了从事一生的工作。此剧似乎没有提供正当的理由,人物精神危机的解决也非常机械。威尔逊非常擅长写人物的对话,但有时却不能把情景不留痕迹地融入他所关注的主题中。然而,当他心目中的一些主要因素,比如诚实、友爱、家庭和戏剧性场景紧密结合时,他的剧作也能表现一些重要问题,比如社会是怎样一代代逐渐构成的。

威尔逊的其他主要作品还有戏剧剧本《逗留集市上》(So Long at the Fair,1963)、《柠檬天空》(Lemon Sky,1970)、《猎户座的巨大星云》(The Great Nebula in Orion,1971)、《家庭的延续》(Family Continues,1972)、《烧掉它》(Burn This,1987)、《红木帘子》(Redwood Curtain,1992)、《同情的魔力》(Sympathetic Magic,1997)、《岁月之书》(Book of Days,1998)、《雨之舞》(Rain Dance,2002),电影剧本《独臂》(One Arm,1970)、《烧掉它》(1992)、《塔里的蠢行》(1992)。

(李菊)

作品简介

《塔里的蠢行》(Talley's Folly)

《塔里的蠢行》是兰福德·威尔逊的一部浪漫喜剧,是他"塔里家族三部曲"中的第二部。第一部是写塔里家族与资本主义和越战政策斗争的《7月5日》,家庭成员中有刚成为寡妇的莎莉姑妈,她把家族的房子看得

兰福德·威尔逊（Lanford Wilson）

比金钱更重。《塔里的蠢行》讲述了1944年莎莉怎样与其丈夫结合的。三部曲中的最后一部是《塔里和儿子》。《塔里的蠢行》于1980年2月20日在纽约市的布鲁克斯阿特金森剧院上演，获1980年度纽约剧评家协会奖和普利策奖。

《塔里的蠢行》里的故事发生在1944年密苏里州黎巴嫩市塔里农场的一所旧船屋里，讲述了两个看上去差别很大的人物最后确定恋爱关系的故事。莎莉·塔里出身于城里的一个传统的富裕家庭，家庭成员都是自负的清教徒。迈特·弗里德曼是一位犹太会计师，比莎莉大十一岁。故事里，他们各自鼓起勇气吐露了内心深处最痛苦的秘密，最后确定了恋爱关系。此剧在百老汇的演出取得很大成功，故事深深感动了观众和评论家，直到二十多年后，它还被不断搬上舞台，被公认为威尔逊最有代表性的作品。

《塔里的蠢行》是独幕剧，开始时迈特就直接告诉观众，全剧长约97分钟，希望能在这段时间内恰当地讲述这个故事。他还告诉观众，故事发生的具体场景是一座年久失修的旧船屋。头一年夏天，迈特在密苏里的黎巴嫩度假时遇到莎莉，此后便每天给她写信。莎莉唯一的回信并没有给他任何的希望，但迈特还是勇敢地回来请求莎莉嫁给他。莎莉来到旧船屋，不相信迈特会不请自来，尽管他曾在信里告诉莎莉会再回来度假。迈特的到来在莎莉的传统清教家庭中引起了不小的轰动。对于这个家庭，犹太人是不受欢迎的，尤其是迈特的目的是追求他们的女儿，而且还比她大11岁。

迈特对莎莉的热情一直不减。有一次，他从家开车去圣路易斯的医院找在那里工作的莎莉，在被告知莎莉不在后还是等了好几个小时。谈起旧船屋时，莎莉告诉迈特，那是她叔叔建的，她叔叔在小镇上以爱做"蠢事"闻名。但莎莉认为她叔叔是家族中最健康正常的人，因为他有勇气做自己想做的事情。后来，两人便开始回忆他们相遇的那天和去年夏天两人一起度过的时光。迈特发现莎莉特地换了一件漂亮的裙子来见他，认为这是一个好兆头。但莎莉仍然不同意确定恋爱关系。迈特觉得莎莉是自己见过的最神秘、最迷人的女孩，下定决心要娶她。接着，迈特说自己过去一年中几乎每两周就会去拜访莎莉的姑妈一次，所以了解到莎莉的许多情况，比如她因为非传统的教学而被主日学校开除。

谈话中，莎莉也了解到迈特的个人情况。迈特最终向莎莉吐露了深藏心底的秘密。他出生在立陶宛，父亲是工程师。第一次世界大战前，他们全家在穿越边界时被捕，父亲和姐姐受到法国人的折磨，姐姐不幸死去。迈特是通过亲戚的帮忙才辗转逃到美国，童年时的创伤一直影响着他，虽然已经42岁，却还从未爱过一个女人，因为他曾经发誓不把孩子带到这个残酷的世界上。但是一遇见莎莉，他就发现自己变了，生活中第一次开始对未来充满希望。

迈特转而问莎莉，一位年轻漂亮的31岁女人为什么会一直没结婚。莎莉开始总是转移话题，后来才说出心底的秘密。原来许多年前莎莉曾经对爱情感到失望，所以一直到现在不愿再谈恋爱。莎莉家曾给她安排过一个名叫哈利·坎贝尔的结婚对象。坎贝尔家族非常有钱，这桩婚姻会促进两个家族的生意，让他们成为镇上最富有的家族。不幸的是，在经济大萧条时期，家族的财富缩水了。另外，莎莉患上肺结核，被隔离了很长时间，骨盆感染又让她失去了生育能力。所以哈利的家庭就解除了婚约。

迈特不得不感慨他们命运的巧合性。去年一冬他都在反复考虑这一问题而不得其解，那就是他如何才能做到既娶到自己的所爱又满足不要孩子的想法。现在知道了莎莉的秘密，他认为一定是天使帮忙把莎莉带到他眼前。他向莎莉求婚，最终莎莉同意了。两人决定离开这里去圣路易斯。他们发誓每年都要回这个船屋看看，因为这里是他们相爱的地方。

（李菊）

汤姆·沃尔夫（Tom Wolfe）

作家简介

汤姆·沃尔夫（1930—2018），小说家、新闻记者、"新新闻主义"（New Journalism）的倡导者。沃尔夫生于弗吉尼亚州首府里士满，父亲是农学家，母亲是园艺师。1957年获得耶鲁大学美国研究专业博士学位后，沃尔夫为好几家报社撰写文章，包括马萨诸塞州的《斯普林菲尔德联合报》和《华盛顿邮报》。之后，他担任《纽约杂志》和《时尚先生》等杂志的编辑。1960年担任《华盛顿邮报》驻拉美记者时，他以对古巴的新闻报道赢得华盛顿报业协会的外国新闻奖。

他的第一本书《糖果色柑橘片流水线婴儿》（*The Kandy-Kolored Tangerine-Flake Streamline Baby*，1964）是讽刺20世纪60年代美国风尚和名人的杂文集。他的非小说作品《令人振奋的兴奋剂实验》（*The Electric Kool-Aid Acid Test*，1968）记录了60年代的迷幻药文化。这本畅销书为提倡"新新闻主义"的沃尔夫奠定了在非小说文学革新潮中的主要倡导者地位。

沃尔夫是一个多产的作家,其他作品包括《彩绘文字》(The Painted Word,1975)、《从包豪斯建筑学派到我们的房子》(From Bauhaus to Our House,1981)、《对艺术的崇拜:关于新上帝的笔记》(The Worship of Art: Notes on the New God,1984)、《完整的人》(A Man in Full,1998)。《合适的材料》(The Right Stuff,1979。1983年拍成电影)从不同角度审视了美国第一个宇航员计划。《虚荣的篝火》(The Bonfire of the Vanities,1987,1990年拍成电影)是一部关于都市里的贪婪和腐败的小说。

《彩绘文字》是沃尔夫的一部很有争议的作品。这部关于美国艺术界的作品激怒了画坛,原因之一是沃尔夫经常称其为"艺术村",把它描绘成一个人数不过三千的群体,其中约三百人住在纽约以外的大都会地区。

1979年,沃尔夫完成了他写了6年多的《合适的材料》,记述了第二次世界大战后的火箭航空实验和早期太空计划,着重描写火箭飞行员和宇航员的心理状态和他们之间的竞争。此书成为畅销书并获得1980年度非小说类全国图书奖,还因其别致的散文风格获得1980年度哥伦比亚新闻奖。

1984年至1985年,沃尔夫的首部小说《虚荣的篝火》在《滚石乐队》上连载,写的是80年代纽约为金钱而疯狂的故事。几经修改后,全书于1987年出版,产生了很大的商业效益和社会影响,在畅销书榜上停留了数周。

沃尔夫用了11年完成的第二部小说《完整的人》影响巨大,主人公是60岁的亚特兰大房地产开发商和23岁的打工者。开发商的帝国已经开始滑向破产,而小伙子在开发商的加利福尼亚州阿拉米达县食品批发仓库的冷冻机组打工。故事结尾,两人不得不都面对同样的问题——到底什么会使人成为完人,尤其是在新世纪新千年开始之际。

汤姆·沃尔夫（Tom Wolfe）

沃尔夫的第三部小说《我是夏洛特·西蒙斯》（*I Am Charlotte Simmons*, 2004）里的主人公是一个很有天分的来自北卡罗来纳州阿勒格尼县的穷学生。小说写的是她靠奖学金进入名校后的堕落。这所学校的风气很糟，充满了势利、物质主义、反智主义和两性乱交。

《回到血统》（*Back to Blood*, 2012）是沃尔夫的第四部也是最后一部小说。此书的故事发生地是佛罗里达州的迈阿密，主要写这里的古巴移民。这些人来到美国这个大熔炉里，却拒绝被熔化，不但坚守自己的语言和文化，还试图用选票争取自己的权利。

关于他所提倡的"新新闻主义"，沃尔夫解释说，就是要借用写实小说作家的手法，经过一段时期的观察和探访，用非小说形式对某人或某个群休进行记述、做出说明、重建戏剧性"场面"。这种说明和场面依据的是对话和所接触对象的内部经验。沃尔夫使用了夸张手法，在叙述者的角度和对象之间进行自由切换，将充满活力的口语与自己生动而深奥的文辞结合起来，详细地呈现了人物的社会意识。

"新新闻主义"的优秀作品开辟了非小说写作的新境界，既丰富了读者对文本所描写的对象的生活经验的认识，又扩大了作家解释的自由度，使得作家获得前所未有的声音，摆脱了客观性的限制。沃尔夫还提倡简洁风格、作者的距离和当代新闻学的操守等方面的规则，使"新新闻主义"成为社会批评和文学模仿的载体。

（李玄珠）

作品简介

《完整的人》（*A Man In Full*）

长篇小说《完整的人》是汤姆·沃尔夫的代表作之一，曾高居《纽约时报》畅销书榜榜首长达十周，售出近一百四十万册精装本。

《完整的人》里的故事主要发生在佐治亚州的亚特兰大。这是一个聚集了多个种族的20世纪末新兴都市,充满了暴发户和老谋深算的政治家。主人公查尔斯·克罗克上学时曾是学校的足球明星,60岁时成为亚特兰大的集团企业大王,但最后他那超大的自我也不得不面对现实。克罗克有一个占地两万九千英亩的巨大种植园,有一位年轻而又苛求的第二任妻子,还有一个债台高筑、岌岌可危的事务所联合体。剧情围绕克罗克这个极端利己的掌握着摇摇欲坠的房地产帝国的人物展开。沃尔夫还刻画了两个配角,即来自移民家庭的康拉德·亨斯利和在怀特鞋业公司的非裔律师罗杰·怀特。后来发生的一个事件将这些陪衬情节联系起来并预示了亚特兰大种族问题的大爆发,那就是一个足球明星强奸了怀特鞋业公司一个重要支持者的女儿。故事结尾,小说中的人物都不得不面对同样的问题——到底什么会使人成为完人,尤其是在一个新世纪和新千年开始之际。

《完整的人》以恢宏的场面描绘了众多人物在社会动荡中的升降。非法亚裔移民在大陆间的来往、日常生活中的酒吧文化、阴暗的房地产财团、被公司精英们所抛弃的第一任妻子等。沃尔夫用过人的洞察力和才智向读者展现了活生生的当代美国。如同狄更斯的小说和其他维多利亚时代的作品,《完整的人》用记者的写实手法细致入微地描写了浮华的社会。沃尔夫认为小说应该反映现实,而不是沉迷于作者的心理。他所关注的有性别问题、种族问题、政治问题和经济问题。这是本大书,不仅在沃尔夫的作品中是最有意思的,而且也很有深度。

(李玄珠)

附　录

奖　项

National Book Awards（全国图书奖）

全国图书奖始创于1950年，由美国出版商协会（The American Book Publishers Council）、图书制作商协会（Book Manufacturers' Institute）和美国图书销售商协会（American Booksellers Association）共同赞助设立。该奖项最初奖项类别为小说、非小说和诗歌类作品。此后该奖项类别迅速增加，其中包括哲学和宗教、历史、科学、当代思想、自传、儿童书籍、翻译作品等，到了1980年，类别总数达到16个、奖项总数达到28个，奖项名称也改为美国图书奖（American Book Awards）。为避免奖项类别过于分散而弱化奖项影响力，奖项类别从80年代初开始减少，到80年代中期，只保留了小说和非小说类别，奖项名称也重新回归原名全国图书奖。诗歌类别奖项于1991年重新设立。1996年，青年文学类别奖项（Award for Young People's Literature）设立。翻译作品类别奖项于2018年重新设立。

自1989年开始，该奖项运作由非营利组织国家图书基金会（National Book Foundation）负责监督。

国家图书基金会每年邀请25名著名作家、书评家、翻译家、图书馆管理人员、图书销售商高管等专业人士担任该年度全国图书奖评委，每一个奖项类别评委选出初选入围名单，共10部作品，从中进一步评选出入围终选名单的5部作品。入围终选名单的5位作者每人获得1000美元奖金以及一枚全国图书奖终选作品奖牌。最终获得全国图书奖的作品作者获得10000美元奖金以及一枚铜雕全国图书奖获奖奖牌。

小说奖获奖名单（1980年至2019年）

年度：获奖者——作品

1980: William Styron——*Sophie's Choice*

　　　John Irving——*The World According to Garp*

1981: Wright Morris——*Plains Song: For Female Voices*

　　　John Cheever——*The Stories of John Cheever*

1982: John Updike——*Rabbit is Rich*

　　　William Maxwell——*So Long, See You Tomorrow*

1983: Alice Walker——*The Color Purple*

　　　Eudora Welty——*The Collected Stories of Eudora Welty*

1984: Ellen Gilchrist——*Victory Over Japan: A Book of Stories*

1985: Don DeLillo——*White Noise*

1986: E. L. Doctorow——*World's Fair*

1987: Larry Heinemann——*Paco's Story*

1988: Pete Dexter——*Paris Trout*

1989: John Casey——*Spartina*

1990: Charles Johnson——*Middle Passage*

附 录

1991: Norman Rush——*Mating*

1992: Cormac McCarthy——*All the Pretty Horses*

1993: Annie Proulx——*The Shipping News*

1994: William Gaddis——*A Frolic of His Own*

1995: Philip Roth——*Sabbath's Theater*

1996: Andrea Barrett——*Ship Fever and Other Stories*

1997: Charles Frazier——*Cold Mountain*

1998: Alice McDermott——*Charming Billy*

1999: Ha Jin——*Waiting*

2000: Susan Sontag——*In America*

2001: Jonathan Franzen——*The Corrections*

2002: Julia Glass——*Three Junes*

2003: Shirley Hazzard——*The Great Fire*

2004: Lily Tuck——*The News from Paraguay*

2005: William T. Vollmann——*Europe Central*

2006: Richard Powers——*The Echo Maker*

2007: Denis Johnson——*Tree of Smoke*

2008: Peter Matthiessen——*Shadow Country*

2009: Colum McCann——*Let the Great World Spin*

2010: Jaimy Gordon——*Lord of Misrule*

2011: Jesmyn Ward——*Salvage the Bones*

2012: Louise Erdrich——*The Round House*

2013: James McBride——*The Good Lord Bird*

2014: Phil Klay——*Redeployment*

2015: Adam Johnson——*Fortune Smiles: Stories*

2016: Colson Whitehead——*The Underground Railroad*

2017: Jesmyn Ward——*Sing, Unburied, Sing*

2018: Sigrid Nunez——*The Friend*

2019: Susan Choi——*Trust Exercise*

诗歌奖获奖名单（1980年至2019年）

（1984年至1990年期间，该奖项被取消。）

年度：获奖者——作品

1980: Philip Levine——*Ashes: Poems New and Old*

1981: Lisel Mueller——*The Need to Hold Still*

1982: William Bronk——*Life Supports: New and Collected Poems*

1983: Galway Kinnell——*Selected Poems*

　　　Charles Wright——*Country Music: Selected Early Poems*

1991: Philip Levine——*What Work Is*

1992: Mary Oliver——*New and Selected Poems*

1993: Archie Ammons——*Garbage*

1994: James Tate——*A Worshipful Company of Fletchers*

1995: Stanley Kunitz——*Passing Through: The Later Poems*

1996: Hayden Carruth——*Scrambled Eggs and Whiskey*

1997: William Meredith——*Effort at Speech: New and Selected Poems*

1998: Gerald Stern——*This Time: New and Selected Poems*

1999: Ai——*Vice: New and Selected Poems*

2000: Lucille Clifton——*Blessing the Boats: New and Selected Poems 1988—2000*

2001: Alan Dugan——*Poems Seven: New and Complete Poetry*

2002: Ruth Stone——*In the Next Galaxy*

2003: C. K. Williams——*The Singing*

2004: Jean Valentine——*Door in the Mountain: New and Collected Poems, 1965—2003*

2005: William Merwin——*Migration: New and Selected Poems*

2006: Nathaniel Mackey——*Splay Anthem*

2007: Robert Hass——*Time and Materials: Poems, 1997—2005*

2008: Mark Doty——*Fire to Fire: New and Collected Poems*

2009: Keith Waldrop——*Transcendental Studies: A Trilogy*

2010: Terrance Hayes——*Lighthead*

2011: Nikky Finney——*Head Off & Split*

2012: David Ferry——*Bewilderment: New Poems and Translations*

2013: Mary Szybist——*Incarnadine*

2014: Louise Glück——*Faithful and Virtuous Night*

2015: Robin Lewis——*Voyage of the Sable Venus*

2016: Daniel Borzutzky——*The Performance of Becoming Human*

2017: Frank Bidart——*Half-Light: Collected Poems 1965—2016*

2018: Justin Reed——*Indecency*

2019: Arthur Sze——*Sight Lines*

青年文学奖获奖名单（1996年至2019年）

年度：作家——作品

1996: Victor Martinez——*Parrot in the Oven: Mi Vida*

1997: Han Nolan——*Dancing on the Edge*

1998: Louis Sachar——*Holes*

1999: Kimberly Holt——*When Zachary Beaver Came to Town*

2000: Gloria Whelan——*Homeless Bird*

2001: Virginia Wolff——*True Believer*

2002: Nancy Farmer——*The House of the Scorpion*

2003: Polly Horvath——*The Canning Season*

2004: Pete Hautman——*Godless*

2005: Jeanne Birdsall——*The Penderwicks: A Summer Tale of Four Sisters, Two Rabbits, and a Very Interesting Boy*

2006: M. T. Anderson——*The Astonishing Life of Octavian Nothing, Traitor to the Nation, Vol. I*

2007: Sherman Alexie——*The Absolutely True Diary of a Part-Time Indian*

2008: Judy Blundell——*What I Saw and How I Lied*

2009: Phillip Hoose——*Claudette Colvin: Twice Toward Justice*

2010: Kathryn Erskine——*Mockingbird*

2011: Thanhha Lai——*Inside Out and Back Again*

2012: William Alexander——*Goblin Secrets*

2013: Cynthia Kadohata——*The Thing About Luck*

2014: Jacqueline Woodson——*Brown Girl Dreaming*

2015: Neal Shusterman——*Challenger Deep*

2016: John Lewis, Nate Powell, and Andrew Aydin——*March: Book Three*

2017: Robin Benway——*Far from the Tree*

2018: Elizabeth Acevedo——*The Poet X*

2019: Martin W. Sandler——*1919: The Year That Changed America*

（张世耘）

The National Book Critics Circle Award（全国书评家协会奖）

美国全国书评家协会奖由美国全国书评家协会（The National Book Critics Circle）创设，鼓励上一年度美国出版的最佳英文作品。全国书评家协会于1974年成立，该协会成员包括书评人、作家、学生、文学博客博主、图书出版专业人士等。全国书评家协会奖首次颁发给1995年度获奖作品，奖项类别包括小说类、非小说类、诗歌类和评论类，后设立自传类和传记类，评委由24位书评家组成，评委选出入围各奖项类别终选名单的5部作品，再从中评选出一部获奖作品。奖项不设奖金。

小说奖获奖名单（1975年至2019年）

年度：获奖者——作品

1975: E. L. Doctorow——*Ragtime*

1976: John Gardner——*October Light*

1977: Toni Morrison——*Song of Solomon*

1978: John Cheever——*The Stories of John Cheever*

1979: Thomas Flanagan——*The Year of the French*

1980: Shirley Hazzard——*The Transit of Venus*

1981: John Updike——*Rabbit is Rich*

1982: Stanley Elkin——*George Mills*

1983: William Kennedy——*Ironweed*

1984: Louise Erdrich——*Love Medicine*

1985: Anne Tyler——*The Accidental Tourist*

1986: Reynolds Price——*Kate Vaiden*

1987: Philip Roth——*The Counterlife*

1988: Bharati Mukherjee——*The Middleman and Other Stories*

1989: E. L. Doctorow——*Billy Bathgate*

1990: John Updike——*Rabbit at Rest*

1991: Jane Smiley——*A Thousand Acres*

1992: Cormac McCarthy——*All the Pretty Horses*

1993: Ernest J. Gaines——*A Lesson Before Dying*

1994: Carol Shields——*The Stone Diaries*

1995: Stanley Elkin——*Mrs. Ted Bliss*

1996: Gina Berriault——*Women in Their Beds*

1997: Penelope Fitzgerald——*The Blue Flower*

1998: Alice Munro——*The Love of a Good Woman*

1999: Jonathan Lethem——*Motherless Brooklyn*

2000: Jim Crace——*Being Dead*

2001: W. G. Sebald——*Austerlitz*

2002: Ian McEwan——*Atonement*

2003: Edward P. Jones——*The Known World*

2004: Marilynne Robinson——*Gilead*

2005: E. L. Doctorow——*The March*

2006: Kiran Desai——*The Inheritance of Loss*

2007: Junot Diaz——*The Brief Wondrous Life of Oscar Wao*

2008: Roberto Bolaño——*2666*

2009: Hilary Mantel——*Wolf Hall*

2010: Jennifer Egan——*A Visit from the Goon Squad*

2011: Edith Pearlman——*Binocular Vision*

2012: Ben Fountain——*Billy Lynn's Long Halftime Walk*

2013: Chimamanda Adichie——*Americanah*

2014: Marilynne Robinson——*Lila*

2015: Paul Beatty——*The Sellout*

2016: Louise Erdrich——*LaRose*

2017: Joan Silber——*Improvement*

2018: Anna Burns——*Milkman*

2019: Edwidge Danticat——*Everything Inside*

附　录

诗歌奖获奖名单（1975年至2019年）

年度：获奖者——作品

1975: John Ashbery——*Self-Portrait in a Convex Mirror*

1976: Elizabeth Bishop——*Geography III*

1977: Robert Lowell——*Day by Day*

1978: Peter Davison, ed.——*Hello, Darkness: The Collected Poems of L. E. Sissman*

1979: Philip Levine——*Ashes and 7 Years from Somewhere*

1980: Frederick Seidel——*Sunrise*

1981: Archie Ammons——*A Coast of Trees*

1982: Katha Pollitt——*Antarctic Traveller*

1983: James Merrill——*The Changing Light at Sandover*

1984: Sharon Olds——*The Dead and the Living*

1985: Louise Gluck——*The Triumph of Achilles*

1986: Edward Hirsch——*Wild*

1987: C. K. Williams——*Flesh and Blood*

1988: Donald Hall——*The One Day*

1989: Rodney Jones——*Transparent Gestures*

1990: Amy Gerstler——*Bitter Angel*

1991: Albert Goldbarth——*Heaven and Earth: A Cosmology*

1992: Hayden Carruth——*Collected Shorter Poems 1946—1991*

1993: Mark Doty——*My Alexandria*

1994: Mark Rudman——*Rider*

1995: William Matthews——*Time & Money*

1996: Robert Hass——*Sun Under Wood*

1997: Charles Wright——*Black Zodiac*

1998: Marie Ponsot——*The Bird Catcher*

1999: Ruth Stone——*Ordinary Words*

2000: Judy Jordan——*Carolina Ghost Woods*

2001: Albert Goldbarth——*Saving Lives*

2002: B. H. Fairchild——*Early Occult Memory Systems of the Lower Midwest*

2003: Susan Stewart——*Columbarium*

2004: Adrienne Rich——*The School Among the Ruins: Poems 2000—2004*

2005: Jack Gilbert——*Refusing Heaven*

2006: Troy Jollimore——*Tom Thomson in Purgatory*

2007: Mary Jo Bang——*Elegy*

2008: Juan Herrera——*Half the World in Light*

      August Kleinzahler——*Sleeping It Off in Rapid City*

2009: Rae Armantrout——*Versed*

2010: C. D. Wright——*One with Others: [a little book of her days]*

2011: Laura Kasischke——*Space, in Chains*

2012: D. A. Powell——*Useless Landscape, or A Guide for Boys*

2013: Frank Bidart——*Metaphysical Dog*

2014: Claudia Rankine——*Citizen: An American Lyric*

2015: Ross Gay——*Catalogue of Unabashed Gratitude*

2016: Ishion Hutchinson——*House of Lords and Commons*

2017: Layli Long Soldier——*Whereas*

2018: Ada Limón——*The Carrying*

2019: Morgan Parker——*Magical Negro*

（张世耘）

Pulitzer Prize for Fiction/Drama/Poetry（普利策小说/戏剧/诗歌奖）

普利策奖（Pulitzer Prizes）于1917年创立，是依据著名报纸出版商约瑟夫·普利策（Joseph Pulitzer）的捐赠遗愿在新闻、文学、音乐、戏剧等领域设立的普利策奖项，激励各领域的卓越贡献者。每一个奖项的评委选出3位推荐获奖者，将其推荐给由18人组成的普利策奖董事会，先由董事会相应奖项类别的3人小组审查，再由该小组向董事会全体会议推荐获奖作品，最后，由哥伦比亚大学校长依照普利策奖董事会推荐，在每年4月宣布年度普利策奖获奖者。

普利策小说奖于1917年设立，该奖项颁发给每一年度美国作家的杰出作品，优先考虑有关美国生活的作品题材。该奖项评委由3位成员组成，其中包括学者和作家等专业人士（部分普利策奖奖项评委由5人组成）。奖金金额为15000美元。

普利策戏剧奖于1917年设立，该奖项颁发给美国剧作家的杰出剧作，优先考虑原创题材以及美国生活题材作品。戏剧奖评委通常由3名戏剧评论家、1名学者以及1名剧作家组成。奖金金额为15000美元。

普利策诗歌奖于1922年设立，该奖项颁发给每一年度美国诗人的杰出原创诗歌集。奖金金额为15000美元。

普利策小说奖获奖名单（1980年至2019年）

年度：获奖者——作品

1980: Norman Mailer——*The Executioner's Song*

1981: John Toole——*A Confederacy of Dunces*

1982: John Updike——*Rabbit is Rich*

1983: Alice Walker——*The Color Purple*

1984: William Kennedy——*Ironweed*

1985: Alison Lurie——*Foreign Affairs*

1986: Larry McMurtry——*Lonesome Dove*

1987: Peter Taylor——*A Summons to Memphis*

1988: Toni Morrison——*Beloved*

1989: Anne Tyler——*Breathing Lessons*

1990: Oscar Hijuelos——*The Mambo Kings Play Songs of Love*

1991: John Updike——*Rabbit at Rest*

1992: Jane Smiley——*A Thousand Acres*

1993: Robert Butler——*A Good Scent from a Strange Mountain*

1994: Annie Proulx——*The Shipping News*

1995: Carol Shields——*The Stone Diaries*

1996: Richard Ford——*Independence Day*

1997: Steven Millhauser——*Martin Dressler: The Tale of an American Dreamer*

1998: Philip Roth——*American Pastoral*

1999: Michael Cunningham——*The Hours*

2000: Jhumpa Lahiri——*Interpreter of Maladies*

2001: Michael Chabon——*The Amazing Adventures of Kavalier & Clay*

2002: Richard Russo——*Empire Falls*

2003: Jeffrey Eugenides——*Middlesex*

2004: Edward P. Jones——*The Known World*

2005: Marilynne Robinson——*Gilead*

2006: Geraldine Brooks——*March*

2007: Cormac McCarthy——*The Road*

2008: Junot Díaz——*The Brief Wondrous Life of Oscar Wao*

2009: Elizabeth Strout——*Olive Kitteridge*

2010: Paul Harding——*Tinkers*

2011: Jennifer Egan——*A Visit From the Goon Squad*

2012: 奖项空缺。三位进入终审的作者及其作品：

Denis Johnson——*Train Dreams*

　　Karen Russell——*Swamplandia!*

　　David Wallace——*The Pale King*

2013: Adam Johnson——*The Orphan Master's Son*

2014: Donna Tartt——*The Goldfinch*

2015: Anthony Doerr——*All the Light We Cannot See*

2016: Viet Thanh Nguyen——*The Sympathizer*

2017: Colson Whitehead——*The Underground Railroad*

2018: Andrew Greer——*Less*

2019: Richard Powers——*The Overstory*

普利策诗歌奖获奖名单（1980年至2019年）

年度：获奖者——作品

1980: Donald Justice——*Selected Poems*

1981: James Schuyler——*The Morning of the Poem*

1982: Sylvia Plath——*The Collected Poems*

1983: Galway Kinnell——*Selected Poems*

1984: Mary Oliver——*American Primitive*

1985: Carolyn Kizer——*Yin*

1986: Henry Taylor——*The Flying Change*

1987: Rita Dove——*Thomas and Beulah*

1988: William Meredith——*Partial Accounts: New and Selected Poems*

1989: Richard Wilbur——*New and Collected Poems*

1990: Charles Simic——*The World Doesn't End*

1991: Mona van Duyn——*Near Changes*

1992: James Tate——*Selected Poems*

1993: Louise Glück——*The Wild Iris*

1994: Yusef Komunyakaa——*Neon Vernacular: New and Selected Poems*

1995: Philip Levine——*The Simple Truth*

1996: Jorie Graham——*The Dream of the Unified Field*

1997: Lisel Mueller——*Alive Together: New and Selected Poems*

1998: Charles Wright——*Black Zodiac*

1999: Mark Strand——*Blizzard of One*

2000: C. K. Williams——*Repair by*

2001: Stephen Dunn——*Different Hours*

2002: Carl Dennis——*Practical Gods*

2003: Paul Muldoon——*Moy Sand and Gravel*

2004: Franz Wright——*Walking to Martha's Vineyard*

2005: Ted Kooser——*Delights & Shadows*

2006: Claudia Emerson——*Late Wife*

2007: Natasha Trethewey——*Native Guard*

2008: Robert Hass——*Time and Materials,Poems,1997—2005*

　　　Philip Schultz——*Failure*

2009: William Merwin——*The Shadow of Sirius*

2010: Rae Armantrout——*Versed*

2011: Kay Ryan——*The Best of It: New and Selected Poems*

2012: Tracy K. Smith——*Life on Mars*

2013: Sharon Olds——*Stag's Leap*

2014: Vijay Seshadri——*3 Sections*

2015: Gregory Pardlo——*Digest*

2016: Peter Balakian——*Ozone Journal*

2017: Tyehimba Jess——*Olio*

2018: Frank Bidart——*Half-Light: Collected Poems 1965—2016*

2019: Forrest Gander——*Be With*

普利策戏剧奖获奖名单（1980年至2019年）

年度：获奖者——作品

1980: Lanford Wilson——*Talley's Folly*

1981: Beth Henley——*Crimes of the Heart*

1982: Charles Fuller——*A Soldier's Play*

1983: Marsha Norman——*Night, Mother*

1984: David Mamet——*Glengarry Glen Ross*

1985: James Lapine and Stephen Sondheim——*Sunday in the Park with George*

1986: 该年度戏剧奖项未颁发

1987: August Wilson——*Fences*

1988: Alfred Uhry——*Driving Miss Daisy*

1989: Wendy Wasserstein——*The Heidi Chronicles*

1990: August Wilson——*The Piano Lesson*

1991: Neil Simon——*Lost in Yonkers*

1992: Robert Schenkkan——*The Kentucky Cycle*

1993: Tony Kushner——*Angels in America: Millennium Approaches*

1994: Edward Albee——*Three Tall Women*

1995: Horton Foote——*The Young Man From Atlanta*

1996: Jonathan Larson——*Rent*

1997: 奖项空缺。三位进入终审的作者及其作品：

  Tina Howe——*Pride's Crossing*

  Donald Margulies——*Collected Stories*

  Alfred Uhry——*The Last Night of Ballyhoo*

1998: Paula Vogel——*How I Learned to Drive*

1999: Margaret Edson——*Wit*

2000: Donald Margulies——*Dinner with Friends*

2001: David Auburn——*Proof*

2002: Suzan-Lori Parks——*Topdog/Underdog*

2003: Nilo Cruz——*Anna in the Tropics*

2004: Doug Wright——*I Am My Own Wife*

2005: John Shanley——*Doubt: A Parable*

2006: 奖项空缺。三位进入终审的作者及其作品：

  Christopher Durang——*Miss Witherspoon*

  Rolin Jones——*The Intelligent Design of Jenny Chow*

  Adam Rapp——*Red Light Winter*

2007: David Lindsay-Abaire——*Rabbit Hole*

2008: Tracy Letts——*August: Osage County*

2009: Lynn Nottage——*Ruined*

2010: Tom Kitt and Brian Yorkey——*Next to Normal*

2011: Bruce Norris——*Clybourne Park*

2012: Quiara Alegría Hudes——*Water by the Spoonful*

2013: Ayad Akhtar——*Disgraced*

2014: Annie Baker——*The Flick*

2015: Stephen Guirgis——*Between Riverside and Crazy*

2016: Lin-Manuel Miranda——*Hamilton*

2017: Lynn Nottage——*Sweat*

2018: Martyna Majok——*Cost of Living*

2019: Jackie Drury——*Fairview*

（张世耘）